Lisa Hendrix

Elle a exercé divers métiers et a été, entre autres, professeur d'anglais au Japon. C'est dans l'écriture romanesque qu'elle s'est pleinement accomplie. En 1999, elle publie son premier roman. Auteur éclectique, elle s'est essayée à plusieurs genres de romances, tels que le contemporain, le paranormal ou encore l'historique. Passionnée par le Moyen Âge, elle nous livre aujourd'hui une série insolite, *Les guerriers maudits*, qui nous invite à un voyage au temps d'une Angleterre médiévale impitoyable.

Le lion
de Nottingham

Du même auteur
aux Éditions J'ai lu

LES GUERRIERS MAUDITS

1 – L'aigle noir
N° 9537

LISA

HENDRIX

LES GUERRIERS MAUDITS – 2

Le lion de Nottingham

Traduit de l'anglais (États-Unis)
par Roland Vilère

J'AI LU

POUR elle

Vous souhaitez être informé en avant-première
de nos programmes, nos coups de cœur ou encore
de l'actualité de notre site *J'ai lu pour elle* ?

Abonnez-vous à notre *Newsletter* en vous connectant
sur **www.jailu.com**

Retrouvez-nous également sur Facebook pour avoir
des informations exclusives.

Titre original
IMMORTAL OUTLAW

Éditeur original
Berkley Sensation Books, published
by The Berkley Publishing Group,
a division of Penguin Group Inc., New York

Les termes d'époque ou d'origine étrangère non traduits suivis d'un astérisque renvoient au glossaire en fin de volume.

À Kaldi et à ses chèvres,
sans qui ce livre n'aurait pu être achevé.

La légende

Chargés par leur *jarl** de s'emparer d'un fabuleux trésor d'or et de diamants, les guerriers commandés par Brand Einarsson furent victimes du sort lancé par la gardienne du magot, une puissante sorcière du nom de Cwen, dont ils avaient tué le fils. Elle les condamna à passer l'éternité en tant que créatures de l'ombre, mi-humaines, mi-animales, chaque guerrier prenant la forme de sa *fylgja**, figure tutélaire dont il arborait l'image en médaillon. Ensuite, elle s'empara de leurs amulettes et les dispersa dans tout le pays pour qu'ils ne puissent les retrouver. Enfin, elle les conduisit dans la forêt afin qu'ils y vivent à jamais leur vie maudite.

Près de deux siècles et demi plus tard, Ivar Cape Grise, connu des Normands qui dominaient alors l'Angleterre sous le nom d'Ivo de Vassy, trouva son amulette mais aussi la femme qui l'aimerait sans rien ignorer du monstre qu'il était devenu. En unissant leurs pouvoirs magiques, tous deux purent briser le sortilège grâce auquel Cwen maintenait Ivar prisonnier. Cette victoire redonna courage aux huit autres guerriers maudits, qui se mirent à parcourir la campagne anglaise à la recherche de leur propre *fylgja*. Ils fouillèrent d'anciennes ruines et d'antiques tumulus, des pierres levées et des puits ; les plus vénérables édifices de la foi chrétienne eux-mêmes n'échappèrent pas à leurs fouilles. Et, tout en cherchant leurs amulettes, ils ouvraient l'œil pour dénicher le repaire de Cwen. Grièvement blessée, celle-ci était allée se réfugier sous terre.

Des décennies passèrent sans que la sorcière ni les amulettes soient retrouvées. Les guerriers perdirent espoir et se résignèrent à vivre leurs vies tronquées. Lentement, à l'instar d'Ivar, certains commencèrent à frayer avec l'humanité ordinaire, trouvant du travail, des amis, et même, occasionnellement, un peu de paix parmi les mortels.

D'autres n'eurent pas cette chance, leur incarnation animale étant trop étrange pour qu'ils puissent se fondre dans la faune locale et trop dangereuse pour qu'ils puissent côtoyer les humains. L'un d'eux s'appelait Steinarr, fils de Birgir Jambe Torse. Steinarr le Fier terrifiait tant la population sous la forme du lion que la sorcière l'avait condamné à devenir chaque nuit qu'il devait errer de forêt en forêt. Il infligeait, qui plus est, de telles blessures à ses compagnons que ceux-ci ne toléraient plus sa compagnie. Mais même un homme habitué à vivre au grand air a parfois besoin de vêtements et de nourriture. Aussi avait-il appris à se procurer l'argent nécessaire en ayant recours au vol, au banditisme, et en se faisant à l'occasion chasseur de primes...

Adapté de *Dyrrekkr Saga of Ari Sturlusson*
(trad. E. L. Branson)

1

Nottinghamshire, août 1290

Steinarr rechignait à se porter au secours d'un Anglais, mais celui-ci, vieux et frêle, subissait les assauts de bandits jeunes et vigoureux armés de massues. De plus, à trois contre un, le combat était inégal, même si le vieux brandissait un bâton et savait s'en servir. Après avoir attaché les rênes de son cheval à une branche, Steinarr engagea une flèche dans son arc. Avant qu'il ait pu la tirer, cependant, un brigand se glissa derrière le vieil homme et lui assena un coup violent sur la tête. Le craquement écœurant qui s'ensuivit lui retourna l'estomac. Il savait reconnaître le bruit d'un coup mortel.

Sa flèche se ficha dans l'épaule du hors-la-loi et lui arracha un cri avant même que le corps du vieillard ait touché le sol. Les deux autres scélérats firent volte-face, cherchant des yeux leur agresseur. Successivement, deux nouvelles flèches vinrent se planter entre eux, dans les roues de la charrette. Pris de panique, ils firent faire demi-tour à leurs montures. Le blessé les suivit en vacillant sur sa selle, le bois de la flèche saillant de son dos. Pour faire bonne mesure, Steinarr en tira une autre qui lui siffla à l'oreille et alla se planter dans un arbre. Satisfait, il les regarda tous trois disparaître au détour de la route.

Steinarr se précipita vers l'Anglais pour le secourir, mais comprit aussitôt qu'il était trop tard. L'étincelle de vie avait déserté ses yeux, et un flot de sang s'écoulait de son crâne fracassé dans la poussière du chemin. Il décrocha la bourse attachée à la ceinture du cadavre et la vida dans sa main. Deux piécettes roulèrent dans sa paume – tout juste un demi-penny –, lui arrachant un grognement de dégoût. Il pouvait comprendre le vol. Lui-même n'hésitait pas, en cas de besoin, à détrousser un marchand, un noble ou un prêtre, mais ses victimes n'étaient pas pauvres, et il leur laissait la vie. Ces trois-là avaient jeté leur dévolu sur un être aussi misérable qu'eux et l'avaient tué pour le plaisir.

Quant à lui, fou qu'il était, il n'avait pas réussi à sauver ce vieil homme et avait perdu dans l'affaire une de ses meilleures pointes de flèche en acier. Il aurait pu prendre la charrette pour se dédommager, mais elle menaçait ruine, et la vieille carne qui la tirait ne valait pas mieux. Même son harnais avait été maintes fois réparé, apparemment avec plus d'espoir que d'habileté. Comprenant qu'il perdrait son temps à les conduire au marché pour les vendre, il décida d'empocher l'argent et de relâcher cheval et charrette sur la route.

Mais il lui fallait d'abord s'occuper du corps. Après l'avoir tiré un peu à l'écart, il se servit de son bouclier pour creuser une tombe peu profonde, qu'il recouvrit ensuite de pierres et de branches. Le tombeau était sommaire, mais cela suffirait le temps qu'il indique au prêtre du prochain village où trouver le cadavre afin qu'il puisse l'inhumer dignement.

Alors qu'il se recueillait un instant pour demander aux dieux d'assister le vieil homme dans son dernier voyage, il entendit derrière lui une douce voix déclarer :

— Il s'appelait John. John Little.

Steinarr se retourna, la main sur la poignée de son épée, mais se figea en se retrouvant face à une jeune femme.

— D'où diable as-tu surgi ? s'étonna-t-il.

— De là-bas, messire...

Du pouce, elle indiquait un buisson de fougères dont les feuilles vibraient encore d'avoir été dérangées.

— John les a entendus venir et nous a ordonné de nous cacher, poursuivit-elle. Il disait que seuls les bandits et les soldats galopent aussi vite en forêt et qu'il préférait éviter les uns et les autres, puisqu'ils sont si souvent les mêmes.

— Tu as eu de la chance. Si ces trois-là t'avaient vue...

À sa soudaine pâleur, il sut qu'elle l'avait compris.

— Quel dommage que John Little n'ait pas jugé utile de suivre son propre conseil ! conclut-il.

— Il pensait qu'ils le laisseraient tranquille, étant donné qu'il n'avait rien à voler sur lui.

— À part sa vie...

La jeune femme acquiesça d'un signe de tête et Steinarr vit ses yeux, d'un vert de mousse, s'emplir de larmes.

— Qui était John Little pour toi ? s'enquit-il. Un père ? Un serviteur ?

— Ni l'un ni l'autre. Juste un étranger secourable qui nous a aidés quand notre cheval nous a lâchés.

— « Nous » ? s'étonna Steinarr. Qui t'accompagne ?

— Mon cousin.

Elle fit volte-face et cria :

— Lève-toi, Rob, que ce brave homme te voie !

Un grand escogriffe roux coiffé d'une capuche verte émergea du buisson de fougères. Il n'était pas encore un homme fait, mais à en juger par le bouc pointu qui ornait son menton, il devait avoir, comme la fille, dans les dix-huit ans.

— Comment peux-tu être sûre qu'il ne nous fera rien ? demanda-t-il en scrutant Steinarr. Il leur ressemble !

— Je pourrais être l'un d'eux, reconnut-il.

La jeune fille secoua la tête avec force.

— Vous les avez mis en fuite !

— Pour vider la bourse de John ! fit valoir le garçon.

— Il faudrait être fou pour enterrer John avec son argent.

Elle se retourna pour faire face à Steinarr et ajouta :

— Je suis sûre qu'il va le rendre à sa famille.

— Il s'agit juste d'un demi-penny... protesta Steinarr.

— De quoi manger pendant plusieurs jours !

Songeant qu'il était bien placé pour le savoir, Steinarr décida de ne pas s'appesantir sur le sujet.

— Comment t'appelles-tu ? demanda-t-il au garçon.

— Rober...

— Robin ! l'interrompit sèchement sa compagne. Quant à moi, je m'appelle Marian. Nous sommes des pèlerins.

Le dénommé Robin, écarlate, hocha vivement la tête.

— C'est ça ! Nous allons à Lincoln prier saint Hugh.

Ces « pèlerins » ne vouaient manifestement pas un culte à la vérité, mais Steinarr n'avait cure de leurs mensonges. Après avoir arraché ses flèches fichées dans la charrette, il les remit dans son carquois et sauta sur son étalon pour aller récupérer celle qui s'était plantée dans un tronc. Après quoi, il conclut, s'adressant au rouquin :

— Eh bien, *Robin*... j'espère que tu protégeras mieux ta cousine jusqu'au terme de votre voyage. Dieu vous garde !

— Non ! protesta la jeune fille en s'élançant vers lui. Vous n'allez quand même pas nous laisser seuls ici…

— Votre saint vous protège, répliqua-t-il par-dessus son épaule. Il paraît qu'un chrétien n'a besoin de rien de plus.

— Mais… ces hommes peuvent nous attendre plus loin.

— C'est possible.

— Ils nous tueront !

— Si vous avez de la chance.

Une fois de plus, son avertissement fut pris au sérieux. Un pli soucieux rida le front de Marian. Tant mieux ! Elle avait bien raison d'être inquiète, surtout avec un tel freluquet pour seul protecteur – un garçon qui s'était caché avec elle dans un buisson de fougères au lieu d'aller combattre aux côtés du vieil homme.

— Retournez à Sheffield attendre le départ d'un groupe de pèlerins, conseilla-t-il. Vous n'en êtes qu'à deux jours.

— Il a raison ! approuva Robin en rejoignant Marian sur la route. Nous aurions mieux fait d'attendre.

— Il aurait fallu avoir le temps… murmura-t-elle.

Puis, s'adressant à Steinarr, elle ajouta :

— Pourquoi ne voyagerions-nous pas avec vous ?

— Parce que j'ai mieux à faire que de jouer les chaperons pour pèlerins égarés. Pressez-vous, sinon vous ne serez jamais sortis de la forêt avant la nuit. Et bon voyage !

Mais, pour pouvoir prendre aussi abruptement congé, il lui aurait fallu ne pas oublier qu'il avait laissé son roussin attaché à un arbre, derrière les supposés pèlerins. Alors qu'il les contournait pour récupérer son cheval, il vit une lueur d'espoir flamber dans les yeux de la jeune fille.

— Détrompe-toi, dit-il en secouant fermement la tête. Je dois simplement récupérer ma bête de charge.

Steinarr la retrouva obstinément figée au milieu de la route lorsqu'il revint, suivi de son roussin. Et quand il la dépassa, il eut l'impression de sentir dans son dos ses yeux accusateurs le fixer. Un moment plus tard, il l'entendit crier à son cousin de venir l'aider. Par-dessus son épaule, il la vit tirer sur les rênes de la vieille carne pour la faire avancer. Satisfait, il se lança au petit galop et ne ralentit l'allure que quand il sut les jeunes pèlerins loin derrière lui. Il réfléchissait au meilleur moyen de capturer Long Tom pour toucher la prime lorsque l'approche d'un cheval le tira de ses pensées. Craignant le retour des bandits, il engagea une flèche dans son arc, mais ne tarda pas à réaliser que le bruit se faisait entendre *derrière* lui.

Le juron qu'il poussa en voyant qui le suivait résonna dans la forêt.

— Vous vous êtes trompés de direction, pèlerins !

Ils avaient laissé la charrette derrière eux et montaient leur canasson fourbu à cru.

— Nous suivons la direction qui nous sied ! répliqua la jeune fille.

Sur un coup de tête, Steinarr s'engagea sous les arbres.

— Dans ce cas, vous la suivrez seuls !

— Je te l'avais dit... entendit-il Robin grommeler. Il ne veut pas souffrir notre compagnie.

— Je me fiche de ce qu'il souffre ou pas ! protesta sa cousine. Suis-le !

Elle ajouta quelque chose que Steinarr ne put comprendre, et ils s'engagèrent à sa suite dans le sous-bois, la vieille carne trottant vaillamment sur le sol inégal.

Steinarr jura sourdement. Peut-être, après tout, aurait-il dû s'approprier cette monture, ne fût-ce que pour les empêcher de le suivre. Pour les décourager définitivement, il s'aventura dans un fourré, mais cela ne fit que ralentir son allure alors que ses poursuivants profitaient de la trace qu'il laissait et gagnaient du terrain. Et il eut beau ensuite les conduire au plus épais de la forêt par les chemins les plus tortueux, le duo s'accrocha à lui comme la gale aux miséreux.

— Maudits ânes bâtés ! maugréa-t-il pour lui-même.

Ils n'avaient aucune idée de qui il était – de *ce* qu'il était –, ni de ce qu'ils risquaient s'ils restaient près de lui une fois le soleil couché. À bout de patience, il fit volter son étalon et dégaina sa courte épée.

— J'égorge votre cheval si vous ne faites pas immédiatement demi-tour ! lança-t-il d'un ton menaçant.

— Désolé, messire, s'excusa le garçon en faisant prudemment reculer sa monture. Mais ma sœur…

— Ta sœur ? Je croyais qu'elle était ta cousine !

— Je suis sa cousine ! intervint rapidement celle-ci. Il s'apprêtait à dire que sa sœur est très malade et que nous effectuons ce pèlerinage pour son bien. Il redoute que nos prières n'arrivent trop tard, si nous perdons du temps.

Steinarr s'approcha et la dévisagea sévèrement avant de reporter son attention sur Robin.

— Elle s'exprime toujours en ton nom ? Serais-tu également trop couard pour parler ?

Le voyant pour toute réponse rougir et exprimer d'un geste son impuissance, il poursuivit :

— Il faut être fou pour poursuivre comme vous le faites un étranger, en pleine nature, sur un animal qui peut s'effondrer à tout instant…

— Notre jument est plus solide qu'elle n'en a l'air, protesta Marian. Elle nous mènera loin… pour peu que vous vous absteniez d'user de cette lame contre elle.

— Je ferais peut-être bien de l'utiliser pour te trancher la langue ! marmonna-t-il, rengainant sèchement son épée.

— Peut-être, reconnut-elle. Mais vous ne le ferez pas.

Cette fille n'a pas une once de couardise en elle…

— Je te trouve bien sûre de toi, pour quelqu'un qui ne connaît même pas mon nom.

— Je vous ai vu prendre le temps d'enterrer un vieil homme que vous ne connaissiez pas. Cela me suffit. Votre nom… vous me le donnerez au cours du voyage.

Il la foudroya du regard et s'insurgea :

— Nous ne voyagerons pas ensemble !

— Pourquoi ? Nous allons dans la même direction…

Elle observa les alentours d'un air perplexe et rectifia :

— Du moins, c'était le cas au début. À présent… je ne sais plus.

— Pourtant, vous me suivez comme de jeunes chiots !

— Seulement parce que vous nous y forcez. S'il vous plaît, messire… laissez-nous vous accompagner. Nous ne vous dérangerons pas.

— C'est déjà fait !

Sur ce, Steinarr regarda autour de lui pour se repérer, désigna du doigt une direction et conclut :

— C'est par là. Allons-y.

Il se remit en route et força un peu l'allure. Il avait déjà perdu toute la matinée à enterrer le vieillard assassiné. À présent, voilà qu'il était en train de perdre l'après-midi. Il était désormais trop tard pour que ces jeunes fous rebroussent chemin. La nuit les aurait surpris en pleine forêt, au milieu des loups.

Mais, dans la direction qu'ils suivaient, il n'aurait pas le temps non plus de les mettre à l'abri avant le crépuscule. Il risquait lui-même de gros ennuis s'il se changeait en lion trop près d'une zone habitée. Si l'on retrouvait un veau ou un mouton à demi dévorés – ou, pire encore, un homme –, une troupe de paysans apeurés, armés de piques et de pièges, accompagnés de chiens, envahirait la forêt, l'obligeant à s'exiler de nouveau dans la froide Écosse.

— L'Écosse... marmonna-t-il, dégoûté.

L'étalon remua les oreilles, comme s'il écoutait. En quatre cents ans, Steinarr en était venu à détester l'Écosse et les Écossais davantage encore que l'Angleterre et les Anglais. Dans ce pays, chaque fermier paraissait posséder un molosse de la taille d'un poney, et le climat n'y était pas plus aimable que les chiens...

— Voilà ce qu'il en coûte d'aider un de ces maudits Anglais, conclut-il. Il n'en sort jamais rien de bon !

À cet instant, la fille se mit à rire, comme pour rappeler à Steinarr qu'elle aurait pu périr s'il n'était pas intervenu. En lui jetant un coup d'œil à la dérobée, il dut admettre que cela aurait été bien dommage. Jeune et jolie, elle était charmante, avec ses lèvres semblables à un fruit rouge et ses nattes châtain clair qui jaillissaient de sa coiffe en lin. Elle portait une simple robe en laine brune, mais elle l'avait lacée de telle manière qu'elle soulignait ses formes, comme les Anglaises savaient le faire à présent pour tourmenter leurs hommes. Voyant qu'il l'observait, elle se pencha et murmura quelque chose à l'oreille de son cousin.

— Son cousin ! maugréa Steinarr en voyant celui-ci sourire. Son amant, oui ! Ils doivent avoir un père furieux à leurs trousses. Voilà pourquoi ils refusent de rebrousser chemin.

Ce gamin ne paraissait pourtant pas assez hardi pour fourrer une créature aussi délurée dans son lit. Peut-être était-ce l'inverse qui s'était produit ? En ce cas, Steinarr ne voyait pas ce que la belle trouvait à ce jouvenceau tout en coudes et en genoux, dont la barbichette cachait mal la cicatrice au menton. Il n'avait pas grand-chose pour lui. Sauf peut-être le gourdin d'un dieu dans sa culotte ?

Mais peu lui importait ce qu'ils étaient l'un pour l'autre. Il devait se débrouiller pour que les corbeaux ne viennent pas picorer au soleil levant leurs cadavres dévorés par un lion. Et pour cela, il n'y avait qu'une chose à faire. Il fit décrire un large cercle à sa monture et vint se placer à côté de la vieille carne des pèlerins.

— Steinarr, dit-il de but en blanc.

Les voyant cligner des yeux sans comprendre, il ajouta :

— Je m'appelle Steinarr.

La fille retrouva sa langue la première.

— Oh ! Cela veut-il dire que vous...

— Cela veut dire que je n'ai pas le cœur de vous livrer en pâture aux loups, même si vous m'avez pourri ma journée. Nous allons dresser le camp non loin d'ici. Vous y serez en sécurité jusqu'au matin. Demain, je vous mènerai jusqu'à Maltby. Ensuite, vous vous débrouillerez seuls.

— Nous vous en sommes reconnaissants, assura le garçon, manifestement soulagé.

— Très reconnaissants, renchérit sa cousine, qui tentait de masquer son air triomphant. Vous ne le regretterez pas.

Avant d'être tenté de le lui faire regretter, à elle, Steinarr se porta de nouveau en tête.

Ils parvinrent à l'un de ses campements préférés – une grotte peu profonde à flanc de colline – alors qu'il faisait encore grand jour. Il commença à desseller son étalon et constata avec satisfaction que les pèlerins se mettaient à l'ouvrage d'eux-mêmes. Après s'être occupé de sa jument, le garçon entreprit de décharger le roussin pendant que la fille partait en quête de bois sec. Lorsqu'elle revint, son premier fagot dans les bras, les chevaux broutaient aux alentours et Steinarr préparait feuilles sèches et brindilles.

— D'autres personnes ont dû séjourner ici récemment, lui dit-elle. Il y a très peu de bois à ramasser.

— Nul autre que moi, précisa-t-il. Et pas plus tard que le mois dernier. Dans cette direction, à une portée de flèche, tu trouveras un arbre abattu et tout le bois que tu veux.

Il désigna l'est d'un regard, puis dégaina son scramasaxe* et le tendit à Robin, le manche en avant.

— Prends ça, dit-il. Tu vas en avoir besoin. Il va vous falloir quatre ou cinq brassées chacun pour tenir les loups à distance jusqu'au matin. Arrangez-vous pour avoir terminé et être de retour bien avant la tombée de la nuit.

Steinarr les regarda s'éloigner pour s'assurer qu'ils prenaient la bonne direction. Ensuite, sortant sa pierre à briquet, il se remit à l'ouvrage. Une maigre flamme s'éleva bientôt, qu'il nourrit de petit bois en attendant le retour des pèlerins. Et pendant que les dernières abeilles bourdonnaient au-dessus de sa tête, il sélectionna un des roseaux qu'il transportait avec lui et le transforma en flèche à coups de lime. La fille et son cousin firent plusieurs allers-retours pendant qu'il travaillait. Quand il fut satisfait du résultat, il durcit au-dessus du feu l'extrémité de son nouveau trait. La flèche ainsi obtenue était un pauvre substitut de l'acier, mais cela devrait aller jusqu'à ce qu'il se procure d'autres pointes.

Soudain conscient qu'il n'avait plus aperçu ses protégés depuis un moment, il s'inquiéta et redressa la tête. Il faisait encore grand jour, mais il devrait bientôt partir, afin de s'assurer qu'ils seraient suffisamment loin derrière lui quand le soleil se coucherait. Maugréant contre la mauvaise fortune qui lui avait fait croiser leur route, il se mit à leur recherche. Mais à peine s'était-il éloigné qu'il les entendit revenir en discutant et en riant gaiement.

— Vous en avez mis du temps ! leur cria-t-il de loin.

— Il fait encore grand jour, messire, protesta Marian, qui transportait précautionneusement entre ses mains un morceau d'écorce empli de baies. J'ai demandé à Robin de m'attendre le temps que je cueille quelques mûres.

Steinarr les avait oubliées... La dernière fois qu'il était passé par ici, elles étaient encore vertes.

— J'espère que tu en as cueilli suffisamment, maugréa-t-il. Vous devrez vous en contenter pour dîner. Avec vous deux qui bavardiez comme des pies, je n'ai pas pu chasser.

— Oh ! Mais nous avons de quoi manger, intervint le garçon. Du pain et du fromage.

— Nous ne voyagerions pas sans nourriture, précisa la fille. Nous ne sommes pas aussi fous que vous le croyez.

— Ça reste à voir.

Du fromage ! Steinarr salivait rien qu'à entendre ce mot. Et du pain... Depuis trop longtemps, il devait se contenter pour tout repas des offrandes de la nature.

— Vous devriez couper des branches pour vous installer une couche pour la nuit pendant qu'il fait encore clair, ajouta-t-il. Je m'occupe de faire boire les chevaux.

De son paquetage, Steinarr tira un seau en cuir et mena les bêtes de l'autre côté de la colline, jusqu'au petit ruisseau qui constituait l'un des attraits de ce site. Après avoir rempli le seau, il laissa les chevaux s'abreuver en rêvassant à la possibilité de déguster une rôtie au fromage avant de partir. À son retour au campement, son envie était telle qu'il crut sentir l'odeur du pain grillé et maudit son imagination.

Rapidement, il attacha le roussin. Alors qu'il se baissait pour entraver la jument, il entendit des pas derrière lui.

— Qu'est-ce qu'il y a ? grogna-t-il.

— À cause de nous, vous n'avez rien mangé aujourd'hui, répondit Marian. Je me suis dit que vous deviez avoir faim.

Par-dessus son épaule, il la vit lui tendre une épaisse tranche de pain noir, grillée au feu de bois et couverte de fromage fondu. L'odeur seule suffit à le faire se dresser d'un bond. Il s'empara avidement de la tartine et mordit dedans avec un sourd grognement de plaisir. La jeune fille salua d'un hochement de tête satisfait son empressement et alla flatter le museau de sa jument. Steinarr s'amusa de l'entendre murmurer à la bête quelques paroles de remerciement pour ses bons et loyaux services. Puis elle passa à l'étalon, à qui elle fit renifler sa paume avant de lui caresser le dos.

— La selle doit l'irriter, dit-elle, les sourcils froncés. Je sens quelque chose de dur, ici.

Intriguée, elle contourna l'animal et lui passa la main sur le garrot avant de s'exclamer :

— Grands dieux ! Que lui est-il arrivé ?

— Il a été attaqué.

— Par quoi ?

Pour suivre le dessin des cicatrices, elle devait écarter les doigts au maximum.

— On dirait des traces de griffes... ou de fouet ! lança-t-elle en lui jetant un coup d'œil accusateur.

— Jamais je ne fouetterais un cheval ! protesta-t-il.

Mais la honte de ce dont il s'était rendu coupable si longtemps auparavant lui empourprait les joues. Torvald n'avait pas été le seul à pâtir de ses attaques. Presque chaque membre de sa troupe avait subi les coups de griffes ou les morsures du lion. Il dut se forcer à avaler, sans appétit désormais, le dernier bout de pain. Après avoir posé la main sur le dos de sa monture pour excuser le mensonge qui les protégerait tous deux, il reprit :

— C'est un loup qui a fait ça. Il lui a bondi dessus. Ce sont de vieilles cicatrices, mais je vais devoir me procurer une nouvelle couverture pour mieux les protéger.

En fait, il lui en fallait même deux : celle du roussin était en aussi mauvais état.

Marian tira d'une de ses poches un pot en bois dont elle ôta le couvercle. Du bout de son doigt, elle cueillit un peu de baume verdâtre qu'elle appliqua sur les cicatrices de l'étalon.

— Cela devrait apaiser l'irritation, expliqua-t-elle. C'est une pommade contre les ampoules aux pieds.

Steinarr avait l'impression qu'elle s'adressait plus au cheval qu'à lui, mais il hocha la tête.

— Après tout, votre présence ne sera peut-être pas un fardeau, admit-il quand ils eurent rejoint le feu de camp.

— Merci, messire.

Elle alla ramasser sur une pierre plate près du feu une autre tartine grillée et la lui tendit en ajoutant :

— Je m'appelle Marian.

Steinarr se rembrunit et accepta l'offrande.

— Je le sais bien, bougonna-t-il. Tu me l'as déjà dit.

— Vous ne l'avez jamais appelée par son prénom, intervint le cousin. Pas une seule fois, de toute la journée.

Après être allé jeter une brassée de branches feuillues dans l'ouverture de la grotte, il ajouta :

— Moi non plus. Nous pensions que vous aviez oublié.

— Vous vous trompiez.

Il n'avait tout simplement aucune raison de les appeler par leurs prénoms, puisqu'il rêvait de se débarrasser d'eux. En vérifiant une fois encore la position du soleil, il savoura une nouvelle bouchée et conclut :

— Eh bien, Marian et Robin, je dois vous laisser.

— Vous partez ? s'alarma le garçon. Mais vous disiez...

— ... que vous seriez à l'abri ici, pas que j'y resterais avec vous.

— Où irez-vous ?

— Pas très loin. Restez près du feu, entretenez-le toute la nuit, et il ne vous arrivera rien.

Il marqua une pause, ne sachant comment évoquer ce sujet devant une femme, puis se lança :

— Et si vous avez... un besoin urgent, n'allez pas vous cacher dans les broussailles dans le noir. À cause des loups.

Et du lion, ajouta-t-il pour lui-même.

Les joues légèrement empourprées, Marian acquiesça.

— Compris, messire.

— Tant mieux ! Car c'est important.

Sur ce, il alla ramasser le balluchon de vêtements de Torvald, chipa au passage une autre tartine et monta à cru sur l'étalon. Il avait décidé de laisser la selle au campement, où elle serait en sécurité, pour une fois.

— Je serai de retour juste après le lever du soleil, dit-il. Tenez-vous prêts à partir.

— Nous le serons ! promit Robin.

— Et je vous aurai préparé des tartines ! ajouta Marian.

Steinarr s'éloigna dans le sens du vent, pour que les deux cousins n'entendent pas les cris de Torvald lorsqu'il se métamorphoserait. Après avoir mis pied à terre, il plaça le balluchon et la tartine sur un tronc abattu où son ami les trouverait lorsqu'il serait de nouveau humain. Puis il alla nouer la bride à une branche pour la nuit.

— Ouvre l'œil sur eux et retrouvons-nous à la première heure ici. Je veux être débarrassé d'eux avant midi.

Pour seule réponse, il dut se contenter du bruit que faisait l'étalon en broutant l'herbe, mais peu lui importait. Il savait que Torvald conservait sous sa forme équine une parcelle de son moi humain. Il se souviendrait suffisamment de ses recommandations pour tenir le lion à distance s'il s'approchait trop. Sans un au revoir, Steinarr lui tourna le dos et s'éloigna du campement, à pied et aussi vite que les accidents du terrain le lui permettaient. Lorsque le disque du soleil finit par disparaître à l'horizon, il avait placé entre les pèlerins et lui suffisamment de distance pour que les rugissements du lion ne soient à leurs oreilles que d'infimes murmures portés par le vent.

2

En rejoignant le campement le lendemain à l'aube, Steinarr songea que c'était un miracle si toutes les bêtes de la forêt ne l'encerclaient pas. S'il avait pu percevoir sous sa forme humaine l'odeur alléchante de pain et de fromage grillés qui s'en élevait, toutes les créatures sauvages de ces bois devaient en saliver comme lui.

— Bien le bonjour à vous, messire ! lança Marian.

Sans attendre qu'il la lui réclame, elle lui tendit une tartine grillée. Médusée, elle le regarda l'engloutir en un rien de temps et se baisser pour en prendre une deuxième.

— Vous êtes prêts ? s'enquit-il lorsque la faim eut cessé de le torturer et qu'il put penser clairement.

— Nous le serons dès que vous en aurez terminé.

Marian saisit le seau et aspergea le feu de camp, d'où s'éleva une épaisse fumée qui le fit reculer. Quand elle se dissipa, il vit que la jeune fille se dirigeait vers le sous-bois.

— Où vas-tu comme ça ?

— Dans les buissons, puisqu'il fait jour. À moins que vous ne m'ordonniez de les éviter de jour également ?

Par-dessus son épaule, elle lui jeta un regard caustique qui le fit rougir et ajouta :

— Mais j'espère que non, car j'aurais de gros problèmes.

Sans lui laisser le temps de formuler une réponse, elle disparut dans les buissons. Derrière lui, le gamin ricana.

— Vous voyez ? dit-il. Elle a le don de faire sentir à un homme qu'il n'a aucune jugeote…

Un homme ? Steinarr avait du mal à en croire ses oreilles. Ce freluquet se prend pour un homme ?

Gardant pour lui ce qu'il pensait de la virilité du rouquin, il entreprit de seller l'étalon en prenant garde de protéger les zones irritées au niveau du garrot. Robin, quant à lui, s'occupa de la jument après avoir achevé de charger le roussin. Lorsque Marian reparut, les trois chevaux étaient prêts. Elle alla ramasser son balluchon, qu'elle jeta sur son épaule. Robin, déjà installé, lui tendit la main pour l'aider.

— Un petit effort, Maud…

Elle lui lança un regard à faire tourner un bidon de lait.

— Je pense, *Robin*, que cela irait mieux si tu voulais bien aller te placer à côté de ce rocher.

— Inutile, intervint Steinarr.

Il contourna l'étalon et vint lui faire la courte échelle.

— Merci, messire…

Elle posa le pied dans ses deux mains jointes, mais au moment où elle se hissait, son balluchon la déséquilibra et elle dut se retenir à ses épaules pour ne pas tomber. Au contact de ses doigts, Steinarr leva la tête. Elle était si proche qu'il pouvait sentir son souffle sur sa joue, et à sa manière de le tenir, on aurait pu croire qu'elle le consolait. Dieu lui était témoin qu'il avait bien besoin de toute la consolation qu'elle avait à lui offrir ! Besoin de sa douceur, du satin de sa peau, de sa chaleur. Besoin d'une femme… De cette femme !

rectifia-t-il. Immédiatement ! Il vit ses yeux, au niveau des siens dans cette position, s'agrandir démesurément. Et soudain, il eut l'impression de flotter dans leurs vertes profondeurs, fraîches comme celles d'un étang par un jour d'été. Tout ce qu'il avait à faire, c'était se noyer dans ce bain purificateur, et il oublierait toutes ces années vides et inutiles. Comme dans un rêve, il se sentit s'incliner vers elle.

Quelque part au-dessus d'eux, Robin se racla bruyamment la gorge. Marian cligna des yeux et retira vivement ses mains. Dès que le contact fut rompu entre eux, Steinarr se sentit envahi par un atroce sentiment de solitude qui lui serra la poitrine. Après avoir dégluti péniblement, il parvint cependant à suggérer d'un ton dégagé :

— Essayons encore.

Marian acquiesça d'un signe de tête, et il parvint cette fois à la hisser sur sa monture sans difficulté. Un élan de jalousie aussi brusque qu'inattendu s'empara de lui quand il la vit entourer de ses bras la taille du garçon.

— Je n'ai pas l'intention de traîner, annonça-t-il sans aménité à celui-ci. Essaie de ne pas te laisser distancer.

Les étroits chemins forestiers les obligèrent à cheminer l'un derrière l'autre, au grand soulagement de Steinarr, qui eut ainsi tout le temps de réfléchir à ce qui venait de se passer.

Ce qui l'avait fait réagir si violemment, décida-t-il, ce n'était pas tant la jeune fille elle-même que le fait qu'il vivait depuis trop longtemps dans une totale réclusion. De nombreux mois s'étaient écoulés depuis qu'il n'avait pas eu une pièce en trop à offrir à une catin. À bien y réfléchir, cela faisait presque deux ans... Deux années sans autre contact humain que d'occasionnelles poignées de main sur les marchés.

Pas étonnant, conclut-il, qu'un innocent contact ait provoqué chez lui une telle réaction...

Au moins, c'était un problème qu'il pourrait régler dès qu'il aurait empoché la prime pour la capture de Long Tom. Même après avoir acheté deux nouvelles couvertures de selle, des pointes de flèche, de la farine et du sel, il resterait bien quelques pence pour que Torvald et lui puissent se payer une femme. Il ferait en sorte qu'il en soit ainsi.

Lorsqu'ils atteignirent la grande route et qu'ils purent chevaucher de front, Steinarr avait eu le temps de se ressaisir. Hélas, la brise ne cessait de lui amener aux narines l'odeur enivrante de Marian, qui, pour ne rien arranger, ne cessait de l'épier du coin de l'œil.

Tant et si bien qu'il finit par s'en agacer.

— Qu'est-ce qu'il y a ?

La rudesse de sa question la fit tressaillir.

— Mais... rien, messire.

— Alors, pourquoi me regardes-tu ainsi ?

— Je vous regardais ? s'étonna-t-elle. Sans doute parce que j'étais en train de penser à votre goût pour ces tartines au fromage fondu. Vous devez être resté longtemps en forêt pour vous délecter ainsi de mets aussi simples...

— Cela fait assez longtemps, reconnut-il. Mes activités m'amènent à rester le plus souvent en pleine nature.

— Êtes-vous un espion ?

Amusé par sa franchise, Steinarr faillit éclater de rire.

— Qu'est-ce qui te fait penser ça ? demanda-t-il.

— Je n'ai jamais entendu d'accent tel que le vôtre. Et je ne connais pas ce prénom : Steinarr. Mais je sais que les Gallois et les Écossais – entre autres – envoient des espions en Angleterre pour découvrir le secret de la force de nos armées.

— Un espion apprendrait bien plus de choses en ville.

— Sans doute. Il n'empêche que votre nom est étrange.

— Il est ancien et date d'avant le Conquérant. Et il est assez commun dans le Nord.

Ses compagnons ne pouvaient savoir, songea-t-il, à quel point ces deux informations étaient vraies...

— Ne crains rien, conclut-il. Je ne suis pas un espion.

— Alors, êtes-vous un hors-la-loi ? insista-t-elle.

Cette fois, il ne put s'empêcher de rire.

— Un homme doit-il être espion ou hors la loi pour aimer passer son temps au grand air ?

— Il peut aussi être forestier ou charbonnier, mais vous êtes trop propre pour faire du charbon de bois, et pas assez équipé pour exploiter la forêt.

— Je pourrais être garde-chasse pour une noble maison.

Elle le toisa de la tête aux pieds et dit avec assurance :

— Je ne crois pas, non. Votre tenue, bien que vieille et usée, est celle d'un chevalier. Je pense que vous êtes de noble extraction mais que vous vous êtes mis hors la loi.

L'amusement de Steinarr s'était évanoui.

— Tu te trompes : je chasse les hors-la-loi. Et comme ils se cachent dans la forêt, je dois la parcourir pour les débusquer.

— À vous entendre, c'est tout simple, mais ce doit être très dangereux de gagner ainsi sa vie.

— Moins que tu ne l'imagines.

Il préféra en rester là et ne pas encourager sa curiosité. Impossible de lui expliquer qu'il ne pouvait être tué.

Mais Robin, soudain, parut avoir retrouvé sa langue.

— Irez-vous capturer quelques hors-la-loi après nous avoir quittés ?

— *Aye**. Sans ces brigands qui vous ont attaqués, j'en aurais déjà attrapé un, à l'heure qu'il est.

— Vous voulez dire : sans nous...

Robin adressa à sa cousine un regard entendu et ajouta :

— Pardonnez-nous, messire. Nous aurions dû vous écouter et faire demi-tour.

— Non, certainement pas ! s'insurgea Marian.

D'un geste impatient, elle repoussa une mèche que le vent avait fait voler sur son visage et ajouta :

— Notre tâche elle aussi est importante. Peut-être plus !

Elle défia Steinarr du regard.

— Si vous pourchassez les hors-la-loi, reprit-elle, pourquoi ne pas avoir poursuivi les hommes qui ont tué John Little ?

— Selon toi, j'avais une chance, à trois contre un ?

— Vous les avez aisément mis en déroute.

— Les faire fuir est une chose, les capturer en est une autre ! Mais s'il y avait eu quelque récompense à la clé, j'aurais peut-être tenté le coup quand même. Je ne me mets en chasse que lorsque la prime est assurée. Du moins quand de jeunes imprudents ne viennent pas perturber mes plans.

Elle ne répondit à cela qu'en soufflant bruyamment. Son silence boudeur se communiqua ensuite à Robin, si bien que la matinée s'écoula dans un calme parfait. Cela fit la joie de Steinarr, car ainsi elle ne le harcelait plus, mais il en conçut également un certain tourment, à cause de la moue qui s'attardait sur les lèvres purpurines de la demoiselle, lui donnant une envie folle de les écraser sous les siennes. Cela lui occupa l'esprit – bien inutilement – pendant des miles. Et quand ils sortirent des bois et s'engagèrent dans la campagne entourant Maltby, il avait conçu une dizaine de plans pour parvenir à l'embrasser, sans avoir l'intention d'en mettre un seul à exécution.

Tout ce qu'il voulait, c'était se débarrasser de ces deux-là, pas se lier à eux.

Marian avait apparemment profité elle aussi du voyage pour réfléchir. À l'entrée du village, elle demanda :

— La prime pour un voleur est de dix shillings, non ?

— *Aye*, répondit-il prudemment.

Elle ferma les yeux et inspira à fond avant d'ajouter :

— Je veillerai à ce que vous receviez cinq shillings si vous voulez bien nous escorter.

— Maud ! s'exclama Robin. Aïe…

Venait-elle de le pincer ? Manifestement, cela ne lui plaisait pas de se faire appeler Maud. Steinarr l'avait déjà remarqué lorsque ce prénom avait échappé au garçon, mais il n'y avait pas prêté attention, songeant que c'était un surnom qu'elle n'aimait pas. À présent, de moins en moins convaincu d'avoir affaire à « Marian » et à « Robin », il se demandait si ce n'était pas plutôt le diminutif de son véritable prénom. Mais à quoi ce surnom correspondait-il ? Il avait passé si peu de temps en compagnie des Anglais qu'il n'en avait pas la moindre idée. Il était déjà suffisamment compliqué de se faire à leur langue sans arrêt en évolution sans avoir en plus à se soucier de toutes les formes de leurs noms et prénoms.

Peu importait comment ils s'appelaient, conclut-il, puisqu'il était sur le point de leur fausser compagnie.

— Je serais bien fou d'accepter cinq shillings à la place de dix ! fit-il valoir en secouant la tête.

— Et moi, je serais folle de vous offrir autant ! rétorqua Marian. Les cinq shillings ne remplacent pas les dix, ils s'y ajoutent. Vous pourrez vous mettre en quête de votre hors-la-loi après nous avoir escortés, mais nos cinq shillings seront déjà à vous.

Steinarr étudia la proposition. Tout argent était bon à prendre. Les selles étaient aussi usées que les couvertures, et il allait avoir besoin, ainsi que Torvald, d'un nouveau manteau et de gants pour affronter l'hiver. Pourtant...

— Non ! répondit-il fermement.

— Mais... pourquoi ? insista-t-elle.

— Je te l'ai déjà dit : je ne suis pas garde du corps.

Il aurait dû en rester là, mais il ne résista pas à la tentation de lui river son clou.

— De toute façon, ta bourse doit être aussi plate que la mienne. Où trouverais-tu cinq shillings ?

— Vous aurez votre argent au terme du voyage, messire. Je vous en donne ma parole.

— Vous avez également la mienne ! renchérit Robin, comme si celle-ci avait pu valoir quelque chose.

— La réponse est toujours non.

— Mais...

Sans laisser à Marian le temps d'insister davantage, il l'interrompit d'un ton sans réplique.

— Non ! Allons trouver le prêtre, pour que je puisse...

— Lui confesser vos nombreux péchés ? suggéra-t-elle avec insolence.

— Lui demander de te donner des leçons de bonnes manières ! Et lui expliquer où il trouvera le corps de John Little.

Elle eut la grâce de rougir et de s'abstenir de répliquer.

Ils arrivèrent enfin à l'église, une chapelle massive tout en pierre entourée de tombes et d'un muret. À l'intérieur, ils trouvèrent le prêtre en train de veiller au remplissage des fonts baptismaux. Marian et Robin gardèrent le silence, laissant Steinarr raconter ce qui s'était passé. Ils ne s'exprimèrent que lorsque le curé voulut en savoir plus sur les circonstances de la mort de John Little.

— Ce brave a essayé de lui prêter main-forte, expliqua Marian. Et il nous a sauvés, mon cousin et moi.

— C'est lui qui a voulu venir vous trouver pour que John soit enterré chrétiennement, ajouta Robin.

— Bien... commenta le prêtre en hochant la tête. Pardonnez-moi, messire, mais il est nécessaire dans de tels cas de vérifier que le porteur de la nouvelle n'est pas aussi le coupable. John était un bon chrétien, je suppose ?

Marian se chargea de répondre.

— Il a assisté à la messe hier matin, avant notre départ.

— Tant mieux. Nous pourrons donc le mettre en terre dans notre cimetière. Je vais aller au manoir et demander à sir Matthew d'envoyer le fossoyeur chercher le cadavre.

Il les fit sortir et demanda, s'adressant à Steinarr :

— Souhaitez-vous m'accompagner pour présenter vos hommages à sir Matthew, messire ?

— Non. Je dois me remettre en route, mais Robin et Marian, qui sont pèlerins, vont attendre ici que passent d'autres voyageurs pour les accompagner.

— Où donc allez-vous, mes enfants ?

Mal à l'aise, Robin s'absorba dans la contemplation de ses chaussures. Sa cousine n'eut pas ces pudeurs.

— En toute fin, à Lincoln, mon père. Mais nous devons faire un détour par une source Notre-Dame, près de Retford, pour y prier. Nous vous serions très reconnaissants de votre aide en attendant que se présentent des voyageurs.

— Tu n'en auras pas besoin longtemps, mon enfant. Un groupe de charbonniers campe près d'ici et se prépare à partir dès demain dans cette direction. Sir Matthew les a prêtés à l'abbesse de Kirklees. Ils doivent rejoindre les terres de l'abbaye, à Headon, près de Retford. Je pense que votre source doit se trouver non loin de là.

— *Aye*, répondit Marian, qui ne paraissait pas ravie. Des brûleurs de charbon de bois, avez-vous dit ?

— Et je n'en ai jamais vu de plus sales, mais ça ne les empêche pas d'être des hommes et des femmes dignes de confiance. Durant tout le temps où ils sont restés dans les forêts des alentours, on les a vus à la messe tous les dimanches. Vous serez en sécurité avec eux. Je vous les présenterai dès que j'aurai vu sir Matthew.

— Il nous faut acheter de la nourriture, intervint Robin. Quelqu'un aurait-il du pain et du fromage à nous vendre ?

— Vous trouverez tout ça au manoir. Suivez-moi, je veillerai à ce que l'intendant vous fasse un bon prix.

Le prêtre tint ouvert le portail du cimetière pendant que Marian tirait d'une bourse quelques piécettes qu'elle déposa au creux de la main de Robin.

— Tâche de faire une bonne affaire, recommanda-t-elle.

— Tu ne nous suis pas ? s'étonna-t-il.

— Je dois m'entretenir avec sir Steinarr avant son départ, répondit-elle. Va, je te rejoindrai sous peu.

Il parut sur le point de dire quelque chose, mais il se ravisa et suivit le prêtre en hochant la tête.

— Tu ferais mieux d'aller avec lui pour t'assurer qu'on ne le roule pas, dit Steinarr en rejoignant la rue à son tour. Plaider une fois de plus ta cause ne servira à rien.

Marian s'arrêta sur le seuil du cimetière et répliqua :

— Je ne veux pas plaider ma cause mais doubler mon offre : dix shillings si vous nous escortez.

Steinarr laissa fuser un rire sarcastique.

— Tu n'as pas ces dix shillings.

— Pas sur moi, reconnut-elle.

— Ni sur toi ni ailleurs... Tu paraissais tenir à ces sous que tu as remis à Robin comme à la prunelle de tes yeux.

— Nous devons faire durer le pécule que nous avons emporté pour notre voyage. Mais je vous assure, messire, qu'une récompense vous attend au terme de celui-ci.

— Avec ou sans récompense, ma réponse est non.

Sans s'attarder davantage, il se retourna et se mit en marche vers les chevaux.

— Vingt shillings !

Surpris, il fit volte-face et la dévisagea. Par tous les dieux ! Elle était sérieuse... Où diable une jeune paysanne pourrait-elle trouver une telle somme ? se demanda-t-il brièvement, avant de se reprendre. Cela n'avait aucune importance : il n'allait pas l'aider – il ne pouvait pas l'aider.

— Tu deviens fatigante, fillette. J'ai dit non !

Il alla se placer entre ses deux chevaux et prit son temps pour vérifier la sangle du roussin. Peut-être, pour une fois, allait-elle lui obéir ? Mais en se retournant vers son étalon, il faillit se cogner contre elle. Une main posée sur le flanc de chacune des deux bêtes pour les informer de sa présence, elle se tenait tout près de lui, le menton fièrement dressé, déterminée à se rendre insupportable jusqu'à ce que, de guerre lasse, il accède à sa requête. Il lui fallait trouver un moyen de la repousser, sans quoi elle allait le suivre.

— Que faudrait-il ? demanda-t-elle en s'approchant encore. Que pourrais-je vous offrir pour vous décider ?

La réponse s'imposait. Tes lèvres ! Rouges et gonflées, elles le narguaient et ne demandaient qu'à être goûtées, domptées, embrassées...

— Ceci !

Les bras de Steinarr emprisonnèrent Marian presque d'eux-mêmes, et ses lèvres couvrirent les siennes sans lui laisser le temps de protester. L'espace d'un instant, elle demeura inerte contre lui. Puis ses lèvres s'attendrirent, se firent complices, s'entrouvrirent juste assez pour lui permettre d'arriver à ses fins. Une saveur riche et féminine lui inonda le palais. Le désir flamba en lui. Il la serra plus fort, avec un grondement sourd, plaquant son corps offert contre le sien dans l'espoir d'apaiser sa douloureuse érection. Avec fougue, il plongea la langue dans sa bouche, afin qu'elle sache qu'il était prêt à la faire sienne, là, tout de suite, en plein cœur de ce village.

Mais soudain, il la sentit se raidir et se débattre, comme s'il lui avait fait mal, même s'il savait que ce n'était pas le cas. Dès qu'il l'eut relâchée, elle s'empressa de se mettre hors de portée. Dardant sur lui un regard accusateur, elle pressa le dos de sa main contre sa bouche et demanda :

— Que... que faites-vous ?

— Même une jouvencelle connaît la réponse à cette question.

Il devait lutter pour s'exprimer d'une voix égale. La vision de ses lèvres l'obsédait. Après son baiser, elles étaient encore plus rouges et plus gonflées. Mais, au fait, pourquoi l'avait-il embrassée ? Ah oui...

— Tu m'as demandé quel était mon prix, le voici : vingt shillings... et toi. Je t'emmènerai où tu voudras, du moment que tu me laisses te prendre, où et quand j'en aurai envie.

— Me... me prendre ? Vous ne pensez pas à...

— Je ferai en sorte que ce soit plaisant pour toi.

Steinarr la toisa de la tête aux pieds – par tous les dieux, qu'elle est gironde ! – et fit un pas vers elle.

— Très plaisant, même, ajouta-t-il d'un ton tentateur. Je te promets que tu aimeras ça autant que moi.

Les yeux de Marian s'agrandirent démesurément. En le voyant faire un nouveau pas vers elle, elle prit ses jambes à son cou et s'enfuit en direction du manoir, comme si elle avait tous les fantômes du cimetière à ses trousses.

Steinarr avait gagné. À présent, il était sûr qu'elle ne le suivrait pas.

Il n'en tirait cependant pas autant de satisfaction qu'il l'aurait dû. Agacé, il vérifia le harnachement des chevaux une fois encore, le temps que disparaisse la tension qui se manifestait à son entrejambe, ce qui fut d'autant plus long que la pensée de Marian l'obsédait.

Elle se tenait à côté de la porte du manoir quand il passa devant celui-ci quelques minutes plus tard.

— Bon voyage à vous et à votre cousin, *mademoiselle* Marian ! lança-t-il en inclinant la tête pour la saluer.

— Le diable vous emporte, *messire* ! répliqua-t-elle d'un ton acerbe.

Les gardes en faction s'offusquèrent de son impudence, puis se mirent à rire en constatant que Steinarr ne réagissait pas. Il aurait dû aller lui botter les fesses, afin de la remettre à sa place, mais peu lui importait désormais. Il était débarrassé d'elle, de son cousin qui n'était pas son cousin, de leurs identités d'emprunt et de leur prétendu pèlerinage. C'était tout ce qui comptait. Il l'ignora, ignora aussi son regard furieux rivé sur son dos et poursuivit sa route.

Mais il ne pouvait ignorer, cependant, ce qu'il avait ressenti en l'embrassant, ni ce qu'il avait découvert dans ses yeux lorsqu'elle s'était écartée de lui, juste avant de tourner les talons et de s'enfuir. Il avait certes perçu de la frayeur, dans ce regard, mais pas seulement. Comme quand il avait failli se noyer dans les lacs verts de ses yeux, il y avait lu également un certain intérêt fasciné…

Il comprit alors qu'il aurait pu la faire sienne. S'il avait eu le temps – et la volonté – de lui conter fleurette, il aurait pu la posséder.

Il ne faisait aucun doute pour lui que cette idée allait le poursuivre pendant très, très longtemps.

Aux abords du campement des charbonniers, Matilda Fitzwalter faisait de son mieux pour paraître ravie de son sort. En réalité, le fait d'être à présent loin de *lui* constituait son seul motif de satisfaction. Ce fieffé coquin... qu'il aille au diable ! Mais comment se réjouir alors que l'impression tenace d'avoir partagé ses désirs les plus secrets – non pas physiquement, mais de manière bien plus intime – ne cessait de la tourmenter ?

Cela avait commencé ce matin-là, alors qu'il lui faisait la courte échelle. Leurs regards s'étaient croisés, et le désir de Steinarr s'était déversé en elle comme un flot brûlant, la déstabilisant et éveillant ses propres appétits sensuels. Tout au fond d'elle-même, elle en gardait encore la trace et n'avait pu s'en débarrasser de toute la journée.

Elle pouvait difficilement lui en vouloir, sachant que c'était son don qui était responsable de cet emballement des sens – un don qui était à la fois une bénédiction et sa croix. Dès son plus jeune âge, elle avait ressenti envers les animaux une étrange empathie, qui s'était d'abord manifestée avec les chats, puis les chiens et les chevaux, les moutons – et même avec les poules dans la basse-cour. Elle partageait leurs sensations, leurs émotions, mais il n'y avait eu qu'elle pour percevoir cela comme un don. Sur les conseils des prêtres, son père s'était laissé convaincre qu'il fallait lui faire passer de la manière forte cette lubie. Elle avait vite appris à cacher ses facultés et à en rire comme de caprices d'enfant.

Mais nier ce don n'avait pas suffi à le faire disparaître. Elle s'était exercée en secret à le contrôler, et au moment où elle avait atteint l'âge adulte, elle communiquait également avec la faune sauvage, au-delà des murs du manoir de Huntingdon où elle avait grandi. C'est ainsi qu'elle avait compris que leur jument était plus vaillante qu'elle ne le paraissait. Simplement, elle n'aimait pas être attelée.

Cette aptitude s'étendait rarement aux êtres humains, cependant, et ne s'était jamais manifestée avec autant de force que ce matin-là. Tout juste parvenait-elle à deviner si un homme était bon ou mauvais. Mais avec Steinarr... la force indomptable de son désir l'avait emportée. Elle n'avait que rarement ressenti une telle sauvagerie chez les bêtes de la forêt, et jamais chez un animal domestique. Le souvenir qu'elle en gardait suffisait à la faire trembler bien plus que ce qui venait de se passer entre eux.

Te prendre, où et quand j'en aurai envie.

Ces paroles et ce baiser lui fournissaient une autre raison de se féliciter de son départ. Elle lui avait offert un bon prix pour une simple tâche... et il l'en avait récompensée par le mépris. Matilda n'était pas habituée à ce que quiconque – surtout un homme de rang inférieur – lui résiste. Elle n'avait pas davantage l'habitude de se laisser embrasser par le premier venu. Ce voyou lubrique n'avait pas le droit de se conduire ainsi, d'autant moins s'il avait affaire à une femme de haute extraction.

Naturellement, il ne pouvait savoir qu'elle était issue de la noblesse. Matilda s'était donné beaucoup de mal pour qu'on voie en Robert et en elle de simples gens du peuple. Cela avait parfaitement fonctionné jusqu'à présent. Même les bourdes occasionnelles de Robert n'avaient pas suffi à les trahir, et Dieu merci, elle avait été trop ébahie pour reprocher à Steinarr ses avances. Jamais une paysanne ne se serait permis de réprimander un chevalier, si déplorables que fussent ses manières.

Mais paraître suffisamment pauvre pour devoir voyager en compagnie de charbonniers plus miséreux encore ? Elle n'était pas certaine de le vouloir. Ces hommes de peine qui s'enfonçaient au plus profond des forêts à la recherche de bois à brûler l'avaient toujours mise mal à l'aise. Leur peau noirâtre, leur mise négligée et leurs rudes manières n'étaient pas pour la rassurer – pas plus que la parole d'un prêtre qu'elle ne connaissait pas.

Cependant, à en juger par le sourire qui ne quittait pas ses lèvres, le père Albertus ne partageait pas ses craintes. Il les avait conduits, à la sortie du village, dans un pré bordé par un ruisseau où stationnaient plusieurs chariots. Un peu à l'écart, il discutait avec le chef du groupe, un homme massif à la peau si encrassée qu'on aurait pu le croire lui-même taillé dans un bloc de charbon. Après s'être entretenu avec plusieurs de ses compagnons aussi noirs que lui, le charbonnier acquiesça d'un signe de tête. Le père Albertus fit signe à Matilda et à Robert d'approcher.

Priant pour que la confiance que le prêtre avait en ces hommes ne soit pas mal placée, Matilda suivit Robert, qui s'avançait à la rencontre de leurs nouveaux compagnons. Ils firent ainsi la connaissance de Hamo, le chef, et de sa mère, Édith ; de James, son fils et bras droit ; de la femme de celui-ci, Ivetta, ainsi que d'un cousin, Osbert, et d'une petite vingtaine d'autres, sans compter les enfants. D'après ce que Matilda comprit, tous étaient parents avec le chef du groupe, soit par le sang, soit par alliance.

Comme s'il avait devant lui deux nouvelles souches à transformer en charbon, Hamo les toisa de pied en cap.

— Vous allez à Headon Manor avec nous ? s'enquit-il.

— *Aye*, répondit Robert. Si vous pouvez nous accueillir.

— Vous pouvez vous nourrir par vous-mêmes ?

— *Aye*. Avec un petit plus pour le pot commun.

Matilda dut se mordre la langue pour ne pas protester. Ils avaient déjà si peu de choses…

Hamo, lui, hocha la tête d'un air satisfait.

— Alors, dit-il, vous êtes doublement les bienvenus.

Il tendit à Robert une main crasseuse et ajouta :

— Vous avez bien fait de venir ce soir. Puisque Osbert et les siens nous ont rejoints, on lèvera le camp aux premières lueurs de l'aube, quand on pourra atteler les bœufs.

— Bien ! se réjouit le père Albertus en serrant l'épaule des deux hommes. À présent que Robin et Marian sont casés, je m'en vais. Il me reste encore à bénir l'eau des fonts.

— Mon père, nous accorderez-vous une petite bénédiction avant de partir ? demanda Hamo. Venez, vous autres ! Que notre voyage débute sous de bons auspices...

Toute la tribu se rassembla promptement et se mit à genoux. Robert fit de même à côté de Hamo. Matilda, elle, s'agenouilla où elle se trouvait, un peu à l'écart. Tandis que le prêtre leur donnait sa bénédiction – d'abord en latin, puis en anglais usuel –, elle ouvrit son esprit, tentant de voir si son don s'était renforcé. Mais elle ne perçut rien d'autre que l'ennui satisfait des bœufs, la curiosité alerte des chevaux et la nervosité d'une souris tapie dans l'herbe. Aucune sensation humaine émanant de ceux qui se trouvaient là ne se mêlait à ce concert.

Alors... pourquoi Steinarr ? Elle remisa cette question sans réponse dans un coin de son esprit tandis qu'elle se redressait après les dernières paroles du prêtre et se joignait aux autres pour lui faire ses adieux.

Après le départ du père Albertus, Hamo les poussa en direction d'Ivetta.

— C'est à elle qu'il faut donner la nourriture que vous voulez bien partager. Elle l'ajoutera au pot et vous assignera vos corvées. Chacun, ici, abat sa part de travail.

— Nous ne l'entendions pas autrement, assura Robert.

Puis, entraînant Matilda par le coude, il lui chuchota :

— Viens, cousine... allons verser au pot un morceau de notre jambon.

— Notre jambon ? répéta-t-elle.

— *Aye*. Je l'ai eu au manoir.

Voyant qu'elle s'apprêtait à protester, il précisa, souriant :

— Rassure-toi. Sir Matthew nous en a fait l'aumône. Il a même tenu à offrir aux pauvres pèlerins que nous sommes toute la nourriture dont nous avions besoin... Je ne pouvais refuser ce présent, pas plus que les deux pence que sa dame m'a remis. Pour le salut de leurs âmes, comprends-tu ?

Comme pour lui-même, il ajouta tout bas :

— Mais je ne donne pas cher des nôtres à présent...

— Nous prierons pour eux à la source Notre-Dame, décida Matilda. Donc, tu es revenu avec de la nourriture, sans avoir rien déboursé, et même avec un peu plus d'argent...

En le voyant acquiescer d'un signe de tête, elle se mit à rire gaiement et le serra dans ses bras.

— Parfois, Robin, tu es vraiment remarquable !

— Mais pas suffisamment pour qu'on le remarque...

Il avait prononcé ces mots d'un ton léger, mais l'expression de souffrance qui était passée sur son visage n'avait pas échappé à Matilda. Les blessures d'amour-propre qu'il avait subies, elle en souffrait comme si c'était à elle-même qu'on les avait infligées. Père n'avait jamais été juste avec Robert.

Déjà, il s'était repris et expliquait avec animation :

— Le jambon est en deux morceaux. Nous pouvons partager le plus gros des deux avec ces braves gens.

Leur offrande leur valut bienveillance et reconnaissance, d'abord de la part d'Ivetta, qui trancha rapidement un peu de lard pour l'ajouter au ragoût d'orge et de légumes qui mijotait sur le feu, puis de tous les autres membres du groupe quand l'arôme commença à s'en répandre dans le campement. Ils s'acquittèrent sans difficulté des tâches simples qu'on leur avait assignées – aller chercher de l'eau et du bois, s'occuper des bœufs, etc. –, et lorsque le ragoût eut été partagé et avalé, ils étaient définitivement adoptés. Matilda avait quant à elle surmonté la plupart de ses craintes. Elle était cependant soulagée qu'ils disposent, en tant que pèlerins, de leurs propres bols et couverts, surtout quand elle vit les chiens récurer consciencieusement sur le sol ceux des charbonniers après le repas.

Pendant que les hommes préparaient autour d'un plateau de jeu de charret* le voyage du lendemain, Matilda s'assit avec les femmes pour partager avec elles les derniers potins à propos du roi Edward tout en jouant à des jeux de ficelle avec les petites filles présentes. Ce faisant, elle prit garde à ne pas oublier qu'elle était une paysanne en pèlerinage avec son cousin, espérant que Robert ferait de même.

Et quand tombèrent les ténèbres, chaque groupe familial se rassembla autour de sa propre voiture. La vieille Édith prit Matilda sous son aile.

— Tu f'ras ton lit sous ma voiture, petite. Tu s'ras bien. Ton cousin dormira sous les arbres, avec les autres gars.

Matilda acquiesça d'un signe de tête et alla récupérer son balluchon. Il lui fallut effectuer quelques manœuvres acrobatiques – et se cogner deux fois la tête –, mais elle eut bientôt dans l'herbe une couche aussi confortable que possible. La nuit étant chaude et sèche, elle avait roulé sa cape en boule pour s'en faire un oreiller. Elle resta longtemps immobile, à écouter ses compagnons s'installer pour la nuit. Les enfants les plus âgés réconfortaient les plus jeunes, maris et femmes échangeaient à voix basse des mots doux. L'ambiance n'était guère différente de celle qui régnait dans la grande salle de Huntingdon au moment du coucher. Ces charbonniers ressemblaient fort, en fait, aux braves gens qui servaient sa famille. Son ultime crainte envolée, elle se laissa aller, épuisée, et ne tarda pas à glisser dans le sommeil.

Un bruit vint la réveiller en pleine nuit. Il lui fallut un moment pour se rappeler où elle se trouvait et pourquoi il y avait une roue de chariot près de sa tête. Le bruit se fit plus insistant, et en reconnaissant ce mélange de paroles chuchotées, de grincements et de soupirs, elle se sentit rougir. James et Ivetta, dans leur voiture, faisaient l'amour. Matilda roula sur le côté en couvrant ses oreilles de sa cape, mais il était trop tard. Le bruit était dans sa tête.

Ensuite, ce fut à *lui* de se glisser sous son crâne – sir Steinarr et son baiser, son ultimatum, son désir. *Te prendre, où et quand j'en aurai envie.* Elle se serait bien contentée d'avoir un saisissant aperçu de son esprit, mais il avait également fallu qu'il lui impose un contact intime avec son corps, dur comme l'acier et brûlant de désir. Elle avait beau serrer la cape contre ses oreilles, elle entendait toujours James s'activer sur Ivetta. Et même si elle ne désirait pas Steinarr – pas vraiment –, elle ne put s'empêcher de se demander quel effet cela lui ferait de l'entendre murmurer des mots fiévreux à son oreille, au creux de la nuit, tandis qu'il la *prendrait* sur ce rythme. Troublée par cette image, elle sentit son corps s'échauffer, s'attendrir... désirer.

Non ! Elle n'avait pas le droit de ressentir cela. Elle ne voulait pas de lui.

Mais alors qu'elle se disait cela, une voix tentatrice lui murmura que, même si c'était le cas, il n'y avait aucun mal à penser à lui de cette façon. Il était à des lieues d'elle, désormais. Elle ne le reverrait plus jamais. La tentation s'insinuait en elle de manière pernicieuse, lui rappelant ce qu'elle avait ressenti tout contre lui, à quel point elle avait été près de franchir le pas. Il lui aurait suffi de dire un mot pour qu'il l'entraîne à l'écart et que... Le désir inassouvi se fit presque douloureux en elle.

Protégée par les ténèbres, elle fit taire la voix de sa conscience et l'écho de celles des prêtres qui lui avaient répété que ce qu'elle s'apprêtait à faire était aussi répréhensible que de laisser Steinarr la rejoindre dans sa couche. Comme d'elle-même, sa main descendit jusqu'à son bas-ventre et s'y posa. Son imagination fit le reste. Elle n'eut qu'à le laisser dans le secret de ses pensées prendre ce qu'il lui avait réclamé en échange de sa protection, pour très vite se retrouver au bord de l'abîme de plaisir qu'il lui avait promis. Alors, elle se laissa glisser sans hésiter dans le gouffre, pinçant les lèvres pour étouffer un gémissement et cacher au monde un autre secret.

3

À la porte du château, jouant avec la bourse de nouveau gonflée à sa ceinture, Steinarr savourait le désordre, les odeurs et les bruits de la rue qui s'ouvrait devant lui. Grâce à Long Tom, qui croupissait à présent dans une geôle du shérif*, et à un marchand esseulé qui lui avait apporté contre son gré une contribution supplémentaire, il avait à présent assez d'argent pour se payer ce dont il avait besoin : deux épaisses couvertures de selle, une dizaine de pointes de flèche en acier et une femme complaisante.

Ce fut ce dernier article qu'il découvrit en premier, alors qu'il scrutait les étals rassemblés devant lui. Nonchalamment appuyée contre une porte, guettant l'homme qui ouvrirait aussi facilement sa bourse qu'elle ouvrait les cuisses, elle ressemblait à toutes les putains qu'il avait croisées. Un sourire entendu joua sur ses lèvres lorsqu'elle vit qu'il l'avait repérée. Elle bomba le torse pour mettre en valeur sa poitrine, à peine contenue dans un corsage lacé des plus légers. Steinarr sentit son entrejambe manifester son impatience. Il s'avançait vers elle lorsqu'il entendit un homme s'exclamer derrière lui :

— Ah ! La Roche ! Te voilà…

Steinarr ne réagit pas tout de suite à ce nom si peu familier – un nom qui venait pourtant de lui permettre de toucher sa prime. Il se retourna dès qu'il l'eut reconnu et darda un œil noir sur le sergent qui l'avait hélé.

— Un problème ? maugréa-t-il. Le clerc a mal compté ?

— Non. Lord Gervase voudrait te parler. Suis-moi.

L'homme du shérif fit demi-tour sans l'attendre. Steinarr ravala un juron tandis que la perspective d'une agréable partie de jambes en l'air s'éloignait. Il jeta un coup d'œil à la catin, dont le regard d'invite s'était fait interrogateur. Haussant les épaules en un geste de regret, il lui lança un « Plus tard… » articulé en silence, puis il tira sur sa tunique, se coiffa avec les doigts et suivit le sergent.

Des deux hommes qu'il trouva dans la salle haute du château, debout devant la fenêtre, Steinarr ne connaissait que Gervase de Clifton, tout récent shérif du Nottinghamshire, qu'il avait déjà rencontré aux côtés de son prédécesseur. En le voyant lui sourire, ni tendu ni en colère, il comprit qu'il ne courait aucun danger et se détendit. D'un coup d'œil, il jaugea l'autre individu, richement vêtu de rouge et chaussé de bottes à bouts pointus assorties. Sans son collier en or, il aurait eu l'air d'un coq… Noble, songea-t-il. Et pas très à l'aise.

Refoulant le dégoût immédiat que lui avait inspiré ce fat, Steinarr s'inclina devant les deux hommes comme l'humble mercenaire qu'il était à leurs yeux.

— Milord… salua-t-il en s'adressant au shérif.

— On m'a dit que tu nous avais amené un autre gibier de potence, La Roche. Cela faisait longtemps. Je commençais à craindre que tu n'aies été tué.

— Non, milord.

Il avait découvert qu'il valait mieux réduire à sa plus simple expression la communication avec les Anglais.

— Je te présente Guy de Gisburne, reprit le shérif. Sir Guy est venu me demander conseil. Quand j'ai su que tu étais dans nos murs, j'y ai vu un signe du destin. Tu es tout à fait l'homme qu'il lui faut.

Steinarr n'aurait pour rien au monde voulu se mettre au service de ce poseur, mais il ne pouvait se permettre de contrarier le shérif, qui risquait un jour de s'aviser que son chasseur de primes préféré se faisait à l'occasion détrousseur.

— Dois-je le prendre comme un compliment, milord ?

— Je l'entends en tout cas ainsi, répondit Gervase. Les présentations étant faites, je vous laisse discuter.

Sur ce, il quitta la pièce, fermant avec soin la porte derrière lui, ce qui intrigua Steinarr. Ainsi, le shérif tenait à jouer dans cette affaire un rôle aussi minime que possible. S'agissait-il d'agir en marge de la loi ?

Gisburne, à son tour, observa Steinarr. Apparemment satisfait de son inspection, il hocha la tête et expliqua :

— J'ai besoin de ton aide pour retrouver un voleur.

— Sans vouloir vous offenser, messire, je ne connais de vous que votre nom. Pourquoi devrais-je vous aider ?

— Parce que je suis le nouveau lord de Huntingdon !

D'un ton un peu moins hautain, il ajouta :

— Et parce que je te paierai bien pour cela – *très* bien…

Dans ces conditions… songea Steinarr.

— Qu'a dérobé ce voleur ?

— Ma cousine Matilda, fille unique de lord David Fitzwalter, répondit Gisburne. Ce brigand l'a enlevée.

Une émotion passa sur son visage, qu'il dissimula en se plongeant de nouveau dans la contemplation du paysage par la fenêtre.

— Mon oncle a laissé Matilda se gaver de chansons de geste et autres fadaises, poursuivit il d'un ton amer. Pour la duper, ce fripon n'a eu qu'à prétendre être lancé dans une noble quête dans laquelle elle pouvait l'aider.

— Quel genre de quête ? s'enquit Steinarr.

— Mon oncle a dissimulé une partie de sa fortune et a laissé une série d'indices énigmatiques censés conduire son héritier à un trésor.

Avec emphase, il précisa, comme si c'était nécessaire :

— Son héritier, c'est-à-dire moi !

Un rire grinçant s'échappa de ses lèvres.

— Mon oncle nourrissait lui aussi un amour immodéré pour ces gestes* héroïques, poursuivit-il. Robert a dérobé le premier de ces indices et essaie à présent de faire main basse sur les autres – et sur le trésor – avec l'aide de Matilda.

— Robert ?

— Robert Le Chape – le voleur. Un orphelin que mon oncle a recueilli chez lui par pure bonté d'âme et qui à présent le trahit en remerciement de ses largesses.

— Pourquoi ne vous lancez-vous pas vous-mêmes à sa poursuite, vous et votre oncle ?

— Malheureusement, c'est la mort de lord Fitzwalter dans son domaine de Loxley, il y a une semaine de cela, qui est la cause de ces événements. On est venu me quérir à Gisburne, mais je suis arrivé trop tard. Mon oncle était mort, et Robert avait accompli son forfait en emmenant Matilda avec lui.

Sir Guy prit une profonde inspiration, puis se tourna vers Steinarr pour conclure :

— Je te donnerai dix livres d'argent si tu retrouves Le Chape et si tu me ramènes ma cousine avant un mois.

Dix livres ! Le total des primes gagnées par Steinarr au cours des cinq dernières années n'atteignait pas cette somme. Soit cet homme tenait vraiment à sa cousine, soit...

— Vous ne voulez pas que j'arrête Robert, hasarda-t-il. Vous voulez que je le tue.

— Je n'ai pas dit cela ! Mais s'il ne franchissait plus jamais le seuil de ma demeure, je n'en serais pas marri.

En d'autres termes, il ne disait pas non, ce qui ne plaisait guère à Steinarr. Naturellement, il avait déjà tué. Directement – à la guerre, ou quand une de ses cibles lui opposait trop de résistance –, comme indirectement – certains des malandrins qu'il capturait finissaient à la potence. Quant aux agissements nocturnes du lion, il ne s'agissait pas de meurtres à proprement parler, même s'ils entraînaient parfois la mort d'un homme. Cela, il en avait l'habitude, mais assassiner de sang-froid un simple voleur parce que tel était le bon plaisir d'un lord anglais de second ordre, c'était une autre paire de manches...

Il n'en demeurait pas moins que s'il ne se décidait pas à le faire, quelqu'un d'autre s'en chargerait. Le Chape irait tout de même nourrir les vers, mais la récompense gonflerait la bourse de quelqu'un d'autre. Et il avait bien besoin de cet argent... Avec dix livres en poche, il pourrait acheter une nouvelle selle au lieu d'une simple couverture, et il aurait de quoi faire face à bien d'autres nécessités – les siennes comme celles de Torvald. Sans répondre ni oui ni non, il demanda :

— Qu'en est-il de ce trésor ?

— Il est de peu d'intérêt pour toi, à moins que Robert ne mette la main dessus avant que tu le retrouves.

Sir Guy balaya cette éventualité d'un geste de la main.

— Dans ce cas, il abandonnerait sans doute ma cousine en territoire inconnu, à la merci du premier homme venu. Elle devait – elle doit – se marier dans un mois. Si elle est de retour à temps, son avenir peut encore être sauvé.

D'où le délai qu'il imposait à Steinarr. Dix livres en un seul mois ? Il eut vite fait de prendre sa décision.

— Son avenir sera sauvé, promit-il. Je la retrouverai et vous la rendrai.

— Et Le Chape ? s'enquit sir Guy, soulagé.

— Il ne trouvera pas ce trésor qu'il désire tant. Et pour dix livres, il ne franchira plus le seuil de votre demeure.

— Dix livres, c'est promis.

Ils se serrèrent les mains selon l'ancienne coutume pour sceller le marché, et Gisburne ajouta :

— Et pour te prouver ma bonne foi...

Il déposa au creux de la paume de Steinarr ce que celui-ci prit d'abord pour un médaillon.

— Une pièce en or ? s'étonna-t-il.

Guy acquiesça d'un hochement de tête.

— Une nouvelle monnaie appelée le florin, expliqua-t-il. Elle tient son nom de la ville où on la frappe. Elle est en or pur et vaut un marc d'argent. Qu'elle te motive dans ton travail. Tu auras le reste quand tu me rendras ma cousine.

Steinarr testa sous sa dent la résistance du métal et, satisfait par sa mollesse, glissa la pièce dans sa bourse.

— Ce sera un plaisir de travailler pour vous, assura-t-il. Vous dites qu'ils se sont lancés à la recherche des indices laissés par votre oncle ? Savez-vous dans quelle direction ?

— Très vaguement. Un serviteur, qui s'inquiétait pour ma cousine, les a suivis à distance. Avant d'être semé, il les a entendus discuter d'une certaine source Notre-Dame.

— Ah oui ? s'étonna Steinarr. Laquelle ?

— Si je le savais, je serais allé chercher ma cousine moi-même... Je sais seulement qu'ils allaient vers le

Nottinghamshire. Voilà pourquoi je suis venu ici. La dernière fois qu'on les a vus, ils voyageaient en compagnie d'un vieil homme dans une charrette, mais tous trois semblent s'être volatilisés.

Steinarr, à qui cette histoire ne pouvait que mettre la puce à l'oreille, avait du mal à y croire. Était-il possible que…

— À quoi ressemblent-ils, tous les deux ?

— Robert est mince et roux de poil. Il doit être un peu plus grand que moi. Il porte souvent une capuche verte et il a une cicatrice ici…

Sir Guy se toucha le menton, à l'endroit où un certain pèlerin que connaissait Steinarr arborait une barbichette.

— Ma cousine est légèrement plus petite que moi, et elle est aussi belle que peut l'être une jouvencelle de son âge, avec une bouche semblable à une fraise et des cheveux pareils à des fils d'or.

Une curieuse façon d'évoquer une simple parente, de l'avis de Steinarr, mais le portrait était fidèle.

— L'un ou l'autre se fait-il appeler par un autre nom ? demanda-t-il. Ils pourraient utiliser des surnoms pour voyager incognito.

— J'ai entendu Matilda appeler ce vaurien Robin. Et ses familiers appellent souvent ma cousine Maud, bien sûr.

Bien sûr… Maud était le diminutif de Matilda, du nom de la mère du roi Henry II. Il aurait dû s'en souvenir : les batailles incessantes entre elle et le roi Stephen, il y avait un ou deux siècles de cela, l'avaient privé de la paix qui régnait dans les forêts anglaises et obligé à émigrer en Écosse.

Et la fille était noble, ce qui expliquait bien des choses.

Il eut du mal à réprimer un sourire de contentement. Il savait exactement où trouver ces deux-là – la cousine de Gisburne et son prétendu cousin. Mais tenait-il réellement à rejoindre Marian, alors qu'il s'était donné tant de mal pour se débarrasser d'elle ? Et le jeune Robin ? La vie de ce freluquet lui importait peu – surtout à présent qu'il savait à quoi s'en tenir à son sujet –, mais fallait-il pour autant le tuer ?

Sir Guy gagnait déjà la porte, où il ordonna à un garde d'aller prévenir le shérif qu'il en avait terminé.

— Un mois, La Roche ! lança-t-il en se retournant vers lui. Pas un jour de plus.

Steinarr hésitait, partagé entre l'envie de ne pas se mêler de cette histoire et celle de vérifier s'il avait bien interprété l'attitude de Marian lorsqu'il l'avait embrassée. Mais au fond, avait-il encore le choix ? Il venait de donner sa parole, ce qui suffisait à l'engager définitivement. Il trouverait donc Marian – Matilda, Maud – et la rendrait à son véritable cousin, qui, en lieu et place de son père, s'assurerait qu'elle soit correctement mariée. Et il s'occuperait également de ce traître de Robin, qui, à l'heure qu'il était, devait s'employer à la séduire. Que ce gamin puisse parvenir à se frayer un chemin entre ses cuisses rendait plus supportable la perspective de l'éliminer.

— Un mois, milord, répondit-il.

Après s'être incliné légèrement devant son nouvel employeur, Steinarr prit congé.

Au bas de l'escalier, il tomba sur lord Gervase en grande discussion avec son intendant.

— Tout est… arrangé ? s'enquit le shérif en le voyant.

— Oui, milord.

— Alors, bonne chasse à toi.

Steinarr s'inclina une nouvelle fois et quitta le bâtiment principal pour gagner la bâtisse trapue où on lui avait remis sa récompense un peu plus tôt.

— Est-ce une véritable monnaie ? demanda-t-il au clerc en lui montrant la pièce en or.

— C'est un florin, assura celui-ci après l'avoir examinée avec soin. On en trouve peu dans le coin, mais c'est de la belle et bonne monnaie. Où t'es-tu procuré cette pièce ?

Steinarr préféra ignorer la question.

— Combien cela vaut-il, en argent ?

— Treize shillings, répondit l'homme sans hésiter.

— On m'a dit que cela valait un marc entier.

— *Aye*. Mais si tu veux changer ce florin aujourd'hui…

— Lord Gervase veut sa commission, hein ?

Le clerc haussa les épaules pour bien montrer son impuissance en la matière. Steinarr récupéra sa pièce.

— Je le laisserai me voler quatre shillings une autre fois, maugréa-t-il. De toute façon, c'est plus facile à transporter.

Sans s'attarder davantage, il gagna la porte et fit sauter une ou deux fois la pièce en l'air pour en admirer l'éclat. Cela faisait une éternité qu'il n'avait pas eu une once d'or en sa possession. Le poids et la chaleur du métal au creux de sa main lui rappelaient des jours meilleurs. Il allait garder le florin autant que possible. Et avec l'argent qu'il avait déjà en sa possession et celui qu'il lui restait à encaisser, conclut-il en le rangeant dans sa bourse, il n'aurait pas à le changer avant très longtemps.

Il retrouva la catin à l'endroit où il l'avait laissée, mais elle lui parut aussi appétissante qu'un poisson avarié en comparaison de Marian. Alors qu'il allait la rejoindre pour la dédommager de l'avoir attendu en vain, deux hommes la hélèrent depuis une voiture qui passait. Elle les toisa rapidement et lança :

— Trois pence pour les deux !

Les deux compères ne tardèrent pas à la rejoindre. En faisant entrer ses clients, la prostituée aperçut Steinarr et lui adressa un sourire goguenard.

— Plus tard, articula-t-elle à son adresse.

En la voyant disparaître à son tour, il se mit à rire. Deux hommes sur la même femme ? Il trouvait quant à lui plus d'agrément à la combinaison inverse. Chacun ses goûts !

Il fit ensuite rapidement ses emplettes, achetant quelques pointes de flèche et les deux plus épaisses couvertures de selle qu'il put trouver. Il se procura aussi deux bons pains et quelques miches d'une qualité inférieure, deux sacs d'avoine pour les chevaux et pour la bouillie, deux boules de fromage enrobées de cire – une pour Torvald, une pour lui –, ainsi qu'une bonne pointe de lard séché. À ce dernier achat, il consacra la somme qu'il avait destinée à la catin, estimant qu'il n'aurait pas le temps de chasser s'il se lançait sur les traces de Robin et de Marian. Ravi des prix qu'il avait pu obtenir, il revint lourdement chargé à l'endroit de l'esplanade où les chevaux patientaient.

Tout en changeant les couvertures de selle et en effectuant le chargement, Steinarr se remémora sa conversation avec sir Guy. Rien n'avait été dit à propos de la virginité de la jeune fille, peut-être parce que son cousin s'imaginait qu'elle l'avait déjà offerte à Robin. À cette perspective, Steinarr se rembrunit.

Il allait lui falloir deux ou trois jours pour la retrouver. Il pourrait ensuite se débarrasser du garçon, puis entraîner la fille dans quelque berceau de verdure et passer le reste du mois dont il disposait à la débarrasser de ses défenses et de ses vêtements. Il ne lui resterait ensuite qu'à la ramener à Huntingdon, où elle se marierait, et tout enfant qu'il aurait pu lui faire passerait pour celui de Robert ou de son mari.

S'il existait un meilleur moyen de gagner dix livres, il ne pouvait l'imaginer.

Il n'y avait qu'un problème : les nuits. Torvald serait là pour la protéger du lion, naturellement, mais pour son ami aussi en manque de femmes que lui, Marian constituerait une irrésistible tentation. Steinarr observa l'étalon d'un air pensif. Il allait devoir lui laisser un message pour lui expliquer la situation et lui faire comprendre que la jeune fille était à lui. Ils auraient assez d'argent, ensuite, pour qu'il puisse se payer toutes les filles qu'il voulait. Quant à ce soir…

— Ne t'inquiète pas, chuchota-t-il en norrois tout en vérifiant le harnachement du cheval. J'ai suffisamment d'argent pour toi. Nous ferons halte près d'ici pour que tu puisses revenir. Tu auras même de quoi te payer une pinte !

Cela le calmerait, songea-t-il en se mettant en selle. Avant de s'éloigner du château, Steinarr aperçut sir Guy et le shérif à la fenêtre de la salle haute et les salua d'un hochement de tête. Une fois dans la rue, il prit la direction de la porte orientale et passa devant la catin, qui s'était remise en quête de clientèle. Il n'eut pour elle ni un regard ni une pensée.

Les eaux du Puits du Destin s'agitaient de nouveau.

Même ici, faible et cloîtrée comme elle l'était derrière ces murs de pierre, Cwen percevait les noirs tourbillons qui agitaient en surface le monde des hommes. Elle ne les avait pas remarqués tout d'abord, mais les remous s'étaient intensifiés au cours des dernières semaines. À présent, avec la nouvelle lune dans le ciel, elle ressentait leur appel.

Le temps approchait.

Assise au bord de sa couche inconfortable, elle dénoua ses cheveux. Le luxe d'une brosse lui étant interdit, elle utilisa ses doigts pour répandre sa chevelure en vagues soyeuses sur ses épaules. Les cheveux longs étant également proscrits, on lui rasait régulièrement la tête, mais il était si facile de les faire repousser magiquement qu'elle n'avait pu résister à la tentation, afin d'honorer et d'implorer comme il se devait les déités obscures.

Cwen se leva, défit rapidement la tunique qu'elle portait la nuit, puis le bandage en lin qui lui enserrait la poitrine. Se retrouver nue lui parut étrange – elle avait perdu l'habitude de se déshabiller complètement. À la lueur d'une unique chandelle, elle examina son corps et le trouva toujours jeune – bien sûr –, mais mince, bien trop mince, et enlaidi par cette vilaine cicatrice...

Du bout des doigts, elle toucha précautionneusement les bords rougis de la plaie. La douleur était toujours là, et quand elle ramena sa main, elle la trouva humide. Même après toutes ces années, la blessure que lui avait value sa dernière rencontre avec les Vikings suintait toujours.

Le souvenir de la souffrance qu'elle avait endurée lui arracha une grimace. Ces maudits guerriers avaient eu recours à la magie de leur déesse et s'étaient révélés bien plus puissants qu'elle ne l'avait escompté. Il lui avait fallu faire appel à tous ses pouvoirs pour disparaître sous forme de brume et leur échapper. Lorsqu'elle avait pu reprendre forme humaine, elle s'était retrouvée blessée et affaiblie. Elle avait lentement cheminé à travers l'Angleterre, vers le sud, et avait fini par trouver refuge dans un endroit semblable à celui-ci, mais la plaie s'était infectée. Bien qu'elle fût protégée de la mort grâce au sortilège mis en œuvre il y avait très longtemps de cela, elle avait mis des années à récupérer.

Tant d'années que lorsqu'elle avait pu reprendre ses recherches, ceux qu'elle aurait tant aimé retrouver – l'aigle, sa dame et la fillette que Cwen avait tant convoitée – avaient totalement disparu. Il ne restait qu'elle. Et, bien sûr, *eux* aussi : l'ours, le corbeau et toutes les autres bêtes.

Elle les pourchassait toujours, et eux-mêmes n'avaient pas renoncé à retrouver leurs amulettes. Il lui restait trop peu de force pour les combattre. Elle passait donc son temps à les suivre à la trace, de cellule en cellule, dans des endroits où il ne leur serait jamais venu à l'idée de la chercher. Les générations se succédaient derrière les murs gris qui l'abritaient autant qu'ils l'emprisonnaient. Et pourtant, elle n'avait toujours pas guéri. Mais à présent que les eaux du Puits du Destin l'appelaient, guérie ou pas, il lui fallait se résoudre à invoquer les dieux anciens, en espérant qu'ils daigneraient enfin l'aider.

Dans un coin de sa cellule, elle dégagea une pierre derrière laquelle étaient dissimulés les objets dont elle avait besoin. Elle manipula chacun d'eux respectueusement, avant de les disposer en cercle sur le sol. Une baguette coupée au soleil levant sur un houx d'une année. Une plume de cygne noir. Une dague de l'acier le plus pur. Une corde en lin jamais nouée. Un crâne humain volé dans une crypte. Quatre pierres de différentes couleurs : blanc, rouge, jaune et noir. Une tige de sorbier, une autre de frêne, une autre de saule. Une racine de bryone, déterrée un lundi, enveloppée dans un bout de linceul. Cwen avait commencé à les rassembler il y avait des années de cela, bien avant d'avoir ressenti la confluence des courants, afin d'être sûre de pouvoir en disposer quand elle en aurait besoin.

Elle enfonça encore une fois la main dans la cache et en sortit son dernier trésor : un calice en or ciselé volé à la chapelle le soir même. Le garçon accusé du vol avait payé son forfait de trente coups de fouet, mais le sang et les larmes versés ne l'avaient pas été en vain. Même s'il n'en savait rien, il avait ainsi honoré les dieux.

Cwen mit le calice en place. Tout était prêt. Un sourire aux lèvres, elle alla ouvrir le volet en bois qui condamnait sa fenêtre. Le souffle de l'air glacé sur sa peau nue lui arracha un soupir de plaisir. Il faisait toujours si étouffant, entre ces murs. Même au jardin, elle avait du mal à respirer. Elle demeura ainsi un long moment, les yeux clos, laissant la brise la débarrasser des souillures de cet endroit. Elle le haïssait, même s'il lui fournissait un refuge. Elle détestait le fait d'avoir *besoin* d'un refuge, elle, Cwen, devant qui des rois s'étaient prosternés pour bénéficier de sa protection. Mais tant d'indignité allait cesser, si les déités obscures entendaient sa prière et constataient qu'elle était prête.

Elle pénétra dans le cercle, ramassa le couteau et entailla rapidement sa paume, qu'elle maintint au-dessus du calice. Lorsqu'elle eut suffisamment saigné, elle procéda au rituel. Pierre, lame, corde, os, bois, sang, racine : tout concourait à faire s'élever sa prière jusqu'aux dieux. La puissance magique montait en elle. Des flammèches bleutées couraient sur sa peau.

Mais les dieux ne l'entendirent pas. Elle versa davantage de sang encore, mêla à son pouvoir toute la force de sa volonté afin de leur prouver qu'elle était digne d'eux, mais rien n'y fit. Les étoiles commencèrent à s'éteindre dans le ciel pâlissant, marquant le passage des heures et sa défaite.

— Un signe, ô dieux anciens ! implora-t-elle, le corps rompu par l'effort fourni. J'ai été et je demeure votre fidèle servante. Redonnez-moi la puissance que vous m'avez accordée autrefois. Montrez-moi que vous m'aiderez...

Finalement, alors que le ciel s'éclaircissait à l'horizon, Cwen dut s'avouer vaincue. Il n'y aurait pas de signe cette nuit.

Promptement et en silence, pour ne pas se faire entendre d'éventuelles lève-tôt, elle replaça ses instruments dans leur cache, reboucha le mur, banda de nouveau sa poitrine et remit sa tunique. Elle finissait de natter ses cheveux lorsque les cloches sonnèrent l'arrivée de l'aube. Comme elle le faisait depuis tant d'années, elle s'habilla et dissimula sa chevelure sous sa guimpe. Les lourdes robes qu'elle portait étaient d'un noir profond – la couleur des déités obscures. Étrange symbolique, étant donné la nouveauté et la grande faiblesse de ce dieu adoré par les chrétiens. Mais au moins était-elle heureuse d'honorer par sa tenue ceux qu'elle n'avait pas reniés. Cwen noua autour de sa taille la ceinture de corde, passa le crucifix à son cou et descendit prier avec les autres nonnes.

4

Les charbonniers avaient dressé leur camp pour la nuit à l'extérieur de Retford sous une fine pluie tenace. Au matin, cependant, le temps s'était remis au beau. Conduire Marian et Robin à destination les éloignait des terres de l'abbaye, terme de leur voyage, mais Hamo avait décrété que l'eau d'une source Notre-Dame méritait qu'ils aillent y remplir leurs barriques. En les voyant s'attarder à le faire, Matilda en vint à craindre qu'ils ne décident de s'installer là jusqu'au lendemain. Elle n'aurait pu les en blâmer. Les bas-côtés de la route, plats et réguliers, l'auraient permis, et la clairière était un bel endroit, où la source jaillissait au pied d'une butte couverte de ronciers.

Toutefois, Matilda et Robert ne pouvaient faire ce qu'ils avaient à faire en présence des charbonniers. Ce fut donc pour eux un soulagement lorsque Hamo siffla le signal du rassemblement une fois l'ultime barrique arrimée.

— Vous êtes sûrs de ne pas vouloir vous joindre à nous ? demanda-t-il en se juchant sur le poney qui trottait habituellement derrière sa charrette. Nous avons toujours besoin de bras supplémentaires, et

Osbert a le béguin pour Marian. Restez, et il y aura bientôt une noce, pour sûr…

— C'est tentant de se joindre à de si bons compagnons ! répondit Robert en lançant une œillade amusée à Matilda.

— Tentant mais impossible, répliqua-t-elle fermement.

Veuf et aussi gras que chauve, Osbert le disputait à son cousin pour ce qui était de la noirceur de la peau. Il avait également une dizaine d'enfants pour lesquels il cherchait une mère…

— Il nous faut achever notre voyage, ajouta-t-elle, et honorer nos vœux de pèlerins avant toute chose. Allez, viens, Robin… Nous devons prier devant cette chapelle avant de chercher un lit pour la nuit.

Hamo leur avait recommandé de s'arrêter à Headon.

— Nous allons demander à l'intendant où il veut que nous fassions nos coupes, expliqua-t-il. Il nous faudra sans doute poursuivre notre route, et nous pourrions ne jamais vous revoir. Mais je le préviendrai de votre arrivée et lui dirai que vous êtes sous la protection de sir Matthew. Il vous offrira le gîte et le couvert. Si jamais vous changez d'avis, rejoignez-nous. Vous serez toujours les bienvenus.

Robert laissa Matilda faire ses adieux, puis elle alla se mettre à genoux devant la chapelle voisine de la source.

— Merci de votre gentillesse et de votre protection ! lança-t-il en tendant la main au charbonnier.

— Faites bon voyage, jeunes pèlerins ! répondit celui-ci.

Hamo siffla, regarda le convoi se mettre en branle dans un concert de grincements de roues et de claquements de fouets, puis rejoignit sa troupe sur son poney.

Robert adressa aux charbonniers un dernier adieu et vint se camper derrière Matilda.

— Que fais-tu ? s'étonna-t-il.

— Je prie, cousin. Viens t'agenouiller près de moi.

— Mais nous ne sommes pas…

— Ils peuvent encore nous voir ! l'interrompit-elle d'un ton sans réplique. Prie !

— Maud, tu m'inquiètes… Tu mens trop facilement.

— Appelle-moi Marian ! Et, pour l'amour de Dieu, Robin, à genoux !

Il s'exécuta, quoique de mauvaise grâce.

— C'est un péché de faire semblant de prier, maugréa-t-il. Surtout devant une chapelle Notre-Dame.

— Alors, ne fais pas semblant. Nous devons une prière à lord Matthew et à sa dame pour leur bienveillance.

— Oui, c'est vrai, reconnut Robert, rasséréné.

Il se signa et ferma les yeux. Voyant ses lèvres se mettre à bouger, Matilda l'imita. Le grondement des chars à bœufs déclina tandis qu'ils priaient. Et quand elle se releva en se signant, la dernière voiture disparaissait au tournant.

— Je ne monterai plus jamais dans un char à bœufs !

En réponse à ce cri du cœur, Robert marmonna un rapide « amen », se signa une dernière fois et se redressa.

— Tu aurais pu chevaucher derrière moi, répondit-il.

— Nous n'aurions pas avancé plus vite. Nous serions arrivés deux jours plus tôt en voyageant seuls.

— Ou nous ne serions pas arrivés du tout, fit valoir Robert, même si rien n'était venu troubler leur voyage. Mais peu importe, puisque nous sommes là. Je ne vois aucune couronne. Où penses-tu qu'elle se trouve ?

Matilda pivota lentement sur elle-même et fouilla du regard la clairière, autour du bassin, sans rien trouver.

— Nous devrions consulter l'énigme, suggéra-t-elle.

Robert sortit le bout de parchemin plié, le défroissa et le lui tendit. Ils s'étaient penchés dessus si souvent qu'ils le connaissaient par cœur, mais Matilda s'évertua néanmoins à déchiffrer une fois de plus l'écriture nerveuse de son père.

— « Va sur les terres de l'abbesse, où la Très Sainte verse en la saison du jour qui l'honore. Tu trouveras ce que tu cherches dans la couronne du roi de la forêt. » La Très Sainte, c'est la Sainte Vierge, naturellement. Et le jour où on l'honore est au printemps[1] : ce qu'elle « verse », c'est donc une source[2].

— Mais il y en a tant, de sources Notre-Dame ! Et tant d'abbayes... Comment être sûr qu'il s'agit de celle-ci ?

Ils en avaient parlé cent fois : le soutien constant de David Fitzwalter aux nonnes de Kirklees, le fait qu'il ait mentionné l'abbesse Humberga lorsqu'il leur avait révélé son étrange legs, son utilisation de l'anglais pour rédiger l'énigme, alors qu'il écrivait habituellement en français, ce qui lui avait permis ce jeu de mots sur Headon[3], tous les indices dont ils disposaient désignaient cette source. Pourtant, Robert doutait encore... et elle doutait aussi. Mais elle ne pouvait se permettre de renoncer ou de le laisser céder au découragement. Sinon, ce qui l'attendrait serait bien pire que le gros Osbert et sa marmaille...

Entourant d'un bras la taille de Robert, elle posa la tête sur son épaule et murmura :

— Il n'aurait pas rendu l'énigme incompréhensible.

Robert soupira tristement.

— Juste incompréhensible pour moi, répliqua-t-il.

---

1. Il s'agit ici du « Lady Day », qui correspond au 25 mars, date à laquelle les chrétiens célèbrent l'Annonciation. (*N.d.T.*)

2. En anglais, « printemps » se dit *spring*, terme qui désigne également une source. (*N.d.T.*)

3. « Va sur les terres » : *head on the lands* en anglais. (*N.d.T.*)

— Mais pas pour nous deux !

— Toi, tu n'étais pas censée la résoudre. Pourquoi est-ce que tu m'aides, d'ailleurs ? demanda-t-il, comme si cette question venait de lui traverser l'esprit.

— Parce que je t'aime, idiot !

Matilda lui donna un rapide baiser sur la joue et ajouta :

— Et parce que je m'aide ainsi en même temps. Viens… Quelque chose doit nous échapper.

Elle l'entraîna au centre de la clairière et reprit :

— Cherche bien : un roi avec une couronne.

Ils examinèrent chaque tronc d'arbre, chaque rocher, essayant jusqu'à en loucher d'y voir une tête couronnée, mais en vain. Robert finit par renoncer et alla s'asseoir près de la source en se frottant les yeux. Matilda s'obstina mais interrompit ses recherches en le voyant attirer d'un geste son attention.

Dans la direction qu'il indiquait, un cerf altier, au pelage roux, se tenait en arrêt au bord de la clairière, les yeux fixés sur lui. Il était encore jeune – ses bois n'étaient pas très développés, mais promettaient de devenir magnifiques à l'âge adulte. Ils demeurèrent tous trois immobiles un court instant, avant que l'animal ne finisse par détaler dans la forêt.

— Voilà le roi… murmura Robert, figé sur place.

— … et sa couronne, compléta Matilda. Ça y est ! On a trouvé ! Vite, cherchons une tête de cerf…

— Pas besoin, dit-il.

Il bondit sur ses jambes et l'entraîna jusqu'à la chapelle devant laquelle ils venaient de prier.

— À genoux ! ordonna-t-il.

— Robin… protesta-t-elle. Attendons d'avoir trouvé avant de remercier Dieu.

— À genoux !

Après l'avoir forcée à s'exécuter, il s'agenouilla derrière elle. Penché sur son épaule, il désigna du doigt le sommet de la butte au pied de laquelle jaillissait la source. Matilda ne comprit pas tout de suite où il voulait en venir, mais un grand sourire illumina bientôt son visage. À flanc de colline, un amas rocheux adoptait approximativement le profil d'un grand cerf. Et au sommet, un chêne solitaire, fendu en deux et tordu par l'âge et les intempéries, évoquait la ramure de l'animal.

— La couronne du roi de la forêt...

Ils escaladèrent en hâte le raidillon, sans se soucier des ronces qui les griffaient au passage. Robert fit le tour de l'arbre en psalmodiant :

— Dans la couronne... Dans la couronne...

— Regarde ! Là !

Le bras dressé en l'air, Matilda désignait, au-dessus des dernières branches de l'arbre encore en vie, ce qui ressemblait à un trou de pivert.

— On dirait qu'il y a une marque, juste au-dessous, poursuivit-elle. Tu la vois ? Une sorte de « F »...

— « F » pour Fitzwalter, gémit Robert. Mais pourquoi l'avoir caché si haut ? Comment a-t-il bien pu faire ?

Il n'avait jamais été casse-cou. À l'âge où les autres garçons grimpaient aux arbres, lui restait sur la terre ferme, à sculpter des figurines d'animaux. Elle avait d'ailleurs toujours l'écureuil surprenant de réalisme qu'il lui avait offert.

— Il a probablement envoyé un page, répondit-elle. Quant à savoir pourquoi, il ne tenait pas à ce que le premier venu découvre l'indice par hasard, j'imagine. Vas-y ! Tu peux le faire, comme tu as su résoudre l'énigme.

— Il ne m'a jamais aimé, murmura-t-il en se préparant.

Ce n'était pas tout à fait vrai, mais le moment était mal choisi pour en discuter. Matilda se tordit les mains en le regardant escalader maladroitement l'arbre. Enfin, il parvint à la dernière branche encore verte, entoura le tronc d'un bras et tendit l'autre pour fouiller le trou.

— Tu trouves ? s'enquit-elle.

D'un signe de tête, Robert répondit par la négative.

— Je n'arrive pas à atteindre le fond, expliqua-t-il. Il faut que je monte plus haut.

Deux branches mortes saillaient juste assez haut pour lui permettre d'arriver à ses fins. Il en testa une, puis l'autre, avant de se résoudre à se hisser à la hauteur voulue. Afin de mieux voir, Matilda recula un peu.

— Sois prudent ! recommanda-t-elle.

— Ça va, assura-t-il, un bras enroulé autour du tronc tandis que l'autre plongeait dans le trou. Il me semble... sentir quelque chose. Si je pouvais...

S'étirant un peu plus, il fit porter tout le poids de son corps sur une jambe, et le bois mort céda soudain dans un craquement sec. Robert poussa un cri en tombant, heurta une branche dans sa chute et atterrit en un paquet de chair inerte sur le sol. Matilda se précipita à son secours.

— Rob ! Robin ! Oh... douce Mère, aidez-le. Robin ?

Un gémissement misérable monta des lèvres du jeune homme et lui fendit le cœur. Mais, au moins, il était vivant. Il s'en était fallu de peu que son crâne heurte la roche.

— Reste tranquille ! lui ordonna-t-elle. Laisse-moi voir si tu es blessé.

Avec un luxe de précautions, elle palpa sa tête et chacun de ses membres. Mais le bas de sa jambe droite formait un angle si étrange avec le reste de son corps qu'elle sut tout de suite à quoi s'en tenir et sentit son estomac se retourner.

— Ma jambe... gémit-il en commençant à s'agiter. Je... je crois qu'elle est cassée.

— Elle l'est. Tiens-toi tranquille, ou ce sera pire encore.

— C'est grave ?

— Assez. Ne bouge pas. Je dois ôter ta chaussure avant que les chairs enflent.

Elle défit les boucles et retira lentement le soulier, puis dégaina son couteau et fendit la jambe droite de son bas-de-chausses.

— À présent, reprit-elle, laisse-moi trouver une attelle.

Robert tenta de se redresser sur les coudes, mais se laissa retomber sur le sol en gémissant.

— Pas la peine, Maud. Je ne pourrai pas marcher.

— Rassure-toi, ce ne sera pas nécessaire, mon garçon.

Matilda leva les yeux vers l'homme qui venait de parler et, l'espace d'un instant, crut voir Steinarr escalader la butte. Mais non. Cet homme, bien qu'il eût les cheveux blonds et la mâchoire carrée – mais pas autant que Steinarr –, ne faisait que lui ressembler.

— Je devrais vous demander qui vous êtes et d'où vous venez, dit-elle. Mais je suis trop contente de vous voir.

— Je suis sir Ari. J'étais à la source, où je faisais boire mon cheval, quand j'ai entendu crier ce jeune homme.

Il s'accroupit à côté de la jambe de Robert, l'examina en la palpant du bout des doigts, puis hocha la tête.

— Tu guériras, assura-t-il. Commençons par te tirer de là, puis nous soignerons cette jambe. Jeune fille, je vais avoir besoin de cette attelle que tu t'apprêtais à aller chercher.

Matilda acquiesça sans broncher, aussi déstabilisée que soulagée de voir ce chevalier inconnu s'occuper de tout et reconnaissante d'avoir quelque chose à faire. Elle trouva rapidement deux branches bien droites, et à son retour, sir Ari taillait des bandelettes dans la jambe lacérée du bas-de-chausses. Travaillant de concert, ils coupèrent les branches à la dimension voulue et les ajustèrent au membre brisé. Quand ils eurent terminé, Robert tremblait comme une feuille.

— La douleur le fait frissonner, expliqua l'inconnu en s'adressant à Matilda. Descends couper des branchages pour l'isoler de l'humidité du sol. Nous l'envelopperons dans nos capes. La mienne est roulée derrière ma selle.

— Nous avons nos couvertures, dit-elle.

— Tant mieux. Alors, utilise les capes et les couvertures.

— Bien, répondit-elle en approuvant d'un signe de tête. Mais comment ferons-nous pour le transporter en bas ?

— Je m'en occupe.

L'étranger lui tendit un couteau à large lame, comme sir Steinarr l'avait fait quelques jours plus tôt.

— Fais ce que je te demande, reprit-il. Nous allons nous débrouiller entre hommes. Pas vrai, mon garçon ?

Livide, Robert hocha lentement la tête.

— Puisque vous le dites, messire. Vas-y, Maud...

Ignorant les ronces qui la griffaient, elle regagna la clairière et entreprit de dépouiller sans pitié un jeune érable, comme si elle le tenait pour responsable du cri qui venait de retentir dans les hauteurs. Elle achevait de préparer la couche lorsque le chevalier la rejoignit à pas lourds, portant Robert plié en deux sur son épaule.

Sir Ari lui tendit un mince cylindre gris en lui disant :

— Tiens. Quand je l'ai soulevé, j'ai trouvé ceci.

Sans lui laisser le temps de s'étonner, Rob intervint :

— C'est à moi, Maud. Tu peux me le garder ?

Comprenant qu'il devait s'agir de ce qu'il avait trouvé dans l'arbre, elle le glissa prestement dans sa besace.

— Merci, messire, dit-elle. C'eût été une grande perte.

— Pas de quoi.

Se plaçant devant la couche préparée par Matilda, sir Ari demanda :

— Tu es prêt, mon gars ?

— *Aye*, répondit Robert entre ses dents serrées.

— Alors, allons-y. Doucement.

Avec l'aide de Matilda pour soutenir la jambe cassée, le chevalier parvint à déposer Robert en douceur sur le sol, puis commença à enlever l'attelle de fortune.

— Voyons à présent comment nous pouvons remettre cet os en place, ajouta-t-il.

— Ici ? s'étonna-t-elle en couvrant le torse de Robert de la couverture restante et de leurs capes. Ne devrions-nous pas plutôt l'emmener au prochain village ? Je pourrais aller chercher de l'aide.

Sir Ari secoua la tête, rejetant cette idée, et expliqua :

— S'occuper de sa jambe ici facilitera le transport. Plus vite l'os sera remis en place, plus vite il guérira.

— Ne le prenez pas mal, mais... vous savez comment vous y prendre ?

— Maud... s'impatienta Robert en grimaçant de douleur. Il essaie de m'aider !

— La question vaut la peine d'être posée, rétorqua sir Ari. N'oublie pas que c'est ta jambe qui est en jeu.

Puis, se tournant vers Matilda, il ajouta :

— Maud, c'est ça ? J'ai remis plus d'un os en place.

Il fit jouer son poignet devant lui et précisa :

— À commencer par quelques-uns des miens. Tous ont parfaitement guéri.

— Mais...

— Ce n'est pas si grave qu'il y paraît, l'interrompit-il. La fracture est franche, et les chairs n'ont pas été percées. Je peux m'occuper de lui bien mieux que n'importe quel rebouteux que tu trouverais au village.

— Mais…

— Faites-le, messire ! trancha Robert. J'ai confiance en vous.

L'homme le dévisagea longuement avant d'acquiescer d'un hochement de tête, puis il se mit en quête d'un solide bâton, qu'il entoura d'un coin de sa cape.

— Mords ceci très fort quand je te le dirai, ordonna-t-il. Maud, tu vas lui tenir les épaules pour l'empêcher de bouger.

— J'essaierai, messire.

— Essayer ne suffira pas ! s'exclama une voix d'homme derrière eux. Je vais m'en occuper, Ari.

Matilda n'eut pas besoin de se retourner. Elle savait à qui appartenait cette voix.

Un frisson courut le long de son échine.

— Steinarr ! s'exclama sir Ari. Que diable fais-tu ici ?

Quant à elle, elle connaissait la réponse à cette question. Et elle comprit soudain qu'elle avait sur les bras bien plus d'ennuis que la seule jambe cassée de Robert.

La tendresse que Marian portait à ce garçon crevait les yeux. Même à présent qu'il somnolait sous l'effet d'un puissant sirop de pavot, elle ne cessait de s'activer autour de lui.

Debout dans un coin de la pièce, Steinarr la vit déposer un baiser sur la joue de Robin, ce qui atténua le plaisir qu'il avait à constater que celui-ci avait fait son propre malheur.

Alors qu'il se demandait, perplexe, comment se comporter avec elle, le régisseur de Headon la rejoignit. Tous deux s'engagèrent dans une discussion animée, et Steinarr crut voir des larmes briller dans les yeux de la jeune fille quand elle se détourna pour s'occuper de nouveau de Robin.

Ari, qui venait de se camper à côté de lui, dit en norrois :

— Si tu te contentes de rester là, je tente ma chance.

— Va-t'en !

— Tout ce que je dis, c'est qu'un homme qui aurait envie de la mettre dans son lit ne pourrait trouver meilleur moment pour la courtiser.

Steinarr lui sourit et lança froidement :

— Il ne t'arrive donc jamais de la fermer ?

— Pas quand quelque chose a besoin d'être dit. Il est clair que tu la désires. Agis en conséquence. Va la trouver.

Steinarr reporta son attention sur la jeune fille – il avait décidé de continuer à songer à elle comme à Marian, pour ne pas risquer de révéler qu'il en savait davantage à son sujet que ce qu'elle lui avait dit.

— Ce n'est pas le bon moment, maugréa-t-il. Elle est trop bouleversée, et nous devons partir bientôt pour ne plus être dans les parages quand la nuit tombera.

— C'est au contraire le moment rêvé, répliqua Ari. Par tous les dieux ! Es-tu resté si longtemps dans les bois que tu ne sais plus comment t'y prendre ?

Il assena une claque dans le dos de son ami et ajouta :

— Elle prend sur elle devant ce garçon, mais il est clair qu'elle a besoin d'une large et confortable épaule pour s'épancher. Va la réconforter. Dis-lui que ça va aller, puis laisse-la pour la nuit. Elle t'aura en plus grande estime et sera d'autant plus disposée à se laisser culbuter par toi.

En plus grande estime ? Après l'épisode de Maltby, cela ne risquait pas de se produire. Au cours du voyage depuis Nottingham, il avait réfléchi au meilleur moyen de se faire pardonner son attitude, mais il ne s'était pas attendu à la retrouver éplorée à cause de la jambe brisée de Robert Le Chape. À présent, il ne savait vraiment plus que faire.

Ari avait raison. Il était resté trop longtemps dans les bois. Plus grave encore, il s'était trop habitué aux charmes douteux des putains, qui n'étaient sensibles qu'à la séduction de l'argent. Il lui fallait simplement réapprendre la manière dont on se comportait avec une vraie femme – même si celle-ci ne se présentait pas sous sa véritable identité.

Soudain, Marian se leva et marcha vers la porte.

— Si j'étais toi… commença Ari.

Steinarr posa la main sur l'épaule de son ami et la serra, le faisant taire.

— Tu n'es pas moi, pas plus que je ne suis toi, que les dieux en soient loués ! Reste ici.

Il laissa passer un court instant avant de suivre Marian. Dans la cour, elle passa au large du camp des charbonniers, qui s'étaient installés là pour la nuit, rejoignit sa vieille jument et posa le front contre le flanc de l'animal. En le voyant approcher, elle redressa la tête. Son regard se fit inquiet.

— Puis-je vous aider, messire ? s'enquit-elle.

— C'est à moi de te poser cette question, répondit-il, ébranlé par la méfiance que trahissaient ses yeux verts. Comment va ton cousin ?

— Il dort.

— Avec un peu de chance, il dormira jusqu'à demain.

— De la chance, nous n'en avons guère, répondit-elle d'un ton maussade. Le régisseur nous réclame un shilling !

— En échange de quoi ?

— Du gîte et du couvert pendant que Robin se remet. Il prétend qu'il ne peut nous faire la charité sans l'accord de l'intendant, qui est parti hier pour Leicester.

Marian cligna des paupières pour retenir ses larmes.

— Cela ne nous laisserait pas grand-chose, ajouta-t-elle. Et pas assez pour achever notre voyage.

N'oublie pas ce qu'elle prétend être, songea Steinarr. Joue son jeu.

— Je vais lui parler. Tu pourrais travailler pour payer votre séjour, et la jambe de Robin n'est pas si mal en point. Quelques semaines de repos et…

— Nous n'avons pas autant de temps devant nous ! l'interrompit-elle.

— Bien sûr que si. Vos chapelles seront toujours là quand il sera guéri.

— Mais pas… commença-t-elle, avant de se reprendre. Pas la sœur de Robin. Elle est… fragile.

Steinarr se mordit l'intérieur de la joue pour ne pas sourire. Maintenant qu'il savait à quoi s'en tenir, il était clair pour lui qu'elle avait failli se trahir.

— Vos prières porteront autant ici qu'à Lincoln, dit-il.

Marian baissa la tête, de sorte que l'ombre portée de sa coiffe masqua son visage.

— Nous devons achever notre voyage ! protesta-t-elle. Nous avons fait un vœu.

Steinarr hocha la tête, comme s'il croyait son histoire et comprenait qu'une errance d'une chapelle à une autre puisse leur valoir la bienveillance du dieu des chrétiens.

— Dans ce cas, tu trouveras bien un moyen, conclut-il.

Les yeux rivés au sol, elle se mura dans le silence.

Incapable de dire autre chose, Steinarr décida de suivre le conseil de son ami.

— Tout va s'arranger, Marian, tu verras… Une bonne nuit de sommeil pour toi et Robin, et tu envisageras le problème d'un œil neuf. Ari et moi ne pouvons pas rester, mais nous allons installer notre campement près d'ici et revenir demain matin prendre de vos nouvelles.

Sans relever les yeux, elle acquiesça d'un signe de tête tandis qu'il s'éloignait. Ari, qui se tenait dans l'encadrement d'une porte, secoua la tête d'un air dépité en voyant Steinarr revenir vers lui.

— Tu aurais au moins pu glisser un bras autour d'elle, lui reprocha-t-il. La laisser sangloter contre ta poitrine.

— Cela aurait pu se faire si elle s'était laissée aller à pleurer, répliqua Steinarr en allant récupérer ses chevaux.

Derrière lui, son ami éclata de rire et le suivit.

Ils prirent la direction du nord-est, s'enfonçant dans les zones boisées les plus denses du secteur. Quand il leur fallut chevaucher au pas, Ari saisit une outre pleine accrochée au pommeau de sa selle et la tendit à son ami.

— Bois ça, l'encouragea-t-il. Un peu de vin te fera du bien.

Sans mot dire, Steinarr déboucha l'outre et la renversa au-dessus de sa bouche.

— Heureusement que j'en ai une autre pour Torvald ! s'exclama Ari, amusé, en le regardant faire.

Steinarr s'essuya la bouche d'un revers de main.

— Oui, répondit-il. Heureusement pour moi... Mais que fais-tu là, au fait ? Des nouvelles de...

Il laissa sa phrase en suspens, préférant ne pas prononcer le nom de la sorcière. Ari secoua la tête et précisa :

— Brand m'a juste demandé de venir faire un tour pour vérifier que tout le monde va bien. C'est le hasard qui m'a mis sur la route de ces deux pèlerins. Moi, je me dirigeais vers ton repaire habituel.

— Nous n'y sommes plus. Le lion y a été repéré. Nous avons dû partir.

— Dommage. Avec ces cavernes, c'était un bon refuge.

— *Aye*. J'y ai laissé un signe pour toi.

Très tôt, les guerriers avaient compris qu'il leur serait difficile de garder le contact alors qu'ils devaient si souvent déménager par mesure de sécurité. Aussi avaient-ils établi un code leur permettant de signaler leurs déplacements.

— Dans ce cas, j'aurais fini par te retrouver, conclut Ari. Je te demanderais bien ce que toi, tu fais là, mais cela me paraît évident, à te voir loucher ainsi sur Maud.

— Marian ! rectifia Steinarr. Je les ai tirés des pattes d'un groupe de brigands, elle et son cousin. Elle m'a demandé de les escorter jusqu'à Lincoln. J'ai refusé, mais...

— ... mais tu as changé d'avis. Je comprends. Si j'avais moi-même une chance de la séduire, je...

— Tu ne comprends rien du tout !

Steinarr reboucha rageusement l'outre et l'accrocha au pommeau de sa propre selle avant d'ajouter :

— J'ai été embauché pour veiller sur elle.

En quelques mots, il lui raconta ce qui s'était passé à Nottingham, laissant de côté les intentions de Gisburne quant au garçon et les siennes au sujet de Marian, mais sans oublier de mentionner le trésor – et la prime.

Ari émit un sifflement admiratif et s'exclama :

— Dix livres ! Une somme considérable pour une tâche aussi simple. Tu es sûr que c'est tout ce que veut sir Guy ?

— Il veut le retour de la fille et l'éloignement du garçon.

— L'éloignement ou... la disparition définitive ?

— Il n'a jamais rien dit de tel.

— Il l'a juste pensé très fort. Tu ne vas tout de même pas tuer ce gamin ?

— Seulement si je ne peux pas faire autrement.

Voyant son ami se rembrunir, Steinarr s'agaça.

— Inutile de me regarder comme ça ! Il n'a rien d'un innocent : c'est un séducteur et un voleur.

— Tout comme toi. Ou moi. Et il n'a encore rien volé.

— Il le fera si je ne l'arrête pas. Et puis, nous avons besoin de cet argent, Torvald et moi. Tout notre équipement est à changer.

Ari secoua la tête d'un air désolé.

— Si ce n'est qu'un problème d'argent, je peux vous procurer ce dont vous avez besoin. Brand demande si...

— Non !

— Mais les terres...

— Nous en avons déjà parlé, Ari. C'est non.

Il y avait longtemps de cela, Ivar, connu comme le lord normand Ivo de Vassy, avait doté Brand et Ari de manoirs aux alentours d'Alnwick, au bénéfice de toute la troupe. Siècle après siècle, les terres restaient en possession des guerriers, car chacun d'eux se présentait tour à tour comme l'héritier du propriétaire légitime lorsque celui-ci « mourait » dans quelque contrée lointaine. Pour entretenir l'illusion, cependant, chaque prête-nom devait être capable de se rendre dans son domaine et d'y vivre de temps à autre, ce qui ne posait pas de problème à la plupart d'entre eux. Nul ne remarquait la présence d'un chien, d'un taureau ou d'un cerf en plus dans la faune locale. Brand lui-même, qui se changeait en ours, avait pu jouer ce rôle, grâce à la protection d'Ivar.

Hélas, le temps d'Ivar était depuis longtemps révolu, et les domaines d'Alnwick étaient tombés dans l'escarcelle de la couronne. Un lion chassait davantage qu'un ours et causait plus de terreur.

Steinarr ne pouvant prendre sa part dans la gestion des terres, il refusait de profiter de sa part des revenus. Son argument était simple, et il le répéta :

— Je ne prends que ce que je gagne.

— Mais tuer ce garçon pour gagner ta vie n'est pas digne de toi ! protesta Ari. Laisse Torvald prendre son tour dans le Northumberland. Il pourrait être le fils de sir Geoffrey – Theobald – de retour de Terre sainte après que son géniteur y a trouvé la mort. Un cheval passera encore plus inaperçu que le reste d'entre nous.

— Le problème n'est pas de le « laisser » faire quoi que ce soit, et tu le sais fort bien. C'est lui qui refuse.

Ils en avaient souvent discuté, et Brand lui-même avait tenté de convaincre Torvald la dernière fois qu'il l'avait vu, quelque vingt-trois ans plus tôt. Le problème venait de ce que Torvald était le seul à pouvoir – ou plutôt à vouloir – surveiller les agissements du lion et s'interposer entre lui et une proie humaine. Sachant d'expérience ce qu'il en coûtait de tomber sous ses griffes et ses dents, il prenait sa mission très au sérieux.

— Il est aussi têtu que toi ! maugréa Ari.

— C'est un ami loyal et fidèle. Ce que tu es pour Brand.

— Mais il m'arrive de laisser Brand pour m'occuper de mes affaires à l'occasion. Il s'arrange, tout comme tu...

– Torvald prend ses propres décisions ! l'interrompit Steinarr, agacé. Libre à toi de lui laisser un message. Tu parviendras peut-être à le convaincre, cette fois.

Ari marmonna quelque chose que Steinarr ne put comprendre, mais qui fit s'ébrouer l'étalon, puis demanda :

— Torvald sait-il ce que tu veux faire à ce garçon ?

— Je ne veux rien faire d'autre que l'empêcher de voler ce qui n'est pas à lui. À lui de choisir s'il doit en mourir ou non. Encore qu'il semble bien capable de se tuer tout seul.

Ari fronça les sourcils et hocha la tête.

— Au fait... reprit-il. Que crois-tu qu'il cherchait dans cet arbre ? Je n'ai pas pensé à le lui demander.

— Quelque indice pour sa chasse au trésor, j'imagine.

— Dans ce cas, il doit l'avoir trouvé. Et moi qui l'ai remis à sa soi-disant cousine... Désolé.

Steinarr balaya ses excuses d'un geste de la main.

— Tu ne pouvais pas savoir. Peu importe. Les voilà cloués sur place. Mais dis-moi... Sommes-nous les premiers que tu viens harceler ou as-tu déjà vu les autres ?

— Je vous ai gardés pour la fin.

Ari expliqua où se trouvaient leurs amis et ce qu'ils faisaient avant d'évoquer, les yeux pleins de malice, le sort de Gunnar, homme la nuit, taureau le jour.

— Il a passé quelque temps dans le nord du Yorkshire, jusqu'à ce qu'un vieil intendant coriace le surprenne sur ses terres et décide d'en faire un bœuf... Il aurait renversé trois paysans et défoncé le mur d'une étable pour pouvoir s'enfuir. Le voilà de retour avec Jaffri, à présent.

— Il a décidé que vivre avec un loup n'était pas si mal.

— Apparemment, oui. Ils ont trouvé une vallée à l'est de Durham qui semble leur convenir.

— Et Brand ?

Le sourire d'Ari se figea sur ses lèvres, et il répondit :

— Toujours en quête du moindre relent de magie, blanche ou noire, mais sans résultat. Je l'ai laissé dans le Cumberland, en train d'abattre les murs d'un couvent où la rumeur veut qu'un trésor ait été caché autrefois.

— Une perte de temps, estima Steinarr. Quelqu'un d'aussi versé que Cwen dans les arts maléfiques doit fuir comme la peste l'Église et ses œuvres.

— Peut-être. Mais n'oublie pas que ce sont ses hommes qui ont caché nos amulettes, pas elle. Ils ont pu estimer que ce genre d'endroit constituerait la cachette idéale. Brand voulait ensuite aller fouiller encore une fois cette salle dans laquelle Cwen nous a ensorcelés, au cas où quelque chose nous aurait échappé. Après t'avoir quitté, j'irai voir s'il reste assez de forêts autour d'Odinsbrigga pour cacher l'ours pendant que nous nous occuperons de ça.

— Et si ce n'est pas le cas ?

— Il est décidé à le faire. Nous trouverons un moyen.

Ils avaient atteint un épais bosquet de chênes au cœur de la forêt. Ari observa les alentours et demanda :

— Est-ce assez loin pour que le lion puisse chasser ?

— Presque. Je finirai le trajet à pied.

Après être descendu de cheval, Steinarr remit les rênes de l'étalon et la longe du roussin à son ami.

— Fais demi-tour en direction de la source Notre-Dame, ordonna-t-il. Pendant au moins…

— … un mile, oui, je me souviens, l'interrompit Ari. Je te rejoindrai ici demain matin.

Steinarr le regarda un instant s'éloigner avant de partir dans la direction opposée. Au bord du chemin, une plaque de mousse de l'exacte couleur des yeux de Marian attira son attention et lui arracha un sourire. L'esprit occupé par les multiples plaisirs auxquels il se promettait de goûter en sa compagnie au cours du mois à venir, il se remit en marche avec détermination.

— Non !

Le cri tira Matilda d'un sommeil de plomb. Il lui fallut une minute pour se rappeler où elle se trouvait, puis elle se précipita vers le lit sur lequel Robert, encore endormi, se débattait comme un beau diable avec sa couverture.

Elle immobilisa ses mains sous les siennes et ordonna :

— Arrête, Robin ! Réveille-toi...

— Maud ? s'étonna-t-il d'une voix douloureuse et effrayée. Ma jambe me fait mal... Pourquoi ?

Il paraissait fiévreux, mais en posant la main sur son front, elle constata qu'il n'était pas brûlant.

— Tu es tombé, expliqua-t-elle. Tu ne te souviens pas ?

— Tombé ? Oui. J'étais en train de tomber... à l'instant.

Le sirop de pavot lui donnait la voix pâteuse et les yeux vagues.

— Dé... désolé, conclut-il tristement. D'être tombé.

— Chut ! Tais-toi... Ce n'était pas ta faute.

C'était le père de Matilda qui était à blâmer. C'était lui qui avait envoyé Robert en haut de cet arbre. Avait-il prévu de le maltraiter du fond de son tombeau comme il l'avait fait de son vivant ? Tendrement, elle caressa la joue de Robert.

— Au moins, j'ai trouvé l'indice, se réjouit-il en pressant son visage contre sa paume. Qu'est-ce que ça dit ?

L'indice ! Dans l'urgence du moment, elle l'avait oublié.

— Je ne l'ai pas encore ouvert, lui confia-t-elle au creux de l'oreille. Tu étais blessé.

Mais déjà, il glissait de nouveau dans le sommeil. Accroché à sa main, il battit des paupières et ferma les yeux en bâillant. Matilda attendit, accroupie à son chevet, que son visage soit parfaitement détendu.

Quand elle fut sûre qu'il dormait, elle retira sa main et repêcha dans sa besace de pèlerin le cylindre de métal que sir Ari lui avait confié. Elle fit sauter le bouchon de cire qui l'obstruait, libérant un rouleau de parchemin.

— Harworth… lut-elle après l'avoir déplié.

Précautionneusement tout d'abord, puis avec fébrilité, elle retourna le document dans tous les sens, l'approchant de l'unique chandelle qu'on leur avait laissée pour la nuit. Mais elle eut beau l'examiner, il ne livra rien d'autre que ce simple mot énigmatique et dénué de sens.

— Père… murmura-t-elle, effondrée. Qu'as-tu fait ?

Elle s'était attendue à devoir déchiffrer quelque nouveau message codé, mais David Fitzwalter avait manifestement décidé de ne pas leur faciliter la tâche. Or ils avaient déjà perdu beaucoup de temps, et il ne leur restait plus que trente-deux jours pour réussir – et même moins, puisque Robert devait dans ce délai rejoindre le roi Edward et se présenter devant lui.

Découragée, Matilda retourna s'asseoir au pied du mur contre lequel elle avait dormi et rajusta la couverture autour de ses épaules. Son esprit bourdonnait comme une ruche, à la recherche d'une solution. Il devait y avoir un moyen… Une voix tentatrice, au fond d'elle-même, lui susurra rapidement qu'il existait bien un moyen, que celui-ci lui tendait même les bras et qu'elle n'avait qu'à s'en servir.

Non ! Pas ça !

Elle s'empressa d'envisager d'autres solutions plus ou moins chimériques, mais elle voyait chaque possibilité lui filer entre les doigts, la laissant seule aux prises, dans le hall enténébré, avec l'unique choix qu'elle refusait.

Saisie d'un frisson, elle resserra la couverture autour de ses épaules et tenta d'ignorer cette palpitation, au creux de son ventre, qui l'avait déjà poussée au péché par la pensée et qui finirait par la conduire à la perdition par l'action.

Il avait promis de l'emmener où elle le voudrait.

Restait à espérer qu'il était un homme de parole.

5

L'aube se levait quand Matilda se mit en route, après avoir laissé Robin à la garde d'Édith, la mère de Hamo. Elle prit la direction empruntée par les deux chevaliers la veille et ne tarda pas à les voir venir à elle. Elle les reconnut de loin, car le soleil embrasait leurs cheveux. Nimbés de lumière, ils ressemblaient à des anges. Sir Ari devait être le plus bel homme qu'elle eût jamais rencontré. S'il avait eu des ailes, il aurait pu prendre place aux côtés de la Vierge Marie.

Sir Steinarr, quant à lui, avait tout de l'ange déchu, de sa monte nonchalante à son sourire malicieux. Mieux valait pour la Sainte Vierge qu'il ne s'approche pas d'elle, car il n'hésiterait pas à la fourrer dans son lit…

Matilda ne pourrait quant à elle se permettre de l'éviter. La palpitation, au creux de son ventre, était de retour, plus forte encore maintenant qu'elle devait affronter celui qui en était la cause.

— Bonjour à toi, jeune Marian ! lança sir Ari, prenant de vitesse son compagnon. Comment va Robin, ce matin ?

— Mieux. Il avait l'air apaisé quand je suis partie.

Sir Steinarr descendit de son étalon et demanda :

— Que faisait-il dans cet arbre, au juste ?

— Cela me semble évident, non ? répondit-elle sans se troubler. Il y grimpait.

Ari se mit à rire gaiement. Voyant qu'il s'apprêtait à mettre pied à terre lui aussi, Steinarr lui lança un coup d'œil comminatoire qui le fit changer d'avis.

— Pourquoi ? insista-t-il, s'adressant à Matilda.

— Les garçons montent aux arbres. Ils font tous ça.

— Robin n'est plus un garçon. Et il ne me semble pas être du genre à grimper aux arbres.

— Il s'est lancé un défi, mais il a présumé de ses forces.

Mal à l'aise de le sentir si proche, Matilda lui adressa un faible sourire et le contourna pour rejoindre Ari.

— Je voulais vous remercier une fois encore pour votre aide, dit-elle en faisant la révérence. Je ne sais pas ce que j'aurais fait si vous n'étiez pas venu à notre secours.

— Ce n'était rien, répondit-il. Je me suis juste trouvé là au bon moment.

— Tout comme moi, maugréa Steinarr derrière elle.

Uniquement parce que vous me pourchassiez, songea-t-elle en se retournant pour le saluer à son tour.

— Oui, messire, tout comme vous. Et, naturellement, mes remerciements s'adressent également à vous.

Après avoir hoché légèrement la tête, il demanda :

— Que fais-tu dehors de si bon matin ?

À en juger par son sourire espiègle, Matilda eut l'impression qu'il le savait déjà.

— Je suis venue vous parler, répondit-elle, déterminée à en finir au plus vite. En tête à tête, si vous le voulez bien.

Ari laissa son regard courir de l'un à l'autre, puis un sourire radieux illumina ses traits.

— Dans ce cas, je pars en tête, proposa-t-il. Je vous retrouve au manoir, d'accord ?

À peine eut-il fait cette suggestion qu'il s'éloigna au galop. Steinarr se tourna vers Matilda et constata :

— Nous voilà seuls.

Soudain prise de panique, elle regarda s'éloigner avec regret l'étalon de sir Ari. Un doute lui vint. Aurait-elle dû demander son aide ? Non : celui qui avait offert de l'aider se trouvait devant elle. S'assurant une dernière fois que le rempart mental qui la protégeait du monde était solide, elle prit une ample inspiration, redressa les épaules et lança :

— Vous pouvez m'avoir, messire.

Steinarr se figea. L'espace d'un instant, son sourire suffisant vacilla sur ses lèvres.

— Je ne suis pas certain de t'avoir bien entendue.

— Vous m'avez parfaitement entendue. Vous pourrez me prendre où et quand vous en aurez envie, selon vos propres termes, si vous acceptez de m'escorter où je dois aller.

Matilda devait lutter pour parler d'une voix égale et ne pas montrer à quel point cela lui coûtait.

— J'accepte votre marché, conclut-elle. Et vous aurez votre livre d'argent en plus. Tout ce que je vous demande, c'est de ne pas me faire mal quand vous...

Elle fut incapable d'en dire plus. Il la dominait de toute sa taille, souple et puissant tel un fauve prêt à bondir, et l'air tout aussi affamé. Il fit un pas vers elle et résuma :

— Je pourrai te prendre, alors, aussi simplement que cela ?

Matilda déglutit et acquiesça d'un hochement de tête.

— Du moment où vous tenez parole et où vous m'escortez là où je veux aller.

— Je tiens toujours parole,

Il fit un nouveau pas vers elle. Bien qu'impressionnée par ses yeux bleus au regard intense qui semblaient vouloir la dévorer vive, Matilda parvint à ne pas reculer. La tentation était grande de se servir de son don afin de découvrir dans quel état d'esprit il se trouvait, s'il tiendrait parole ou non, et si l'attirance qu'il éprouvait pour elle suffirait à l'y contraindre. Mais, comprenant que cela n'aurait pas été sage, elle y renonça et déclara :

— J'aimerais vous l'entendre dire. Je vais payer ce service d'un tel prix que je veux être sûre de l'obtenir.

Elle lui offrit sa main pour sceller le marché et conclut :

— Votre parole de chevalier que vous me conduirez où je dois aller.

— Tu as ma parole d'homme que je te conduirai où tu dois aller.

Il avait dit cela d'une voix pleine de sous-entendus. À l'évidence, ils ne parlaient pas du même voyage… Elle se sentit rougir et fut prise de court lorsque, ignorant sa main, il glissa un bras autour de sa taille et susurra :

— Je connais mieux pour sceller ce genre de marché.

— Il n'y a pas encore de marché ! protesta-t-elle en se dérobant au baiser qu'il voulait lui voler. Vous ne m'avez pas donné honnêtement votre parole, et je ne me laisserai pas berner par vos manœuvres.

Steinarr inclina légèrement la tête pour la regarder. Les yeux plissés par l'amusement, il dit d'un ton solennel :

— Dans ce cas, je te donne ma parole d'honneur que je t'escorterai là où tu dois aller, en échange de tes faveurs et d'une livre d'argent au terme du voyage. À toi de prêter serment, maintenant, car les femmes elles aussi sont capables de rouerie.

Matilda se sentit rougir de plus belle sous son regard, mais elle redressa le menton et articula clairement :

— Je coucherai avec vous où et quand vous le voudrez si vous m'aidez et m'escortez jusqu'au terme de mon voyage. Vous avez ma parole d'honneur.

Le sourire qui plissait les yeux de Steinarr se communiqua à ses lèvres.

— Es-tu satisfaite de ce marché ? demanda-t-il.

Pourquoi a-t-il l'air si content de lui ? s'étonna-t-elle.

Prudemment, elle passa en revue tout ce qui venait de se dire, mais n'y trouva pas la moindre faille.

— Je le suis, répondit-elle en hochant lentement la tête.

— Tant mieux, car je le suis au moins tout autant. Un baiser de pèlerins, alors, pour sceller notre pacte ?

De nouveau, il se pencha vers elle.

Matilda se raidit, s'attendant à l'assaut ravageur qu'il lui avait fait subir à Maltby. Mais Steinarr avait apparemment plus d'un tour dans son sac, car ce fut un tendre baiser qu'il lui donna. Un baiser presque chaste, si ce n'est que jamais un pèlerin ne l'aurait fait durer aussi longtemps. Lorsqu'il y mit enfin un terme, elle avait oublié qu'elle ne le désirait pas vraiment, et tout son corps, presque de lui-même, allait à la rencontre du sien. Il lui fallut un moment avant de retrouver son souffle et son équilibre.

— Qu'en est-il de ton cousin ? s'enquit Steinarr. Est-ce qu'il approuve cette… aventure dans laquelle tu te lances ?

Brusquement ramenée sur terre, Matilda s'écria, affolée :

— Il n'est pas au courant ! N'en parlez pas devant lui, s'il vous plaît. Je vais lui dire que vous n'exigez qu'une livre en échange de votre aide. S'il savait, il ne voudrait pas.

Steinarr haussa les épaules.

— À ta guise. Après tout, c'est ton cousin, pas le mien. Quand veux-tu partir ?

— Aujourd'hui. Dès que j'aurai payé le régisseur.

Songeant que le plus tôt serait le mieux, avant qu'elle ne perde tout courage, Matilda tourna les talons et se mit en marche vers le manoir. Steinarr lui emboîta le pas, tirant ses chevaux derrière lui. Elle veillait à maintenir son esprit fermé à toute influence extérieure, mais même ainsi, elle avait le vertige rien qu'à imaginer toutes ces choses interdites qu'il s'apprêtait à lui faire. Pire encore, son corps répondait à ces troublantes pensées comme à d'irrésistibles tentations, d'une manière qui l'excitait et lui faisait honte à la fois.

Les mises en garde des prêtres quant aux dangers de la sensualité féminine lui revinrent en tête. Elle avait toujours pensé qu'ils exagéraient, à cause de ce qu'ils savaient d'elle et de son comportement étrange durant l'enfance, mais peut-être avaient-ils eu raison de se méfier.

Peut-être ne s'étaient-ils pas trompés à son sujet.

— Quoi ? s'écria Robert en essayant de s'asseoir, avant de se laisser retomber sur les coudes en gémissant.

Matilda s'empressa de glisser un coussin dans son dos, l'aida à se rallonger et le gronda :

— Reste tranquille, voyons. Tu veux du sirop ?

— Non ! riposta-t-il, irrité, en repoussant sa main. Es-tu donc devenue folle, Matilda ?

Elle jeta un rapide coup d'œil autour d'elle, craignant qu'on ne l'ait entendu. Seules deux femmes de service étaient présentes. Elles avaient redressé la tête, mais face au regard noir que Matilda leur adressa, elles reportèrent bien vite leur attention sur le ménage en cours.

— Pour la millième fois, appelle-moi Marian ! s'agaça-t-elle à mi-voix. Et ne crie pas comme ça !

Il cessa bien de crier, sans pour autant se calmer.

— Tu comptes courir les chemins avec cet étranger ?

— Sir Steinarr n'est plus un étranger.

— Presque ! Heureusement, grâce aux saints, il ne tient pas du tout à nous aider.

Matilda posa les yeux sur une tapisserie montrant la Vierge se détournant du démon et tendant la main à un ange aux cheveux dorés. J'aurais dû demander à sir Ari…

— Les saints doivent avoir changé d'avis, dit-elle dans un soupir. Cela nous coûtera une livre d'argent, mais il est d'accord pour m'escorter jusqu'au terme du voyage. Nous collecterons les indices et…

— Nous ? l'interrompit Robert. Tu lui as dit la vérité ?

— Pas encore.

— Comment lui demanderas-tu de t'aider à trouver les indices s'il ne sait même pas ce que nous cherchons ?

Matilda n'allait pas se laisser impressionner par si peu.

— Je ne peux pas lui dire la vérité de but en blanc alors que nous lui avons menti depuis le début. Je ne la lui révélerai que si je ne peux faire autrement. Je m'occuperai des indices moi-même et je lui dirai où aller. Il pensera que ce sont des étapes de notre pèlerinage. Et quand je…

— Il n'est pas si stupide ! marmonna Robert.

Certes, il ne l'était pas, mais Matilda n'en poursuivit pas moins d'un ton buté :

— Et quand j'aurai trouvé ce que nous cherchons…

— *Si* tu le trouves.

— *Quand* je l'aurai trouvé, nous reviendrons te chercher ici. D'ici là, tu auras eu le temps de guérir, et nous pourrons rejoindre Edward.

— *Si* nous le trouvons. *S'*il est encore temps. *Si* Steinarr ne s'approprie pas ce que tu auras découvert...

Ce risque ne lui avait pas effleuré l'esprit, mais lorsqu'elle y réfléchit, cela lui parut peu probable.

— Pourquoi le ferait-il ? répliqua-t-elle. Il est payé pour ses services, et ce trésor n'a de valeur que pour toi.

— Ça, c'est toi qui le dis. Et puis, tu oublies Guy. Que se passera-t-il s'il te rattrape ?

— Eh bien, dans ce cas, j'aurai un vaillant chevalier près de moi pour me protéger.

— Pourquoi le ferait-il ?

La question prit Matilda de court, ce qui ne manqua pas d'éclairer Robert.

— Laisse tomber, maugréa-t-il. Je sais pourquoi. J'ai vu la façon dont il te regarde.

— Tous les hommes regardent les femmes ainsi. Même toi. Mais j'ai sa parole de chevalier qu'il me protégera au cours du voyage, et je sais qu'il la respectera.

Elle avait honte d'empiler ainsi mensonge sur mensonge. Mais il y avait une vérité qu'elle pouvait partager avec Robert.

— Je dois essayer, Robin. Je ne peux pas rester là, à regarder ta jambe se consolider.

Il laissa échapper un soupir de désespoir et suggéra :

— Tu devrais rentrer à la maison, Maud.

— Marian ! corrigea-t-elle tout bas. Marian ! Marian !

— Tu devrais rentrer, *Marian*. Tu devrais aller trouver lord Baldwin et l'épouser, comme tu es censée le faire. Au moins, tu serais à l'abri de Guy.

— À l'abri ? Sous ce vieux cachalot ? Il serait capable de mourir sur moi et de m'écraser sous son poids !

Et d'après ce qu'elle savait des habitudes de Baldwin, ce ne serait sans doute pas plus mal.

Être en sécurité n'avait pas la même signification pour un homme que pour une femme. Elle en était arrivée à cette conclusion cette nuit-là en réfléchissant à l'alternative qui s'offrait à elle : un mois avec sir Steinarr, ou toute une vie en compagnie de l'infect lord Baldwin ou du plus infect encore Guy de Gisburne. Son père avait pensé la protéger en la fiançant à Baldwin, qui avait été autrefois un puissant ami de la maison Huntingdon. Mais avec Guy attendant en coulisse la mort du vieil homme, la sécurité qu'elle gagnerait en l'épousant serait toute relative. Elle n'osait pas penser à ce que Gisburne ferait subir à Robert s'ils échouaient. Ils devaient absolument réussir. Et s'il fallait pour cela donner à Steinarr ce qu'il exigeait d'elle, il n'y avait pas à hésiter.

— Non, conclut-elle. Ma seule chance de m'en sortir dépend de ton succès. Et ta meilleure chance de succès repose entre les mains de sir Steinarr.

Robert secoua la tête d'un air têtu.

— Je ne te laisserai pas faire ça !

Matilda croisa les bras et répliqua d'une voix douce :

— Tu n'as pas à me dire ce que je dois faire, cousin.

— Je ne suis pas ton cousin, marmonna-t-il tout bas.

— Tu l'es pour l'instant et par la force des choses, lui rappela-t-elle gentiment. Tout ira bien, Rob. C'est un homme honorable. Il m'a donné sa parole.

L'une de ces trois affirmations, au moins, était vraie.

Il commençait à se laisser fléchir, mais Matilda devait trouver le moyen de le distraire le temps qu'il se fasse à l'idée de son départ.

— Il nous faut trouver la clé de cette nouvelle énigme, dit-elle en agitant le parchemin. Harworth pourrait être une ville ou une abbaye – ou un cheval, pour ce que j'en sais !

— Drôle de nom pour un cheval, objecta Robert. Je penche plutôt pour un lieu. Et que suis-je censé faire, pendant que tu décortiqueras ces indices qui n'en sont pas ?

— Le régisseur accepte que tu passes ta convalescence ici.

— Ne l'ai-je pas entendu hier réclamer un shilling ?

— C'était pour nous deux. Ce sera moins sans moi.

— Ou plus, parce que quelqu'un devra s'occuper de moi à ta place. Cela ne te laisse pas assez d'argent.

— Ce qui veut dire que j'ai ta bénédiction ?

— Non. Mais même un fou peut deviner qu'une bataille est perdue d'avance. Va chercher sir Steinarr – et sir Ari s'il est avec lui. Ayant tous deux beaucoup voyagé, ils doivent savoir où Harworth se trouve.

Matilda acquiesça de la tête et se hâta d'obtempérer, soudain pressée de se retrouver sur les routes. Dehors, elle repéra sir Ari près du puits et s'élança vers lui en criant :

— Savez-vous où se trouve sir Steinarr, messire ?

— Je suis là.

L'intéressé fit un pas de côté et émergea de derrière son ami, qui l'avait masqué à ses yeux. Nu jusqu'à la ceinture, il tenait à la main un baquet vide, dont il venait de vider le contenu sur lui. L'eau ruisselait encore sur sa tête et son torse. Après s'être ébroué, il reposa le récipient au bord du puits et entreprit de se sécher avec son chainse*.

— Je... euh... commença Matilda.

La bouche sèche, elle ne pouvait quitter des yeux cette chair nue et exposée, qu'elle allait indubitablement être amenée à bien connaître au cours des semaines à venir. Comme de lui-même, son regard glissa sur la protubérance qui déformait ses braies*, à l'entrejambe. Cette partie-là aussi de son anatomie, elle ne pourrait l'ignorer...

— Es-tu prête, Marian ? s'enquit Steinarr.

Son amusement perceptible la tira de ses pensées. Elle releva brusquement les yeux, mais il était trop tard. Son petit sourire entendu indiquait qu'il l'avait percée à jour.

— Non, messire ! dit-elle, piquée au vif. Pas encore.

Avec un calme et une assurance qui l'étonnèrent elle-même, elle soutint vaillamment son regard et ajouta :

— Robin voudrait vous parler, messires, si cela vous convient.

Le sourire suffisant de Steinarr se figea. Après avoir secoué son chainse, il l'enfila, reprit sa tunique et suivit Ari, qui se dirigeait vers l'entrée du manoir. Matilda ferma la marche et constata qu'il lui était impossible d'ignorer la musculature puissante de son dos plaquée au tissu mouillé. Un instant plus tard, quand il finit de se rhabiller, elle poussa un petit soupir. Il traduisait davantage la déception que le soulagement, mais elle était la seule à le savoir.

En regardant Marian s'accroupir au chevet de Robin, Steinarr songea que si la jeune fille ne manquait pas de cran, elle savait aussi se faire douce. Même si cela le contrariait de la voir s'attendrir pour ce garçon, il devait reconnaître que celui-ci avait triste mine. Les cheveux collés en mèches humides sur le front, il avait le teint pâle et les yeux cernés.

— Messires… parvint-il cependant à les saluer, Ari et lui, avec un faible sourire.

De la tête, Steinarr lui rendit son salut et demanda :

— Comment te sens-tu, aujourd'hui ?

— Mieux. Grâce à vous et à votre ami.

— Nous ne pouvions t'abandonner au bas de cet arbre, intervint Ari.

— D'autres ne s'en seraient pas privés.

Robin darda un œil noir sur le régisseur, en grande conversation avec une servante dans un coin de la pièce.

— Ma cousine m'informe que vous acceptez de l'escorter jusqu'au terme de notre pèlerinage, reprit-il à l'adresse de Steinarr.

Ce dernier acquiesça d'un signe de tête, tout en songeant que ce garçon devait être bien sot pour laisser sa petite amie filer ainsi avec un inconnu. Mais celui-ci le prit de court en demandant tout à trac :

— Savez-vous où se trouve Harworth ?

— Près de Blyth, répondit Ari.

— En fait, plus près encore de Tickhill, rectifia Steinarr.

— Vous savez donc où conduire ma cousine, se réjouit Robin. C'est la prochaine étape de notre pèlerinage.

— Drôle de route que vous suivez... Vous auriez mieux fait d'y passer d'abord, puisque vous venez de l'est.

— Un pèlerinage est souvent tortueux, expliqua Marian. Combien de temps pour y arriver ?

— Deux ou trois jours.

Steinarr lui adressa un regard entendu et ajouta :

— Tout dépend du nombre de haltes que l'on fait.

Le rouge aux joues, elle écarquilla les yeux.

— Très bien, conclut-elle en se ressaisissant vite. Nous partirons dès que j'aurai donné son shilling au régisseur.

Le chef des charbonniers – Hamo, si les souvenirs de Steinarr étaient bons –, suivi de quelques hommes et femmes de son groupe, vint se mêler à la conversation.

— Inutile, ma fille. Édith m'a dit ce que vous réclame le régisseur. C'est beaucoup trop pour des pèlerins. Le jeune Robin peut rester avec nous. Nous nous occuperons bien de lui. Édith, ici présente, connaît les herbes médicinales.

— Mais… protesta Marian, prise de court. Vous n'avez pas de lit. Il ne peut dormir sur le sol.

— J'ai un lit de camp ! répliqua fièrement Hamo. Je le lui céderai bien volontiers. Dormir à la dure pendant quelques semaines ne me fera pas de mal.

— Il sera plus propre et confortable que celui-ci !

Pour appuyer ses dires, Robin frappa du plat de la main sa paillasse poussiéreuse et malodorante. Dans un nuage de poussière, il poursuivit, manifestement ravi :

— J'accepte avec grand plaisir cette invitation faite par des gens de cœur, et je t'en remercie, Hamo.

— J'en suis moi aussi très reconnaissante, assura Marian. Mais…

— Nous prendrons soin de lui, assura un homme chauve au ventre imposant. Il mangera aussi bien que nous et aura bonne compagnie. Ivetta est une excellente cuisinière.

— Et moi, je connais mes herbes sur le bout des doigts, intervint fièrement Édith. Je sais que lui donner pour calmer la douleur et accélérer la consolidation de ses os.

Chaque argument faisait fléchir Marian, qui finit par prendre la main de Robin en lui demandant :

— Tu es sûr de le vouloir ?

— Certain ! s'exclama-t-il, avant de s'adresser à Hamo. Comment allez-vous faire pour m'emmener ?

— Nos charrettes sont trop remplies pour qu'on puisse t'y installer, répondit celui-ci. Il faudrait en emprunter une.

Tous regardèrent le régisseur, qui venait de les rejoindre.

— Je peux vous en procurer une pour quatre pence, dit-il.

— Quatre pence ! s'exclama Marian. Pour un seul jour ?

— Plus un shilling de caution et les gages du charretier. Sans oublier le gîte et le couvert pour cette nuit et la potion médicinale dont ce jeune homme s'est gavé.

— Il n'en a pris qu'une dose ! protesta-t-elle. Et il n'a rien mangé d'autre qu'un croûton de pain ce matin. Quant à moi, je n'ai rien avalé et j'ai dormi appuyée contre un mur.

— Tout ce dont le jeune Robin a pu profiter dans ce lit, intervint Ari, c'est de la compagnie de quelques puces. Un penny est bien suffisant pour ce que vous lui avez offert – y compris la charrette et son chauffeur. À ce prix, vous serez débarrassé d'eux.

— Et de nous, renchérit Steinarr.

La main posée sur la poignée de son épée, l'air menaçant, il vint se camper à côté de son ami.

— *Aye*... maugréa le régisseur, soudain blême. Ça ira.

Marian tendit la main vers sa bourse, mais Steinarr la prit de vitesse et jeta une pièce à l'homme, qui l'attrapa au vol et s'éclipsa.

— Puisque l'affaire est entendue, se réjouit Ari, je ferais bien de vérifier que cette jambe est correctement immobilisée avant qu'on ne transporte Robin. Prêt à souffrir, mon garçon ?

— Moi, je m'occupe du brancard, ajouta Steinarr.

À présent que le problème posé par Robin était réglé, il était pressé de se retrouver seul sur les routes avec Marian.

Il retrouva rapidement, posée contre un mur de l'écurie, la civière de fortune sur laquelle le blessé avait été transporté jusqu'au manoir. Il se penchait pour voir comment l'adapter quand il entendit la jeune fille lancer dans son dos :

— Je suis venue vous rendre votre penny, messire !

Sans même se retourner, il répliqua :

— Nous verrons cela plus tard.

Il y eut un court silence, au terme duquel il reçut en pleine tête une pièce lancée à toute volée.

— J'ai beau être obligée de vous vendre mes faveurs, je vaux plus qu'un penny ! cria-t-elle d'une voix blanche.

Grimaçant de douleur, Steinarr se retourna en se massant le crâne et tenta de se justifier.

— Ce n'était pas du tout ce que je voulais...

Mais la donzelle était déjà loin.

Par tous les dieux ! songea-t-il. Bien plus que du cran, c'est un sale caractère qu'a cette petite... Il n'en avait que plus hâte de se retrouver seul avec elle. Il aimait qu'une femme lui résiste et fasse preuve de caractère, tant qu'elle savait s'adoucir au moment opportun.

Après avoir empoché la pièce d'argent abandonnée sur le sol, il se mit à l'ouvrage sur la civière en sifflotant un petit air joyeux. Il était sûr que Marian saurait se montrer très, très douce avec lui quand il le faudrait.

6

Il s'avéra que le jeune Robin ne manquait pas de cran lui non plus. Bien qu'ayant refusé une autre dose de sirop de pavot, sachant qu'on la leur aurait fait payer au prix fort, il supporta sans un gémissement les cahots de la route. C'était d'autant plus méritoire que le charretier semblait prendre un malin plaisir à rouler dans toutes les ornières.

— C'est le régisseur qui vous a ordonné de torturer mon cousin ? s'indigna Marian. Ou le faites-vous par plaisir ?

— Hein ? s'exclama l'homme. De quoi me parles-tu ? Je n'ai pas besoin qu'une femme me dise comment conduire.

— Alors, laisse-moi te le dire moi-même, intervint Steinarr en venant se placer à droite de la charrette. Si tu ne parviens pas à adopter une conduite moins éprouvante pour ce garçon, c'est ta jambe que je vais briser, avant de m'installer sur ton banc et de mener l'attelage au galop.

Le charretier jeta un coup d'œil prudent à Ari, qui venait d'apparaître sur sa gauche, puis à Steinarr, et marmonna :

— Entendu, messires. Je ferai plus attention.

Steinarr approuva d'un hochement de tête et se laissa distancer afin de pouvoir s'assurer que son injonction était prise en compte. Le regard de gratitude que lui avait adressé Marian valait tous les remerciements.

Un peu plus tard, Ari ralentit à son tour, afin de se retrouver à hauteur de la charrette. Pour prendre des nouvelles du blessé, prétendit-il, mais Steinarr ne manqua pas de remarquer le sourire timide et le rougissement que suscitèrent les quelques mots qu'il adressa à Marian. Par tous les dieux ! s'agaça-t-il en son for intérieur. Pourquoi toutes les femmes s'imaginent-elles qu'aucune autre n'a jamais entendu ses mots doux ? Irrité, il éperonna son étalon pour rejoindre la charrette. Il avait déjà maintes fois vu le charme d'Ari agir sur le sexe faible. Il n'avait nul besoin d'une autre démonstration.

Le charretier conduisit effectivement plus doucement, et avant midi, Robin avait retrouvé en partie ses couleurs. Peu de temps après, le convoi mené par Hamo s'engagea dans un étroit chemin bordé de chênes aux troncs monumentaux. Sous le couvert des arbres, la fraîcheur tomba, obligeant Marian à envelopper le blessé d'une couverture. Un mile plus loin, la sente déboucha dans une vaste clairière à l'herbe grasse. Hamo assigna à chaque voiture une place, et les hommes commencèrent aussitôt à décharger le matériel. Le lit de camp promis à Robin fut installé sous un grand chêne. On improvisa un abri sommaire au cas où le temps viendrait à se gâter avant que les huttes soient prêtes. Les enfants, chargés de ramasser du bois pour le feu et des feuilles sèches pour les paillasses, s'égaillèrent dans le sous-bois pendant que les femmes s'attelaient à la préparation du repas.

Bien que des charbonniers l'eussent à plusieurs reprises chassé de campements confortables, Steinarr ne pouvait qu'admirer leur habileté et leur efficacité : lorsque quatre costauds vinrent soulever Robin pour l'installer dans son lit, les bases du camp étaient posées.

— Voudriez-vous un peu de bière, messire ? proposa Hamo. Elle sera meilleure la semaine prochaine, quand Ivetta aura eu le temps de la brasser, mais comme je dis toujours : pauvre bière vaut mieux que pas de bière !

Sans attendre de réponse, il héla une gamine qui passait.

— Agnès ! Apporte donc une pinte à ces chevaliers !

Steinarr accepta la bière mousseuse qu'on lui présenta et prit une gorgée du breuvage aigre et éventé en produisant les bruits approbateurs appropriés. Ari posa alors une question sur la fabrication du charbon de bois, ce qui suffit à lancer Hamo dans un long exposé auquel Steinarr ne comprit bientôt plus un traître mot. Les femmes, occupées ailleurs, ayant laissé Marian seule avec Robin assoupi, il la rejoignit auprès du lit de celui-ci.

— Un peu de bière ? proposa-t-il en lui tendant sa pinte.

Après avoir hésité, elle en but une gorgée et grimaça.

— Elle était meilleure hier, commenta-t-elle.

— Et elle sera pire demain, sans aucun doute. Nous ne serons heureusement plus là pour y goûter.

— Devons-nous déjà partir ? demanda-t-elle après avoir jeté un coup d'œil à Robin endormi.

— Je croyais que tu étais pressée...

— Je l'étais. Je le suis. Mais le voyage jusqu'ici l'a tellement éprouvé... Je voudrais voir comment il se remet.

Steinarr haussa les épaules.

— Ce pèlerinage est le tien, maugréa-t-il. Prends tout le temps qu'il te faut. De toute façon, quand Ari aura fini d'apprendre l'art et la manière de fabriquer du charbon de bois, il sera trop tard pour partir.

— Votre ami va voyager avec nous ?

C'était une bonne question, même s'il n'y avait pas réellement réfléchi. Le *skald** s'attardait généralement une quinzaine de jours à chacune de ses visites, passant ses journées à chevaucher, à chasser... et à raconter des histoires. C'était lui qui avait appris à Steinarr à écrire et à déchiffrer les runes qui leur permettaient de laisser derrière eux des messages codés. Et après l'arrivée des Normands, il l'avait initié au français. Avec l'éternité devant eux, ils pouvaient prendre le temps qu'ils voulaient. Cette fois, cependant...

— Non, répondit-il. J'ignore quels sont ses plans, mais il ne voyagera pas avec nous.

En voyant la déception se peindre sur le visage de Marian, Steinarr se rembrunit. Avait-elle compté sur la présence d'Ari pour ne pas avoir à tenir parole ? Ou le préférait-elle à lui ? Dans l'espoir de chasser l'amertume qui le gagnait, il tendit la main pour récupérer sa pinte. Mais à l'instant où leurs doigts s'effleurèrent, il découvrit, reflétés dans les yeux de Marian, son propre désir et sa colère. Comme si ce contact ténu l'avait tétanisée, elle sursauta et se déroba, laissant choir la pinte dans l'herbe.

— Messire ?

Steinarr ne se rendit pas compte immédiatement que ce n'était pas Marian qui l'interpellait ainsi, mais le charretier.

— Qu'est-ce qu'il y a ? gronda-t-il en faisant volte-face.

Surpris par son agressivité, l'homme sursauta mais se reprit bien vite.

— Je vais me mettre en route bientôt, pour être de retour au manoir avant la nuit, répondit-il. Votre ami disait que vous feriez au moins une partie du trajet avec moi.

Steinarr, peu enclin à partir tout de suite, alla ramasser la pinte miraculeusement intacte et encore à moitié pleine.

— Bois ça, dit-il en la tendant au charretier. Nous allons nous attarder encore un peu.

— Bien, messire ! acquiesça-t-il, ravi de l'aubaine. Je ne suis pas homme à dédaigner ma part de bière...

Marian avait profité de l'intermède pour se réfugier près du feu. La marmite dont elle touillait le contenu requérait toute son attention. Son attitude indiquait clairement qu'il fallait lui ficher la paix, de même que le regard noir que le jeune Robin, depuis son lit, adressait à Steinarr.

Avec un grognement irrité, ce dernier rejoignit Ari et Hamo, mais il eut beau tenter de s'intéresser à leur conversation, son attention restait focalisée sur Marian... et sur chaque sourire qu'elle adressait à Robin pour le rassurer.

Lorsque la conversation prit fin, Hamo retourna à ses occupations, et Ari alla porter sa pinte vide à Marian. Steinarr, qui ne pouvait les entendre, constata que, de nouveau, elle souriait à son ami comme elle ne lui avait pas souri, à lui, depuis ce qui s'était passé entre eux à Maltby.

— Il est temps de partir ! s'écria-t-il, à bout de patience. Viens, Ari ! Le charretier doit être rentré avant la nuit.

Laissant son ami faire pour lui leurs adieux, Steinarr se mit en selle. Devant le feu, Marian, sans prêter attention à lui, couvait la marmite des yeux, comme si elle s'était attendue à la voir produire de l'or et des rubis. Cela valait sans doute mieux. Si leurs regards s'étaient de nouveau croisés, il n'aurait pu se résoudre à partir et l'aurait sur-le-champ entraînée dans la forêt pour la faire sienne, de gré ou de force. C'était comme si elle l'avait ensorcelé.

La mine sombre, Ari détacha son cheval et maugréa :

— Qu'est-ce qui te prend, au juste ?

— Rien du tout. Il se fait tard. Nous devons partir.

Pendant que son ami se mettait en selle, Steinarr jeta un dernier coup d'œil à Marian. Une femme touillant la soupe, rien de plus, se morigéna-t-il. Aucun enchantement. Juste un bref contact, un regard qui l'avaient troublé parce qu'il savait que, dès le lendemain, il la posséderait.

Sans doute dut-elle se sentir observée, car elle se figea et ses joues s'empourprèrent. Steinarr mena l'étalon près du feu et observa Marian du haut de sa monture.

— À demain, dit-il d'un ton égal. Tôt. Tiens-toi prête.

Elle prit une profonde inspiration et redressa la tête, mais sans trouver le courage de soutenir son regard.

— Oui, messire, répondit-elle. Je le serai.

Steinarr bouillait de rage, c'était certain. Ari l'avait déjà vu dans cet état, mais, habituellement, il fallait davantage qu'un ou deux mots échangés avec une femme pour le faire sortir de ses gonds. Il trouvait pour le moins intéressant que Marian ait réussi à faire se dresser sa crinière de lion…

Mais il dut attendre que le charretier les ait quittés pour regagner Headon avant de chercher à savoir le fin mot de l'histoire.

— Alors ? lança-t-il lorsque, enfin seuls, ils firent demi-tour. Qu'as-tu dit à Marian pour la mettre dans cet état ?

— Rien, répondit Steinarr sans le regarder.

— Ce devait être très vulgaire. Elle était trop gênée pour te regarder. Tu as même mis Robin en colère !

En butte au silence de son ami, Ari insista :

— Alors, dis-moi ce qui l'a décidée à partir avec toi.
— Ce n'est pas moi qui le lui ai demandé. C'est elle.
Ari ne chercha pas à cacher sa surprise.
— Pourquoi ? s'étonna-t-il. Elle est noble, et...
— ... et je ne suis qu'un va-nu-pieds, c'est ça ?
— Ne prends pas la mouche. Tu sais très bien ce que je voulais dire.
— Oui, je le sais, reconnut Steinarr. Elle n'aurait pas fait appel à moi si elle n'avait pas été si pressée de trouver le trésor caché par son père – pour Robin. Sauf que je suis censé ne pas le savoir et continuer à croire à ce prétendu pèlerinage.
Ari secoua la tête, un demi-sourire aux lèvres.
— Je suis content de ne pas être au centre de ce sac de nœuds de mensonges et de faux-semblants, dit-il. Entre ce que je sais et ce que je suis supposé savoir, en leur présence j'ai toujours peur de me couper.
— Toi ? Tu récites d'interminables sagas sans jamais en oublier un mot !
— J'en oublie des tas... Je m'arrange simplement pour attendre que tout le monde soit suffisamment soûl pour ne pas le remarquer. Marian, elle, est sobre et a l'esprit vif. Et s'il t'arrivait, à toi, de te couper...
— Cela ne se produira pas. De toute façon, j'ai l'intention de lui arracher rapidement la vérité. Ce sera plus facile sans Robin à ses côtés, et quand ce sera fait, je la persuaderai de retourner à Huntingdon. Une fois Marian de retour chez elle et bien mariée, ce gamin renoncera à elle.
— Ça, c'est toi qui le dis ! objecta Ari en riant. Robin n'abandonnera peut-être pas la partie si facilement.
Steinarr se tourna vers lui et chercha son regard.
— Sauf si tu arrives à l'en convaincre, suggéra-t-il. Tu n'as qu'à rester ici, garder l'œil sur lui, éviter qu'il nous suive et lui soutirer la vérité. Ensuite, tu pourrais essayer de lui faire comprendre qu'il n'a pas le

droit de priver Marian de son avenir auprès de son cousin et de son mari. À mon retour, nous pourrions l'emmener quelque part où il aurait la possibilité de refaire sa vie. Ensuite, nous serions libres d'aller chasser...

— Je ne sais pas, répondit Ari, indécis. Cela fait déjà longtemps que je suis parti. Brand m'attend et...

— Dommage, l'interrompit Steinarr. J'espère, dans ce cas, que j'arriverai moi-même à le convaincre. Sinon...

— Oh, très bien ! s'exclama Ari, à qui le ton menaçant de Steinarr n'avait pas échappé. Je reste.

Ils gardèrent le silence un instant avant qu'Ari n'ajoute :

— Et la fille ? Tu comptes la « convaincre », elle aussi ?

Le sourire de Steinarr se fit plus doux, un peu rêveur.

— Pas besoin, répondit-il.

De plus en plus intéressant... songea Ari.

— Dans ce cas, pourquoi est-elle si fâchée contre toi ?

— Tu sais comment sont les femmes. Elles font comme si elles ignoraient tout de ce que nous leur voulons, et quand on le leur précise, elles piquent une crise.

— C'est bien ce que je disais : tu l'as choquée !

Ari fit manœuvrer son cheval de manière à couper la route à l'étalon de son compagnon et poursuivit d'un ton vindicatif :

— Sois prudent, Steinarr. Ne t'aliène pas ses sentiments avant même de t'en être rendu maître.

— Je me fiche de ses sentiments ! répliqua-t-il sèchement. Qu'est-ce qui t'arrive ? Hier, tu me pressais de la séduire, et aujourd'hui tu voudrais que je prenne des gants !

— Je ne fais que te mettre en garde contre tes méthodes.

Ari hésita un instant avant de demander :

— Et si elle était celle qu'il te faut ?

— Tout ce qu'il me faut, c'est sa chatte !

Ari eut une moue dégoûtée qui fit rire Steinarr.

— Tu es mal placé pour t'offusquer ! s'exclama-t-il, amusé. Tu as culbuté tout ce qui porte jupon à travers l'Angleterre !

— *Aye*, reconnut dignement Ari. Mais je fais en sorte de combler toutes mes conquêtes, même les putains, au cas où.

— Mais... moi aussi ! protesta Steinarr.

— Tu ne combleras pas Marian en te conduisant comme un barbare. Les jeunes femmes de la noblesse anglaise n'ont rien à voir avec les filles de ferme de chez nous. Tu n'as pas eu tellement l'occasion de les fréquenter et...

— Tu crois que je ne le sais pas ?

Du regard, Steinarr désigna une piste à peine discernable laissée par un cerf dans le sous-bois.

— Engageons-nous là, reprit-il. Je voudrais m'éloigner encore du camp des charbonniers.

Ils parcoururent la sente jusqu'à un embranchement où Steinarr mit pied à terre.

— Je m'en vais par là, dit-il après avoir accroché son baudrier et son épée au pommeau de sa selle. Retrouve-moi demain ici.

Ari prit les rênes des deux bêtes – celle qui était vraiment un cheval et celle qui n'en était pas réellement un.

— Réfléchis à ce que je t'ai dit, suggéra-t-il.

Steinarr secoua la tête en ricanant et protesta :

— Pourquoi voudrais-tu que la première femme sur qui je tombe en quatre siècles qui ne soit pas une catin soit précisément celle qu'il me faut ? Je n'ai même pas encore retrouvé ma *fylgja*.

— Ivar non plus n'avait pas retrouvé la sienne quand il a épousé Alaida.

— Ivar a eu beaucoup de chance. Même Cwen n'a rien vu. Il a toujours eu plus de chance que nous tous réunis.

— Chance ou destin… qui sait ?

— Cela ne se reproduira plus.

— Ne prétends pas savoir ce que les dieux te réservent, imprudent ami. Ils supportent mal l'arrogance.

— Bah ! Tu as encore eu une de tes visions, *skald* ?

— Pas besoin de vision pour…

— Alors, n'insiste pas ! fit Steinarr avec impatience, en prenant l'un des deux chemins. Que je couche ou non avec elle ne concerne personne, ni toi ni les dieux. Pas plus que ma façon de m'y prendre pour y parvenir.

Sur ce, il se retourna et se mit à courir. Ari le regarda s'éloigner en secouant la tête d'un air dépité. Plus têtu qu'un âne bâté ! Puis, sachant que Torvald préférait se trouver le plus loin possible du lion en colère quand celui-ci rôdait la nuit, il s'engagea dans la direction opposée.

La journée touchait à sa fin lorsqu'une novice vint annoncer à Cwen que la mère abbesse voulait la voir.

— Dis-lui que je viendrai dans un instant, répondit-elle. Je dois nouer ce point pour éviter qu'il se défasse.

— Bien, révérende mère.

Après le départ de la jeune fille, Cwen retourna à sa couture, profitant de ce moment de répit pour se reprendre. Elle passait ses nuits à appeler à elle les dieux anciens et ses journées à s'acquitter de son travail tout en poursuivant sa quête. Même prostrée avec les autres sur le dallage glacé de la chapelle, à marmonner d'inaudibles prières, elle ne cessait d'appeler au fond de son cœur les déités obscures.

L'effort fourni la laissait épuisée, mais mère Humberga ne devait surtout pas s'en apercevoir. Cwen prit quelques minutes pour se débarrasser de sa fatigue, noua enfin son point, puis se leva et lissa ses robes.

Elle se présenta devant l'abbesse les yeux baissés, ainsi que les nonnes étaient supposées le faire, et baisa l'anneau qu'elle lui présentait, même s'il lui en coûtait de s'abaisser devant le faible émissaire d'un si faible dieu.

— Mère abbesse... la salua-t-elle à mi-voix.

— Sœur Celestria...

L'abbesse attendit que Cwen se soit redressée avant d'ajouter :

— Au cours de mes prières, cet après-midi, il m'est apparu que nous devrions envoyer quelqu'un visiter notre domaine du Nottinghamshire, pour vérifier la qualité du charbon de bois qui nous a été promis.

Cwen réprima un soudain élan d'espoir et répondit :

— Une sage précaution, mère.

— En tant que prieure, il vous revient de vous acquitter de cette tâche matérielle, naturellement, mais j'ai décidé de vous adjoindre sœur Paulina. Le père Renaud a accepté de vous accompagner pour assurer votre sécurité. Il ne reste qu'à attendre que d'autres voyageurs partent dans cette direction.

— Bien entendu, mère. Dois-je prévenir sœur Paulina ?

— Envoyez-la-moi. Je crains que la perspective de ce voyage ne l'affole et je voudrais calmer ses frayeurs.

Après une dernière génuflexion, Cwen s'éclipsa. Elle dut se mordre la langue pour ne pas crier de joie et se força à marcher lentement – car c'était toujours ainsi que les nonnes se déplaçaient. Après avoir prévenu sœur Paulina à l'atelier de tissage où celle-ci s'affairait, elle rejoignit le jardin d'herbes et de simples, où la vieille sœur Sibilla, à moitié aveugle, travaillait dans un coin. Presque seule, Cwen tomba à genoux, les mains jointes, devant le houx sur lequel elle avait prélevé sa baguette autrefois. Quiconque la surprendrait s'imaginerait qu'elle priait.

Et, en vérité, ce fut bien dans une prière païenne pleine d'allégresse qu'elle se lança. Le signe qu'elle avait tant attendu lui était enfin adressé. Il n'était pas plus nécessaire que les années précédentes de vérifier la qualité du charbon de bois. Les dieux anciens l'avaient entendue et avaient glissé cette idée dans la tête de l'abbesse.

Après avoir achevé sa prière, Cwen laissa glisser sa paume sur l'écorce du houx. La blessure de sa main se rouvrit, déposant l'offrande de son sang.

— Comme toujours, je suis votre humble et fidèle instrument, murmura-t-elle. Qu'il en soit ainsi.

À l'abri de sa guimpe, elle lécha la plaie, savourant le goût métallique du liquide vital. Les dieux eux-mêmes devaient apprécier cette saveur, car ils récompensaient pleinement toute offrande de sang. Et grâce à l'abbesse Humberga, elle allait avoir celui d'une vierge et d'un prêtre à leur offrir prochainement pour les persuader de lui rendre tous ses pouvoirs. Finalement, il semblait y avoir quelque avantage à être la mère prieure du couvent de Kirklees...

7

En entendant quelqu'un qui sentait l'herbe humide et la feuille de saule se glisser près d'elle, Matilda ouvrit les yeux.

— Ils arrivent ! lança Goda, l'une des plus jeunes filles d'Osbert. Papa les a vus descendre le chemin. Ta tête te fait toujours mal ?

— Un peu, répondit Matilda. Tu peux demander à l'un de tes frères de sortir la jument de l'enclos et de la préparer ?

— Tu es sûre de vouloir t'en aller avec eux ?

— Avec sir Steinarr, oui.

— Tu devrais plutôt rester et te marier avec papa.

Matilda réprima un sourire. Un peu plus tôt, Osbert lui avait fait la même demande, et elle donna à la fillette la même réponse qu'à son père.

— Je ne peux pas. Je dois aider Robin, et Osbert mérite une meilleure femme que moi. J'ai été trop dorlotée et je ne suis pas assez forte pour faire une bonne charbonnière.

— Moi, je suis sûre que tu serais une excellente femme de charbonnier. Et une très bonne mère !

Goda noua ses bras malingres autour du cou de Matilda, puis déguerpit sans demander son reste.

De nouveau seule, Matilda ferma les yeux. Ce n'était pas parce qu'elle avait mal à la tête qu'elle s'était mise à l'écart, mais parce qu'elle avait besoin de temps pour se préparer à affronter Steinarr. Il lui fallait veiller à ce que l'épisode de la veille ne se répète pas. Elle s'était imaginée bien à l'abri derrière ses remparts mentaux, mais il avait suffi d'un moment d'inattention et d'une pinte de bière pour la replonger dans un tourbillon de désir pour cet homme. Ce qui lui avait fait le plus peur, cependant, c'était qu'il lui avait été impossible de s'en extraire tant qu'il avait été là. Or, elle allait passer tout le mois à venir avec lui. Elle devait être certaine de pouvoir maîtriser son désir, sinon ce voyage allait être un enfer.

Si au moins elle avait pu comprendre ce qui se passait… Jamais elle n'avait perçu avec tant de clarté les émotions d'un homme. Celles de Steinarr jaillissaient en elle au moindre contact, puissantes et impérieuses comme celles d'un animal. Il y avait une telle sauvagerie en lui… Eh bien, si elle était capable de contrôler le phénomène avec les bêtes, il en serait de même avec lui. Mais s'il lui fallait rester sur ses gardes tout un mois durant… Cette seule pensée l'épuisait.

En entendant les chevaux approcher, elle fortifia encore ses défenses et fit un essai. Rien ne vint troubler son esprit : ni la conscience nerveuse des montures, ni celle plus placide des bœufs… et encore moins celle de sir Steinarr, dont elle entendait pourtant la voix clairement. Satisfaite de constater qu'elle était maîtresse d'elle-même et que les remparts qu'elle avait édifiés étaient solides, Matilda sortit de sa cachette.

Elle le rejoignit dans la clairière et soutint son regard. Le sourire qu'elle lui adressa traduisait le soulagement plus que le plaisir de le revoir, mais il n'en saurait rien.

— Le bonjour à vous, messire.

Les yeux scintillants de malice, il lui répondit :

— À toi aussi, Marian. Tu es prête ?

S'il essayait de la déstabiliser, il en serait pour ses frais.

— Presque. Il me reste à dire au revoir à mon cousin.

Matilda alla s'accroupir au bord du lit de Robin, abrité par un auvent.

— Ça a l'air d'aller mieux, constata-t-elle avec plaisir. Tu as retrouvé des couleurs.

— Le sirop d'Édith atténue la douleur, répondit-il. Et j'ai l'impression de sentir ce satané os se réparer. Tu vois, je t'avais bien dit que je serais mieux ici.

Son sourire se figea quand il ajouta :

— Et tu ferais mieux d'y rester toi aussi.

— Robin...

— Je sais... Tu t'en iras, quoi que je puisse dire.

— N'oublie pas : c'est pour le bien de *ta sœur*...

Avec un sourire complice, elle lui fit un clin d'œil et se pencha pour lui embrasser le front. Puis, se redressant, elle sourit bravement et s'adressa à Édith et à Ivetta.

— Je ne partirais pas aussi tranquille si je ne le savais pas en de si bonnes mains.

— Ne crains rien, répondit Édith en donnant à Robin son troisième bol de potage de la matinée. Nous l'aurons guéri en un clin d'œil, Ivetta et moi.

Hamo, qui venait d'abandonner sa pioche contre un arbre, les rejoignit et plaisanta :

— Et à ton retour, tu le retrouveras aussi gras qu'Osbert. Tu as bien fait de nous le confier... Elles en prendront soin.

— Je ne sais comment vous remercier.

— Alors, dis une prière pour nous en plus de celles que tu diras pour la sœur du jeune Robin.

— Allons-y, Marian ! intervint Steinarr. Nous perdons de précieuses minutes de jour. Tu chevaucheras derrière moi.

Derrière lui ! À son contact. Accrochée à lui. Matilda en avait le ventre noué. Elle jeta un rapide coup d'œil à Much, le frère aîné de Goda, qui tenait la jument par la bride.

— Mais j'ai... commença-t-elle à protester.

— Cet animal ne supporterait pas un tel voyage, l'interrompit Steinarr. Et il nous ralentirait grandement.

Tendant la main vers elle, il ajouta :

— Donne-moi ton bagage.

Matilda se força à sourire pour ne pas inquiéter Robert et dut reconnaître dans le secret de ses pensées que Steinarr n'avait pas tort. Chaque jour, chaque instant était précieux.

La mort dans l'âme, elle lui donna son paquetage pour qu'il aille l'ajouter à ses affaires sur le roussin. D'un signe de tête, elle fit signe à Much de ramener la jument à l'enclos et contourna l'étalon pour se mettre en selle. Steinarr, sous prétexte de vérifier le harnachement, la rejoignit et murmura :

— Ce n'est pas si terrible, Marian. Considère-le comme une chance de t'entraîner à avoir les bras autour de moi.

— Pourquoi devrais-je m'entraîner ? fit-elle, feignant l'étonnement. D'autres auraient-elles trouvé ça insupportable ?

— Tu le découvriras bien assez tôt par toi-même.

En le voyant joindre les mains pour lui faire la courte échelle, Matilda hésita. Comment aurait-elle pu oublier ce qui s'était passé la première fois qu'il l'avait aidée ainsi ? Mais, cette fois, tout se passa bien, et un moment plus tard, elle se retrouva assise derrière lui, qui venait de se mettre en selle. Précautionneusement, elle glissa les bras autour de sa taille.

— Tu vois... s'amusa-t-il. Ce n'est pas si terrible.

C'était même plutôt confortable... Et, plus important encore, malgré leur proximité, chacun gardait ses émotions pour soi. Soulagée, Matilda respira plus librement.

— Ainsi, te voilà partie, lança Osbert, à côté de Hamo.

Il paraissait aussi malheureux que si elle avait sérieusement envisagé de l'épouser et qu'il devait se résoudre à la voir filer avec un autre homme.

— Nous partons, oui, dit-elle gentiment. Au revoir.

— Dieu te ramène à nous ! Prenez soin d'elle, messire.

Steinarr acquiesça de la tête. D'autres adieux fusèrent dans la clairière, accompagnés de pleurs d'enfants. Robert, qui observait la scène depuis son lit, se redressa soudain sur les coudes et s'écria :

— Un dernier mot, messire !

Steinarr fit pivoter l'étalon de manière à se retrouver face à lui.

— Rapidement, dans ce cas, répondit-il.

— Je crains pour la sécurité de ma cousine, expliqua Robert. La défendrez-vous de toutes vos forces ?

— Sans l'ombre d'un doute. Rien ne lui arrivera.

— Et qu'en sera-t-il de son honneur, messire ? Le garantirez-vous de la même façon ?

Matilda s'étrangla de surprise.

— Robin !

Devant elle, Steinarr se raidit.

— Que veux-tu dire ?

La voix de Robin emplit la clairière telle celle d'un prêtre en chaire.

— Préserverez-vous la chasteté de ma cousine avec autant de zèle que sa vie ? Je voudrais que vous me donniez votre parole, en tant qu'homme et en tant que chevalier.

— Espèce de...

Ari, une lueur malicieuse dans les yeux, interrompit son ami.

— Mais naturellement qu'il te donne sa parole. N'est-ce pas, Steinarr ?

Matilda, les joues rougies comme sous l'effet d'une gifle, assura aussi dignement que possible :

— Ce n'est pas nécessaire.

Robin ne l'entendait pas de cette oreille.

— Je pense que ça l'est. Votre parole, messire.

— De la part de ce garçon, fit valoir Osbert, cela semble une chose raisonnable à demander.

Des murmures approbateurs s'élevèrent autour de lui.

— Il a raison, ajouta Ari. La demande est légitime.

Les commissures de ses lèvres étaient légèrement retroussées, comme s'il luttait de toutes ses forces pour ne pas sourire. Matilda comprit soudain qu'il savait tout des projets de son ami. Ses joues s'empourprèrent de plus belle, et elle faillit, mortifiée, se jeter à bas du cheval pour aller se terrer dans un coin. Seule la certitude qu'elle ne pourrait revenir en arrière et que tout serait alors perdu la retint.

Ari perdit son combat, et un franc sourire s'épanouit sur ses lèvres quand il demanda :

— Tu n'as pas l'intention de déflorer une jeune fille innocente lancée dans un saint pèlerinage, n'est-ce pas ?

Matilda sentit la chair de Steinarr vibrer sous ses mains, tandis qu'un grondement sourd assaillait le rempart mental derrière lequel elle se protégeait. Bien vite, elle lâcha son compagnon et s'abîma dans une prière intérieure. Non, non, non, pas ça…

— Votre parole, répéta Robin. Ou elle ne part pas.

— Qui es-tu pour décréter ce qu'elle doit faire ou non ?

— Il est son cousin, répondit Ari, dont le sourire s'était évanoui. Et le seul homme de sa famille à pouvoir veiller sur elle. C'est son droit et son devoir de la protéger.

Le poing de Steinarr se serra puis se détendit plusieurs fois de suite sur sa cuisse. Marian retint son souffle, mais elle le sentit peu à peu, au prix d'un gros effort de volonté, se calmer et reprendre la maîtrise de lui-même.

— Naturellement, dit-il enfin, d'une voix dont le calme la surprit. Tu fais honte à ta cousine, Robin, en parlant en public de ce qui aurait pu se régler en privé. Mais puisque tu veux ma parole, tu l'as. Je préserverai sa chasteté coûte que coûte. Je t'en donne ma parole.

À ces mots, Osbert fit grise mine, de même que Robin. Marian comprit alors qu'ils avaient espéré que Steinarr préférerait renoncer à l'escorter plutôt que de prononcer ce vœu.

Dans un grondement, Steinarr lui lança par-dessus son épaule :

— Accroche-toi à ma taille, ou je vais devoir t'attacher.

Matilda s'exécuta en vérifiant la solidité de ses barrières mentales. Si Steinarr avait pu paraître calme en donnant sa parole à Robin, il ne l'était pas tant que ça. Sa colère était bien présente, constata-t-elle, mais à l'arrière-plan, solidement tenue à distance d'elle-même.

Mais elle eut à peine le temps de s'en réjouir. Déjà, il éperonnait sa monture et partait au galop, l'emmenant loin du camp des charbonniers, loin de Robert, d'Ari, d'Osbert – loin de tous ceux qui l'avaient entendu promettre de ne pas la toucher.

En regardant son ami disparaître au bout du chemin, Ari songea qu'il n'aurait pas voulu être à la place de Marian au cours des jours à venir. Il ne redoutait pas que Steinarr se montre violent avec elle, mais il risquait d'être désagréable jusqu'à ce qu'il comprenne que tout était mieux ainsi.

— Au travail, tout le monde ! lança Hamo en posant sa pioche sur son épaule. Sauf vous, messire. Et toi, Robin...

Chacun se remit à l'ouvrage sur les huttes que l'on devait achever avant de creuser le puits de charbonnage. Ari, lui, alla rejoindre Robin sous l'auvent provisoire.

— C'était plutôt culotté de ta part, mon garçon.

Les joues rouges, Robin baissa les yeux et marmonna :

— Maud va m'en vouloir à mort.

— En y réfléchissant, elle comprendra que tu n'as voulu que la protéger, assura Ari.

— Aurais-je dû demander sa parole à sir Steinarr en privé, messire ? Ai-je fait honte à Marian ?

Ari secoua la tête et répondit :

— Chaque homme ici a compris pourquoi tu l'as fait de cette manière. Même Steinarr.

Robin fit la grimace.

— Ce n'est pas l'impression qu'il m'a donnée, objecta-t-il. J'ai cru qu'il allait venir me briser l'autre jambe, comme il a menacé de le faire avec le charretier.

— Je l'en aurais empêché, assura Ari. Tu as été avisé d'attendre qu'ils soient sur le départ. Si tu t'y étais pris avant, Steinarr aurait renoncé, et là, tu aurais été dans de sales draps avec Marian. En ce qui me concerne, je préfère affronter la colère d'un chevalier plutôt que celle d'une femme furieuse.

— J'espère qu'il ne se vengera pas sur Mau... Marian.

— Il ne sera pas à prendre avec des pincettes, c'est certain, mais il ne lui fera aucun mal... Au fait, pourquoi t'arrive-t-il d'appeler ta cousine « Maud » ?

Robin vira au rouge brique et balbutia :

— Je... elle... j'en ai pris l'habitude quand j'étais petit, parce que je n'arrivais pas à prononcer son vrai nom. Elle préfère Marian, mais c'est dur de changer ses habitudes.

C'était bien trouvé, mais il n'était pas doué pour mentir. Sa cousine, en revanche... Ari aurait bien aimé pouvoir se transformer en corbeau durant le jour, rien que pour aller espionner les joutes que Steinarr et elle allaient se livrer.

— Eh bien, elle n'est plus là, dit-il. Tu peux l'appeler Maud tant que tu veux, je ne lui dirai rien.

Ils chevauchèrent tout le jour, traversant les villages épars au nord du Nottinghamshire en faisant à peine de courtes pauses pour se dégourdir les jambes et laisser les chevaux se reposer. Tard dans l'après-midi, sir Steinarr quitta la route principale et s'engagea dans les bois.

— Tiens-toi bien, recommanda-t-il à Matilda.

— Où allons-nous, messire ?

— Il est temps que nous nous arrêtions pour la nuit.

La nuit... avec lui. Elle aurait été incapable de définir l'étrange émotion qui s'était emparée d'elle à cette idée, mais elle ne manqua pas de remarquer qu'il ne lui avait pas répondu.

— Cela ne me dit pas où nous allons.

— Dans un endroit sûr que je connais. Ça te va ?

Il lui avait répondu sèchement, ce qu'elle comprenait. Elle-même était toujours en colère contre Robert. Vu ce qui s'était produit, Steinarr était en droit de décréter leur accord caduc. Elle était presque étonnée qu'il ne l'ait pas déjà fait. Toute la journée, elle s'était attendue qu'il fasse demi-tour ou, pire encore, qu'il l'abandonne en chemin.

Quant à elle, elle était fermement décidée à honorer sa promesse. Elle ne s'en était pas ouverte à lui, attendant qu'il ait suffisamment décoléré, mais à présent que la nuit approchait, elle allait devoir le lui dire – ou le lui montrer.

Ils parcoururent plus d'une lieue sous le couvert des arbres, suivant des pistes qu'elle discernait à peine mais que Steinarr paraissait connaître sur le bout des doigts. Enfin, ils débouchèrent dans une clairière dominée par un à-pic. Après avoir immobilisé sa monture, Steinarr mit pied à terre et aida Matilda à faire de même, le tout sans prononcer un mot.

— Une grotte ? hasarda-t-elle en observant le sommet.

— Mieux que ça. Regarde par là…

Du regard, il désignait l'extrémité sud de la falaise. Elle ne repéra pas tout de suite un mur de pierre fermant un surplomb de la paroi rocheuse.

— Une cabane de berger ? demanda-t-elle.

— Un ermitage.

— Vraiment ? Je n'en ai jamais vu. Où est l'ermite ?

— Mort depuis belle lurette.

Intriguée, Matilda partit en exploration. Il s'agissait manifestement d'une très ancienne habitation. Le soubassement du mur extérieur était incrusté de mousse et la porte avait pourri, ne laissant dans la pierre que des trous tachés de rouille à l'endroit des gonds. À l'intérieur, elle étendit les bras. Elle touchait presque les deux parois du bout des doigts dans un sens, et pas tout à fait dans l'autre. Il y avait bien quelques toiles d'araignées dans les coins, mais pour un endroit depuis si longtemps abandonné, il était relativement propre et exempt de vermine.

En s'apprêtant à sortir, elle trouva Steinarr sur le seuil, qui lui bloquait le passage. Décidant que le moment n'était pas plus mal choisi qu'un autre, elle se lança.

— Est-ce ici que nous allons dormir ?

À ces mots, il se figea. Matilda sentit sa colère affleurer à la lisière de sa conscience.

— Nous ? s'étonna-t-il. Tu n'as donc pas entendu ce que ton cousin exigeait de moi ?

Ses mains quittèrent l'encadrement de la porte, et il recula d'un pas.

— C'était bien joué, Marian ! lança-t-il d'un ton amer.

— Bien joué ?

— Ne fais pas l'innocente. Tu t'es arrangée pour qu'il m'oblige à prêter serment devant Ari et les autres.

— Je vous assure que je n'y suis pour rien ! Je vous ai promis que je ne dirais rien à Robin, et je ne l'ai pas fait.

Un rire caustique monta des lèvres de Steinarr.

— Tu veux me faire croire que ce couard a agi seul ?

Matilda serra les poings. Combien de fois son père avait-il rabaissé Robert en l'insultant ainsi ?

— Ce n'est pas parce qu'un homme est gentil qu'il n'a aucun courage ! protesta-t-elle avec véhémence.

— Tu appelles ça un homme ?

Avec un rictus de mépris, il ajouta :

— Il est resté tapi dans un buisson pendant que John Little se faisait massacrer !

— Je vous ai dit que c'était lui qui nous avait demandé de rester cachés. Sans arme, nous n'aurions rien pu faire.

— Avec ou sans arme, Robin aurait dû l'aider.

— Pour y laisser la vie ? Et me livrer à eux ?

— À la place, il t'a livrée à moi !

Son regard s'attarda sur elle, la détaillant de la tête aux pieds. Elle se sentit tellement nue devant lui qu'elle dut serrer les poings pour se retenir de couvrir pudiquement sa poitrine.

Le menton dressé, elle soutint son regard et lança :

— Alors, prenez-moi, messire, comme nous en étions convenus. Je vous libère du vœu extorqué par Robin.

Elle le sentit passer si rapidement de la colère au désir qu'elle faillit chanceler sous le choc.

— Par chance pour toi, j'ai plus d'honneur que lui.

Pivotant sur ses talons, il s'éclipsa, la laissant seule au milieu des toiles d'araignées et du tumulte de ses émotions. Ainsi, il n'y avait pas que de la colère en lui. Le désir – cet irrésistible élan sensuel – était toujours là, si étroitement mêlé à la fureur qu'on ne pouvait les distinguer.

— Sors de là ! cria-t-il de l'extérieur. Il y a à faire.

Mais si, elle pouvait tout de même les distinguer... *Ça*, c'était purement et simplement de la colère. Décidant que ce n'était pas sa faute si Robert s'était montré plus malin que Steinarr, Matilda prit le temps d'affermir son esprit.

Lorsqu'elle sortit, il déchargeait le roussin et empilait les bagages à l'abri d'un ressaut de la roche.

— Que puis-je faire ? s'enquit-elle.

— Ramasse du bois ! aboya-t-il. Beaucoup de bois. Ces forêts sont infestées de loups.

Il déposa la selle de l'étalon à côté de celle du roussin et recouvrit le tout avec les couvertures avant de conclure :

— Moi, je vais abreuver les chevaux.

Matilda se mit donc en quête de bois pour le feu. Encore une fois. Elle en avait déjà ramassé beaucoup, au camp des charbonniers, et commençait à en avoir assez. Son dos protestait chaque fois qu'elle se courbait. Étant devenue la maîtresse de Huntingdon après la mort de sa mère, elle s'était imaginée dure à la tâche. Mais les corvées dont il lui avait fallu s'acquitter au cours de la semaine écoulée lui donnaient une idée toute nouvelle du fardeau que les paysannes portaient sur leurs épaules. En plus des services qu'elles devaient au manoir dont elles dépendaient, il leur fallait s'occuper de leurs enfants, des animaux, des tâches domestiques, et travailler dans les champs avec leurs maris.

Certes, contrairement à elle, les paysannes n'avaient pas à garder à distance l'esprit ombrageux d'un homme toute la journée. Matilda se rendit compte, en s'éloignant de Steinarr, qu'une partie de sa fatigue venait de cette veille qu'elle devait exercer en sa présence. Plus elle mettait de distance entre eux, plus le soulagement se faisait sentir. Aussi s'aventura-t-elle le plus loin possible, en prenant son temps.

Quand elle eut posé la dernière brassée de bois sur les autres, Steinarr revint avec les chevaux et leur donna leur mesure d'avoine. Ensuite, il prépara un bon feu devant l'ermitage et coupa plusieurs tranches de lard qu'il fit pendre à l'extrémité de bâtons au-dessus des flammes.

L'estomac de Matilda émit des borborygmes quand la viande commença à grésiller.

— Tu as faim ? demanda Steinarr en relevant la tête.

— *Aye*, messire, répondit-elle, alléchée par le fumet qui s'élevait. S'il y a tellement de loups, ne vont-ils pas être attirés par l'odeur du lard grillé ?

— Ils le seront tout autant par la tienne. Toute nourriture est bonne à prendre pour les bêtes sauvages. Et tu serais un tendre morceau pour elles.

Il fouilla dans un sac et en tira une miche enveloppée d'un linge, qu'il lui tendit en ordonnant :

— Occupe-toi donc du pain.

Après avoir coupé deux tartines, elle s'apprêtait à remballer la miche quand il ordonna :

— Davantage !

Il la regarda couper une autre tranche et insista :

— Encore ! Je ne veux pas me retrouver affamé au milieu de la nuit. Et tu n'aimerais pas ça toi non plus.

Elle lui lança un regard en biais et attendit qu'il s'explique, mais comme rien ne venait, elle compta le nombre de tranches de lard et finit par découper autant de tartines qu'il y en avait. Il parut satisfait, et dès que le lard fut prêt, ils commencèrent à manger en silence.

Peu à peu, Matilda sentit la colère de Steinarr refluer. Elle n'eut pas besoin d'utiliser son don pour s'en rendre compte. Il lui suffisait de regarder son visage se détendre. Elle se souvint alors qu'il s'était produit la même chose le premier soir qu'ils avaient passé ensemble, quand il s'était jeté sur les rôties au fromage qu'elle lui offrait. On aurait dit qu'une faim perpétuelle le rendait irascible et qu'il suffisait de le rassasier pour y remédier. Si c'était aussi simple que cela, elle avait tout intérêt à veiller à ce qu'il soit bien nourri...

Quand ils eurent achevé leur repas, il restait trois tartines.

— Je vais les mettre de côté pour demain, suggéra-t-elle.

— Non, laisse-les là ! Elles seront mangées ce soir.

Après s'être saisi de l'outre de bière, Steinarr en but une rasade et fit la grimace.

— Grands dieux ! gémit-il. Encore pire qu'hier...

— Pourquoi la boire ? s'étonna-t-elle. L'eau du ruisseau m'a l'air claire.

— Peut-être, mais elle empeste le soufre. Et comme ton ami le charbonnier le dit si bien : « Pauvre bière vaut mieux que pas de bière » !

Il but une autre rasade et s'essuya la bouche du dos de la main avant de lui passer l'outre. À peine en eut-elle avalé une gorgée qu'elle la recracha sur le sol.

— Vous êtes sûr que l'eau est pire ? gémit-elle en lui rendant l'outre. Il n'était peut-être pas utile d'emporter ça.

Cela le fit presque sourire.

— Ivetta a insisté pour me la confier ce matin, expliqua-t-il. Je n'ai pas trouvé le moyen de refuser.

— Elle voulait sans doute s'en débarrasser pour pouvoir en brasser une cuvée toute fraîche...

— Sans doute, admit-il en s'offrant une nouvelle rasade. Elle peut difficilement faire pire.

— Elle peut même faire bien mieux ! Nous avons bu en chemin le reliquat de ce qu'elle avait brassé à Maltby. La bière était si bonne que j'aurais pu...

Matilda se retint juste à temps. Elle avait failli avouer que l'idée lui était venue d'engager Ivetta à Huntingdon.

— ... en boire tous les jours, acheva-t-elle in extremis.

— Si bonne que ça ? s'étonna-t-il.

— Vous y goûterez quand vous me ramènerez à Robin.

D'un coup, la colère flamba de nouveau en lui.

— Cela pourrait être plus tôt que prévu, maugréa-t-il.

— Vous m'avez donné votre parole ! s'insurgea-t-elle en se raidissant.

— J'ai été amené à promettre bien trop de choses au cours de ces derniers jours. Et le pire, c'est que les vœux qu'on m'a extorqués sont contradictoires.

Reportant son attention sur le feu, Steinarr marmonna quelque chose qui se terminait par le mot « anglais ».

Matilda s'en voulait d'avoir mentionné Robin et son retour auprès de lui. À présent, il avait cela en tête, et si elle ne faisait pas rapidement quelque chose pour le distraire, l'idée finirait par s'ancrer dans son esprit, et tout serait perdu.

Résolument, elle contourna le feu et alla le rejoindre.

— Je ne plaisantais pas, tout à l'heure, affirma-t-elle en cherchant son regard. Vous n'êtes pas lié par le serment qu'on vous a forcé à faire. Notre marché a été conclu bien avant, et dans mon esprit, c'est le seul qui compte. Quant à moi, je tiendrai parole. Il y va de mon honneur.

— Qu'est-ce que les femmes connaissent à l'honneur ?

— Beaucoup plus que bien des hommes.

Se penchant sur lui, elle lui donna un rapide baiser appuyé avant de se rasseoir à côté de lui.

— C'est tout ce que tu as à m'offrir en guise de preuve ? demanda-t-il en haussant les sourcils.

Piquée au vif, Matilda renouvela l'opération et mit cette fois toute sa fougue dans ce qu'elle imaginait être un vrai baiser : d'abord un bref effleurement du bout des lèvres, puis un autre plus prolongé, et pour finir une caresse de la langue sur sa bouche. Les lèvres de Steinarr, d'abord rigides et fermées, s'adoucirent à ce contact et finirent par s'entrouvrir. Encouragée par cette première victoire, elle poussa l'audace jusqu'à plonger sa langue entre ses lèvres comme il l'avait fait lui-même à Maltby. Et lorsqu'elle le sentit lui répondre de la même manière, un sentiment de triomphe et de puissance l'envahit.

Satisfaite, elle mit un terme à sa démonstration.

— Est-ce une preuve suffisante pour vous ?

— C'est une preuve, admit-il en posant les mains sur ses hanches pour l'attirer à lui. Reste à savoir ce que ça prouve.

Après avoir brièvement admiré ses seins, Steinarr revint river son regard au sien. Matilda eut le souffle coupé en voyant le désir qui brillait dans ses yeux. La pression à présent familière que celui-ci exerçait sur ses défenses mentales se fit sentir. Le sentiment de victoire qu'elle ressentait se transforma en tout autre chose : une irrésistible vague de chaleur prenant sa source au creux de son être, sous forme d'un feu liquide.

Maintenant... songea-t-elle. Mais Steinarr crispa les mâchoires, et le feu se transforma en glace. Il la poussa légèrement, ce qui suffit à la faire tomber en arrière.

— Il se fait tard, déclara-t-il en se levant. Va faire tes besoins dans les buissons et reviens sans tarder.

Ravalant les insultes qui se pressaient sur ses lèvres, Matilda se redressa le plus dignement possible et le regarda se diriger vers les chevaux. Elle ne pouvait comprendre ce qui venait de se passer. Ils avaient été sur le point de sauter le pas, tous les deux. Son corps en était encore bouleversé, et elle savait qu'il en allait de même pour lui. Alors, pourquoi l'avait-il repoussée ?

Elle revint juste à temps pour voir Steinarr sauter à cru sur son étalon, son arc et un petit balluchon sur l'épaule.

— Où allez-vous ? s'écria-t-elle en se précipitant vers lui. Vous ne pouvez pas me laisser là. Je vous en prie, messire ! Je ferai tout ce que vous voudrez. Je...

— Calme-toi, l'interrompit-il. Un de mes amis sera là peu après le crépuscule. Il montera la garde dehors cette nuit, pendant que tu dormiras dans l'ermitage. Tes affaires s'y trouvent déjà. Je viendrai prendre le relais demain matin.

Il parlait d'une voix égale mais évitait de la regarder.

— Mais... protesta-t-elle.

— Mon ami s'appelle Torvald, déclara-t-il.

Cette fois, il la regardait droit dans les yeux, et il ajouta :

— Je te conseille de ne pas faire preuve de ton « sens de l'honneur » avec lui. J'ai confiance en lui, mais même l'homme le plus discipliné aurait du mal à résister à un tel baiser...

Et pourtant, lui y avait résisté, alors que, selon toute vraisemblance, il ne demandait qu'à aller plus loin, en dépit de ce qu'il avait promis à Robert.

Mais s'il éprouvait toujours du désir pour elle, tout espoir n'était pas perdu...

— Vous tiendrez donc votre promesse ? s'enquit-elle.

— Je n'ai pas encore pris ma décision.

Sans rien ajouter, il éperonna son étalon et partit au galop, la laissant seule dans la forêt infestée de loups.

8

— Graine de démon ! maugréa Matilda en regardant Steinarr disparaître dans les bois. Infâme gredin !

Sur ce, elle retourna s'asseoir sur une pierre près du feu, si dégoûtée d'elle-même et de lui qu'elle en tremblait. Que faisait-elle là, au milieu de nulle part, à s'offrir sans dignité à cet étrange inconnu qu'elle n'aimait pas ? Cette langueur qui s'emparait d'elle en sa présence ne pouvait avoir qu'une explication : c'était la concupiscence de Steinarr qu'elle ressentait et qui la contaminait ! Tout était si confus en elle qu'elle n'était même pas certaine que la colère qu'elle éprouvait lui appartînt. Comment allait-elle faire, dans ces conditions, pour survivre en sa compagnie – pire encore : dans son lit ?

Les bras serrés autour de ses genoux, elle se perdit dans la contemplation des flammes et tenta de chasser Steinarr de son esprit, en vain. Soudain, un bruit lointain lui fit dresser la tête. La lumière avait déjà considérablement faibli. Seules quelques traces de rose et d'or illuminaient encore un banc de nuages à l'horizon.

Un instant plus tard, le bruit inquiétant s'éleva de nouveau, faisant remonter un frisson le long de son échine. D'instinct, Matilda alla se réfugier sur le seuil de l'ermitage et scruta les bois obscurs, guettant l'arrivée de cet ami dont Steinarr lui avait parlé. Peut-être était-ce lui, blessé et à l'agonie, qui avait crié ? Un petit vent froid et annonciateur de pluie souffla jusqu'à elle, et elle s'emmitoufla dans sa cape. Il s'écoula un long moment encore. Le ciel se fit plus noir, les nuages masquèrent les étoiles. Alors qu'elle allait se retirer dans l'abri, un craquement à l'orée du bois la fit sursauter. D'un bond, elle fut près du feu et ramassa une branche enflammée, qu'elle brandit telle une arme devant elle.

— Tu n'as pas besoin de ce tison... Marian, c'est ça ?

Un homme mince et tout en jambes, doté d'une crinière argentée qui lui arrivait aux épaules, sortit de la pénombre.

— Je m'appelle Torvald, reprit-il. Je suis un ami de Steinarr.

Penaude, Matilda jeta sa branche dans le feu.

— Ne le prenez pas mal. J'avais entendu un cri de bête.

— Moi, je n'ai rien entendu. Je sens en revanche quelque chose qui titille mes papilles... Du porc ?

— Tartines au lard, expliqua-t-elle en désignant d'un geste les reliefs de leur repas. Et bière assez médiocre.

— C'est toujours mieux que pas de bière du tout...

Au lieu de se jeter sur la nourriture comme Steinarr, le nouveau venu rejoignit le roussin et lui flatta le museau.

— Bonjour, mon ami, murmura-t-il.

— Vous connaissez ce cheval ? s'étonna-t-elle.

— Il m'est arrivé de lui tenir compagnie...

L'animal souffla joyeusement dans la main de l'homme, ce qui suffit pour que Matilda ait une bonne opinion du nouveau venu. Les chevaux n'aimaient pas les hommes mauvais – ils les toléraient, mais ils ne les aimaient pas. Puis Torvald tourna la tête vers elle, et l'espace d'un instant...

— Ne vous ai-je pas déjà vu quelque part ? s'enquit-elle.

— J'en doute.

Pourtant, l'étrange sensation de familiarité persistait.

— Vous n'avez jamais été à Huntingdon ou à Loxley ?

— Jamais, répondit-il en prenant l'un des sabots du roussin entre ses genoux pour en extraire une pierre avec son couteau. Je passe la plupart de mon temps dans...

Un étrange grondement, rauque et prolongé, le fit taire.

— ... dans ces bois, conclut-il après une courte pause.

— Qu'est-ce que c'était que ce cri ? s'inquiéta-t-elle en s'approchant du feu aussi près que possible sans mettre le feu à ses jupes. Ce n'était pas le même que tout à l'heure.

— Euh... deux ours en train de se battre, sans doute.

Il poursuivit sa tâche sans même lever la tête, comme s'il n'y avait aucune raison de s'inquiéter, et conclut :

— Tu devrais aller dormir.

— Il est encore un peu tôt. Je vais rester un peu.

En fait, en voulant la rassurer, il n'avait fait qu'aviver son anxiété. Pourquoi les hommes cherchaient-ils toujours à endormir l'inquiétude des femmes au prix de n'importe quel mensonge ? Elle avait déjà entendu des ours se battre, et le cri qui venait de résonner n'avait rien à voir avec leurs grognements.

— Messire ? reprit-elle.

Torvald, qui était passé à un autre sabot, marmonna :

— Quoi encore ?

— Savez-vous si sir Steinarr a l'intention de tenir parole et de m'escorter jusqu'à la fin de mon voyage ?

Il se redressa, et en le voyant la dévisager, Matilda fut de nouveau troublée par un étrange sentiment de familiarité, qui s'estompa lorsqu'il lui adressa un sourire amical.

— Il ne m'en a rien dit, répondit-il. Va dormir, Marian. Tu as eu une journée longue et harassante.

Avec ses cheveux en bataille, ses vêtements usés jusqu'à la trame et son visage sculpté, il paraissait aussi sauvage et terrifiant que sir Steinarr, mais il émanait de lui une aura de sérénité qu'elle trouvait rassurante.

Matilda acquiesça et suivit son conseil en se retirant dans l'ermitage. Elle y découvrit son paquetage et une peau de mouton que Steinarr lui avait laissée en guise de couche. Rapidement, elle installa son lit de fortune et s'y blottit. Malgré la dureté du sol en pierre, elle ne tarda pas à bâiller. Elle dormait presque quand un nouveau grondement, nettement plus proche, cette fois, la fit se dresser sur son séant.

— Messire ? lança-t-elle d'une voix incertaine.

— Je suis là. Dors, Marian. Tu n'as pas à t'en faire.

Elle se pencha afin de l'apercevoir dans l'ouverture de la porte. Installé devant le feu, apparemment insouciant, Torvald dégustait ses tartines, l'outre de bière posée dans son giron. Le découvrir si calme suffit à la tranquilliser.

Elle se rallongea, s'enroulant plus douillettement dans sa cape et sa couverture. Progressivement, son souffle se fit plus profond, et elle se sentit dériver. La dernière chose qu'elle vit à travers ses paupières papillonnantes fut Torvald qui se levait et dégainait son épée, sur le qui-vive, prêt à la défendre contre les monstres qui pouvaient surgir de la nuit.

La femelle…

Elle n'était pas tout près, mais pas assez loin pour que le lion ne puisse la sentir et se mettre en route vers elle. Il discernait aussi une odeur de nourriture en provenance du même endroit, mais ce n'était pas ce qui l'attirait. Il n'avait pas de femelle, et plus que tout il désirait une compagne.

Pas à pas, il remonta la trace, ignorant en chemin des créatures qui en temps normal seraient devenues ses proies. L'odeur de la femelle se fit plus puissante, plus irrésistible aussi. Le lion se mit à gronder, prêt à rugir pour l'appeler, puis il aperçut les flammes entre les arbres et fit silence. La crainte du feu se mêla en lui à celle de l'homme qui montait la garde au pied de la falaise. S'il n'avait été à ce point attiré par l'odeur de la femelle, il aurait reconnu la sienne aussi. S'il voulait la rejoindre, il lui faudrait le tuer, et il savait à quel point cet homme pouvait être dangereux.

Prudemment, le lion battit en retraite dans l'obscurité du sous-bois et rôda à la lisière du camp, en quête d'une faille, d'une voie d'accès jusqu'à *elle*. L'homme, comme s'il avait pu le sentir, ajouta une brassée de bois dans le feu, et les flammes redoublèrent de hauteur. Brandissant une pique dans une main et une branche enflammée dans l'autre, il s'avança et se mit à parler. Le lion ne comprenait pas ce qu'il disait, mais ses intentions étaient claires : le lion ne pourrait avoir la femelle. En revanche, cet autre dont il sentait la présence en lui et qui prenait sa place quand le soleil se levait pourrait l'avoir. *Lui* ne craignait ni le feu ni les hommes.

Aussi se résigna-t-il à se tapir dans de hautes herbes et à attendre, sans quitter des yeux l'homme qui veillait près du feu. Celui qui prenait sa place durant le jour fit de même, jusqu'à ce que le ciel commence à s'éclaircir. Alors, la nécessité d'aller se cacher se fit plus forte encore pour le lion que celle de posséder cette femelle.

Cela n'avait pas d'importance. Il savait où la trouver, et l'homme qui la protégeait ne pourrait pas être toujours là. Il reviendrait, nuit après nuit, jusqu'à ce que la vigilance de l'homme se relâche. Alors, elle serait à lui.

Sans un bruit, le lion se redressa et fit demi-tour.

Une bruine glaciale tombait lorsque Steinarr se releva, le corps douloureux et nu, le lendemain matin. Les bras serrés contre lui pour garder sa chaleur, il chercha des yeux dans la lumière grise de l'aube l'arbre foudroyé qu'il avait choisi comme repère. Quand il l'eut trouvé, il récupéra ses habits dans un trou entre ses racines. Il faisait déjà moins froid et le ciel avait pris la teinte de l'étain terni lorsqu'il eut fini de se vêtir. D'un bon pas, il se dirigea vers le lieu de rendez-vous convenu la veille au soir avec Torvald.

La pluie rendait le sol glissant, et la rage du lion lui embrumait encore l'esprit. Il ignorait pourquoi, mais l'animal semblait s'attarder en lui avec plus de détermination ces jours-ci. Il le sentait rôder en périphérie de sa conscience, plein d'une rage meurtrière et conscient de la présence de Marian. Comment avait-il fait pour la sentir ? Steinarr l'ignorait. Il savait cependant que cela le rendait d'autant plus dangereux et qu'il lui faudrait s'éloigner davantage à l'avenir pour assurer la sécurité de Torvald et de sa protégée. Encore un problème…

Mais, en fait, son véritable problème, c'était de s'être laissé aller à promettre trop de choses à trop d'Anglais. Il lui en coûtait d'admettre qu'il s'était laissé avoir par un blanc-bec, mais il ne pouvait nier que Robin s'était bien joué de lui en lui faisant promettre de garantir la chasteté de Marian. Devoir rester des semaines entières en érection quasi permanente à côté d'une femme qu'il avait promis de ne pas toucher relevait du supplice de Tantale.

À bien y réfléchir, il n'avait aucun intérêt à choisir entre le vœu fait à un poseur de la noblesse anglaise et celui arraché par un gredin de la plus basse extraction – même si le poseur en question lui offrait dix livres d'argent. Il commençait à croire que la meilleure solution consistait à ramener Marian au camp de charbonniers et à rendre à Guy de Gisburne son florin. Malheureusement, cela reviendrait à offrir la jeune fille sur un plateau à un séducteur sans scrupules, et même si Ari pensait que Steinarr ne valait guère mieux, celui-ci n'avait aucune envie de faire ce cadeau à Robert Le Chape. S'il fallait que Marian soit déshonorée dans l'aventure, il préférait qu'elle le soit par lui. Au moins, quand il en aurait terminé avec elle, il la ramènerait chez elle et sauverait ainsi son mariage. Mais en agissant ainsi, il trahirait la promesse faite à… Bah ! Ce sac de nœuds était inextricable.

Le bruit d'un gros animal s'avançant dans les fourrés le tira de ses pensées. Steinarr siffla, et l'étalon surgit devant lui un instant plus tard, tel un fantôme émergeant de la brume. Le temps de récupérer le balluchon de Torvald, et ils prirent la direction de l'ermitage.

Dans la clairière, Marian se tenait à l'abri du surplomb rocheux pour se protéger de la pluie.

— Je vois que tu as réchappé aux loups ! lança Steinarr en mettant pied à terre pour la rejoindre.

— Grâce à votre ami, répondit-elle. Mais il est arrivé si tard et parti si tôt que je me demande si je n'ai pas rêvé sa présence. Pourquoi n'est-il pas resté pour vous saluer ?

— Il avait d'autres projets pour la journée.

D'un regard, il désigna les deux tartines au fromage qu'elle tenait à la main et demanda :

— Y en a-t-il une pour moi ?

— Les deux sont pour vous. J'ai déjà mangé.

— Tu es donc prête à partir ?

Sans attendre de réponse, il lui subtilisa les tranches de pain et mordit à belles dents dans chacune d'elles.

— Je le suis, messire. La question est de savoir si vous, vous êtes prêt... ajouta-t-elle d'un ton lourd de sous-entendus.

Grands dieux, oui, il l'était ! À califourchon sur moi... L'image explicite s'imposa à son esprit et mit le feu à ses sens. Sans ce maudit Le Chape, il aurait pu la prendre de cette façon à l'instant – et même la veille, en fait.

— Éteins le feu ! ordonna-t-il en se détournant pour lui cacher son érection. Je m'occupe du chargement.

Quand vint le moment du départ, Steinarr avait recouvré la maîtrise de lui-même et sa décision était prise : il allait la ramener à leur point de départ et se débarrasser d'elle et de son soi-disant cousin une fois pour toutes. Ensuite, il n'aurait plus qu'à trouver une catin accommodante qui lui poserait bien moins de problèmes. Tout aurait pu se dérouler ainsi sans ce maudit raidillon qu'il leur fallut grimper à cheval pour rejoindre la route. Pour ne pas tomber, Marian dut s'accrocher plus étroitement à lui. Steinarr sentit ses seins, qu'il avait été si près de toucher lorsqu'elle s'était penchée pour l'embrasser la veille, s'écraser dans son dos. Soudain, il eut la sensation qu'il n'y avait plus aucun vêtement entre eux. Ils étaient amants et nus l'un et l'autre, et elle se serrait tendrement contre lui.

À peine ce fantasme eut-il éclos qu'il le refoula. Jamais ils ne pourraient s'attarder dans les bras l'un de l'autre toute une nuit. Le mieux à faire, c'était de renoncer. Il allait la ramener. Le jour même. Tout de suite.

— Messire ?

— Quoi encore ?

— Nous voilà sur la route. Je dois savoir. Tiendrez-vous parole ?

— Je n'ai pas encore pris de décision.

Sans rien ajouter, il fit prendre aux chevaux la direction de Harworth.

En dépit de la bruine qui la trempait peu à peu jusqu'aux os, Matilda se sentait beaucoup plus joyeuse que la veille à la même heure. Elle avait bien dormi et la colère de Steinarr était retombée, aussi trouvait-elle plus facile de le tenir mentalement à distance, même si elle sentait toujours confusément qu'il n'avait pas cessé de la désirer. Cela lui allait parfaitement. Elle avait besoin qu'il en soit ainsi pour continuer à avoir une prise sur lui.

Les cloches lointaines de quelque monastère annonçant sexte* retentissaient quand ils débouchèrent en haut d'une côte. Désignant une fumée qui s'élevait au bout de la vallée en contrebas, Steinarr annonça :

— Voilà Harworth.

Matilda se pencha pour mieux voir et s'étonna :

— Déjà ? Vous parliez de deux à trois jours de route.

— Contrairement à ce que j'avais prévu, nous ne nous sommes pas arrêtés en chemin.

Il lui jeta un coup d'œil par-dessus son épaule et ajouta :

— Du moins, pas encore.

— Cela ne tient qu'à vous, répliqua-t-elle sans quitter des yeux le village. Arrêtez-vous donc, messire.

— Cela te plairait, pas vrai ?

— Uniquement parce que cela signifierait que vous allez tenir parole.

Steinarr fit descendre la pente aux chevaux.

— Comment peux-tu en être sûre ? demanda-t-il. Je pourrais te culbuter une ou deux fois et te ramener tout de même, ou t'abandonner n'importe où.

Même s'il essayait de la déstabiliser en utilisant des mots crus, la question se posait effectivement, mais elle ne tarda pas à en trouver la réponse.

— J'en suis sûre parce que vous avez pris le temps d'enterrer John Little et parce que vous me posez cette question. Un homme qui voudrait abuser de moi ainsi ne prendrait pas cette peine. Il agirait à sa guise.

— Peut-être, mais…

— Mais également parce que vous attendez de moi bien plus qu'une culbute ou deux, l'interrompit-elle.

Cela le fit ricaner.

— Tu as une haute opinion de tes appas, dis-moi !

— Des appas auxquels vous ne cessez de penser, messire ! répliqua-t-elle, vexée qu'il ait pu d'un simple mot la rabaisser au rang de catin.

— Qu'est-ce que tu en sais ?

Matilda eut envie de crier qu'elle le sentait chaque fois qu'il y pensait, mais la colère l'avait déjà poussée trop loin.

— Vous êtes un homme, dit-elle. Pour ce que j'en sais, les hommes pensent à la chose dès qu'ils ne la font pas.

— Tu te trompes, assura-t-il en riant. C'est quand nous faisons la chose que nous y pensons le plus. Du moins, ceux d'entre nous qui sont doués pour ça. À présent, dis-moi où est ce sanctuaire où tu dois prier.

La question de savoir si sir Steinarr, lui, était « doué pour ça » passa au second plan. L'urgence était de résoudre l'énigme trouvée à Headon. N'ayant aucune idée du lieu où elle devait poursuivre ses recherches, elle dit au hasard :

— L'église.

Comme celle de Maltby et toutes les autres églises qu'ils avaient croisées en chemin, celle-ci consistait en un bâtiment de pierre massif et simple, en bordure de la place du village, avec un petit cimetière sur le côté. Debout devant la porte en chêne, Matilda observa le linteau sculpté sur lequel étaient représentés les sept péchés capitaux. Comme pour lui rappeler celui qui lui pendait au nez, la luxure arrivait en premier...

Steinarr, qui finissait d'attacher les chevaux, lui lança :

— Ne m'attends pas. Je vais voir si quelqu'un peut nous vendre un peu de pain. Et une meilleure bière...

Heureuse d'échapper à son encombrante présence, elle acquiesça d'un signe de tête et entra dans l'édifice.

Quelques cierges jetaient des ombres dansantes sur l'autel et les tapisseries situées derrière. Renonçant à passer par le bénitier pour se signer – elle avait tellement à se reprocher qu'une journée au confessionnal n'y aurait pas suffi –, Matilda entreprit d'examiner l'église. Mais elle eut beau tout observer dans le moindre détail, il ne se produisit aucun déclic en elle. Rien ne lui rappelait Huntingdon ou son père, comme elle l'avait espéré.

Un bruit de pas, à l'extérieur, la fit se réfugier sur un prie-Dieu. Le prêtre qui entra sourit en la voyant.

— Eh bien, eh bien... lança-t-il d'un ton jovial. Qui avons-nous là ?

— Juste une ouaille de passage, mon père, répondit-elle après avoir baisé l'anneau qu'il lui présentait.

— Bien ! Je me demandais à qui étaient ces chevaux.

— Ils appartiennent au noble chevalier avec qui je voyage. Il cherche à se procurer de la nourriture, et je me suis dit que je pourrais en profiter pour prier un peu.

— Une sage utilisation de ton temps.
— Dites-moi, mon père, y aurait-il par hasard, sur le territoire de Harworth, d'autres sanctuaires que celui-ci ?
— Pas que je sache, répondit-il sans hésiter.
— Pas de chapelle isolée, de source Notre-Dame ?
Son insistance intrigua le prêtre, qui s'étonna :
— Non. Pourquoi me demandes-tu cela ?
— Par curiosité, et elle est à présent satisfaite.
Matilda le salua en s'inclinant et se dirigea vers la sortie.
— Je dois y aller, mon père ! lança-t-elle par-dessus son épaule. Le chevalier va m'attendre.
— Que Dieu t'accompagne dans ton voyage, ma fille !
Avant que ses mensonges et ses péchés aient pu l'écraser sur place, elle sortit de l'église, dont elle fit le tour dans l'espoir de découvrir l'indice qui lui manquait. Mais, une fois encore, rien n'attira son œil ni son attention.
Découragée, Matilda alla s'asseoir sur une pierre, près des chevaux, et se prit la tête dans les mains. Elle avait été si sûre de découvrir sur place de quoi poursuivre sa quête que la déception était amère. Pourquoi son père aurait-il laissé un indice introuvable ? Peut-être seul Robin pouvait-il le trouver... Elle regrettait vraiment son absence. Deux paires d'yeux valaient mieux qu'une.
La voilà, ta deuxième paire d'yeux... susurra la même voix tentatrice qui l'avait entraînée dans cette aventure. En voyant sir Steinarr approcher, chargé d'outres et de paquets, elle songea que le temps était peut-être venu de tout lui dire. Dans un soupir, elle se leva et le rejoignit.
— Vous avez trouvé de la bière, constata-t-elle.
— De quoi faire oublier la pisse d'âne d'Ivetta. Et aussi du pain et du fromage. Tu en as terminé ici ?

Matilda observa l'église et fit non de la tête.

— Pas encore, répondit-elle. Mais je ne peux rien faire de plus aujourd'hui. Il faudra revenir demain.

Pour ne pas se laisser le temps de changer d'avis, elle prit une profonde inspiration et se jeta à l'eau.

— Je voudrais vous parler, messire. En privé.

Il la toisa de la tête aux pieds. L'espace d'un instant, la sérénité qu'il affichait depuis le matin fut troublée, comme la surface étale d'un étang ridée par quelque bête inconnue venue des profondeurs. Enfin, il acquiesça de la tête et dit :

— L'homme qui m'a vendu le fromage m'a parlé d'un cottage abandonné en bordure de forêt que les voyageurs de passage utilisent. Est-ce assez privé pour toi ?

Incapable de soutenir son regard et troublée par le sous-entendu, Matilda baissa les yeux et murmura :

— Oui, messire.

— Dans ce cas, allons-y.

Debout sur le seuil du cottage, Steinarr observait Marian, qui avait entrepris d'allumer un feu dans le foyer ouvert au centre de la pièce. Leur refuge pour la nuit était une construction à l'ancienne, en partie enterrée, ce qui la rendait humide et froide, mais les murs en torchis étaient solides et la toiture de chaume les protégerait de la pluie. Situé à une bonne lieue du village, c'était également un endroit isolé où personne ne les dérangerait.

Marian, cependant, n'avait toujours pas dit un mot de ce qu'elle tenait tant à lui confier. Depuis qu'ils étaient là, elle focalisait son attention sur le feu. Quant à lui, il ne pouvait détacher les yeux de ses fesses qui balançaient sous ses jupes en rythme avec ses efforts pour utiliser la pierre à briquet.

Il la soupçonnait d'en être consciente. Plus il la regardait, plus elle se démenait, et plus son arrière-train se trémoussait. Manifestement, c'était délibéré. Et il était tout aussi évident pour lui que si elle avait voulu lui parler en privé, c'était pour une nouvelle fois s'offrir à lui. Ce qu'il ne savait pas, c'était s'il allait la laisser arriver à ses fins cette fois.

Certes, il valait mieux qu'il s'en tienne à sa résolution de se débarrasser d'elle, mais leur proximité physique durant le voyage jusqu'à Harworth avait tant titillé ses sens qu'il ne rêvait plus que de s'enfouir en elle, de la respirer, de la dévorer. Quel goût aurait-elle sous sa langue ? Une vision tentatrice – elle, allongée sur un lit de fourrures, nue et offerte à sa bouche – vint le tourmenter.

À cet instant, Marian poussa un petit cri. Elle ne parvenait toujours pas à faire partir le feu.

— Qu'est-ce qu'il y a ? demanda-t-il.

— Je... Rien, messire.

Elle fit une autre tentative maladroite, sans provoquer la moindre étincelle, et s'assit sur ses talons, découragée.

— La nuit sera froide si tu t'y prends comme ça ! lança-t-il. Laisse-moi faire.

Un seul essai suffit à Steinarr pour produire trois grosses étincelles, dont l'une fit partir l'allume-feu, puis les herbes sèches et les brindilles. Une flamme claire s'éleva.

— Tout est dans le mouvement du poignet, expliqua-t-il.

— Avec vous, ça a l'air si simple, dit-elle en ajoutant au feu quelques branchettes. Robin est doué pour ça, lui aussi.

Il réprima un juron. Ce jeune freluquet ne quittait pas ses pensées alors même qu'elle s'offrait à lui ! Pourquoi se torturait-il ainsi à désirer cette femme perverse ? Il n'avait qu'à la repousser. Hélas, il n'était pas certain d'en avoir la force, et têtue comme elle l'était, elle continuerait à le harceler. À moins qu'il n'y mette le holà tout de suite, comme à Maltby ? Il ne comprenait pas pourquoi il n'y avait pas pensé plus tôt. Ari avait raison : c'était sa grossièreté qu'elle ne supporterait pas. Or, il pouvait se montrer grossier quand il le voulait. Très grossier...

— Il est grand temps que tu apprennes à allumer le feu.

Sans lui laisser une chance de lui échapper, Steinarr alla s'accroupir derrière elle, l'entoura de ses bras et lui mit dans les mains la pierre à briquet.

— D'abord, susurra-t-il à son oreille, tu insères le goupillon d'acier dans la fente, comme ceci...

Les genoux largement écartés, il se pressa contre elle, de manière que son sexe déjà dur vienne se loger dans le sillon de ses fesses.

— À présent, ajouta-t-il d'une voix égale, de grands coups réguliers : comme ça !

Steinarr joignit le geste à la parole et guida les mains de Marian sur la pierre à briquet, en phase avec son sexe dressé qui imitait le mouvement au bas de son dos. Avec un petit hoquet de surprise, elle tenta de lui échapper, mais il entoura sa taille d'un bras pour la retenir.

— Prépare le lit, conclut-il d'une voix douce. À moins que tu ne préfères que je te prenne dans cette position...

9

Dans cette position ? À cette perspective, Matilda sentit son corps s'épanouir et se crisper simultanément, comme pour illustrer la confusion qui régnait dans son esprit. Elle n'était pas certaine de pouvoir aller jusqu'au bout, même pour Robin, et même si sa curiosité l'y poussait.

— Eh bien ? dit Steinarr avec impatience.

Il fit glisser le voile qui couvrait la tête de Marian, puis ses mains s'aventurèrent le long de ses cuisses, repoussant sa robe dans leur sillage. Elle sentait son membre vibrer contre elle, comme s'il était doté d'une vie propre. Un feu liquide se répandit entre ses cuisses. Dans quelle position souhaitait-elle l'accueillir en elle pour la première fois ?

— Le lit, messire.

Elle dut attendre qu'il la lâche et se recule pour pouvoir se lever. Comme ivre de vin, elle avait l'impression que ses jambes ne lui obéissaient plus. Il lui fallut faire un effort pour dénicher son balluchon dans un coin.

— Tu ajouteras mes fourrures à ta couverture, ordonna Steinarr en débouclant son ceinturon pour se débarrasser de son épée. Tu en auras besoin. Je suis connu pour monter vigoureusement les femmes que j'honore.

Pour quelque raison qui échappait à Matilda, il tentait de lui faire peur, mais ce qui comptait, c'était qu'il la désirait. Se raccrochant à cet espoir, elle alla chercher le rouleau de fourrures et s'efforça d'en dénouer le lien.

— Ce dont j'ai surtout besoin, répliqua-t-elle, c'est de votre parole que vous m'escorterez jusqu'au terme de mon voyage après m'avoir... montée.

— Tu l'as déjà.

— J'aimerais vous entendre me le promettre de nouveau.

— Ah oui ?

Steinarr se leva et vint lui prendre les fourrures des mains. D'une brève saccade, il dénoua le lien, puis déroula les fourrures et les étendit sur le sol de terre battue, près du feu.

— Dans ce cas, reprit-il, je poserai mes conditions moi aussi. J'aimerais savoir si tes faveurs valent le mal que je me donne pour les obtenir. Après tout, peut-être ton corps est-il contrefait et couvert de verrues, sous cette robe...

Le menton fièrement dressé, Matilda répliqua :

— C'est un risque à prendre. Moi, je prends celui que votre membre soit aussi tordu que votre âme !

— Mon membre ? répéta-t-il avec un sourire amusé. Il est aussi droit que fort, et tu le découvriras bien assez vite. N'essaie pas de noyer le poisson : c'est de toi qu'il est question, et j'aimerais savoir si tu en vaux la peine avant de manquer à la promesse que j'ai faite à ce poupon que tu appelles ton cousin. Montre-moi tes seins, que je voie si tu as ce qu'il faut pour titiller mes sens.

— Quoi ? s'exclama Marian, rouge de colère. Oh ! Mais ils sont bien assez titillés comme ça, messire ! La preuve...

Du regard, elle désignait son entrejambe, où son érection se devinait clairement sous la toile de ses braies. Mais elle n'avait pas besoin de cela pour connaître la force de son désir pour elle. Malgré ses efforts pour le tenir à distance, il lui assaillait l'esprit sans relâche.

D'un bond, Steinarr la rejoignit et passa un bras autour de sa taille de manière que leurs bassins se touchent.

— Ça ? répliqua-t-il d'un ton caustique. Ce n'est que la manifestation d'un vague intérêt. Ce que n'importe quel homme ressent serré contre une femme qui se trémousse.

— Je ne me trémousse pas ! protesta-t-elle entre ses dents serrées.

— Tu devrais le faire, si tu veux vraiment m'exciter.

Marian sentit les mains de Steinarr remonter jusqu'à sa poitrine. Du bout de ses pouces, il caressa à travers le tissu de sa robe ses mamelons dressés. Un désir irrépressible l'inonda. Avec une éprouvante lenteur, il approcha ses lèvres des siennes et lui offrit l'esquisse d'un baiser.

— Trémousse-toi... murmura-t-il. Montre-moi comment tu frétilleras quand je me glisserai entre tes cuisses.

Malgré leur crudité – ou peut-être à cause d'elle –, ses paroles libérèrent Marian, lui donnant carte blanche pour faire ce que, de toute façon, elle mourait d'envie de faire. Sans retenue, elle roula du bassin pour se plaquer contre lui, cherchant par ce contact à se délivrer de l'incroyable pression qui s'accumulait en elle. Elle se moquait à présent de savoir si ce désir était le sien ou seulement un écho de celui de Steinarr. Il l'emportait, puissant et irrésistible. Leurs lèvres se mêlèrent pour un baiser qui la laissa pantelante. Son corps se pressait contre le sien, et le grondement rauque par lequel il lui répondit ne fit que la rendre plus agressive, plus audacieuse encore.

Elle ne s'estima satisfaite que lorsqu'elle eut trouvé le moyen de plaquer au plus près son bas-ventre contre son érection – et même cela ne lui suffit pas. Enroulant une jambe autour d'une des siennes, elle se serra encore plus intimement contre lui. Steinarr commença à jouer des reins contre elle, lui procurant un relatif apaisement. Sa langue plongeait dans sa bouche ouverte, suivant le rythme que ses hanches imprimaient à leur simulacre d'union. Le besoin, le plaisir, un désir brûlant la consumaient tout entière, mais elle voulait davantage encore – elle le voulait, lui.

Difficilement, elle parvint à mettre un terme à ce baiser pour lui dire ce qu'elle désirait, les yeux dans les yeux.

— Prends-moi !

Ces mots résonnèrent dans l'esprit de Steinarr, annihilant toute autre pensée. La prendre ! La prendre maintenant ! Sans hésiter, il la souleva dans ses bras et l'allongea sur les fourrures. Après avoir lutté avec sa robe, il la retroussa jusqu'à ses hanches, pendant que les doigts fébriles de Marian s'activaient sur la braguette de ses braies. Enfin libres, leurs corps entrèrent en contact. Il sentit qu'elle soulevait les hanches pour mieux s'offrir à lui, et soudain, il fut en elle, lui arrachant un petit cri. Il y eut une brève résistance à sa progression qui faillit – faillit seulement – le faire reculer.

D'un coup de reins, il acheva d'entrer en elle et put enfin goûter à cette chaleur bienveillante dont il avait besoin depuis si longtemps. Le sentiment d'urgence reflua, remplacé par la nécessité non seulement de la posséder, mais de lui donner assez de plaisir pour lui faire oublier tous les autres, afin qu'à ses yeux il ne reste que lui. Dressé sur ses bras tendus, il l'observa, s'adapta à ses réactions, jusqu'à ce qu'il trouve le rythme idéal qui la fit haleter sous lui avec de petits cris rauques.

Matilda sentait grandir l'urgence du désir. Les doigts enfoncés dans les épaules de Steinarr, ses talons pressés contre ses fesses, elle l'attirait à elle, le guidant et le suivant à la fois dans cette course éperdue par laquelle il la faisait sienne. Cette pensée la troublait autant que de le voir, soulevé au-dessus d'elle, épier la moindre de ses réactions. Et soudain, avec la brusquerie d'une pluie d'été, un plaisir fulgurant la traversa, l'emportant corps et âme vers des sommets que les caresses de sa propre main ne lui avaient jamais fait atteindre. Arc-boutée sur les fourrures, bouleversée par l'intensité de ce plaisir inconnu, elle sentit toutes ses défenses mentales s'écrouler. Alors, l'extase de Steinarr se mêla à la sienne, fusant en elle physiquement et mentalement.

La sauvagerie qu'elle avait déjà perçue en lui se déchaîna, terrifiante et animale. Un flot d'émotions se déversa en elle. Atrocité d'une faim permanente. Férocité d'un besoin perpétuel. Désolation d'une solitude véritable. Terribles et sombres échos d'une existence âpre et difficile, elles se mêlaient au soulagement lumineux de la jouissance. Matilda entendit s'élever un sanglot désespéré, mais elle ne put déterminer de quelles lèvres il était sorti. D'instinct, elle s'agrippa à lui plus étroitement encore, tandis qu'il se déversait en elle.

— Ça va aller… murmura-t-elle entre ses larmes. Tout va bien… Je suis là…

Lentement, elle sentit refluer la crue de leurs orgasmes. Les fleuves de leurs personnalités regagnèrent leurs lits respectifs. De nouveau elle-même, elle profita de ce répit.

Steinarr entendait Marian sans comprendre le sens de ses paroles. Il lui fallut lutter pour rassembler les morceaux épars de sa conscience et comprendre ce qui venait de se passer. Tout allait bien, disait-elle, mais leur union avait été si explosive que leur peau n'était nue qu'à l'endroit où leurs corps restaient joints.

— Je te veux nue... grogna-t-il dans ses cheveux.

Il déposa de petits baisers sur le visage de Marian, dans son cou, ses oreilles, tout en soulevant ses vêtements. Il n'avait même pas encore vu ses seins !

— Je te veux à genoux, renchérit-il avec urgence. Par-derrière. À califourchon, au-dessus de moi...

Oui, c'était exactement ainsi qu'il la voulait, et cette perspective suffit à raviver son érection. Aiguillonné par le désir, il recommença à se mouvoir en elle.

Aussitôt, Marian grimaça et tenta de se dérober.

— Arrête, protesta-t-elle. Ça fait mal.

— Mal ? répéta-t-il, hébété.

Dégrisé et de nouveau maître de lui-même, Steinarr ouvrit les yeux et vit les larmes qui mouillaient les joues de Marian.

— Je t'ai fait mal ?

— Non, répondit-elle. Je veux dire... oui, un peu, mais n'est-ce pas censé être normal, la première fois ?

La première fois ?

Steinarr se redressa et contempla la tache rouge, sur la fourrure blanche, qui accréditait ses paroles. La résistance qu'il avait rencontrée lorsqu'il l'avait pénétrée lui revint alors en mémoire. Emporté par la passion, il n'y avait pas prêté attention, pas plus qu'à son petit cri de douleur.

— Tu étais vierge ? demanda-t-il, incrédule.

S'empourprant, Marian s'assit et rabattit sa robe pour se couvrir.

— Évidemment ! Pourquoi ne l'aurais-je pas été ?

— Je pensais que...

À présent, Steinarr fulminait contre lui-même. Quelle andouille il était ! Qu'avait-il fait ? Il était censé l'effrayer, pour se débarrasser d'elle. Et elle ? Pourquoi ne l'avait-elle pas repoussé, au lieu de refermer ses jambes autour de lui et de l'aimer avec toute la fougue et la science d'une déesse de l'amour ?

— Je sais qu'il n'est encore qu'un gamin, reprit-il, tout penaud, mais je pensais que Robin et toi…

— Robin ! s'écria-t-elle, effarée. Mon propre frère !

— Je savais bien qu'il n'était pas ton cousin, dit-il en rajustant ses braies. Mais je pensais qu'il était ton amant.

— Robin n'est pas mon amant !

Marian se leva et tenta d'aller se réfugier loin de lui. Il fut plus rapide qu'elle et l'immobilisa entre ses bras tendus appuyés sur le mur.

— Alors, qu'est-il exactement pour toi ? demanda-t-il en dardant sur elle un regard implacable. La vérité, cette fois !

— Le bâtard que mon père a fait à une paysanne du Kent, répondit-elle sèchement. Robin est mon demi-frère.

Robin, le bâtard de son père ? Était-ce possible ?

— Et vous n'êtes pas amants ? insista-t-il.

— Bien sûr que non !

Steinarr la libéra et regarda autour de lui. Avisant le sac d'avoine, il l'installa près du feu et la força à s'y asseoir.

— Comment as-tu pu imaginer une chose pareille ? demanda-t-elle, le visage sévère, les bras croisés sur sa poitrine.

— Je te l'ai dit. J'avais compris que vous n'étiez pas cousins, et tu paraissais très… tendre avec lui.

— Uniquement comme une sœur peut l'être avec son frère. Je n'ai jamais rien dit qui…

— Tu n'as rien dit, mais tes mensonges laissaient le champ libre à toutes les interprétations !

Steinarr vint s'accroupir devant elle.

— Et pour mentir, tu m'as menti, reprit-il en cherchant son regard. N'est-ce pas, *Maud* ?

Pour toute réponse, elle grimaça et détourna les yeux.

— Qui es-tu ? insista-t-il.

— Tu viens de le dire : Maud. Autrement dit, Matilda.

— Et ce père semeur de bâtards, qui est-il ?

— Un forgeron du...

— Plus de mensonges !

Son éclat de voix la fit sursauter. Furieux, il se pencha vers elle et ajouta, les yeux plongés au fond des siens :

— Une fille de forgeron ne parlerait pas de la maîtresse de son père comme d'une « paysanne du Kent », et ton langage est trop raffiné. Qui est ton père ? La vérité !

Matilda ferma les yeux et marqua une pause avant de se décider à répondre.

— Mon père s'appelle... s'appelait David Fitzwalter, lord de Huntingdon. Je suis Matilda, sa fille unique.

— Et Robin est son bâtard ?

— Son véritable nom est Robert. Robert Le Chape.

Marian décroisa lentement les bras et se leva. Les yeux plissés, Steinarr la regarda déambuler dans la pièce.

— Résumons, dit-il. Tu es noble, tu cours la campagne avec ton demi-frère en mentant à qui mieux mieux, et tu offres ton corps à un inconnu en échange de son aide. Étrange pèlerinage, Matilda Fitzwalter...

— Le pèlerinage aussi est un mensonge, maugréa-t-elle.

À son tour, Steinarr se mit à faire les cent pas.

— Cela m'explique d'autant moins pourquoi tu tiens tant à faire ce voyage, constata-t-il enfin.

— Nous effectuons... une sorte de quête, expliqua-t-elle. Le but est de rendre à Robert le titre qui lui revient.

Les sourcils froncés, Steinarr la dévisagea longuement.

— Depuis quand une « quête » permet-elle à un fils bâtard de s'approprier le titre de son père ?

— C'est une longue histoire, murmura-t-elle en se rasseyant sur le sac d'avoine.

Après avoir jeté du bois dans le feu, Steinarr alla s'installer sur la couche de fourrures.

— J'ai tout mon temps, assura-t-il. Mais tu as intérêt à ne plus me servir de mensonges.

Le regard perdu dans la contemplation des flammes bondissantes, Matilda commença à raconter :

— Ma chère mère – Dieu ait son âme – n'a pas réussi à donner d'autres enfants à mon père après ma naissance. Ce n'est pas faute d'avoir essayé : près d'une dizaine de fois en autant d'années. Toutes ses grossesses se sont soldées par des fausses couches. Quand père a compris qu'elle ne lui donnerait pas de fils, il a fait venir son bâtard chez nous. Son souhait était de l'élever tel un gentleman et un chevalier et de le reconnaître comme héritier.

— Il en avait le droit ? s'étonna Steinarr.

Matilda reporta son attention sur lui, se demandant s'il se moquait d'elle. Ignorait-il que chaque grande lignée comptait au moins un bâtard ?

— Il en avait le droit, répondit-elle en constatant qu'il était sérieux. Et il l'a fait. La honte que mère en a conçue a fini par la tuer, même si cela a pris quelques années. Hélas, père s'est très vite rendu compte que Robert ne satisfaisait pas à ses attentes. Mon frère est d'une grande gentillesse, plus porté à sculpter les animaux dans du bois qu'à les chasser. Il se débrouille très mal avec une épée et n'a jamais gagné une joute, malgré les nombreuses heures passées à s'entraîner. Plus il essayait de se faire aimer de notre père, plus il échouait. Et à chaque nouvel échec, la main de notre père se faisait plus lourde, et ses mots plus blessants.

— Alors, tu l'as pris en pitié.

— Nous avons eu pitié l'un de l'autre. Je ne trouvais pas plus grâce que lui aux yeux de notre père, et il ne se montrait pas plus aimable avec moi.

— Pourquoi ?

Le cœur serré, Matilda secoua la tête.

— Pour bien des raisons, répondit-elle. La principale étant sans doute que je n'étais pas un garçon. Quoi qu'il en soit, quand père s'en prenait à l'un de nous, l'autre tentait de s'interposer. Cela crée des liens. Si ce n'est par le sang, par le cœur nous sommes devenus frère et sœur.

Steinarr émit un petit grognement dégoûté et déclara :

— Les pères, croyant ainsi rendre leurs enfants plus forts, peuvent se montrer inflexibles.

— Il ne cherchait pas à nous rendre plus forts. Il voulait nous briser - surtout Robert. Il ne cessait de le traiter de lâche et d'imbécile. Il disait que le sang plébéien dominait en lui et qu'il ne serait jamais digne d'hériter du titre. Il menaçait de ne pas le reconnaître comme son héritier et de transmettre Huntingdon à mon cousin.

— Encore un cousin ? s'étonna Steinarr, dubitatif.

— Mon véritable cousin, précisa-t-elle. Le fils unique du frère de mon père. Il s'appelle Guy de Gisburne. Ce n'est qu'un misérable scélérat, mais il est l'héritier légitime. Toutefois, père a fini par comprendre que Guy, bien que de sang noble, n'était pas celui qu'il croyait. Il s'en est ouvert au roi, et Edward a proposé une solution à son dilemme : un test, une ultime chance pour Robert de prouver qu'il a l'étoffe d'un lord.

— Je n'ai jamais entendu parler d'une chose pareille, commenta Steinarr, les sourcils froncés.

— Moi non plus, répliqua-t-elle. Jusqu'à ce que père se retrouve à l'article de la mort. Il a fait venir Robert pour lui exposer l'épreuve qu'en collaboration avec le roi il avait conçue à son intention : il lui faudrait résoudre un certain nombre d'énigmes censées le mener à un petit trésor. L'intendant a remis à Robert le premier des indices dès que père a été mis en terre. Mon frère doit relever le défi et trouver le trésor pour le présenter au roi. S'il y parvient, il sera reconnu comme héritier légitime et il deviendra lord par décret royal.

— Et s'il échoue ?

— Guy deviendra le nouveau lord de Huntingdon, répondit Matilda d'une voix dont elle perçut elle-même l'amertume. La grande faiblesse du plan ourdi par mon père, c'est que Guy lui-même n'a pas à trouver le trésor. Il lui suffit…

— … de s'arranger pour que Robert ne le trouve pas.

Steinarr se leva et se mit à arpenter la pièce de plus belle, tel un fauve en cage. Matilda sentit un nouvel accès de rage froide vibrer à la lisière de sa conscience.

— Voilà pourquoi nous voyageons sous de faux noms en nous faisant passer pour des paysans, conclut-elle. L'intendant de mon père a fait prévenir Guy le jour même où il confiait le premier indice à Robert. Mon cousin doit être sur nos traces en ce moment. S'il met la main sur mon frère, il le tuera.

— Il n'aura pas le cran de le faire lui-même, intervint Steinarr d'une voix glaciale. Il enverra quelqu'un pour ça.

Ah, Seigneur… Matilda sentit se figer en elle tous ses espoirs, comme la surface d'un lac l'hiver venu.

— Comment le sais-tu ? demanda-t-elle dans un souffle, bien qu'elle connût déjà la réponse.

— Parce que je suis celui qu'il a envoyé, répondit-il.

Marian jaillit de son siège telle une flèche d'un arc. Elle avait déjà franchi le seuil lorsque Steinarr parvint à la saisir par la taille. Après l'avoir ramenée de force à l'intérieur, il claqua la porte derrière lui et cria :

— Assieds-toi !

Au lieu de lui obéir, Marian se plaça de l'autre côté du feu et dégaina sa dague.

— Ne m'approche pas ! lança-t-elle vivement.

— Range ça avant de te blesser, conseilla-t-il. Si j'avais voulu te tuer, tu serais déjà morte. Tu n'as rien à craindre de moi. Et Robert non plus. Surtout maintenant.

— Je ne te crois pas.

— C'est tout de même vrai.

Steinarr resta un long moment immobile, à la dévisager, ne sachant comment réagir. Dans son arrogance, il avait si bien gâché ses chances qu'il les avait sans doute définitivement compromises.

— J'ai exigé de toi la vérité, reprit-il. À mon tour à présent de t'avouer la mienne.

— Ta version de la vérité ne m'intéresse pas !

— Qu'elle t'intéresse ou pas, tu l'écouteras.

Croisant les bras, il s'adossa à la porte, de manière à la condamner tout à fait, et poursuivit :

— Après t'avoir laissée à Maltby, j'ai capturé le hors-la-loi que je recherchais et l'ai conduit à Nottingham...

En quelques mots, Steinarr lui exposa les circonstances de sa rencontre avec Guy de Gisburne. En l'écoutant, elle ne cessa d'aller et venir, agitée, de l'autre côté du feu.

— Si je comprends bien, résuma-t-elle lorsqu'il se tut, tu as gobé les mensonges du premier venu et accepté de tuer Robert. Combien t'a-t-il promis ? Que vaut la vie de mon frère ?

Évidemment, songea-t-il, il avait fallu qu'elle pose la question. À contrecœur, il satisfit sa curiosité.

— Dix livres.

— Moins qu'un bon cheval, constata-t-elle avec amertume.

Steinarr tenta de se justifier. Il avait besoin qu'elle le comprenne, peut-être davantage encore qu'il n'avait besoin de son corps.

— Je ne lui ai jamais dit que je le tuerais. J'ai juste promis que je ferais en sorte qu'il n'ait plus à le revoir.

— Et je suis censée croire une chose pareille ? Cet ami à toi qui est resté près de lui…

Sa voix se brisa, et ce fut dans un sanglot qu'elle conclut :

— Robert est peut-être mort à l'heure qu'il est.

— Il ne l'est pas, affirma calmement Steinarr. Ari veille sur lui, justement pour le protéger d'une attaque éventuelle de sbires à la solde de Gisburne. Est-il monté à cet arbre pour trouver une des énigmes laissées par ton père ?

— Pourquoi devrais-je te dire quoi que ce soit ?

— Tu vas avoir besoin de mon aide.

— Ton aide ? s'écria-t-elle, hors d'elle. J'ai encore l'entrejambe tout humide de ton aide ! Guy t'a-t-il aussi payé pour me déshonorer ?

Son accusation se logea en lui comme un couteau.

— Non, Marian… Non. Je ne suis pas comme ça. Guy m'a chargé de te ramener chez toi pour que tu t'y maries.

— Alors, tu as décidé d'en profiter pour me culbuter ?

— *Aye*. Mais rappelle-toi que je t'ai témoigné mon… intérêt avant de le rencontrer. Même si je ne me suis comporté ainsi à l'époque que pour te faire fuir en me conduisant comme un rustre avec toi. Seulement, après, c'est toi qui es revenue t'offrir à moi…

— J'étais désespérée ! protesta-t-elle. Et j'ignorais que tu étais un des hommes de Guy…

— Je ne suis pas un de ses hommes !

— Non, seulement un de ses mercenaires ! railla-t-elle. Par tous les saints ! Je n'arrive pas à croire que j'aie pu me montrer aussi stupide…

— Pas autant que moi, marmonna Steinarr. J'ai laissé l'attrait de l'argent m'aveugler, en dépit de la duplicité que je sentais chez Gisburne. Entre ses demi-vérités et vos mensonges, j'ai vraiment cru que Robert était un gredin et un voleur qui t'avait enlevée pour te déflorer.

Les lèvres plissées par le dégoût, elle conclut :

— Alors, tu as voulu lui ravir cet honneur.

— Comme n'importe quel homme l'aurait fait.

En dépit des circonstances, il ne le regrettait pas un instant. Il avait envie d'elle plus encore qu'avant de lui faire l'amour. Comment avait-il pu imaginer que se débarrasser d'elle suffirait à résoudre son problème ?

— J'ai été privé trop longtemps des faveurs des femmes pour dire non à une jeune beauté comme toi, surtout si elle s'offre à moi avec tant de constance. Pour ce que j'en savais – pour ce que je pensais en savoir –, les hommes et le plaisir t'étaient déjà familiers.

— Tu me prenais pour une putain, en somme !

— Je n'ai jamais utilisé ce mot.

— Et pourtant, tu m'as parlé comme si j'en étais une – tu m'as traitée comme si j'en étais une.

— Je n'ai agi ainsi que dans l'espoir de te repousser, ainsi que je l'avais déjà fait à Maltby.

Pour ne pas laisser l'incrédulité qu'il devinait dans ses yeux le réduire au silence, Steinarr se hâta d'ajouter :

— Je te l'ai déjà dit hier : j'ai fait trop de promesses contradictoires à trop de monde. J'aurais aimé revenir au point où j'en étais avant de vous rencontrer, toi et ton frère. Je voulais que tu me demandes toi-même de te ramener à Robin, mais je savais que tu insisterais pour que nous nous en tenions à notre marché. Tu es plus têtue qu'une mule !

La dague de Marian demeurait pointée sur le ventre de Steinarr, mais elle la brandissait avec moins de conviction.

— Dans ce cas, pourquoi ne pas m'avoir ramenée au camp sans que je te le demande ? objecta-t-elle.

— Je suis trop faible. Je te désirais trop.

Pourquoi se découvrait-il ainsi à ses yeux ? Pour se faire pardonner ? Il y avait peu de chances que cela arrive. Peut-être tenait-il juste à ce qu'elle le voie tel qu'il était.

Marian étudia un instant le poignard, comme si elle ne parvenait pas à comprendre ce qu'il faisait dans sa main, et le rengaina.

— Et si je te demandais de me ramener à présent ?

— Alors, je te ramènerais, répondit Steinarr, bien que cette perspective lui répugnât.

Marian porta une main tremblante à ses lèvres et mordit pensivement une de ses jointures. Elle avait l'air si remontée, si pressée de se débarrasser de lui qu'il attendit sa décision avec fatalisme, le cœur battant à ses tympans.

— Je ne peux pas retourner en arrière, murmura-t-elle enfin, comme pour elle-même. Je n'ai pas le temps de trouver une autre solution.

Steinarr eut l'impression qu'un grand silence se faisait, autour de lui autant qu'en lui. Quand son cœur se remit à battre, un mot retint son attention.

— Le temps... répéta-t-il. Ce n'est pas la première fois que tu dis manquer de temps. Pourquoi ?

— Robert doit se présenter devant Edward au plus tard quarante jours après les funérailles de notre père.

Steinarr se détourna pour flanquer un violent coup de poing dans la porte. C'était un piètre dérivatif, mais il lui faudrait s'en contenter tant qu'il n'aurait pas Guy de Gisburne en face de lui pour lui faire avaler son florin et aller le récupérer à l'autre extrémité.

— Gisburne m'a fait croire que tu devais être mariée dans un mois au plus tard, expliqua-t-il d'un ton lugubre. C'est à cette date que je devais te ramener.

Quand il se retourna, il vit sur son visage que la colère de Matilda égalait la sienne.

— Cela, au moins, est proche de la vérité, dit-elle. Je dois me marier le jour de l'installation du nouveau lord.

Était-ce une bonne ou une mauvaise nouvelle ? L'esprit de Steinarr penchait d'un côté, ses tripes de l'autre. Il décida d'ignorer la question pour l'instant. Il y avait plus urgent.

— Combien de temps vous reste-t-il pour vous présenter devant le roi ?

— Douze jours se sont déjà écoulés, répondit-elle. Il en reste donc vingt-huit, et je n'ai pour l'instant que l'énigme trouvée à la source Notre-Dame.

— Combien y en a-t-il encore ?

— Père ne l'a jamais dit. Tout ce qu'il a bien voulu révéler à Robert, c'est que les indices sont tous cachés dans le Nottinghamshire, de même que le trésor.

— Et où se trouve le roi en ce moment ?

— Je l'ignore également. Londres ? Salisbury ? Pour ce que j'en sais, il pourrait même être en France.

Steinarr calculait déjà combien de temps il leur faudrait pour atteindre Londres.

— Nous nous renseignerons en chemin, murmura-t-il.

— Nous ?

— *Aye*. Je te l'ai dit : tu peux compter sur mon aide. Je n'aime pas qu'on me prenne pour un idiot. Je considère que le marché passé avec Gisburne est caduc, puisqu'il était fondé sur des mensonges.

Son regard se posa sur la fourrure tachée, et il ajouta d'un ton morose :

— De même que celui passé avec Robin. Mais là, je suis l'unique fautif. Seule reste donc valide la promesse que je t'ai faite.

Matilda cacha sous ses mains ses joues rougissantes.

— Et celle que je t'ai faite aussi, renchérit-elle.

— Non. Je t'en libère, car le marché que nous avons passé était basé sur des mensonges lui aussi. Je tiendrai parole sans autre contrepartie que la satisfaction de contrecarrer les plans de Gisburne.

À l'extérieur, l'étalon se mit à hennir nerveusement. Inquiet, Steinarr entrouvrit la porte et découvrit que le soleil commençait à descendre derrière les arbres. Le temps lui était compté. Rapidement, il prit sa décision.

— Je vais me retirer pour la nuit, annonça-t-il. Ainsi, tu pourras prendre ta décision en toute quiétude. Une fois la porte barricadée, tu ne craindras rien ici.

Il prenait un risque, mais il n'avait pas le choix. Le lion, déjà, s'agitait en lui. Sans qu'elle le sache, Torvald serait là pour monter la garde à l'extérieur du cottage. Après avoir récupéré le balluchon de son ami, il sortit dans le soir tombant et alla détacher l'étalon. Alors qu'il montait sur son dos, Matilda apparut sur le seuil.

— Tu t'en vas vraiment, constata-t-elle, une expression indéchiffrable sur le visage. Comme ça…

— *Aye*, répondit-il. Je m'en vais. Comme ça. À mon retour, demain matin, tu pourras me dire ce que tu veux.

Ses yeux verts rivés sur lui, pleins de méfiance et de colère, semblaient le transpercer jusqu'au fond de l'âme.

— C'est ça, répondit-elle froidement. Demain matin.

Sans s'attarder davantage, Steinarr galopa vers l'ouest, où il espérait trouver des forêts suffisamment profondes. Le soleil couchant le trouva dans une clairière où coulait un ruisseau et que traversait une piste de cerf, signe que le lion aurait de quoi se rassasier.

À l'aube, l'absence de toute fringale lui fit comprendre que la chasse avait été bonne. Par une matinée normale, il aurait recherché la carcasse, afin d'y prélever un peu de venaison pour lui-même et pour Torvald. Mais, ce jour-là, il se hâta de se vêtir et d'aller retrouver l'étalon.

Tout était silencieux lorsqu'il s'avança vers le cottage. Il n'y eut même pas le hennissement du roussin pour l'accueillir. L'animal s'était peut-être éloigné de lui-même, mais il en doutait. Plus probablement Matilda l'avait-elle utilisé pour rejoindre Robin au plus vite. Rapidement, il mit pied à terre et poussa la porte.

Partie…

Le poids de siècles de solitude s'abattit d'un coup sur lui. Vaincu, il faillit tomber à genoux, mais le fait de n'avoir que Matilda en tête lui permit de tenir bon. Qu'elle ait choisi de poursuivre son voyage ou de retourner d'où elle venait, elle était une femme et ne pouvait le faire seule. Il devait la suivre et veiller sur elle sans qu'elle s'en doute.

Alors, seulement, il remarqua ce qui lui avait jusqu'alors échappé : les deux selles, dans un coin, et la couverture de Matilda, roulée consciencieusement à côté de ses fourrures.

Toujours là !

Saisi d'un soulagement intense, il se rua à l'extérieur.

— Marian ! cria-t-il. Matilda… Bon sang, Maud ! Où es-tu ? Réponds-moi !

Les bois étaient silencieux, mais, à quelque distance, le clocher de l'église sonnait l'heure. Ne lui avait-elle pas dit, la veille, qu'elle devrait y retourner ?

Steinarr enfourcha l'étalon et galopa vers le village avec l'espoir fou qu'il n'était plus tout à fait seul au monde, pour quelque temps au moins.

10

— Prier ne suffira pas à faire apparaître ton indice.

Matilda ne fut pas surprise par l'arrivée de Steinarr. Dès qu'il était entré, elle avait senti son soulagement l'assaillir.

— Ne pas prier non plus, répondit-elle. Que fais-tu là ?

— Quelqu'un a volé mon cheval.

Après avoir refermé la porte de l'église, il vint se placer derrière elle et ajouta :

— Ah… L'intention n'est pas si pieuse qu'il y paraît. Tu scrutes les tapisseries. Tu penses y trouver quelque chose ?

— Je ne sais pas. Je me suis réveillée avec cette image en tête et j'ai voulu vérifier.

— Tu aurais quand même pu m'attendre. Ton père était-il amateur de ces histoires bibliques ?

— Il demandait souvent au prêtre de lui parler d'Ève et du péché originel. Cela le confortait dans l'idée que la femme est la source de toute iniquité.

— Je préfère la croire source de tous les plaisirs.

Il s'était exprimé d'une voix neutre, mais Matilda sentait qu'il parvenait à peine à garder son désir sous contrôle.

— Un peu de tenue... Nous sommes dans une église.

— Où est passé le prêtre ?

— Dans les champs. On retourne le foin, aujourd'hui. Je l'ai vu s'y rendre depuis l'orée des bois.

— Tu n'as pas assisté à la messe ?

— Je n'en ai pas eu le courage. Avec tous mes péchés, je ne me sens pas très à l'aise ici, mais je me suis dit que m'agenouiller devant cet autel pourrait m'aider.

En étudiant la représentation du paradis terrestre qu'elle avait sous les yeux, elle lui expliqua rapidement que c'était en se mettant à genoux que Robert et elle avaient découvert le premier indice, à Headon.

— Voilà pourquoi il a grimpé à cet arbre et est tombé, conclut-elle. Mais j'ai beau examiner cette tapisserie, je crois que ce n'est pas ici que je découvrirai le deuxième indice laissé par mon père.

— Il est peut-être ailleurs que dans l'image.

À peine Steinarr eut-il fait cette suggestion qu'il alla soulever l'ouvrage pour scruter le mur, avant de palper soigneusement les coutures de la tapisserie. Matilda se hâta de le rejoindre, remit le panneau en place et protesta :

— Ces œuvres peuvent nécessiter un an de travail ! Elles appartiennent à l'Église. Tu ne peux pas les... palper ainsi.

— Tu veux trouver ton indice ou pas ?

Steinarr fit subir le même traitement aux deux panneaux qui encadraient le premier tout en expliquant :

— L'indice pourrait être cousu dans l'ourlet.

— Je n'avais pas songé à cela, reconnut Matilda.

Elle se recula pour le laisser travailler. Quand il eut terminé, un grognement de dépit lui échappa.

— Rien. Montre-moi l'indice précédent. On ne sait jamais, j'y verrai peut-être quelque chose qui vous a échappé.

Matilda se mit à fouiller dans sa besace, puis se ravisa et demanda en le fixant droit dans les yeux :

— Avez-vous vraiment l'intention de m'aider, *messire*, ou cherchez-vous une autre occasion d'abuser de moi ?

— Un peu de tenue, *mademoiselle* ! s'écria-t-il sans ciller. Nous sommes dans une église.

L'entendre répéter ses paroles en imitant le ton qu'elle avait employé la fit sourire.

— Voilà qui est mieux, se réjouit-il. Je ne pense pas t'avoir vue me sourire depuis Maltby. J'ai véritablement l'intention de t'aider. Comment pourrais-je… Je sais !

Matilda le vit dégainer son épée avec une telle célérité qu'elle en resta pantoise. Le cœur battant, elle recula d'un pas, mais il se contenta d'empoigner la lame et de la lui tendre en lui offrant la poignée.

— Prends-la ! ordonna-t-il.

Avec une certaine hésitation, elle prit l'épée à deux mains et le vit mettre un genou au sol devant elle.

— Je suis Steinarr le Fier, dit-il, fils de Birgir Jambe Torse, descendant en ligne directe de Harald Glumr, dont on narre les exploits autour des feux de Vass, chez moi.

— Je savais que tu n'étais pas anglais, murmura-t-elle.

— Non, je ne suis pas anglais.

Un sourire fugitif apparut sur ses lèvres, mais ce fut avec tristesse qu'il ajouta :

— Je ne suis plus désormais qu'un homme sans patrie, sans foyer, sans famille, sans attaches. Mais aux meilleurs jours de ma vie, j'ai tué plus d'un ennemi avec cette même épée pour défendre mon *jarl*. À présent, je mets celle-ci et mon bras qui la brandit à ton service, Matilda de Huntingdon, pour te permettre de rétablir ton frère dans ses droits à hériter du titre et des terres de son père. Veux-tu bien de moi en tant que chevalier servant ?

— Je ne sais pas... fit-elle, feignant d'hésiter. Comme tu l'as dit toi-même, tu as déjà promis bien des choses à bien des gens. Pourquoi devrais-je croire à cette promesse ?

— Parce que toi et moi, nous repartons dès ce jour du bon pied pour ce qui est de la vérité. Et parce que je fais ce vœu-là sur l'épée du grand-père de mon grand-père.

Matilda avala sa salive et sentit l'arme frémir au bout de ses mains tremblantes.

— Dans ce cas, j'accepte, sir Steinarr. Et je fais de vous mon chevalier servant.

— Tourne la poignée vers moi, expliqua-t-il. Et place la lame contre ton bras.

Joignant le geste à la parole, il l'aida à coincer l'arme entre sa hanche et son coude puis à refermer les doigts autour de la garde. Lui-même serra la poignée dans sa main droite. Sans doute une coutume de son pays, se dit-elle. Elle n'avait jamais vu de chevalier prêter serment ainsi.

— Moi, Steinarr Birgirsson, promets à Matilda Fitzwalter d'être son chevalier servant aussi longtemps que nécessaire, de la protéger de tout péril et de veiller également à la sécurité de son frère, de faire tout ce qui est en mon pouvoir pour établir Robert Le Chape en tant que lord de Huntingdon et de la ramener à lui, quoi qu'il arrive, pour qu'il veille sur elle. Je le jure devant le Père. Que cette lame se retourne contre moi si je manque à ma parole !

Steinarr se pencha vers l'avant, posa les lèvres sur la garde de l'épée, puis sur le dos de la main de Matilda.

— Ma lame et mon bras vous appartiennent, conclut-il. Et c'est le dernier baiser, ma dame, que je m'octroie sans votre consentement. Avez-vous entendu mon serment ?

— Je l'ai entendu, messire. Écoutez à présent celui que j'ai à vous faire. Moi, Matilda de…

— Non ! l'interrompit-il. Je ne veux aucun serment en retour. Telle est ma pénitence pour t'avoir traitée si mal. Tout ce que je réclame, c'est un gage qui achèvera de me lier à toi.

Matilda réfléchit rapidement et tira de sous sa coiffe un des rubans qui retenaient ses nattes.

— Je n'ai rien d'autre, s'excusa-t-elle. Et il est effiloché au bout… Un bien pauvre gage pour un si grand serment.

— Cela suffira.

— Alors, donnez-moi votre bras, messire.

Après avoir enroulé deux fois le ruban autour du poignet de Steinarr, Matilda le noua soigneusement. Sous ses doigts, elle sentit battre son pouls en rythme avec les battements de son cœur.

— Te voilà lié à moi, dit-elle.

— Me voilà lié à toi.

Après s'être relevé, Steinarr récupéra l'épée et la rangea.

— Maintenant, montre-moi cet indice, reprit-il.

Matilda sortit le cylindre de sa besace et en tira le bout de parchemin, qu'elle lui confia. Il alla le déchiffrer près des gros cierges qui brûlaient sur l'autel et passa par toutes les vérifications pointilleuses qu'ils avaient maintes fois effectuées, Robert et elle.

— Tu vois ? fit-elle. Rien que ce nom : Harworth. Et pourtant, il doit y avoir autre chose.

Avec un grognement indistinct, Steinarr emporta le parchemin à l'extérieur. Elle lui emboîta le pas, et ils refirent ensemble le tour de l'église, avant de se lancer dans l'examen des pierres tombales du cimetière. Chaque fois que le mot « Harworth » était gravé sur l'une d'elles, Steinarr s'arrêtait pour palper, examiner, fouiller. Ayant examiné sans succès la totalité des tombes, ils allèrent s'asseoir sur le muret d'enceinte qui dominait le village, découragés.

— Ton père était soit un cruel tyran, soit un imbécile.

— Ou les deux, renchérit Matilda en faisant rouler machinalement le cylindre de métal entre ses doigts. Il a dû trouver amusant de torturer Robert en lui faisant croire qu'il pourrait lui succéder, pour finalement le décevoir.

— Robin, pas Robert.

Matilda redressa la tête et lui adressa un regard étonné.

— Et toi, tu dois demeurer Marian, expliqua-t-il. Guy a peut-être envoyé d'autres hommes à ta recherche. Je ne veux pas qu'ils puissent retrouver la trace d'un Robert Le Chape ou d'une Matilda Fitzwalter.

— *Aye*, répondit-elle en soupirant. Ainsi se termine mon règne de gente dame servie par un preux chevalier...

Steinarr posa la main sur la sienne pour la tranquilliser.

— Tu restes ma dame, assura-t-il. Que je puisse t'appeler ainsi ou non.

— Mais tu ne peux pas me traiter comme ta dame, objecta-t-elle. Il faudrait que tu me fasses passer pour ta servante. Mieux encore : comme la servante de ta femme, vers qui tu me conduis. Ainsi, les gens comprendront mieux que tu ne me corriges pas, même si je me trompe ou que je me montre trop effrontée pour mon rang.

— Ça n'arrivera pas, assura-t-il. Le mensonge te vient facilement.

Dans sa bouche, c'était une simple constatation, mais Matilda le prit différemment.

— Pardonne-moi. J'ai pris ce pli dès le plus jeune âge, auprès de mon père. La plupart du temps, il valait mieux lui mentir plutôt que de lui dire une vérité qu'il n'aimait pas.

— Robin ne semble pas aussi doué.

— Non. Les choses auraient été plus simples pour lui s'il avait eu plus de facilité à mentir.

— Peut-être. Mais ce n'est pas un défaut d'être un honnête homme. Je te propose de laisser tomber pour l'instant et d'aller trouver quelque chose à manger.

Steinarr prit le cylindre des doigts de Matilda, le posa sur ses genoux pendant qu'il roulait le parchemin et reprit :

— Nous pourrons y réfléchir en prenant notre...

Matilda, déjà debout, secouait ses jupes. Surprise par son silence soudain, elle se retourna et le vit qui regardait fixement le tube de métal sur ses genoux.

— Ton père n'était peut-être pas un imbécile, après tout.

Après avoir craché sur le cylindre, il le fit reluire avec sa manche puis le tendit vers elle en concluant :

— Au contraire, c'était un vrai renard. Regarde ça.

Son astiquage sommaire avait révélé un réseau de fines lignes gravées sur la surface ternie. Matilda lui arracha l'objet des mains et le fit jouer dans la lumière, jusqu'à ce que les figures représentées sur le métal prennent un sens à ses yeux.

— Je le savais ! s'exclama-t-elle triomphalement, avant de courir se camper devant le portail de l'église. Regarde : c'est ça !

Steinarr la rejoignit. Ensemble, ils comparèrent le dessin aux sept péchés capitaux sculptés sur le linteau.

— L'un des personnages est différent, dit-il. L'avare a trois sacs d'or ici, mais seulement deux sur le linteau. Tu vois cette pierre, à côté ? On dirait que le mortier...

Dégainant son couteau, il se hissa sur la pointe des pieds et entreprit de gratter le joint qui maintenait la pierre. Le mortier, friable, partit sans difficulté.

Matilda en ramassa un fragment, l'émietta et le porta à sa bouche.

— Sel et farine, constata-t-elle. Avec un peu de sable.

Travaillant aussi vite que possible, Steinarr ne parvenait pas, à bout de bras, à venir à bout de sa tâche.

— Il me faudrait quelque chose pour monter dessus.

— Si tu me soulevais, suggéra-t-elle, j'y arriverais.

Elle avait à peine achevé cette phrase qu'il la prenait dans ses bras et l'installait sur son épaule. Prise de vertige, elle s'agrippa au linteau pendant qu'il lui tendait son couteau.

— Fais vite ! recommanda-t-il. On pourrait nous voir.

Matilda eut bientôt dégagé le pourtour de la pierre, qu'elle fit jouer avec la pointe de la lame. Après l'avoir retirée et mise de côté, elle jeta un coup d'œil dans le trou.

— J'aperçois quelque chose au fond ! s'écria-t-elle.

Sans hésiter, elle plongea la main dans la cavité et s'empara d'un objet souple qui avait la douceur et la texture du cuir. Priant pour que ce ne soit pas une chauve-souris morte, elle le ramena.

— Une bourse ! Avec quelque chose à l'intérieur.

Rapidement, elle remit la pierre en place et l'ajusta aussi bien qu'elle le put. Dès qu'elle eut terminé, Steinarr la fit descendre.

— Hâtons-nous de partir d'ici, souffla-t-il. C'est déjà un miracle qu'on ne nous ait pas surpris.

Peu après, montés sur l'étalon et tirant le roussin en remorque, ils se remirent en route. Afin de ne pas risquer de perdre le contenu de la bourse, Matilda préféra attendre d'être arrivée au cottage pour l'ouvrir.

— Toi, tu regardes ce qu'il y a là-dedans, dit Steinarr en la faisant descendre de cheval. Je m'occupe du chargement.

Elle ne se le fit pas dire deux fois. Sur une souche grise, elle vida le contenu de la bourse en cuir. Une clé attira tout de suite son attention. Au moins avait-elle un usage défini. Le reste, en effet, ressemblait à un hétéroclite trésor amassé par un enfant. Une pièce d'échecs – un fou – représentant un évêque devant une porte. Une médaille de pèlerin. Un éclat de pierre noire. Un mouchoir brodé à l'image d'un oiseau. Une main, index pointé, sculptée dans du bois.

— Qu'en penses-tu ? s'enquit-elle en la levant en l'air.

Délaissant le chargement du roussin, Steinarr approcha et prit l'étrange sculpture pour l'observer attentivement.

— Cette main porte un gant, fit-il remarquer. On en voit même les points de couture… Celui qui a fait ça est doué. Et le reste ? Qu'est-ce que ça donne ?

— Pas grand-chose, répondit-elle en grimaçant. Aucun message écrit où que ce soit, sauf là-dessus.

S'emparant de la médaille de pèlerin, elle lut en latin :

— *Edburga ad Pontem*. Eadburgh of the Bridge. Père parlait d'un sanctuaire à Sainte-Eadburgh, qu'il admirait.

Après avoir retourné la médaille, elle lut sur le revers :

— *Meridianus Puteus*… *South*… euh… *well*[1]. Southwell – Sudwell !

— Il y a une grande église, là-bas, non ?

— Oui. Une cathédrale. Mais également un pèlerinage !

Matilda brandit triomphalement la pièce d'échecs.

— Ce pèlerinage a été institué par un évêque. Père l'a effectué, en emmenant Robin comme page avec lui.

---

1. *Meridianus* : « méridional », « du midi », en latin. *Puteus*, dans la même langue, signifie « puits », et donc *well* en anglais. (*N.d.T.*)

— Ton frère connaît donc cet endroit.

— *Aye*. Et maintenant que j'y pense, il en a rapporté un médaillon de pèlerin, qu'il porte sur lui et qui doit être assez semblable à celui que nous avons là.

— Sudwell sera donc notre prochaine étape, conclut Steinarr. Viens, la journée est déjà bien avancée.

— Mais nous n'avons pas perdu notre temps, protesta-t-elle en se redressant. Nous avons trouvé le deuxième indice, et j'ai à présent un vaillant chevalier à mon service. Quant à toi, tu as hérité d'une noble servante…

Souriant, Steinarr se remit à charger leurs affaires. Excitée par la perspective du départ, Matilda rangea les indices dans leur bourse et lui apporta les paquets qu'il restait à charger.

— Je n'aurais pas dû acheter tant de choses, grommela-t-il. Je vais devoir revendre quelques provisions en chemin. Si nous voulons faire vite, nous devons voyager léger.

— Au moins, tu avais l'intention de bien me nourrir autant que de me séduire, plaisanta-t-elle.

Steinarr marqua une pause et plongea son regard dans le sien.

— Cela signifie-t-il que tu me pardonnes ? demanda-t-il.

Ne s'étant pas posé la question, elle était incapable d'y répondre. Y avait-il, même, quoi que ce soit à pardonner ? Elle avait tiré de leur étreinte au moins autant de plaisir que lui, et si par malheur elle devait finir dans le lit de Baldwin, elle aurait au moins connu le bonheur d'être aimée par un homme.

— Un chevalier n'a pas à demander à une servante son pardon, dit-elle en une pirouette qui lui évitait de répondre. Quand arriverons-nous à Sudwell ?

Steinarr boucla une ultime lanière en y réfléchissant.

— Dans deux jours, répondit-il. Si le temps se maintient.

Puis il noua ses doigts pour lui faire la courte échelle.

— En selle ! conclut-il. Une longue route nous attend.

Trois jours après le départ de Steinarr, Hamo et sa mère vinrent trouver Ari pour lui demander d'aller au marché de Retford acheter quelques simples dont Édith avait besoin. Le cheval d'Ari se montra aussi ravi que lui de cette sortie impromptue, et ils ne tardèrent pas à arriver à destination.

Après avoir payé un gamin pour prendre soin de sa monture, Ari repéra rapidement un étal d'herboriste et confia à celui-ci la liste qu'Édith lui avait remise. À l'issue d'un marchandage en bonne et due forme, il repartit avec ses emplettes et se dirigea vers une taverne ambulante qu'il avait repérée non loin de là. À côté de la charrette environnée de tables, une troupe de comédiens jouait un mystère*. Tandis que saints et démons gambadaient autour de la grosse voiture à fond plat qui servait de scène, Ari se paya un gobelet de vin et prit un siège afin de profiter du spectacle. L'ambiance se fit plus sombre à mesure que progressait la pièce. Quand vint l'apothéose de la Résurrection, les spectateurs s'apprêtèrent à se disperser, la mine grave et le gosier noué.

— Un peu plus de vin, messire ? proposa le tavernier.

Ari acquiesça et fit rouler une piécette sur la table.

— Tes clients n'ont plus très soif, dis-moi.

— *Aye*… approuva l'homme, morose.

D'un geste, il fit signe à une accorte serveuse de remplir le gobelet d'Ari et ajouta :

— J'aurais dû chasser ces maudits saltimbanques quand ils se sont présentés. Ils étaient censés jouer sur le parvis de l'église, mais je me suis dit qu'ils attireraient la clientèle. En fait, ils ont fait fuir tout le monde...

— Dommage que tu n'aies pas un bon conteur pour faire revenir le chaland, fit remarquer Ari. Quelqu'un pour raconter l'histoire de...

Laissant libre cours à l'inspiration, Ari cita les premiers noms qui lui passèrent par la tête.

— ... Robin et de Marian.

— Ah ? s'étonna l'homme. Je ne connais pas ce conte.

Ari ne le connaissait pas davantage, mais le plaisir du conteur résidait principalement dans l'improvisation.

— Cela ne m'étonne guère, répondit-il. Le shérif fait tout pour éviter que l'affaire s'ébruite... C'est lui qui a chassé Robin de chez lui en l'accusant de braconnage, même si rien n'a pu être prouvé. Depuis, Robin vit dans les forêts du comté, en hors-la-loi.

Le tavernier fit la grimace et s'exclama :

— Un hors-la-loi ne peut pas être le héros d'un conte !

— Celui-là n'a rien d'un hors-la-loi ordinaire. Il ne tend de guet-apens qu'aux très riches, pour les voler, et laisse passer tous les autres.

Telle était la méthode de Steinarr – et celle de Jaffri aussi – quand il lui fallait recourir au vol pour survivre.

— Sa route a croisé un jour celle d'un abbé, poursuivit Ari. Couvert de soieries et des plus fins velours payés par le dur labeur des paysans sur les terres de l'abbaye, celui-ci traversait la forêt à la nuit tombée pour rentrer chez lui.

Un homme, sur un banc voisin, se retourna pour écouter.

— J'en connais un tout pareil, marmonna-t-il.

— Hélas, tu n'es pas le seul, l'ami. Mais cet abbé, qui s'appelait Hugo, était de la pire espèce. Il était si imbu de lui-même que, même pour voyager, il lui fallait être couvert d'or et de riches étoffes. Quand Robin le vit s'aventurer sur son territoire, il ne put résister à la tentation et alla se placer en embuscade dans les branches d'un grand chêne.

Un autre auditeur vint s'asseoir à côté du premier, puis deux femmes chargées de paniers s'arrêtèrent, rejointes bientôt par les comédiens de la troupe, tandis qu'Ari narrait la déconfiture de l'abbé Hugo entre les mains de Robin, le hors-la-loi justicier.

— Voilà comment l'abbé revint chez lui à pied, vêtu en tout et pour tout de ses braies... Robin vendit soies et bijoux et rendit l'argent qu'il en tira à ceux qui l'avaient gagné. Ainsi se termine l'édifiante histoire de l'abbé Hugo.

— Mais qu'en est-il de cette Marian que vous évoquiez au début, messire ? s'enquit le premier auditeur.

— Très juste ! s'exclama Ari. J'ai complètement oublié de parler de Marian. Dommage que ma gorge soit si sèche.

Le tavernier, jusque-là captivé par l'histoire, s'aperçut que ses affaires reprenaient. D'un geste, il héla sa serveuse, qui commença à servir les clients aussi vite que les mains baladeuses tendues sur son passage le lui permettaient. Quant au gobelet d'Ari, il se chargea lui-même de le remplir.

— C'est la maison qui offre, messire, glissa-t-il tout bas. Aussi longtemps que vous ne vous tairez pas.

Ainsi Ari raconta-t-il l'histoire de Marian, belle jeune fille tirée par Robin des mains cruelles d'un triste sire. Mais lorsqu'il en arriva au moment où, selon les règles d'une bonne histoire, Robin tombait amoureux de Marian et l'épousait, il songea à Steinarr, son modèle, et se tut.

— Est-ce que Robin a épousé Marian ? s'enquit une femme, les yeux brillants de larmes contenues.

— Pas à ce stade, répondit-il. Même si je pense que l'histoire se terminera ainsi – et ses hommes aussi.

— Quels hommes ? cria quelqu'un dans la foule.

— D'autres braves poussés à devenir hors-la-loi par d'injustes seigneurs, bannis pour ne pas avoir payé de taxe pour le mariage d'une fille, ou encore… pour être tombés malades et n'avoir pu s'acquitter de leurs corvées.

Un grondement sourd monta de l'assemblée. Chaque paysan, en Angleterre, pouvait faire état de telles doléances, Ari ne l'ignorait pas. Le conte n'en sonnerait que plus vrai aux oreilles de ses auditeurs… et déplairait d'autant plus à celles des nobles à qui on le rapporterait.

— Le premier de ces hommes à avoir rejoint Robin dans la forêt s'appelait… John. John Little.

Ari n'avait pas oublié le vieil homme dont Steinarr lui avait raconté la triste fin. Peut-être, grâce à son conte, son nom vivrait-il un peu dans les mémoires.

— Mais Robin l'appelait en fait Petit Jean, précisa-t-il. Voici comment ils se sont rencontrés. Un jour que Robin des Bois marchait dans la forêt, il tomba nez à nez, sur un petit pont étroit, avec un colosse armé d'un bâton…

Ainsi Ari tint-il son auditoire captif en improvisant d'autres aventures de Robin des Bois et de ses amis justiciers, jusqu'à ce que son œil averti l'informe qu'il était temps pour lui de rentrer au camp des charbonniers, de manger un morceau et d'aller se réfugier en forêt pour la nuit.

Il se leva de son banc et s'étira.

— À présent, je dois vous quitter, les amis.

De l'assistance monta un murmure de déception.

— Reviendrez-vous nous voir ? demanda le tavernier.

— Peut-être.

— Je suis ici chaque jour de marché, et je vous offrirai tout ce que vous pourrez boire en échange de vos histoires.

— Cela le fera revenir, à n'en pas douter !

Tout sourire, Ari se tourna vers celui dont la voix familière venait de retentir dans son dos.

— Déjà de retour ? s'étonna-t-il. Elle t'a usé ?

— Non, répondit Steinarr. Je suis venu vendre quelques bricoles dont nous n'avons pas besoin. Quelles histoires as-tu donc infligées à ces pauvres gens ?

Ari tenta d'entraîner son ami à l'écart, mais le tavernier le prit de vitesse.

— Il nous disait les aventures du fier Robin et de la belle Marian, messire. Votre ami vous les a-t-il contées ?

Le visage de Steinarr se figea.

— Non, répondit-il froidement, en attrapant Ari par le coude. Viens donc, *mon ami*... Tu me les raconteras en chemin.

Dès que plus personne ne put les entendre, Steinarr explosa.

— Tu peux me dire à quoi tu joues ?

Ari se libéra de sa poigne d'acier avant de lui répondre.

— À passer le temps en racontant de bonnes histoires. Il me fallait des noms, j'ai pris les leurs. Où est le problème ?

— Tu vas mettre Gisburne à nos trousses !

— Mais tu...

Ari se tut et observa les alentours pour s'assurer de l'absence de Marian avant de poursuivre, en norrois :

— Tu travailles pour lui, non ?

— Plus maintenant. Ce porc s'est joué de moi.

Steinarr lui expliqua le retournement de situation.

— Il a dû mettre d'autres hommes sur leur piste, conclut-il.

Ari accusa le coup en comprenant ce qu'il venait de faire.

— Et moi qui… Quel idiot je fais ! Je suis affreusement désolé. Mais ce n'était qu'un conte. Il sera vite oublié.

— Espérons-le. Si tu ne t'avises pas de le répéter…

— Non. Bien sûr que non ! Que puis-je faire pour toi ?

— Garde Robin caché et retape-le pour qu'il puisse voyager. Quand nous aurons trouvé le trésor, je viendrai le chercher pour le conduire au roi. Il faudra chevaucher dur.

— Je ferai tout mon possible, mais la guérison est entre les mains des dieux. Où est Marian ?

— La où même le roi doit aller seul.

— Avec cette nouvelle donne, t'en tiens-tu à la promesse faite à Robin, ou l'as-tu déjà culbutée ?

Les bras croisés, l'air réprobateur, Steinarr s'exclama avec indignation :

— Et c'est moi que tu taxes de vulgarité !

Il n'en fallut pas plus à Ari pour se faire une opinion.

— Tu l'as culbutée. Tu avais pourtant juré…

— J'ai juré des tas de choses ! l'interrompit son ami.

— Mais tu n'as jamais trahi ta parole. Tu peux détourner le sens d'un serment, mais tu ne le romps pas. Elle a quelque chose de spécial qui t'attire, n'est-ce pas ?

— Il y a bien des choses spéciales en elle, s'emporta Steinarr, mais rien qui te regarde ! Tais-toi, la voilà.

Ari s'inclina bien bas.

— Bonne journée à vous, belle Marian !

Deux passants le regardèrent d'un air interloqué, et Steinarr dut lui murmurer à l'oreille :

— N'oublie pas que c'est une servante, triple buse !

— Mais une bien jolie servante, qui mérite l'admiration d'un pauvre chevalier.

— Vous n'êtes pauvre en rien, messire, assura Marian en s'inclinant à son tour. Je ne m'attendais pas à vous voir ici. Tout va bien au camp ?

— Je suis venu acheter quelques herbes pour Édith. Goda a un vilain mal de gorge.

— La pauvre ! compatit-elle. Robin va l'attraper : il n'y coupe jamais. Édith a-t-elle de la myrrhe ? Cela aide.

Ari désigna le paquet qu'il tenait sous le bras.

— J'aimerais que nous ayons le temps de...

Steinarr ne laissa pas à Marian le loisir de poursuivre.

— Nous ne l'avons pas ! N'oublie pas que Robin est en de bonnes mains. Nous pouvons encore parcourir une lieue avant le coucher du soleil.

— Tu as déjà trouvé preneur pour tes marchandises ?

— *Aye*. Et j'en ai obtenu un meilleur prix qu'à l'achat.

— Tu devrais peut-être te faire marchand ! suggéra Ari.

En norrois, son ami lui conseilla d'aller se « culbuter » lui-même, ce qui fit beaucoup rire le *skald*.

— Tu me flattes, dit-il en les regardant tour à tour se jucher sur l'étalon. Elle n'est tout de même pas si longue. Bon voyage, les amis. Et soyez prudents.

Il les regarda partir en songeant que, grâce à Freyja*, les sentiments de Steinarr étaient partagés. Marian s'accrochait à lui comme le lierre à l'arbre.

11

— Pourquoi pars-tu chaque soir ? s'enquit Matilda.

Deux nuits s'étaient écoulées depuis leur passage éclair à Retford. Elle tisonnait les braises mourantes du feu dans l'espoir d'y trouver encore un peu de chaleur pendant que Steinarr coupait du pain. Son couteau s'immobilisa.

— Tu ne le sais donc pas ? répondit-il, énigmatique.

Les yeux fixés sur les braises, elle espéra que le rouge qui lui montait aux joues pourrait passer pour un reflet du soleil levant sur sa peau. Il y avait deux jours pleins qu'elle n'était plus contrainte par les termes de leur marché de lui céder, mais elle sentait toujours le désir de Steinarr l'assaillir sans relâche.

Du moins préférait-elle faire porter le blâme sur lui… En vérité, les nuits étaient pires que les jours. Même s'il n'était pas là, même si elle faisait tout pour l'éloigner de ses pensées avant de s'endormir, le souvenir du poids de son corps sur elle la hantait. La pleine lumière du jour ne suffisait pas à dissiper ces fantaisies nocturnes. Chaque fois qu'elle pensait à ce qu'ils avaient fait, à ce qu'elle rêvait qu'il lui fasse de nouveau, elle sentait son sang s'embraser dans ses veines et son cœur s'emballer. Il était heureux qu'il ne puisse, comme elle, être réceptif à ses émotions, sans quoi elle aurait été perdue.

— Et qu'en est-il de Torvald ? demanda-t-elle, préférant changer de sujet. Pourquoi ne chevauche-t-il pas avec nous ?

— Il préfère voyager seul.

— A-t-il prononcé des vœux ? insista-t-elle, les mains tendues vers les braises à peine rougeoyantes.

— Torvald ? s'étonna-t-il. Qu'est-ce qui te fait dire ça ?

— Il paraît très solitaire. Même quand il me rejoint, il se tient à l'écart, et c'est à peine si nous échangeons deux ou trois mots dans la soirée. Je me disais qu'il était d'un ordre de moines chevaliers, comme les Templiers.

— Non. Il préfère simplement sa compagnie à celle des autres, en homme avisé. Tu as très faim ce matin ?

— Pas beaucoup, non. Une tranche suffira.

Elle prit la tartine qu'il lui tendait et commença à la grignoter pendant qu'il en coupait trois autres pour lui.

— Comment sait-il où nous rejoindre chaque soir ?

— C'est un don qu'il a, répondit Steinarr, agacé. Et toi, tu as acquis celui de poser des questions durant la nuit ?

— Cela fait longtemps que je me les pose, répliqua-t-elle. J'attendais de voir si la situation allait changer, mais comme elle ne change pas, j'aimerais que tu satisfasses ma curiosité.

Elle le regarda engloutir son petit déjeuner et le faire passer avec une rasade de bière avant d'ajouter :

— Vous êtes très différents, tous les deux. À commencer par la façon dont vous mangez.

— Comment ça ?

— Torvald prend tout son temps. Toi, tu te jettes sur la nourriture comme si tu n'avais rien avalé depuis des mois et que tu craignais qu'elle ne s'envole.

Toute trace de bonne humeur disparut du visage de Steinarr, qui se leva et brossa les miettes de sa tunique.

— Fais ce que tu as à faire pour te préparer, grogna-t-il. Je voudrais être à Sudwell avant sexte.

Matilda le regarda sans mot dire, ébahie par son changement d'humeur. Pourquoi une innocente remarque sur ses habitudes alimentaires le mettait-elle dans un tel état ?

Ils atteignirent Sudwell bien avant sexte, car tierce* venait à peine de sonner quand ils arrivèrent en vue de la ville par la route du sud.

— Nous étions si près, et tu m'as fait dormir dans les bois ! s'exclama-t-elle. Pourquoi ne pas avoir continué jusqu'ici hier soir ? Nous aurions couché dans de bons lits !

— Cela nous aurait fait voyager de nuit, répliqua-t-il. Et puis, je n'aime pas dormir entre des murs.

— Et moi, je dors très mal à même le sol !

— C'est plus sûr dans les bois.

— Si sûr qu'un chevalier doit me protéger des loups !

— Les loups, au moins, ne rapporteront pas à Gisburne avoir croisé une jeune beauté avec une bouche semblable à une fraise et des cheveux pareils à des fils d'or. Pas plus qu'ils ne répandront de rumeurs sur une servante qui réprimande un chevalier comme si elle était de la noblesse.

— Je ne te réprimande pas.

— C'est exactement ce que tu es en train de faire.

— Oh, très bien ! Je tiendrai ma langue en public, désormais.

— Nous resterons néanmoins aussi à l'écart que possible afin d'assurer la sécurité de ma dame.

— Et si ta dame t'ordonne le contraire ?

— Elle ne le fera pas ! assura-t-il fermement.

Matilda se pencha afin de pouvoir étudier le profil de Steinarr. Il ne paraissait pas spécialement en colère, mais il ne souriait pas non plus.

— Non... reprit-elle, un ton plus bas. Je suppose qu'elle ne le fera pas. Pardonne-moi, je ne devrais pas te défier.

— Tu n'y peux rien, c'est dans ta nature, dit-il avec une ébauche de sourire. Tu as commencé à me défier dès que tu es sortie de ce buisson de fougères.

— Je ne t'ai pas... commença-t-elle, avant de se reprendre. Peut-être l'ai-je fait. Mais j'avais de bonnes raisons.

— Sans aucun doute. À présent, fais-toi discrète, nous allons dépasser un convoi.

D'un signe de tête, il indiqua devant eux une imposante voiture entourée de nombreux cavaliers. Matilda pencha la tête pour mieux voir, et son cœur s'emballa quand elle reconnut les couleurs qu'arborait l'escorte.

— Je connais cette livrée, chuchota-t-elle à l'oreille de Steinarr. C'est celle des hommes de...

Soudain, son regard croisa celui de l'homme énorme qui se prélassait à l'arrière du véhicule surmonté d'un dais, face tournée vers l'arrière. L'instinct de survie la fit plonger derrière le dos de Steinarr, et elle conclut dans un souffle :

— ... lord Baldwin ! Dépêche-toi ! Il me connaît... Fonce, et ne t'arrête surtout pas !

Mais alors qu'ils arrivaient au niveau du convoi pour le dépasser, Baldwin lança d'une voix de fausset :

— Messire, attendez !

Steinarr fit mine de ne pas avoir entendu, mais un des gardes le héla à son tour :

— Messire ! Mon maître voudrait vous dire un mot, à vous et à votre dame.

— Tousse ! ordonna Steinarr tout bas, s'adressant à elle.

Puis, répondant à l'interpellation, il lança :

— Je dois vous avertir que cette servante que ma dame m'a envoyé chercher est atteinte de fièvre pulmonaire !

Comprenant où il voulait en venir, Matilda commença à tousser et fut bientôt prise d'une quinte déchirante suivie d'un râle sonore. Son voile, de manière commode, s'était rabattu sur son visage, de sorte que le gros homme juché sur son trône roulant ne pouvait plus voir son visage.

— La servante de votre dame ? marmonna Baldwin. Il m'avait semblé... Bah ! Simple ressemblance. Éloignez donc cette créature de moi, et bon vent, messire ! Je ne voudrais pour rien au monde attraper son mal.

Sans rien ajouter, Steinarr le salua d'un signe de tête et repartit au petit trot. Ils s'étaient bien assez éloignés pour écarter tout danger que Matilda toussait encore.

— Tu peux t'arrêter, tu sais, dit-il en riant.

— J'aimerais bien ! répondit-elle dans un râle. J'ai dû m'irriter la gorge... Un peu de bière, vite !

Steinarr décrocha l'outre, la lui fit passer et plaisanta :

— J'ai cru que tu allais cracher tes poumons !

— Apparemment, Baldwin aussi.

Elle but une nouvelle gorgée.

— Il redoute toutes les fièvres, précisa-t-elle après s'être éclairci la voix. Surtout celles qui touchent les poumons. Comment le savais-tu ?

— Tout homme âgé redoute ces fièvres, d'autant plus s'il est obèse. Qui est-il, au juste ? Un ami de ton père ?

— *Aye*.

Matilda reboucha l'outre, la lui rendit et précisa :

— C'est lui que je dois épouser.

— Quoi ? s'exclama Steinarr. Ce vieux *hrosshvalr** ?

Son accès de colère vibra en elle et la fit sursauter.

— À quoi pensait ton père en te donnant à... à *ça* ? poursuivit-il d'un ton outragé.

— Je l'ignore, répondit-elle. Sans doute voyait-il en lui le meilleur parti pour moi.

— Pas étonnant que tu tiennes à ce que Robin devienne lord à la place de Gisburne... Lui, au moins, aura le mérite d'annuler cette union.

Matilda avait d'autres raisons de le souhaiter, mais elle se contenta de hocher la tête en silence et jeta un coup d'œil par-dessus son épaule. Le convoi chamarré de rouge et de vert n'était plus en vue.

— J'imagine que lord Baldwin a dû être mis au courant de la mort de mon père, dit-elle. Sans doute est-il en route pour célébrer notre union. Mais pourquoi passe-t-il par Sudwell ? Ce n'est pas du tout sur le chemin.

— Guy a dû lui demander de le rejoindre à Nottingham, où je suis censé te rendre à lui. Ils en seront pour leurs frais.

Steinarr éperonna l'étalon, et ils arrivèrent bientôt dans les faubourgs de la ville. Mais au lieu de s'engager dans la cité par la porte qui s'ouvrait devant eux, il poursuivit sa route en la contournant.

— Que fais-tu ? s'étonna-t-elle.

— La route de Nottingham arrive par le sud-ouest, dit-il. Pour avoir plus de chances de trouver l'énigme laissée par ton père, nous allons entrer par là.

— Ne vaudrait-il pas mieux attendre un peu ? Si nous croisons de nouveau la route de Baldwin, il risque de s'étonner que la servante de ta dame ait guéri si vite, et je pourrais me retrouver mariée avant la nuit.

— Ne t'inquiète pas, je te protégerai.

La main de Steinarr vint se poser sur celle de Matilda, accrochée à sa tunique, et pour une fois, ce fut du réconfort qu'il lui communiqua par ce contact, et non du désir.

Un peu plus tard, alors qu'ils franchissaient la porte, il demanda à un garde :

— Connaîtrais-tu un endroit où je pourrais laisser deux chevaux pour une demi-journée ?

— John le Boucher a un enclos. Deux rues sur la gauche, à l'enseigne du bœuf et du couteau. Dites-lui que c'est Tom Attewell qui vous envoie.

Steinarr le remercia d'un hochement de tête, et bientôt les deux montures étaient installées dans l'enclos du boucher.

— Attends-moi ici, ordonna Steinarr à Matilda. J'ai une idée pour que Baldwin ne nous pose pas de problème.

Il disparut dans l'échoppe, et elle l'en vit ressortir un instant plus tard, les bras chargés d'une robe rouge tachée et d'un manteau à capuche d'une propreté tout aussi douteuse.

— Cela sort tout droit d'un coffre qui puait le camphre, expliqua-t-il en les lui tendant. S'il y avait des bestioles dessus, elles doivent toutes être mortes, à présent.

Matilda pinça les vêtements entre le pouce et l'index de chacune de ses mains et les examina en frissonnant.

— Je... je ne crois pas que je pourrai, murmura-t-elle.

— Dans ce cas, conclut-il, tu vas devoir rester ici et prier pour que je puisse percer à jour les desseins retors de ton père. Car c'est le seul moyen pour toi d'échapper à Baldwin.

Le cœur au bord des lèvres, elle observa la cour du boucher, bien tenue mais encombrée de carcasses et de déchets pourrissants. Ils n'étaient là que depuis quelques minutes, et elle se sentait déjà malade. Jamais elle ne tiendrait.

— Je vais avoir besoin de ton aide, dit-elle, résignée.

— Par ici, nous serons plus tranquilles.

Ils se dissimulèrent sous un appentis, où Steinarr l'aida à se débarrasser de sa cape et de son surtout. En enfilant la robe bien trop grande, Matilda sentit avec soulagement l'odeur d'antimite supplanter brièvement celle de la viande avariée. Il ne lui resta ensuite qu'à passer le manteau et à rabattre la capuche pour avoir l'impression de s'être transformée en épouvantail, ce que lui confirma le regard mi-effaré mi-amusé que Steinarr posait sur elle.

— Pourquoi me regardes-tu comme ça ? maugréa-t-elle.

— Pour rien. Ne le prends pas mal, mais tu as tout d'une femme de boucher. Dans cet accoutrement, tu ne risques pas d'attirer le regard de Baldwin.

Steinarr roula les vêtements de Matilda et les ajouta au chargement du roussin. Au boucher qui les attendait sur le seuil de sa boutique, il tendit un demi-penny.

— Donne-leur de l'eau et un peu de foin, lui dit-il. Tu auras l'autre moitié à notre retour, plus un supplément pour le costume.

— *Aye*, messire.

Les yeux ronds, il observait Matilda avec ahurissement, mais en homme avisé, il s'abstint de tout commentaire.

Ils regagnèrent la porte de Nottingham et remontèrent la large rue menant à la cathédrale. Sudwell était une ville de pèlerinage, et parmi les échoppes, plusieurs vendaient divers articles évoquant sainte Eadburgh, depuis de minuscules fioles censées contenir les larmes pleurées par sa statue, jusqu'à des prières sur parchemin destinées à invoquer son aide.

— Comment allons-nous faire pour trouver quoi que ce soit ? se lamenta Matilda. Et si nous trouvons ce que nous cherchons, comment l'emporterons-nous sans nous faire remarquer ? Nous ne sommes pas dans un village désert.

— Peut-être n'aurons-nous pas à mettre à sac une église, cette fois, répondit Steinarr. Ouvre l'œil. Ton père a pris ce petit jeu très au sérieux. N'oublie pas : oiseau, main, pierre noire, et peut-être un évêque devant sa porte.

— Et la médaille. Mais je crois qu'elle n'avait pas d'autre rôle que de nous amener jusqu'ici.

Ils trouvèrent l'oiseau en premier, sur l'étal d'un marchand qui vendait des mouchoirs brodés bénits selon lui par l'archevêque de York.

— De quel oiseau s'agit-il ? demanda Steinarr.

— C'est une linotte, répondit l'homme. Ma femme en brode sur ces mouchoirs depuis une vingtaine d'années. Ils sont bénits par l'archevêque en personne, et si vous les posez sur votre peau en disant une prière, ils guérissent tous les maux.

Steinarr accueillit cette assertion par un ricanement et commença à s'éloigner, mais Matilda s'attarda et demanda :

— Il me semble avoir déjà vu cet oiseau quelque part… N'est-il pas peint ou sculpté dans la cathédrale ?

— Pas dedans. À côté. Ma femme a trouvé l'idée de ce motif sur la statue du vieil archevêque, dans le cimetière. Des linottes picorant le sol sont représentées sur le socle.

— Ah oui, bien sûr ! s'exclama Matilda, aux anges. Pas étonnant que cet oiseau m'ait paru familier.

Puis, se tournant vers Steinarr, elle ajouta d'une voix implorante :

— Pourrions-nous aller y dire une prière, messire ? La pauvre sœur de mon cousin adore les linottes.

— On peut toujours trouver un instant pour une prière, assura Steinarr en se retenant de rire. Viens, suis-moi.

Matilda glissa le mouchoir parmi les autres et remercia le marchand d'un hochement de tête, avant d'emboîter le pas à Steinarr, comme une humble servante l'aurait fait. Étant donné qu'il lui ouvrait la route dans une foule dense, ce n'était pas le pire endroit au monde où se trouver. Elle n'avait rien d'autre à faire qu'à ne pas perdre de vue ses larges épaules et à continuer à chercher d'autres indices.

Alors qu'ils débouchaient sur le terre-plein herbeux au centre de la cité, Steinarr s'arrêta net et contempla, bouche bée, l'imposante cathédrale qui s'y dressait.

— Tu ne l'avais jamais vue ? s'étonna Matilda. J'avais cru comprendre que tu étais déjà venu ici.

— Je suis passé dans le coin, mais jamais je ne m'en suis approché d'aussi près. Ce bâtiment est immense, même pour un de vos... même pour une église.

— Ce doit être encore plus magnifique à l'intérieur. On va y jeter un petit coup d'œil ?

Après avoir hésité un instant, il secoua la tête.

— Il pourrait venir à l'idée de Baldwin de venir prier ici, grommela-t-il. Je n'aimerais pas qu'il te trouve à l'intérieur, même vêtue ainsi.

— Oui, ce serait dommage. D'autant plus qu'il y aurait un prêtre sur place pour nous marier sur-le-champ.

La plaisanterie de Matilda ne fit pas rire Steinarr. Le grondement qui monta de sa gorge fut à peine audible, mais ce fut de plein fouet qu'elle reçut mentalement sa colère.

— Ne perdons pas de temps, maugréa-t-il. Voyons ce que ton archevêque aux linottes peut nous apprendre.

Il ne leur fut pas difficile de trouver la statue, qui se dressait dans le coin du cimetière le plus proche de la cathédrale. Dans un style ancien, la sculpture représentait un ecclésiastique coiffé d'une mitre, tenant à la main une houlette de berger. Quant aux linottes gravées sur le socle, même si elles commençaient à souffrir de l'usure du temps, elles avaient fière allure.

Dès qu'un groupe de pèlerins quitta le cimetière, les laissant seuls, Steinarr découvrit rapidement l'oiseau qui avait servi de modèle au mouchoir brodé. Les sourcils froncés, il s'étonna :

— Regarde... Quelqu'un a gravé une flèche en travers.

— Curieux, en effet.

À la recherche d'autres indices, Matilda poursuivit ses investigations en cercles concentriques. Une pierre tombale de couleur noire finit par attirer son attention.

— Il y manque un coin ! s'exclama-t-elle.

Steinarr la rejoignit alors qu'elle tirait de son aumônière l'éclat de pierre noire trouvé dans la bourse. Elle eut vite fait de vérifier qu'il s'adaptait parfaitement au coin manquant.

— Petronilla... lut-elle sur le tombeau. C'est le prénom de la mère de Robin !

— Je croyais qu'elle était du Kent, objecta Steinarr.

— Elle l'est, et toujours de ce monde. Celle qui repose ici porte simplement le même nom.

— Et voici une deuxième flèche...

Il désignait sur la pierre tombale des lignes presque effacées qu'elle avait prises pour de simples traces, mais qui se joignaient pour indiquer sommairement une direction.

— À présent, reste à trouver la main, conclut Steinarr.

Cela leur prit un peu plus de temps. Ils déambulèrent un moment parmi les monuments, jusqu'à ce que Matilda finisse par repérer un mausolée adossé au mur d'enceinte et dissimulé par des buissons. Une statue représentant quelque noble dame le décorait. L'une des mains gantées de la sculpture était semblable à celle en bois trouvée à Harworth – à la différence près que la statue tenait dans sa main une longue flèche.

— Trois flèches, commenta Steinarr en reculant dans la direction donnée par celle-ci. Cela doit signifier quelque chose. Matilda ? Suis la direction indiquée sur la pierre noire.

Elle s'exécuta et ne tarda pas à constater :

— Elle va vers toi.

Un bras tendu vers l'archevêque aux linottes, Steinarr continua de reculer jusqu'à parvenir au point où convergeaient les trois flèches, un tombeau imposant, richement sculpté de grappes et de feuilles de vigne, qui s'élevait à hauteur d'homme.

— Robert Fitzwalter ! lut Matilda dans la pierre après avoir rejoint Steinarr. *Anno Domini MCXCVII*... Mille... cent... quatre-vingt-dix... sept. Enfin, je crois. Je ne suis pas très bonne en numération latine.

— Un ancêtre ?

— Dans ce cas, un ancêtre qui porte le même nom que Robin. Comme c'est étrange... Je me demande si père a montré ce tombeau à Rob quand ils sont venus à Sudwell.

Et si c'était le cas, songea-t-elle, l'avait-il fait par fierté ou pour rappeler cruellement à son bâtard qu'il ne serait jamais un Fitzwalter, quand bien même il partageait un prénom avec un membre de la lignée ?

Steinarr avait repris ses recherches.

— Reste la clé... murmura-t-il. Elle doit bien ouvrir quelque chose.

Matilda le suivit derrière le tombeau et tomba en arrêt devant une pittoresque statue de chevalier en armure, portant un heaume à l'ancienne au creux du bras.

— Le bonjour, sir Robert, dit-elle en lui faisant la révérence. Êtes-vous le grand-père de mon grand-père ?

Les sourcils froncés, Steinarr étudiait le casque.

— Y a-t-il quelqu'un dans les parages ? s'enquit-il.

Matilda sortit de derrière le tombeau et s'assura d'un coup d'œil qu'ils étaient toujours seuls dans le cimetière.

— Non, mais dépêche-toi, murmura-t-elle. Cela ne va peut-être pas durer. Tu as trouvé quelque chose ?

Un bruit de métal frottant la pierre la fit sursauter. Elle eut le réflexe de regarder ce que faisait Steinarr, mais il l'en empêcha en répliquant :

— Continue à faire le guet ! Ce n'est pas le moment qu'on nous surprenne.

Les bruits redoublaient, accompagnés des grognements d'effort qu'il poussait. Le cœur battant, Matilda scrutait les environs. Du côté de la cathédrale, elle crut voir, entre les arbres d'une haie, une porte s'ouvrir.

— Vite ! lança-t-elle, paniquée. Je crois qu'on vient !

— Allons-y, répondit-il calmement en la rejoignant. Nous nous sommes suffisamment recueillis sur le tombeau de ton ancêtre. Nos prières ont été exaucées.

Les yeux ronds, elle le regarda se diriger vers la sortie sans l'attendre. Rien n'indiquait qu'il ait découvert quoi que ce soit, mais ses mains n'étaient pas visibles sous les plis de sa cape, et pour rien au monde elle ne se serait abaissée à lui courir après pour lui demander ce qu'il avait trouvé.

Comme l'humble servante qu'elle était censée être, elle le suivit hors du cimetière, jusque dans la rue principale. Ils n'étaient plus qu'à quelques maisons de l'échoppe du boucher lorsque des gardes en livrée vert et rouge apparurent devant eux. Vif comme l'éclair, Steinarr rabattit la capuche de Matilda sur son visage et murmura :

— Le *hrosshvalr* vient droit sur nous !

Lui saisissant le coude, il la dirigea vers l'étal le plus proche et ajouta :

— Reste ici, il ne faut pas qu'il nous voie ensemble. Et garde la tête baissée pour cacher tes lèvres et tes cheveux.

Tout aussi vite qu'il avait glissé ces recommandations, il se fondit dans la foule, la laissant seule. Le gantier devant l'étal duquel elle se tenait jaugea d'un coup d'œil sa robe et son manteau misérables et tira à lui ses articles les plus précieux, dans un effort manifeste pour décourager le chapardage. Matilda lui lança un regard outré, mais n'eut d'autre choix que de rester là, à faire semblant d'étudier les gants de second choix laissés à sa disposition.

Derrière elle, les gardes de Baldwin criaient à la foule de dégager le passage. Les couinements et grincements de la voiture se firent plus proches. Plus que quelques instants, songea-t-elle, et Baldwin l'aurait dépassée. Alors, elle pourrait respirer.

Soudain, les bruits cessèrent. Une voix de fausset lança :

— Toi, là !

Le gantier redressa la tête et répondit :

— Oui, messire ?

— Pas toi ! reprit la voix. Elle...

Sainte Vierge ! Matilda dut s'agripper au rebord de l'étal pour ne pas chanceler. Elle se battrait coûte que coûte pour conserver sa liberté, se promit-elle. Jamais elle ne prononcerait les vœux. Les nerfs tendus à craquer, elle s'apprêta à fuir.

— Oui, messire ? fit la marchande de l'étal voisin.

— Tes tourtes... Sont-elles au bœuf ou au mouton ?

— À l'agneau, messire. Les meilleures de tout Sudwell !

— Voyons ça... Quelles épices utilises-tu ?

De soulagement, Matilda eut l'impression que son cœur s'envolait. Baldwin et la nourriture...

— Achète ou décampe, femme ! gronda le gantier.

Matilda résista à l'envie de prendre ses jambes à son cou. Elle se glissa sans se retourner jusqu'à l'étal suivant, s'y attarda un moment, avant de passer au suivant encore, et ainsi de suite, jusqu'à ce qu'elle trouve un étroit passage entre deux maisons dans lequel elle se faufila.

Tremblant de tous ses membres, elle y resta cachée, haletante, furieuse contre Baldwin et sa gourmandise maladive, mais plus furieuse encore contre son père pour l'avoir fiancée à un tel homme, et contre Steinarr pour l'avoir abandonnée en pleine rue. Bien sûr, elle comprenait pourquoi il avait agi ainsi. Mais où était-il passé à présent qu'elle avait besoin de lui ? Avisant quelques barriques abandonnées dans la venelle, elle alla se tapir derrière. Elle s'y trouvait toujours, à moitié suffoquée par une odeur de vinaigre, lorsqu'elle entendit des pas à l'entrée de la ruelle. D'une main tremblante, elle dégaina sa dague.

La voix de Steinarr la fit soupirer de soulagement.

— Marian ? Je t'ai vue entrer là. Où es-tu, bon sang ?

Lentement, elle se redressa, toute tremblante.

— Et toi ? riposta-t-elle. Où étais-tu ? J'ai cru que...

— Je sais, assura-t-il en la rejoignant. Moi aussi.

— Des tourtes à l'agneau... dit-elle avec dégoût.

— Il en a acheté trois !

— Tu étais là, donc ?

— Pas très loin. Jamais je ne l'aurais laissé t'emmener.

La conviction farouche qui perçait dans son ton fit monter les larmes aux yeux de Matilda. Peu sûre de sa voix, elle se contenta d'acquiescer de la tête.

— Il est reparti se goinfrer ailleurs, reprit Steinarr. J'ai attendu de voir la direction qu'il prenait avant de venir te retrouver. Viens, courageuse femme de boucher... Allons récupérer tes vêtements et partons d'ici.

Penché vers elle, il ajouta d'un ton de conspirateur :

— Ensuite, je pourrai te montrer ce que j'ai trouvé dans le casque de la statue.

Steinarr chevaucha vers l'ouest, emmenant Marian dans une forêt du comté qu'il connaissait bien, aussi loin de Baldwin que possible. L'imaginer mariée à ce *hrosshvalr*, à sa merci, dans son lit, lui fit pousser les chevaux plus que de raison. Bien avant la tombée du soir, ils se retrouvèrent suffisamment perdus en pleine nature pour qu'il se sente rassuré. Blottie contre son dos et partageant de toute évidence son soulagement, Marian bâilla longuement.

— Tu es fatiguée, constata-t-il.

— Un peu, admit-elle.

— Nous nous arrêterons bientôt. Je connais un endroit.

— Une autre grotte ? Un autre ermitage ?

L'amusement qu'il entendit dans sa voix le fit sourire et répondre sur le même ton :

— Mieux que ça : une maison d'elfe.

— Vraiment ? s'étonna-t-elle en redressant la tête. Ma nourrice, quand j'étais petite, me racontait des histoires d'elfes. Le jour où père l'a prise sur le fait, il l'a renvoyée en l'accusant de me farcir la tête de sornettes et a embauché un précepteur pour m'apprendre le latin.

— Ce qui ne t'est pas inutile dans cette quête, fit valoir Steinarr. Quoi qu'il en soit, les elfes existent bel et bien.

— Et ils vivent dans cet endroit où tu m'emmènes ?

— Je ne les y ai jamais vus, mais c'est le genre de lieu qu'ils affectionnent.

— Gunnora me racontait qu'ils vivaient sous terre, dans des mines et de profondes cavernes.

— Seulement les elfes noirs, qui aiment aussi l'eau des ruisseaux et la pénombre des forêts. Mais il y a les autres, les elfes de lumière, qui n'apprécient rien tant que les clairières ensoleillées. Ces elfes-là, quand ils se glissent parmi les mortels, prennent un masque de grande beauté. Tu pourrais en être un...

Matilda eut un petit rire coquet et fit mine de protester :

— Vous me flattez, messire. Et vous me surprenez... Je ne savais pas que vous aviez des talents de barde.

— Je n'ai pas de tels talents. Je me contente de rapporter les paroles d'Ari.

— Ah... Eh bien, quant à moi, je ne fais pas partie du peuple des elfes – qu'ils soient noirs ou lumineux. Je n'aime pas assez la vie en forêt. Toi, en revanche, on dirait que de la sève coule dans tes veines. Serais-tu un elfe ?

— Femme avisée, tu m'as percé à jour, répondit-il d'un ton solennel. Je suis un elfe hors la loi et un forestier.

— Je le savais !

Le rire de Matilda monta à la tête de Steinarr comme un vin capiteux. D'un ton facétieux, elle poursuivit :

— Dites-m'en davantage sur votre peuple, seigneur elfe. Histoire de m'empêcher de trop penser à ça...

Du plat de la main, elle tapotait à sa taille la bosse que formait sous sa cape ce qu'il avait trouvé au cimetière.

— Tu te montres étrangement patiente, s'étonna-t-il.

— Uniquement parce que je ne peux faire autrement. J'ai décidé de ne rien te demander tant que nous ne serions pas arrivés à notre camp, pour ne pas nous ralentir. Est-il vrai que les elfes ne vieillissent jamais, comme Gunnora le prétendait ?

— Ils restent éternellement jeunes, beaux et pétris de magie – magie dont ils usent malheureusement pour jouer des tours aux hommes. On m'a dit qu'un jour une sage-femme fut emmenée chez les elfes pour accoucher leur reine...

Steinarr raconta le vieux conte qu'il avait tant de fois entendu, dans la bouche de sa mère comme dans celle d'Ari. Pour le plaisir de Marian, il eut recours autant que possible au langage fleuri et imagé du *skald*.

Ils franchirent ainsi la dernière lieue sans même s'en rendre compte. Bientôt, il repéra la vieille piste familière, qui n'était guère plus qu'une trace de cerf. Il la suivit et s'engagea dans la forêt plus profondément encore. Il eut juste le temps de finir l'histoire avant de déboucher dans la clairière, qu'il trouva miraculeusement intacte alors que, depuis qu'il n'était pas venu, les arbres avaient bien poussé alentour.

— Et lorsqu'ils se rendirent compte qu'elle avait volé le miroir magique de leur reine pour s'admirer, ils l'aveuglèrent de l'œil droit pour qu'elle finisse sa vie dans la misère.

— Je me demande s'il n'est pas arrivé la même chose à notre cuisinière, déclara Marian. Elle n'y voit pas de l'œil droit.

— Peut-être les elfes lui ont-ils fait préparer un banquet et a-t-elle trop salé leur nourriture... Nous y voilà.

Steinarr mit pied à terre et l'aida à descendre de cheval. À peine eut-elle touché le sol qu'elle s'exclama :

— Montre-moi !

À bout de patience, elle lui arracha le coffret des mains dès qu'il le décrocha de son ceinturon.

— Je connais ce baguier ! lança-t-elle en caressant du bout des doigts les gravures des parois de cuivre verdi. Père y rangeait ses bijoux favoris. Tu ne m'as toujours pas dit comment tu as fait pour le trouver...

— Une petite clé était gravée au sommet du heaume, qui sonnait creux. En y regardant de plus près, j'ai repéré un joint à peine visible dans la pierre. Avec un peu d'habileté, j'y ai introduit ma lame pour faire sauter le haut du casque.

Matilda tomba à genoux à l'endroit même où elle se trouvait et récupéra la clé du coffret dans sa besace. Mais quand elle l'eut introduite dans la serrure, elle hésita. Une fois encore, Steinarr regretta, en admirant ses lèvres ourlées d'une moue boudeuse, le serment qu'il avait fait de ne plus l'embrasser contre son gré.

— Qu'attends-tu ? s'étonna-t-il.

— C'est toi qui as résolu l'énigme et trouvé le coffret, dit-elle en levant les yeux vers lui. Il serait juste que l'honneur de l'ouvrir te revienne...

— Ce n'est pas ma quête.

— Et la mienne non plus.

Ses doigts serrèrent la clé, mais elle ne se décidait toujours pas à ouvrir le coffret.

— Je pense sans arrêt à ce que tu m'as dit à Harworth, confia-t-elle. À propos de mon père, qui devait être soit un cruel tyran soit un imbécile. Et s'il nous avait lancés sur une fausse piste ? Et si tout ça n'était qu'une farce élaborée destinée à humilier Robin une dernière fois ?

Steinarr s'accroupit à côté d'elle.

— Il n'y a qu'une façon de le savoir, dit-il.

Marian hocha la tête, ferma les yeux un instant et donna le tour de clé. La boîte s'ouvrit avec un déclic.

— Un autre parchemin...

Elle le sortit du baguier, le déplia et le parcourut rapidement avant de constater, déçue :

— C'est en anglais. Il faut donc s'attendre à d'autres jeux de mots.

— Tu peux le lire ?

— *Aye*. Mais cela va me prendre un peu de temps. Je suis plus habile à déchiffrer le français et le latin.

Trois langues ! Elle – une femme – lisait trois langues, alors que lui-même parvenait à peine à déchiffrer les runes de la sienne. À cela, il constatait qu'elle était d'un autre monde que le sien, un monde plus moderne, gouverné par les livres et l'étude, où la grande salle d'un petit seigneur était plus vaste que les palais des rois d'antan, et où des églises partant à l'assaut du ciel faisaient des douze temples d'Asgard* de modestes masures. Ari avait raison, même s'il rechignait à le reconnaître : il n'y avait aucune chance qu'elle veuille d'un homme comme lui. Seule la ruse aurait pu lui permettre de l'avoir, et fou qu'il était, il avait fait en sorte qu'elle le méprise. Et si jamais elle apprenait qui il était réellement…

Soudain, le visage assombri par ce qui ressemblait à de la tristesse, Marian le dévisagea avec surprise et murmura :

— Messire ?

— Déchiffre ce message, dit-il en se redressant. Je vais m'occuper des chevaux. Ensuite, tu pourras me le lire.

12

— Eh bien ? demanda Steinarr.

Tenant le parchemin du bout des doigts, ainsi qu'elle l'avait fait avec la robe de la femme du boucher, Matilda lut à haute voix :

— « Pour prouver la valeur de ton sang, il te faudra renaître du roc de la sorcière au soleil de midi. » « Pour prouver la valeur de ton sang… » Même dans ses énigmes, il trouve le moyen d'humilier Rob !

— Qu'est-ce que ça veut dire ?

— Je n'en sais rien !

Matilda remit le parchemin dans le coffret, posa dessus la bourse en cuir et referma sèchement le tout.

— Je n'arrive plus à penser, gémit-elle. Je ne *veux* plus !

— Tu es épuisée, constata-t-il. Viens, laisse-moi te montrer la maison de l'elfe.

— Ce n'est pas ici ? s'étonna-t-elle en observant le pré fleuri dans lequel ils se trouvaient. Tu disais que les elfes habitaient des endroits ensoleillés tels que celui-ci.

— J'ai dit qu'ils les appréciaient. Leurs maisons sont cachées, comme tout endroit magique doit l'être.

— La seule magie dont j'aie besoin, c'est un bon lit !

— Suis-moi. J'ai quelque chose pour me faire pardonner de t'avoir obligée à dormir à la dure.

Il la mena près d'un gros chêne de forme étrange, dont il souleva une basse branche.

— Dame Matilda, dit-il d'un ton solennel, bienvenue à Elfwood. Donnez-vous la peine d'entrer…

Se courbant en deux, elle passa sous la branche et se retrouva… à l'intérieur de l'arbre lui-même. Sauf qu'il ne s'agissait pas d'un seul arbre, mais de plusieurs – vingt, peut-être ? – ayant poussé côte à côte et formant un cercle, laissant au centre un espace dans lequel un homme pouvait tenir debout. Là, le monde paraissait lointain. Sa rumeur ne parvenait qu'assourdie par le rempart de troncs et la ramure dans laquelle voletaient des oiseaux. Émerveillée, elle alla se placer au centre de cette chambre végétale et secrète, éclairée par les derniers rayons du soleil qui filtraient à travers les branches. On eût dit une chapelle gardée par des chérubins. Pivotant sur elle-même, la tête levée, elle s'imprégna de la magie du lieu. Sous ses pieds, la mousse formait un épais tapis, plus moelleux que la couche la plus confortable. En ce sens, l'endroit avait tout d'une alcôve pour amants…

— Bien, se réjouit Steinarr. Rien n'a changé.

Elle se retourna pour lui faire face. Il l'avait rejointe, et ses larges épaules bouchaient entièrement l'ouverture. Dans la pénombre verdoyante, il n'était guère plus qu'une silhouette. Seuls ses cheveux blonds et ses yeux brillants se distinguaient.

— Ton lit sera-t-il assez confortable ? reprit-il, mutin.

Matilda sauta sur place et fut surprise de se sentir rebondir.

— Mon lit, à Huntingdon, ne l'est pas autant, constata-t-elle. Comment se fait-il que le sol soit si plat ?

— Le chêne qui poussait là à l'origine a été scié à la base, expliqua-t-il. Des rejets sont apparus tout autour de la souche et ont formé les troncs que tu vois. Quant à la mousse, elle s'est accumulée ici, à l'abri, avec le temps.

— Pas étonnant que les elfes s'y plaisent tant…

— Tu crois donc en leur existence ?

— Pourquoi pas, puisqu'un des leurs m'a conduite ici ? As-tu habité cette maison de l'elfe ?

— Pendant quelque temps, il y a bien longtemps de cela. Quand il pleuvait, je tendais une grande peau de cerf en guise de toit. À cette branche, que tu vois là…

Du doigt, il la lui montra dans les hauteurs, avant d'en désigner deux autres.

— ... et là, ainsi que là. Mais toi, tu n'auras que le ciel étoilé pour plafond. Il ne devrait pas pleuvoir cette nuit. Couchée ici, tu n'apercevras même pas le feu de Torvald.

— Torvald… répéta-t-elle sans chercher à cacher sa déception. Tu vas donc encore me laisser ?

— Oui.

Pourquoi ? La question lui brûlait les lèvres, mais elle se retint de la poser. Était-ce ce matin-là qu'ils avaient parlé de cela ? Elle avait l'impression que cette discussion remontait à plusieurs jours et qu'elle avait eu lieu dans un autre monde. Sans doute était-ce cet endroit particulier, si paisible, à l'écart de tout, qui lui faisait cet effet. Pour ne pas troubler cette quiétude, elle préféra ne rien demander.

— N'oubliez pas que, par ce lien, vous m'êtes attaché, preux chevalier, dit-elle en touchant du bout des doigts le ruban au poignet de Steinarr. Et revenez-moi au matin.

— Ma dame commande, je suis à ses ordres.

Après s'être incliné devant elle, il libéra le passage pour la laisser sortir et ajouta :

— Ce soir, c'est moi qui ramasse le bois.

— Alors, répondit-elle, j'irai abreuver les chevaux.

Après s'être munie du seau en cuir, Matilda conduisit les montures, en se guidant à l'oreille, jusqu'à un ruisseau qui passait à une portée de flèche de là. L'eau coulait, limpide et fraîche, et en regardant les animaux étancher leur soif, elle se laissa séduire par l'idée d'une toilette plus que nécessaire. Elle enleva tous ses vêtements, ne gardant sur elle que son chainse, et les secoua pour en ôter la poussière du voyage avant de laver dans l'eau uniquement les parties les plus sales. Cela fait, elle les essora de son mieux – elle pouvait imiter le chant des lavandières, mais elle n'avait pas leurs mains fortes –, puis les mit à sécher au soleil sur des buissons.

Ensuite, il lui fut difficile de résister à l'envie d'ôter ses souliers et ses chausses. Assise sur la berge, elle trempa ses jambes dans l'eau. Bientôt, une chose en entraînant une autre, elle se retrouva debout au milieu du cours d'eau et se lava du mieux qu'elle put sans se déshabiller totalement. Sans doute n'aurait-elle pas dû entrer dans l'eau du tout, songea-t-elle après coup. Sans feu pour se chauffer, sans rien pour s'essuyer, sans linge sec à enfiler, le risque était grand qu'elle attrape un refroidissement. Mais même si ce nettoyage sommaire ne pouvait se comparer à un bon bain, elle ne s'était pas sentie aussi propre depuis des jours.

Soudain, l'idée lui vint que si elle se lavait ainsi, c'était pour lui bien plus que pour elle. Afin d'être prête, dans cet endroit magique où tout pouvait arriver, à se donner encore à lui. Troublée par cette perspective, elle prit un peu d'eau dans le creux de sa main, qu'elle appliqua sous son chainse à cet endroit de son corps où brûlait déjà son désir. Ses doigts s'attardèrent plus que nécessaire. Plus que de se rafraîchir, il s'agissait pour elle d'imaginer la main de Steinarr lui prodiguant cette caresse intime.

Un frisson la parcourut. La pression de ses doigts se fit plus insistante ; son désir, plus puissant, plus farouche, aussi sauvage que celui de...

D'un bond, Matilda se retourna. Debout sur la berge, à une dizaine de pas à peine, Steinarr dardait sur elle un regard si brûlant qu'elle s'étonna que l'eau autour d'elle n'entre pas en ébullition. Sous l'effet de la surprise, elle avait relâché le bas de son chainse, qui trempait à présent dans l'onde et que le courant enroulait autour de ses jambes. Elle fit un pas et faillit tomber.

— Reviens ici ! ordonna Steinarr, tout au bord de l'eau, le bras tendu vers elle.

— Ça va, assura-t-elle, sur la défensive. Laisse-moi !

— Sors de là ! insista-t-il, irrité. Tu vas te noyer !

— Je sortirai quand tu seras parti. Ce n'est pas correct.

— Ce que tu étais en train de faire ne l'était pas plus...

Il avait aux lèvres le même sourire railleur qu'il avait eu quand il avait voulu se débarrasser d'elle. Mais à présent, ce sourire était pour Matilda aussi attirant que cette eau à laquelle elle n'avait pu résister. Elle aurait voulu s'immerger, se noyer en lui. Elle aurait voulu qu'il vienne la rejoindre et l'aide à se laver, de ses mains fortes, douces, habiles, pour lui montrer comment il pouvait...

Non, non, non ! Cette concupiscence ne lui ressemblait pas. C'était celle de Steinarr projetée dans son esprit. S'il n'avait pas été là, jamais elle ne se serait retrouvée à demi nue au beau milieu de ce ruisseau, en train de se toucher comme au plus secret de son lit. Tout était sa faute. Sa faute à lui...

— Va-t'en ! lança-t-elle avec force. Laisse-moi !

— Pas tant que tu ne seras pas revenue sur la terre ferme ! Tu pourrais te noyer, femme, dans cette tenue ridicule ! Sors de là !

— Non ! s'entêta-t-elle. Je fais juste un peu de toilette.

Pour prouver ses dires, elle sortit de l'eau le bord trempé de son chainse, l'essora et s'essuya la figure.

— C'est un mensonge ! lui lança-t-il, les mains sur les hanches et le regard accusateur. Même le cheval le sait !

Matilda jeta un coup d'œil incertain aux deux montures. Le roussin broutait tranquillement, mais l'étalon gardait les yeux fixés sur elle avec autant d'intensité que Steinarr. Les joues brûlantes, elle vit le cheval baisser la tête, cueillir ses chausses du bout des dents et les envoyer valser dans les roseaux.

— Très joli… commenta Steinarr après être allé les ramasser. Si j'avais vu tes chausses dès le début, je ne t'aurais jamais prise pour une paysanne.

— Une chance que je ne montre pas mes chausses au premier venu !

Laissant retomber l'ourlet de son sous-vêtement dans l'eau, Matilda capitula et marcha à pas précautionneux vers la berge. Elle voulut ignorer la main secourable que Steinarr lui tendait pour l'aider à grimper, mais son chainse trempé ne lui laissait pas le choix. Elle eut beau se préparer à l'assaut mental qui allait suivre inévitablement, elle n'en fut pas moins frappée par l'urgence de son désir.

Dès qu'elle fut sur la terre ferme, elle s'empressa de le lâcher et de laisser retomber sur ses jambes nues le bas du vêtement trempé. Steinarr recula d'un pas et s'emporta :

— Qu'est-ce qui t'a pris de te baigner si tard ? Tu es trempée, et tous tes vêtements le sont aussi…

— Il ne fait pas froid, protesta-t-elle. Mes affaires vont sécher, et même si elles restent humides, elles sont épaisses et de bonne qualité et me tiendront chaud.

— Pas si chaud que ça ! Regarde : tu trembles déjà.

Steinarr déboucla son ceinturon, qu'il posa sur le sol avec son épée le temps d'ôter sa tunique.

— Tiens, dit-il en la tendant vers elle. Mets ça !

— Je n'en ai pas besoin.

Sans l'écouter, il la rejoignit et lui enfila le vêtement comme on habille un enfant récalcitrant. Matilda, résignée, se laissa faire. Comment aurait-elle pu lui avouer que si elle tremblait, ce n'était pas de froid mais sous l'effet du désir ? Un désir qui croissait encore depuis qu'elle avait passé cette tunique imprégnée de son odeur...

— Voilà, conclut-il, satisfait. Tu n'auras pas froid.

— Contrairement à toi, répliqua-t-elle en roulant les manches trop longues sur ses avant-bras. Tu ne peux pas disparaître en forêt pour la nuit habillé ainsi.

— J'ai ma cape, et comme tu l'as souligné, il ne fait pas froid. En plus, je ne suis pas mouillé, moi...

Sur ce, il récupéra épée et ceinturon et alla détacher les chevaux. En les entraînant derrière lui, il ajouta :

— Ramasse tes affaires et rejoins-moi. Je vais devoir partir bientôt.

Quand Matilda fut de retour dans la clairière, Steinarr l'aida à étendre ses vêtements mouillés à des branches où ils bénéficieraient le lendemain des premiers rayons du soleil. Il ramassa ensuite les paquetages qu'il emportait avec lui le soir et se dirigea vers l'étalon.

— Je me demandais... lança-t-elle dans son dos. Crois-tu que Torvald pourrait m'aider à résoudre l'énigme ?

Au pied de l'étalon, Steinarr se figea. Elle perçut très nettement, émanant de lui, un élan de pure jalousie.

— Je suppose que tu peux lui demander, répondit-il.

Matilda songea que cet homme était décidément une énigme pour elle. Bien que jaloux de son ami, il la laissait néanmoins à sa garde toutes les nuits.

— C'est ce que je ferai, dit-elle. Bonne nuit.

— Dors bien, Marian.

Il se hissa sur sa monture et fit mine de s'éloigner, avant de changer d'avis et de stopper net.

— Fais en sorte de – hum ! – garder ma tunique sur toi tant que tes vêtements ne sont pas secs. Torvald n'a pas besoin de te voir dans ton chainse mouillé.

Penché sur sa monture, il ajouta en lui assenant une petite tape sur le garrot :

— Pas plus que toi, canasson !

Aussitôt après, Steinarr piqua ses talons dans les flancs de l'animal, et tous deux quittèrent la clairière.

Matilda demeura longuement où elle se trouvait, sans bouger. Elle attendit de sentir la présence de Steinarr décroître peu à peu, puis disparaître tout à fait. Alors seulement, elle se dirigea vers la maison de l'elfe et s'y réfugia. La paix qui y régnait l'enveloppa comme les bras d'une mère. Plus calme et rassurée qu'elle ne l'avait été depuis longtemps, elle se tourna vers ses pensées pour faire son examen de conscience.

Ce fut le visage de Steinarr qu'elle y découvrit. Et il lui suffit de l'évoquer mentalement pour que son corps se retrouve aussitôt en proie au désir et au manque. Avec un soupir de résignation, elle se laissa glisser sur le lit de mousse. Ce désir était bien le sien, après tout. Et maintenant qu'elle savait que celui qui en était l'objet n'y était pour rien, elle allait devoir en tirer les conséquences…

La vision des vêtements de Matilda pendus dans les branches accueillit Steinarr le lendemain matin. Alors qu'il s'apprêtait à mettre pied à terre, il s'immobilisa, surpris par le doux fredonnement qui s'élevait de la maison de l'elfe. Il demeura ainsi un long moment, charmé non pas par la voix – assez fausse et incapable de tenir un air – mais par la douceur de cette scène, aussi émouvante que rare pour lui. Fausses notes ou pas, ce chant évoquait le foyer, le village, la famille, toutes choses auxquelles il avait dû renoncer. Il envoûtait son âme et lui serrait la gorge.

La voix de Marian finit par s'éteindre, remplacée par le gazouillis des oiseaux. Un bruissement de feuilles annonça son arrivée dans la clairière.

— Bonjour, messire...

Un peigne à la main, elle démêlait la masse blonde de ses cheveux rejetés par-dessus son épaule, mais Steinarr, figé sur place, remarqua surtout la pointe de ses seins dressée sous la fine toile de son chainse.

— Quelque chose ne va pas ? s'étonna-t-elle.

— Je... Hum ! Si... tout va bien.

Steinarr mit pied à terre et attacha la bride de l'étalon à un buisson. Il en profita pour tenter de se reprendre et de trouver quelque chose à dire.

— Ma mère avait l'habitude de faire ça, dit-il enfin. Je veux dire... chantonner en se coiffant.

— Tu m'as entendue ? s'étonna-t-elle. Dommage pour tes oreilles. Je ne sais pas chanter.

— C'était bien.

Plus que bien : merveilleux... Pour éviter d'avoir à poser les yeux sur elle et pour se donner une contenance, Steinarr alla tisonner les braises du feu.

— Tu n'es pas prête, constata-t-il. Je pensais que je te trouverais sur le pied de guerre, pressée de partir.

— Bloodworth, dit-elle.

— Pardon ? De quoi parles-tu ?

— De la solution de l'énigme. « La valeur de ton sang. » « Blood », « worth »[1] : Bloodworth, autrement dit, Blidworth. Sir Torvald et moi avons trouvé la clé cette nuit.

Steinarr ne tarda pas à comprendre.

---

1. En anglais, « sang » se dit *blood*, et « valeur » *worth*. (*N.d.T.*)

— Blidworth… répéta-t-il, songeur. La pierre, bien sûr !

— D'après ce que m'a dit Torvald, on trouve sur une de ses faces un trou assez grand pour qu'un homme y passe.

— « Renaître du roc de la sorcière… » J'aurais dû y penser moi-même : c'est à deux pas d'ici. Ce trou dans la roche ressemble même au…

Gêné, Steinarr laissa mourir les mots sur ses lèvres.

— Au con d'une femme ? suggéra Matilda. C'est ce que Torvald m'a raconté, en effet.

— Il t'a dit ça ?

— Selon lui, le roc est creux et évoque, vu de l'intérieur, un utérus. Quant à l'ouverture qui donne sur l'extérieur, elle ressemble… à un con. Il m'a dit également de te rappeler, quand tu deviendrais rouge de fureur, que tu prononces toi-même ce mot très souvent.

En riant, Matilda vint rejoindre Steinarr près du feu sans cesser de se peigner les cheveux. Ceux-ci brillaient déjà comme de la soie. Il tentait de ne pas penser à la texture qu'ils auraient sous ses doigts.

— Ne sois pas fâché contre lui, reprit-elle. Il essayait seulement de m'aider à résoudre l'énigme.

— Mais il n'était pas obligé de te parler ainsi.

Surtout après ce qui s'était passé la veille…

— J'étais déjà bien contente qu'il accepte de discuter avec moi, déclara-t-elle. Cela ne nous arrive pas souvent.

Aurait-elle été si ravie si elle avait su que le même Torvald, sous sa forme équine, l'avait vue se donner du plaisir dans le ruisseau ? Steinarr en doutait.

— D'après lui, nous ne sommes qu'à une demi-lieue de Blidworth, poursuivit-elle.

— Un peu plus que ça, rectifia-t-il. Mais d'ici, le roc est plus proche que le village. Nous y serons vite.

Comment se fait-il que tu ne sois pas plus pressée d'y arriver ?

— Père a écrit que cette « renaissance » devait se produire au soleil de midi. Nous avons tout le temps...

Steinarr leva les yeux pour vérifier la position du soleil.

— Exact, dit-il. Il est vrai que les chevaux ont mérité de souffler un peu.

— Et nous aussi...

Un sourire retroussait les lèvres de Matilda, lui donnant un air coquin qui fit grimper le désir de Steinarr d'un cran, surtout quand elle ajouta :

— Que voudrais-tu faire de tout ce temps ?

Plonger mes doigts dans tes cheveux et t'attirer dans l'herbe... Te faire gémir de plaisir...

— Nous pourrions prendre notre petit déjeuner. Mais commence par t'habiller.

— Ma robe et mon surtout sont encore mouillés.

— Alors, tu n'as qu'à mettre ma tunique. Où est-elle ?

— À l'intérieur.

D'un signe de tête, elle désigna la maison de l'elfe, mais ne fit pas mine d'y aller.

— Je vais te la chercher, dit-il.

Dans l'arbre, Steinarr constata que la literie – fourrures et couvertures mêlées – demeurait sur le sol et que Matilda avait roulé sa tunique à une extrémité.

— Je m'en suis servie comme oreiller, expliqua-t-elle depuis le seuil où elle venait d'apparaître. Elle est encore imprégnée de ton odeur...

Steinarr sentit son sang entrer en ébullition. Savait-elle ce qu'elle était en train de lui faire ?

— Hélas pour toi, maugréa-t-il. Mon dernier vrai bain remonte à très longtemps.

— J'ai trouvé ça agréable, assura-t-elle avec un sourire rêveur. J'ai eu l'impression de passer la nuit avec toi.

Elle sait.

Sans doute le torturait-elle ainsi pour se venger de la façon dont il l'avait traitée. Luttant contre le désir qui le tenaillait, Steinarr ramassa la tunique et la lui tendit.

— Habille-toi, dit-il. Je vais sortir.

— Non ! Reste là… supplia-t-elle.

Matilda vint se camper devant lui. Les joues rouges, elle leva la tête pour soutenir son regard et déclara :

— J'ai envie que tu me possèdes ici, en prenant ton temps, avec toute la tendresse et les formes nécessaires…

Pire qu'une torture : un enfer.

— Marian… protesta-t-il, agacé. Tu n'as pas à faire ça. Je t'ai juré que je t'aiderais, et je le ferai. N'oublie pas que je suis lié à toi par ce serment.

— Je sais.

Elle leva la main pour caresser le ruban noué autour du poignet de Steinarr et poursuivit :

— Je te suis reconnaissante de cet engagement, et je sais maintenant que je peux me fier à toi, mais je te dois la vérité.

— La vérité ? répéta-t-il, incapable de détacher ses yeux des doigts de Matilda, qui caressaient le ruban.

— Je croyais ne pas te désirer autant que tu me désires, mais j'ai compris hier que je me trompais.

Soudain, Steinarr eut de nouveau l'impression de se perdre dans les yeux de Matilda et d'y puiser le réconfort qui lui manquait depuis tant d'années. Un soupir monta à ses lèvres, qui se mêla à celui, ténu et presque inaudible, qu'elle poussa elle aussi. Le cœur battant à ses tympans, il la vit porter les mains à l'encolure de son chainse, repousser le vêtement sur ses épaules et le laisser tomber à ses pieds.

L'absence de réaction de Steinarr fit douter Matilda. L'avait-il bien comprise ? Puis la force de son désir, à présent distinct du sien, s'abattit d'un coup sur elle.

— J'ai juré... gémit-il entre ses dents serrées. Juré de ne plus te donner ne serait-ce qu'un baiser.

— Sans mon consentement, as-tu précisé. Je te donne mon consentement.

— Marian...

— Je t'autorise à m'embrasser... et pas uniquement sur les lèvres.

Pour qu'il n'y ait plus d'ambiguïté possible, elle prit ses mains entre les siennes et les guida jusqu'à ses seins.

— Je te donne l'autorisation de me caresser, poursuivit-elle. L'autorisation de me prendre. Je suis toute à toi, mon preux chevalier...

Steinarr secoua la tête et inspira longuement.

— Marian... protesta-t-il d'une voix blanche. Je ne peux pas être un mari pour toi, si c'est ce que tu attends de moi.

— Je n'avais en tête qu'un amant.

Sa hardiesse la fit rougir, mais elle ajouta pourtant :

— Si nous échouons dans cette quête, je ne veux pas que mon expérience des hommes se résume au lit de Baldwin et au souvenir d'une rapide culbute.

— Aucun risque, assura Steinarr. Je jure que tu ne seras jamais sa femme si ce n'est pas ce que tu souhaites. Mais je...

— Je veux faire l'amour avec toi, l'interrompit-elle. Ici. Maintenant. Je veux savoir comment c'est.

— En es-tu certaine ? demanda-t-il.

Mais déjà, il caressait sous ses pouces les pointes de ses seins, suscitant une vague de plaisir en elle. En réponse, elle glissa ses mains sous sa chemise et chercha à dénouer le cordon qui retenait ses braies.

— Non... toi d'abord, protesta-t-il. Sans quoi, tout sera terminé avant d'avoir commencé.

Après une dernière caresse à ses mamelons, il recula d'un pas, presque à regret, afin de pouvoir la regarder.

— Je ne t'ai toujours pas vue nue, murmura-t-il.

Le souffle court, Matilda le laissa porter son regard brûlant de désir sur tous les détails de sa nudité.

— Ce n'est pas juste, osa-t-elle protester faiblement. Après tout, moi non plus, je ne t'ai pas vu nu.

Sans un mot, il fit passer son chainse par-dessus sa tête et le jeta dans un coin. Matilda resta pantoise devant cette chair mâle et sculpturale brusquement révélée à ses yeux, ce qui le fit sourire. Ils demeurèrent ainsi très longtemps, à se contempler l'un l'autre sans bouger.

Steinarr, le premier, rompit leur immobilité et s'avança pour dessiner sous ses doigts les seins de Matilda. Entre le pouce et l'index, il titilla leurs pointes dressées et cueillit du bout de la langue sur sa bouche le soupir qui résulta de sa caresse. Il partit ensuite en exploration tout le long de son corps, ses mains courant librement sur sa peau, modelant, caressant, testant et faisant naître sur sa chair des salves de frissons, jusqu'au vertige.

Comme d'elles-mêmes, les mains de Matilda partirent à leur tour à l'aventure sur ce corps troublant, si différent du sien. Elle avait parcouru des miles à cheval avec lui, serrant ce torse puissant entre ses bras, mais elle découvrit très vite qu'elle n'en connaissait pourtant rien. Il y avait autant de différence entre un homme vêtu et le même homme dénudé qu'entre l'eau sous forme de glace et l'eau sous forme de vapeur. Sa peau était chaude, souple, brillante, pleine de vie. S'inspirant des caresses qu'il lui donnait, elle dessina sous ses paumes chaque relief, chaque vallon, chaque cicatrice. Ce ne fut qu'en se heurtant soudain à la barrière de ses braies qu'elle prit conscience d'une injustice.

— L'un n'est pas aussi nu que l'autre... se plaignit-elle.

Elle fit glisser ses doigts, le long de la ceinture, jusqu'au nœud qui fermait le vêtement. Il l'arrêta en posant la main sur la sienne et dit :

— Si tu les fais tomber sur mes bottes, tu m'entraveras et je ne pourrai plus bouger.

— Alors, débarrasse-toi de tes bottes !

— Ma dame commande...

Steinarr prit appui d'une main sur l'épaule de Matilda et se débarrassa de ses bottes, avant de faire subir le même sort à ses braies. Il ne restait plus que le bas-de-chausses.

— Dois-je l'ôter moi-même ? s'enquit-il. Ou veux-tu t'en charger ?

De nouveau, Matilda tendit la main vers le nœud de la ceinture. Aussitôt, les abdominaux de Steinarr durcirent, et son sexe dressé tressaillit sous la toile. Enchantée autant que troublée, elle posa la main sur le renflement et attendit que le phénomène se renouvelle sous sa paume.

— C'est tellement étrange... dit-elle, amusée.

Un bruit curieux, à mi-chemin entre le râle et le gémissement, sortit des lèvres entrouvertes de Steinarr.

— Ce qui est étrange, rectifia-t-il d'une voix tendue, c'est qu'une vierge n'ignore rien de l'art de torturer un homme – et de le réjouir. Comment se fait-il que tu aies une telle science de choses que tu es censée ignorer ?

— J'étais une enfant indocile, avoua-t-elle.

D'un geste sec, elle dénoua le cordon et le desserra le long de la ceinture tout en poursuivant :

— Pour échapper aux colères de mon père, j'allais me réfugier dans la plus grande grange du domaine, dans une cache secrète que je m'étais aménagée.

Elle se baissa et déposa un baiser dans la toison de poils blonds qui ornait la poitrine de Steinarr.

— Je n'ai pas tardé à découvrir que mon refuge était situé au-dessus d'un grenier où les serviteurs – et même certains des chevaliers – emmenaient leurs conquêtes.

— Tu les as épiés ! constata-t-il.

De nouveau, elle sentit son sexe tressaillir.

— Je n'avais pas choisi l'endroit à dessein, mais une fois que je les ai vus à l'œuvre... je suis revenue, encore et encore, pour les espionner. Personne ne s'en est jamais douté, et quand j'ai été placée quelque temps dans une famille d'accueil, je me suis arrangée pour trouver une cache similaire.

— Que Freyja me vienne en aide ! gémit-il. Tu sais donc tout ce qu'il y a à savoir...

— Le bon comme le mauvais, et ce qu'il y a entre les deux.

— C'est un miracle que tu sois restée vierge.

Comme sous le coup d'un trait de génie, il s'exclama :

— Tu as appris à te donner du plaisir toute seule !

Matilda se sentit rougir jusqu'à la racine des cheveux.

— *Aye*, reconnut-elle. J'ai vu ça, également... et je n'ai pas tardé à m'en inspirer. Les prêtres ont tout tenté pour m'en guérir, à l'aide de lourdes pénitences.

— Tu l'avouais en confession ? demanda-t-il, incrédule.

— On nous répète tant que de telles choses sont des péchés que je n'avais pas le choix. Père Thomas ne cessait de me menacer des feux de l'enfer. J'ai essayé de me débarrasser de cette manie, mais même lorsque j'ai arrêté de me réfugier dans la grange, le souvenir de ce que j'y avais vu a continué à me poursuivre. Ensuite... tu es arrivé et... je l'ai fait aussi en pensant à toi – avant même que tu viennes nous retrouver à la source Notre-Dame.

Steinarr émit un autre bruit indéterminé et maugréa :

— Pas étonnant que je n'aie pas réussi à t'effrayer.

— Oh ! Mais tu as parfaitement réussi. Ce ne sont pas tes paroles qui m'ont effrayée, mais l'impétuosité de ton désir. Et pourtant, cela ne m'a pas empêchée de continuer à penser à toi... comme hier, dans le ruisseau.

Elle tira sur le bas-de-chausses, qui tomba d'un coup. Le sexe de Steinarr se cabra, lui effleurant le ventre. Curieuse, elle fit glisser ses doigts le long de la hampe de chair dressée et s'exclama avec ravissement :

— C'est dur et doux à la fois ! Surtout là...

Sa main enserrait le gland épais. Steinarr immobilisa sa main sous la sienne et fit remarquer :

— On dirait que tu n'as plus peur, dis-moi.

— J'ai décidé la nuit dernière de ne plus avoir peur. C'est idiot, alors que j'en ai envie autant que toi.

— Ah, ma douce Marian... soupira-t-il. Cela me semble impossible.

Il l'attira à lui pour un baiser passionné. Elle répondit avec enthousiasme aux caresses de sa langue sur la sienne. Contre son ventre, elle sentait palpiter avec urgence ce sexe dont elle venait d'admirer la douceur et la fermeté. Sans même réfléchir à ce qu'elle faisait, elle se pressa contre lui et enroula une jambe autour d'une des siennes, afin de rendre plus intime encore ce contact. Quand elle se fut placée exactement là où elle le voulait, elle commença à bouger.

Avec un grognement sourd, Steinarr mit fin au baiser, la souleva dans ses bras et alla l'allonger sur les fourrures. Agenouillé devant elle, il lui écarta les cuisses et riva ses yeux avides sur son entrejambe.

— Caresse-toi, ordonna-t-il.

Matilda l'avait fait souvent, mais toujours en privé. Devant lui qui l'observait attentivement, la gêne était trop grande.

— Je... je ne peux pas, balbutia-t-elle.

— Pour me faire plaisir, insista-t-il d'une voix rauque. Et pour que je sache ce que tu aimes.

De nouveau, la peur la submergea. Mais au lieu de se recroqueviller sur elle-même, elle tendit son esprit vers l'extérieur. Elle n'eut pas à aller loin pour trouver Steinarr. Son désir emplissait l'espace entre eux, enflait à chaque battement de son cœur. En écho, un besoin lancinant l'envahit. Sa main glissa le long de son corps, trouva l'endroit où battait son envie de lui, et elle commença à faire bouger ses doigts. Et plus la pression du désir montait en elle, plus l'embarras refluait.

— S'il te plaît... gémit-elle en s'arc-boutant sur les fourrures. Pas comme ça. Je te veux... toi.

— Tu as dû voir quelque chose, dit Steinarr, inflexible. Une chose à laquelle tu penses quand tu te touches. De quoi as-tu le plus envie, Marian ? Dis-moi ce que tu veux.

Elle savait exactement que lui répondre. En voyant pour la première fois un garçon d'écurie ravir ainsi une villageoise, elle avait tout de suite eu envie qu'un homme lui fasse un jour la même chose.

— Ta bouche... glissa-t-elle dans un souffle.

Steinarr posa ses doigts sur les siens.

— Ici ? demanda-t-il.

— Oui... Oh oui !

— Ferme les yeux.

Il prit sa main dans la sienne et la porta à sa bouche. Ses lèvres se refermèrent autour des doigts de Marian, et quand il entreprit de les suçoter, savoir qu'il se délectait ainsi du suc le plus secret de son corps la mit sur des charbons ardents. Les jambes largement écartées, elle se cambra de plus belle, l'implorant en silence. Steinarr se mit à rire tout bas.

— Pas encore, susurra-t-il. J'ai à peine goûté au reste de ta douce personne. Garde les yeux fermés et laisse-moi faire ce que j'aurais dû faire la première fois.

Matilda le sentit se redresser et se pencher sur elle. Les premiers baisers tombèrent sur ses paupières, les suivants sur ses joues, puis sur son front, sa bouche, son oreille, son menton, ses lèvres, de nouveau. Il prenait tout son temps, passant d'un endroit à un autre, le long de son cou, de ses épaules. Les pointes de ses seins se dressèrent quand il approcha de sa poitrine, mais il l'évita, préférant faire un long détour par un bras, puis l'autre. Elle tremblait de tout son corps quand il se décida enfin à cueillir entre ses lèvres l'un de ses mamelons.

Elle s'arc-bouta sur les fourrures, pantelante, la seule caresse de sa langue suffisant presque à lui faire connaître la jouissance. La perception du plaisir qu'ils partageaient en décuplait la force, comme par un effet d'écho, celui de Steinarr se nourrissant du sien, et réciproquement. Quand il passa à l'autre sein, son corps s'arqua de plus belle, ce qui parut le galvaniser. Il ne cessa dès lors de passer de l'un à l'autre, jusqu'à ce que, n'en pouvant plus, elle le supplie d'arrêter. Steinarr eut un rire rauque, satisfait, et reprit, avec ses lèvres et sa langue, sa lente exploration. Cette fois, ses baisers l'amenèrent jusqu'au ventre de Matilda, avant de s'égarer plus bas encore.

— Garde les yeux fermés ! répéta-t-il tout bas.

L'espace d'un instant, il ne se passa rien. Enfin, elle le sentit déposer un baiser sur un genou, puis sur le deuxième. Une fois encore, il reprit sa progression, vers le haut cette fois, avec une lenteur insupportable. Elle devinait qu'il admirait tout son soûl, entre deux baisers, cette partie secrète de son anatomie livrée tout entière à ses regards. Cette idée fit se déverser au creux de son ventre un feu liquide, qui se répandit en elle comme l'or fondu hors du creuset du joaillier. Il n'existait plus pour elle que cette bouche qui se rapprochait de l'endroit où elle mourait d'envie de la sentir. Comme sur un signal, Steinarr fit passer les jambes repliées de Matilda sur ses épaules. Elle sentit un doigt s'introduire brièvement en elle, et au bruit de succion qui suivit, elle comprit qu'il goûtait, de nouveau, le suc de son intimité.

— Si bon, si doux... murmura-t-il. Dites-moi, ma dame, ai-je toujours l'autorisation de vous embrasser ?

Elle put à peine prononcer le mot.

— Ou... oui.

— Où cela ? Où dois-je vous embrasser ?

— Là ! Oh, oui... là.

Un grondement s'éleva. Il l'embrassa où elle le voulait, mais si brièvement, si doucement qu'elle le sentit à peine.

— Est-ce bien là ? s'enquit-il, feignant la perplexité.

— Oui... Oui !

Sa langue la frôla.

— Ici ?

Un autre baiser.

— Là ?

Un doigt, qui la titillait...

— Comme ceci ?

... s'introduisait en elle.

— Ou alors comme ça ?

Un nouveau baiser.

Il fit durer ce petit manège longtemps encore, explorant ce faisant les plis de son intimité. Les réponses de Matilda se firent murmures, soupirs, puis cris quand il atteignit l'endroit exact où vibrait son désir pour lui. Il le prit entre ses lèvres, le suçota, le fit rouler sous sa langue, glissant simultanément un deuxième doigt en elle.

Exacerbée par la conscience qu'elle avait du besoin fiévreux de Steinarr de la satisfaire, la jouissance de Matilda déferla en elle, telle une vague emportant tout sur son passage. Elle souleva le bassin pour mieux se prêter aux assauts de sa bouche. Les doigts qui la dilataient rendaient les spasmes de plaisir plus dévastateurs encore. Dans la fièvre de l'extase, elle eut envie que cet instant dure toujours et pourtant qu'il cesse sur-le-champ, tant il la secouait.

Le besoin de s'enfouir en elle tourmentait Steinarr. Pourtant, il attendit de lui avoir arraché jusqu'au dernier frisson avant de se placer au-dessus d'elle. Il la pénétra avec douceur et application, décidé cette fois à faire les choses convenablement et à laisser le temps à son corps de s'adapter au sien. Curieusement, alors qu'ils se fondaient l'un dans l'autre, l'urgence de son désir reflua, lui laissant un sentiment de paix comme il n'en avait jamais connu, et qui ne fit que s'accentuer quand elle referma bras et jambes autour de lui et que sa chaleur devint sienne.

— Ça va aller… murmura-t-elle, ainsi qu'elle l'avait déjà fait entre ses bras. Tout va bien…

Steinarr voulait désespérément qu'il en soit ainsi. Il se mit à bouger lentement, cherchant le rythme adéquat, appréciant chaque étape de cette course au plaisir. Il sentit Matilda s'adapter à lui, l'accompagner dans son effort, participer à leur union, deviner ses attentes comme s'ils étaient amants depuis toujours. Si douce et pourtant emportée par une passion brûlante… Elle était parfaite. Et soudain, alors qu'il se vidait enfin en elle, Matilda connut avec lui un nouvel orgasme, plus doux celui-ci, tout son corps se crispant autour du sien pour recueillir sa semence.

Il demeura en elle aussi longtemps que possible. Et même lorsque l'union de leurs corps fut rompue, il ne se résigna pas à se priver de la douceur de ses bras qui l'entouraient, de ses jambes refermées autour de lui. Il couvrit son visage de baisers, s'abreuva à ses lèvres, se gorgea de ses soupirs tandis qu'elle reprenait ses esprits en s'étirant.

Finalement, elle ouvrit les yeux et lui sourit.

— Je pourrais rester comme ça pour toujours, dit-elle.

Pour toujours... Ses paroles suffirent à le tirer de sa béatitude, le ramenant à la réalité de sa vie maudite. De nouveau barricadé en lui-même, il roula sur le côté et se dressa sur son séant.

Le sourire de Marian s'évanouit.

— Qu'est-ce qui te rend si triste ? s'inquiéta-t-elle.

— Seulement le fait de savoir que c'est déjà fini.

Steinarr tira une couverture sur le corps nu de Matilda, s'attardant juste un instant pour déposer un baiser sur chacun de ses seins.

— Le soleil se dirige vers son zénith. Il va falloir y aller.

Sans lui laisser le temps de se lever, elle le retint par le bras et demanda :

— Aurais-tu des regrets ?

Incapable de soutenir son regard, il lui répondit par une autre question.

— Et toi ?

— Jamais !

— Même si je ne peux rien t'offrir d'autre que ce voyage avec moi ?

— Même si tu ne peux m'offrir que cette matinée.

Matilda se redressa à son tour et ajouta joyeusement :

— Mais si tu peux m'offrir plus, je ne suis pas contre !

Il n'en fallut pas davantage pour que le désir flambe de nouveau en lui.

— Matilda Fitzwalter, tu es un démon ! gronda-t-il.

— Je me suis souvent dit la même chose à ton propos, Steinarr Fitzburger.

Heureux qu'elle se soit rappelé son nom – même en le déformant –, il se pencha pour l'embrasser. Au moins était-elle satisfaite de leur relation. Pour le moment...

— À présent, habille-toi, avant que je décide de gâcher une des quarante précieuses journées dont dispose Robin à te prouver qui de nous deux est un démon.

— Bien, messire, répondit-elle sagement.

Mais alors qu'elle s'habillait, il surprit sur ses lèvres un sourire coquin et dans ses yeux une lueur de malice.

— Peut-on passer toute une journée à faire l'amour ? s'étonna-t-elle d'un ton innocent. Aucun de ceux que j'ai épiés dans la grange n'y est resté aussi longtemps.

Un grondement sourd monta de la gorge de Steinarr. Pour ne pas céder à la tentation de lui prouver que c'était possible, il préféra sortir de la maison de l'elfe.

13

Le roc de la sorcière avait plus la forme d'une arche que d'un tunnel. Largement ouvert d'un côté, il allait en se rétrécissant vers le milieu et aboutissait au minuscule trou par lequel Steinarr tentait d'entrer. De l'avis de Matilda, il n'y avait qu'un homme pour y voir une ressemblance avec le sexe d'une femme, mais puisque son père avait été un homme, Torvald devait avoir vu juste.

— Ça risque d'être dur, maugréa Steinarr.

— Comme pour tous les bébés. Dépêche-toi. Le soleil est déjà au plus haut.

De mauvaise grâce, Steinarr engagea ses épaules dans le trou et observa, le visage vers le sol, ce qui l'entourait.

— Je ne vois rien à part mon ombre, constata-t-il. Se pourrait-il que ce soit aussi simple ?

Perplexe, Matilda secoua la tête.

— Là où porte ton ombre, il n'y a que le rocher, dit-elle. Impossible d'y cacher quoi que ce soit.

— Que fait-on, alors ?

Avec inquiétude, elle regarda le ciel. Le soleil de midi n'allait pas tarder à décliner, et s'ils ne trouvaient pas la solution de l'énigme maintenant, il leur faudrait perdre toute une journée à attendre le lendemain.

— L'indice dit : « Renaître au soleil de midi », répondit-elle. Quelque chose doit nous échapper.

Avec sa manche, elle alla éponger le front de Steinarr, dégoulinant de sueur.

— Tu as chaud ? s'inquiéta-t-elle.

— À ton avis ? Naître n'est pas une sinécure.

La remarque de Steinarr suffit à provoquer dans l'esprit de Matilda l'étincelle qui lui manquait.

— Tu n'es pas dans le bon sens ! s'exclama-t-elle. À la naissance, le bébé arrive face vers le bas. Mais quand sa tête émerge, elle tourne, et c'est dans l'autre sens qu'il naît !

— Et comment le sais-tu ? s'enquit-il. Ces paysannes accouchaient-elles aussi dans la grange où tu les épiais ?

— Non, mais lady Amabel, chez qui j'ai été placée, donnait naissance à un enfant chaque année. Elle exigeait que toutes les filles en âge de procréer l'assistent dans son travail. Retourne-toi !

Le visage rouge et grimaçant, Steinarr se contorsionna sans succès, trop large d'épaules pour pouvoir se retourner.

— Tu es un trop gros bébé ! plaisanta-t-elle. Robin est fin comme un roseau. Père l'était aussi. Sors de là ! À moi de jouer, maintenant. Vite, avant que le soleil décline !

Matilda fit le tour de la roche et rampa dans le conduit dès que Steinarr eut libéré le passage. Mais quand elle put glisser son regard par l'ouverture, elle ne le vit nulle part.

— Qu'est-ce que tu fabriques ? lança-t-elle, agacée.

Pour toute réponse, elle sentit une main s'introduire sous ses jupes et remonter jusqu'à sa cuisse.

— J'admire la vue, répondit-il.

Elle battit des jambes et entra en contact avec un endroit quelconque de son anatomie, lui arrachant un cri. Un instant plus tard, elle le vit apparaître dans l'ouverture, le visage empourpré mais hilare.

— Si tu tiens à profiter encore de mes faveurs, dit-il, tu ferais mieux de ne pas flanquer de coups de pied au hasard. Maintenant, si tu veux bien te donner la peine de naître, bébé...

Couchée sur le dos, Matilda rampa dans l'étroit passage. Dès que sa tête émergea, un éclat de lumière d'une teinte rubis, dans les hauteurs, attira son attention. Pour en avoir le cœur net, elle recula un peu, pour pouvoir sortir de nouveau la tête. Le même phénomène se reproduisit.

— Là ! cria-t-elle en désignant du doigt le sommet de la roche. Il y a quelque chose de rouge, sous cette protubérance.

— Je ne vois rien, dit Steinarr, la tête levée et la main en visière. Où ça ?

— Plus haut... Presque tout en haut.

— Je ne pourrai pas grimper de ce côté-ci. Attends un peu, je vais faire le tour pour accéder au sommet.

Quelques instants plus tard, Matilda vit la tête et les épaules de Steinarr apparaître au sommet de la roche, à l'aplomb de l'endroit où elle se trouvait.

— Sur la droite ! indiqua-t-elle en le voyant passer la main sur la paroi rocheuse. Encore un peu... Voilà, tu y es.

L'éclat de lumière rouge disparut dès qu'il posa la main sur la petite saillie rocheuse.

— Tu vois ce que ça peut être ? demanda-t-elle.

Steinarr sortit son couteau et gratta la pierre.

— Ce n'est pas de la pierre, constata-t-il. On dirait un emplâtre de mortier.

— On a trouvé, donc !

En toute hâte, Matilda se glissa hors du trou et se plaça un peu en retrait, de manière que les débris ne l'atteignent pas pendant que Steinarr s'attaquait au mortier, le martelant avec le manche de son couteau. Un instant plus tard, la masse de fausse roche fracassée s'écrasa sur le sol, aux pieds de Matilda. Dans la main de Steinarr, il ne restait qu'une pierre d'un rouge brillant, à laquelle un objet semblait attaché.

— Qu'est-ce que c'est ?

— Je t'apporte ça tout de suite pour que tu puisses le voir par toi-même, répondit-il. Recule-toi encore un peu. Je ne voudrais pas te tomber sur la tête.

Après avoir glissé l'objet dans sa tunique, Steinarr se mit à descendre la paroi rocheuse en s'agrippant aux rares prises qui s'offraient à lui.

— Sois prudent ! lui cria-t-elle.

À peine avait-elle lancé cet avertissement qu'une prise lui resta dans la main. Steinarr bascula en arrière et atterrit lourdement sur les fesses, au pied de la roche.

Matilda se précipita vers lui.

— Tu es blessé ? s'inquiéta-t-elle.

Mais déjà, il se relevait en se frottant l'arrière-train.

— Seule ma fierté est atteinte.

— Ah oui ? Je croyais que la fierté des hommes se situait plus devant que derrière…

Steinarr se mit à rire et l'attrapa par la taille pour l'attirer dans ses bras.

— Je commence à penser que je n'escorte ni une dame ni une servante, mais le fou du roi, déclara-t-il. La volupté te donnerait-elle l'âme paillarde ?

Rouge de honte, Matilda détourna les yeux.

— Je ne sais pas ce qui m'arrive, murmura-t-elle. Les choses les plus étranges me passent par la tête. Elles me surprennent autant que toi. Cela te dérange ?

— Certainement pas ! Que tu puisses plaisanter à ce sujet prouve au moins que notre petit intermède t'a plu.

Elle embrassa la peau nue visible dans l'encolure de son chainse et demanda :

— Tu en doutais ?

— Non, pas cette fois, répondit-il en la lâchant. Mais il te faudra surveiller ta langue quand nous ne serons plus seuls, sans quoi je devrai te faire passer pour ma maîtresse.

— Mais je suis ta maîtresse ! Alors, qu'as-tu trouvé ?

Steinarr glissa la main dans sa tunique et en sortit un cylindre assez semblable à celui découvert par Robin dans l'arbre. Mais cette fois, un éclat de pierre rouge translucide y était attaché par un fil de cuivre, qui servait lui-même à maintenir en place un morceau de cuir autour du tube.

— Ton père avait déposé ce morceau de verroterie au fond d'un étroit conduit vertical, expliqua-t-il en le lui remettant. Ainsi, le soleil ne pouvait l'illuminer qu'à son zénith. Ouvre-le vite !

Sur le parchemin qu'elle trouva dans le cylindre, Matilda lut :

— « Visite ensuite le village où des hommes avisés ont trompé un roi et emporte l'oiseau qu'ils tenaient captifs dans un buisson. »

Un grand sourire réjoui illumina son visage.

— Père a mis au point cette quête pour Robin, mais cette réponse, je la connais, dit-elle. Direction Gotham !

Rapidement, elle rangea dans sa besace les diverses pièces de leur nouvelle trouvaille.

— Tu sembles bien sûre de toi, s'étonna Steinarr tandis qu'ils rejoignaient les chevaux.

— Je le suis. Père me racontait cette histoire chaque fois que le roi était annoncé. Les astucieux citoyens de Gotham, pour s'épargner la charge d'avoir à recevoir leur souverain, décidèrent un jour de feindre la folie. Par crainte d'attraper leur mal, le roi préféra éviter leur village et aller s'installer ailleurs.

— D'astucieux fous, en effet, commenta Steinarr en lui présentant ses mains jointes pour l'aider à se mettre en selle. Et cet oiseau ?

Matilda grimpa sur l'étalon et attendit qu'il la rejoigne en arrangeant ses jupes.

— Un coucou, répondit-elle. L'une des choses les plus folles qu'ils firent devant le roi fut de joindre leurs mains autour d'un buisson. Quand le roi leur demanda ce qu'ils faisaient, ils lui expliquèrent qu'ils maintenaient un coucou prisonnier pour bénéficier de son chant toute l'année. Tu sais où se trouve Gotham ?

— Plus ou moins.

Dès que Steinarr se mit en selle, elle referma ses bras autour de sa taille et demanda :

— C'est loin d'ici ?

— Nous y serions en une seule journée, si nous pouvions nous y rendre par la route. Mais nous devrions passer par Nottingham, et je ne veux pas prendre le risque que Gisburne, Baldwin ou un de leurs hommes nous voient. Il nous faudra passer par la forêt et faire un détour par l'ouest. Cela nous prendra deux jours, peut-être trois si ces nuages portent la pluie.

Matilda tourna les yeux vers l'ouest. Une barre nuageuse noire et menaçante soulignait l'horizon.

— Prions donc que ce ne soit pas le cas, conclut-elle.

— Prieure Celestria ! s'exclama le régisseur. On vient juste de me prévenir… Bienvenue à Headon Hall !

L'homme mit un genou à terre devant Cwen et attendit qu'elle pose les doigts sur sa coiffe crasseuse.

— Dieu te bénisse, régisseur. Allons ! Redressez-vous.

La dizaine d'hommes et de femmes qu'elle avait trouvée à son arrivée dans la salle se releva avec le régisseur.

— Nous ne vous attendions pas, reprit celui-ci alors qu'elle s'essuyait discrètement la main.

— Je suis venue sans me faire annoncer afin de voir ce qu'il en est réellement de la gestion de l'intendant. Où est-il ?

— À Leicester, mère prieure. Pour affaires.

— Dans ce cas, je verrai comment tu te débrouilles en son absence. J'inspecterai le domaine demain. Pour l'instant, je souhaite dîner. Chapon et légumes verts, avec un cake aux amandes. Vous m'apportez mon repas dans la salle haute.

— Bien, mère prieure.

Le régisseur tapa dans ses mains et donna quelques ordres aux servantes avant de la rejoindre.

— Mais vous n'avez sans doute pas voyagé seule, dit-il. Où est votre suite ?

— Hélas, le père Renaud et la sœur Paulina sont perdus.

— Perdus ? s'étonna-t-il. Vous voulez dire… morts ?

Cwen n'avait pas envie d'en parler, mais sachant que, tôt ou tard, la question reviendrait, elle préféra y répondre.

— Non, mais leurs âmes sont condamnées. Ils se sont enfuis en me laissant seule pour aller filer le parfait amour au mépris de leurs vœux.

Les yeux du régisseur s'arrondirent d'horreur.

— Alors, il aurait mieux valu pour eux qu'ils soient morts, conclut-il.

Cachant un sourire amusé sous sa guimpe, Cwen tourna les talons et prit la direction du grand escalier. Servilement, l'homme lui emboîta le pas.

— Dis-moi… reprit-elle en gravissant les premières marches. Ces charbonniers que lord Matthew nous a prêtés sont-ils arrivés ?

— Ils ont établi leur camp dans les bois, à l'est, mère prieure. Je serais heureux de vous y conduire dès demain.

— D'autres étrangers sont-ils passés par ici récemment ?

— Oui, mère prieure. Deux d'entre eux se sont installés dans le camp des charbonniers. Un jeune paysan, qui s'est brisé la jambe, et un chevalier qui s'est pris d'amitié pour lui. Il y avait avec eux un autre chevalier, ami du premier, et une jeune fille, mais on m'a dit que ces deux-là étaient partis il y a une semaine de cela.

Des picotements parcoururent l'échine de Cwen. Arrivée sur le palier, elle s'arrêta et se tourna lentement vers le régisseur.

— Des chevaliers ? Drôles de chevaliers, pour préférer s'installer avec les charbonniers plutôt qu'au manoir…

L'homme rit bêtement et renchérit :

— Drôles de chevaliers, en effet. Et leurs noms sont plus bizarres encore. L'un se fait appeler sir Steinarr, et l'autre – celui qui est resté au camp – sir Ari. Deux colosses, aux cheveux blonds et au physique avenant. Ils ont trouvé…

Déjà, Cwen ne l'écoutait plus. Le lion et le corbeau, songea-t-elle avec une joie mauvaise. Merci, dieux anciens ! D'un geste, elle fit taire le bavard et s'étonna :

— Pourquoi ne les as-tu pas invités à s'installer ici ?

— Oh, mais je l'ai fait, mère prieure ! Le garçon à la jambe cassée et sa cousine connaissaient les charbonniers et préféraient rester avec eux. Les deux chevaliers les ont conduits à leur campement et ne sont plus revenus.

— Et tu dis que ce garçon et le cor… chevalier qui se fait appeler Ari y sont toujours ?

— Aux dernières nouvelles, mère prieure.

— Je veux que ce garçon soit ramené ici dès demain. Nous nous occuperons de lui, le temps qu'il se rétablisse.

Mal à l'aise, le régisseur protesta :

— Ce n'est qu'un paysan, mère prieure.

— Paysan ou noble, il aurait dû rester ici. Tous ceux qui en ont besoin doivent être accueillis ici avec la charité que leur réserverait la mère abbesse. Tu enverras une voiture le chercher et tu feras préparer un lit dans la salle haute. Je veillerai moi-même sur lui.

— Bien, mère prieure.

Ce jeune paysan ne l'intéressait en rien. Si Cwen tenait à le récupérer, c'était pour attirer le *skald*. Il avait été présent, à Alnwick, lors de sa lutte avec l'aigle. Il avait participé à la ruine d'un plan qu'elle avait mis des années à élaborer. À présent, il était ici, à sa merci, offert à elle par les dieux. Peut-être pourrait-elle le dépouiller de ses pouvoirs et s'en emparer, exerçant ainsi une double vengeance.

Mais elle ne devait pas oublier le lion et la jeune fille avec laquelle il avait disparu. Qu'un autre de ces meurtriers puisse trouver femme était sujet d'inquiétude. Mais cela pouvait également constituer une chance, selon ce que les dieux auraient décidé. Pour l'instant, il lui fallait patienter, continuer à jouer les prieures et rester ouverte aux opportunités qui se présenteraient.

Elle était confiante. Tout viendrait à point nommé.

Le temps se maintint au beau, permettant à Matilda et à Steinarr d'arriver au petit village de Gotham un peu après sexte, au deuxième jour de leur voyage.

Steinarr observa les alentours et demanda :

— Où devons-nous chercher ce coucou ?

Matilda, qui scrutait le village elle aussi, n'y repéra rien de notable et répondit dans un soupir :

— Père ayant eu jusqu'à présent une prédilection pour les lieux de dévotion, autant commencer par l'église.

— Par l'église, *messire*, rectifia-t-il sévèrement. N'oublie pas que tu n'es que la servante de ma dame.

— Oui, *messire*. Et vous, vous n'êtes que le chevalier chargé de me ramener à elle... et non de m'apprendre à allumer un feu.

Le souvenir de ce qui s'était passé entre eux à Harworth la fit pouffer de rire. Steinarr serra les bras de Matilda sous ses coudes et fit mine de s'offusquer.

— Silence, créature frivole !

Le voyage depuis Blidworth avait été pour Matilda une parenthèse bénie au cours de laquelle leur complicité s'était renforcée. Même s'ils n'avaient pas refait l'amour – ils chevauchaient tant qu'il faisait jour et Steinarr se retirait pour la nuit, prétextant qu'il leur fallait se reposer –, elle n'avait plus à lutter aussi âprement pour garder à distance la force de son désir pour elle. Lorsqu'il lui arrivait de trop relever sa garde, elle ne se retrouvait plus submergée par son influx mental. Enfin, elle pouvait se sentir à l'aise à ses côtés. Et plus elle se détendait, plus leurs conversations se faisaient agréables. Elle découvrait qu'au-delà de la simple attirance physique, elle commençait à apprécier son chevalier.

Ils atteignirent l'église en pierre et mirent pied à terre pour la visiter, mais à peine eurent-ils fait quelques pas que Steinarr se figea et tendit le bras vers le tympan sculpté.

— Ton coucou...

— Oh non... gémit Matilda.

Ce n'était pas un coucou qui décorait le portail, ni même deux ou trois, mais treize en tout – celui, tout au sommet, que Steinarr désignait, mais également six autres, plus petits, de chaque côté, chacun d'eux juché sur son buisson.

— J'ai bien peur que les gens de Gotham n'aient pris cette histoire de coucou trop au sérieux, murmura-t-elle. Il est à craindre que nous n'en trouvions d'autres encore.

Effectivement, lorsque none* sonna, ils avaient eu le temps d'en dénicher cinq autres dans l'église et à divers endroits du village, tous sculptés sur le même modèle et probablement par la même main.

Découragée, Matilda contemplait le dernier d'entre eux au sommet du portail du manoir.

— J'aurais dû me douter que ce ne serait pas si facile, maugréa-t-elle. Comment savoir lequel est le bon ?

— Quelque chose a dû nous échapper, hasarda Steinarr.

— *Aye*. Ce n'est pas possible autrement.

Voyant qu'elle s'apprêtait à tirer de sa besace les éléments de la dernière énigme, il la retint d'un geste.

— Pas ici ! Nous allons d'abord trouver un bon endroit pour camper, et nous étudierons la question ensuite.

— Bien, messire...

Pour faire bonne mesure, Matilda s'inclina servilement alors qu'un groupe de paysans franchissait le portail, la faux sur l'épaule. Steinarr se dirigea vers les chevaux sans les saluer, ainsi qu'un chevalier l'aurait fait. Elle le suivit quant à elle comme la servante qu'elle était censée être – docilement et en se moquant de lui dans son dos. Des rires s'élevèrent du groupe de faucheurs, qui bien vite hâtèrent le pas, la tête basse, quand Steinarr les foudroya du regard.

— Qu'est-ce que tu fabriques ? chuchota-t-il alors qu'ils s'apprêtaient à se remettre en selle.

— Rien, messire, répondit-elle sur le même ton. Ne vous inquiétez pas. Vous donnez parfaitement le change.

Ils chevauchèrent en direction du nord-ouest, vers la rivière qu'ils avaient traversée à gué ce matin-là, puis la longèrent un peu vers le sud, jusqu'à trouver un endroit assez éloigné du cours d'eau pour leur épargner la plaie des moustiques. Cela nécessita quelques recherches, mais Steinarr finit par découvrir un emplacement à son goût.

Matilda réprima un sourire en constatant qu'il avait choisi le pied d'une butte dans laquelle la chute d'un arbre avait creusé, à l'emplacement des racines, une sorte d'abri.

— Même ici, où la terre est si plate, tu t'arranges encore pour me trouver une grotte, plaisanta-t-elle.

— Au moins, tu auras un endroit pour t'abriter des courants d'air, et Torvald te protégera plus facilement.

Il commença à défaire les lanières qui maintenaient le chargement et ajouta :

— Tu devrais étudier l'énigme tant qu'il reste un peu de lumière. Je m'occupe des bêtes et du campement.

Après s'être assise sur le tronc abattu, Matilda étala sur ses genoux les morceaux de l'indice trouvé à Blidworth. Elle commença à scruter le parchemin comme elle l'avait fait pour celui de la source Notre-Dame, mais à part un fragment d'enluminure dans un coin, qui prouvait qu'il n'en était pas à sa première utilisation, il ne paraissait receler aucun secret. Déçue, elle passa ensuite au tube enveloppé de cuir et au morceau de verroterie.

Pendant ce temps, Steinarr s'employait à préparer un campement aussi confortable que possible. En le voyant s'accroupir près du feu avec sa pierre à briquet, elle songea aussitôt à ce qui s'était passé à Harworth, comme chaque fois qu'il avait allumé un feu depuis. « À moins que tu ne préfères que je te prenne dans cette position ? » lui avait-il demandé. Elle ne pouvait s'empêcher d'imaginer ce qu'elle aurait ressenti si elle l'avait laissé lui faire l'amour ainsi. Plus d'une fois, dans la grange où elle se réfugiait enfant, elle avait vu des couples s'unir de cette façon. Et bien que les prêtres vouassent aux gémonies cette position, l'homme comme la femme avaient paru s'en délecter. De plus, cela laisserait les mains de Steinarr libres de…

— Il faut d'abord résoudre l'énigme, maugréa-t-il.

— Quoi ?

Tirée brutalement de sa rêverie, Matilda vit qu'il posait sur elle des yeux brûlants de désir. Était-elle si transparente, pour susciter une telle réaction en lui ?

— Avant que nous puissions prendre du temps pour ce que tu as en tête, expliqua-t-il, il faut résoudre ce mystère.

Elle se sentit rougir, mais le défia du regard et demanda :

— Comment sais-tu ce que j'ai en tête ?

— Je le sais parce que je pense à la même chose que toi chaque fois que j'utilise cette pierre à briquet. Mais si je passais à l'acte dès qu'il m'arrive d'avoir envie de toi, nous ne trouverions jamais le trésor de Robin.

— Il en va de même pour moi.

Steinarr se figea. Ses lèvres se pincèrent, et il ferma les yeux en poussant un lourd soupir.

— Je n'ai pas besoin d'entendre ça maintenant, dit-il.

— Tu dis toi-même que l'honnêteté n'est pas un défaut !

— Un peu moins d'honnêteté de ta part, femme, pourrait m'aider à ne pas être obsédé par toi. Nous devons rester concentrés, sans quoi nous ne trouverons jamais ce trésor.

Matilda se mordilla la lèvre et protesta faiblement :

— Bien sûr, mais…

— Mais, pour l'instant, nous cherchons à résoudre cette énigme, coupa-t-il sèchement. Qu'as-tu trouvé ?

— Rien. Absolument rien.

— Cela t'aiderait-il de me raconter l'histoire en détail ?

— Je t'ai dit à peu près tout ce que j'en sais. Père aimait les histoires, mais pas au point de s'appesantir dessus.

— Le porc répugnant ! lança Steinarr, dégoûté.

Matilda faillit s'étrangler.

— Qui ça ? Mon père ?

Il lui était arrivé, dans le secret de ses pensées, de lui donner bien d'autres noms d'oiseaux, mais ce n'était pas la même chose d'entendre quelqu'un d'autre l'insulter.

— Non, répondit-il. Gisburne. Il m'a raconté que ton père aimait tant les histoires épiques qu'il te laissait te gorger d'épopées et de gestes. Il prétendait que c'était grâce à ça que Robin t'avait convaincue de le suivre.

— Guy a menti sur bien des sujets.

Machinalement, Matilda s'empara du morceau de verre rouge et s'amusa à regarder à travers.

— Ça alors ! s'exclama-t-elle. On dirait que cette lentille fait voir le monde à l'envers. Si nous...

Matilda laissa retomber l'objet dans son giron. Prise d'une subite inspiration, elle s'empressa de défaire le fil de cuivre qui maintenait le morceau de cuir autour du tube. Le cœur battant, elle le déroula sur sa jambe.

— Regarde ! On dirait une carte, sur l'envers...

Steinarr la rejoignit. Ensemble, ils suivirent du bout du doigt les lignes à peine visibles.

— En effet, conclut-il. Bien joué, Marian.

— Un coup de chance... Sans cette lumière rasante, je n'aurais rien vu. Est-ce Gotham que l'on voit ici ?

— Oui. Regarde : cette route se scinde en deux, comme à l'entrée du village. Et cette croix, ici, indique l'église.

— Et ça, ce doit être notre coucou.

Elle désignait une silhouette grossière d'oiseau, près d'un des embranchements de la route.

— Est-ce l'un de ceux que nous avons vus ?

Le front plissé par la concentration, Steinarr étudia la carte avant de conclure :

— Non. Mais nous nous lancerons demain à sa recherche. Le soleil est déjà bas sur l'horizon.

— Bien.

Matilda rangea soigneusement tous les éléments de l'énigme dans sa besace de pèlerin. Après l'avoir mise de côté, elle noua ses mains autour du cou de Steinarr et ajouta :

— Dans ce cas, nous avons le temps pour une petite leçon particulière. Tu veux bien me montrer comment faire coulisser le goupillon dans la fente ?

— Une leçon à laquelle tu as déjà maintes fois assisté, à n'en pas douter.

Steinarr l'embrassa sur le front, puis dénoua doucement les bras de Matilda.

— Non, Marian, répondit-il fermement. Je dois partir.

— S'il te plaît... dit-elle d'un ton suppliant. Reste. Reste avec moi cette nuit.

— Je ne peux pas.

— Mais... pourquoi ? Il s'est passé deux nuits, depuis la maison de l'elfe, et je ne comprends pas pourquoi...

— Je te l'ai déjà expliqué, l'interrompit-il.

Le menton fièrement dressé, elle chercha son regard et demanda, provocatrice :

— Suis-je donc si nulle au lit ?

— Tu n'es pas nulle, ni au lit ni ailleurs, et je te désire plus que jamais... mais pas cette nuit.

Un bref coup de sonde mentale prouva à Matilda qu'il ne s'agissait pas de paroles en l'air.

— Alors, dis-moi pourquoi. Je veux la vérité, cette fois.

— J'ai le sommeil très agité. Je te dérangerais.

— C'est ton absence qui me dérange.

— Crois-moi, il vaut mieux que je ne reste pas près de toi.

Une expression de souffrance passa sur son visage, et ce fut d'une traite, comme s'il se jetait à l'eau, qu'il avoua :

— Je peux être dangereux la nuit.

En un geste d'apaisement, elle posa les mains sur sa poitrine et s'étonna :

— En quoi un homme endormi peut-il être dangereux ?

— Je suis... possédé par...

De nouveau, son visage se tordit de douleur. Il secoua la tête, comme pour chasser une vérité trop amère, et reprit :

— Je fais de terribles cauchemars qui peuvent me rendre violent. Il m'est arrivé de blesser... des gens.

— Dans ce cas, je te réveillerai, objecta-t-elle.

— On ne peut me réveiller de ces rêves-là avant l'aube.

— Alors, Torvald interviendra. Puisqu'il me protège déjà des loups, il me protégera de toi si tu deviens violent.

— Non !

D'un bond, Steinarr s'écarta de Matilda, mais elle eut le temps de voir s'afficher sur ses traits un intense sentiment de culpabilité.

— Torvald ne pourra pas te protéger, assura-t-il. Et tiens-tu vraiment à l'avoir pour spectateur de nos ébats ?

— Non. Mais je pourrais au moins dormir à côté de toi, dans tes bras.

— Je ne demanderais pas mieux, mais je ne peux pas.

En le voyant se diriger vers les chevaux, Matilda laissa libre cours à sa colère.

— Alors, je suis censée rester là, près du feu, avec ton ami à la bouche cousue, à attendre ton bon vouloir ?

— *Aye*. Au moins, avec Torvald près du feu, je te sais en sécurité, et c'est ce qui m'importe plus que tout.

Tirant l'étalon par la bride, il fit halte devant elle.

— Je t'offre le meilleur de mes journées, conclut-il. Essaie de t'en contenter.

— Il semble bien, messire, que je n'aie pas le choix.

Refusant de le regarder partir, Matilda lui tourna le dos.

14

Marian était toujours en colère lorsque Steinarr revint le lendemain matin. Tellement en colère qu'il la trouva prête à partir, le roussin déjà harnaché et chargé. Lorsqu'il tenta de lui sourire, elle lui tourna le dos. Lui était-il donc si compliqué de comprendre qu'il ne cherchait qu'à la protéger ?

Bien qu'elle fût remontée contre lui, elle paraissait cependant disposée à le nourrir : plusieurs tartines au fromage fondu l'attendaient près du feu. Steinarr les engloutit sans rien dire, avec appétit et reconnaissance, puis il sella l'étalon et alla vérifier le chargement du roussin… qu'il trouva parfait.

— C'est Torvald qui s'en est occupé, n'est-ce pas ?

— Naturellement ! répliqua-t-elle sèchement. Je n'ai pas les talents d'un garçon d'écurie. Prêt à partir, messire ?

Préférant ne pas envenimer la situation – tout était sa faute, après tout –, Steinarr s'abstint de lui répondre et l'aida à monter à cheval.

Les habitants de Gotham se rendaient à la messe quand ils parvinrent aux abords du village. Steinarr attendit à l'orée des bois que la porte de l'église se soit refermée sur eux avant de s'engager à découvert.

— Si nous faisons vite, dit-il, nous pourrons repartir avec ton coucou sans que personne nous ait vus.

Ils se rendirent aussitôt à l'endroit marqué sur la carte, où ils découvrirent un puits à poulie. Perché au sommet de l'arche métallique dominant la margelle, un coucou en bronze leur prouva qu'ils touchaient au but.

— Je ne l'avais pas remarqué hier, murmura Matilda.

— Moi non plus. Reste là, je m'en occupe.

Steinarr alla se percher sur la margelle et tendit les bras pour s'emparer de l'oiseau. Toute sa force ne fut pas de trop pour le desceller de son support. Lorsqu'il y parvint, un tintement de cloche se fit entendre. Descendant précipitamment de son perchoir, il s'assura d'un regard que personne ne l'avait vu et fourra le coucou dans sa tunique.

— Je crois qu'il y a quelque chose à l'intérieur, dit-il à Matilda après s'être remis en selle.

— Il n'y avait rien d'autre que l'oiseau ?

— Je n'ai rien vu. Partons d'ici avant d'être accusés de vol. S'il le faut, nous reviendrons.

Il tendit l'oreille tandis qu'ils galopaient vers le refuge de la forêt, mais aucun cri ne se fit entendre. Dès qu'il estima qu'ils étaient à l'abri, il fit stopper sa monture et aida Matilda à descendre. Ensemble, ils examinèrent l'oiseau de métal, composé de deux parties assemblées. Steinarr tenta de les séparer à mains nues, puis à l'aide de son couteau, mais rien n'y fit. Durant tout ce temps, le tintement agaçant ne cessa pas, comme pour les narguer.

— Il doit bien y avoir un moyen ! s'exclama Marian avec impatience.

— Il y en a un...

Steinarr ramassa une pierre de la taille d'un poing et alla s'accroupir devant un rocher plat, à ras du sol, sur lequel il déposa le coucou. Bien que moins cassant que le fer, le bronze ne résista pas à plusieurs coups violemment assenés au niveau du cou. Une fois la tête séparée du corps, un œuf, lui aussi en bronze, roula sur la pierre.

— J'aurais dû viser plutôt la queue !

Marian ignora son pauvre mot d'esprit et saisit l'œuf.

— Regarde ! Il est en deux morceaux lui aussi.

Cette fois, elle n'eut aucun mal à les séparer, et une pluie d'objets s'abattit sur la pierre : une cheville en bois, un caillou rond et plat, quelques grains d'orge dans un bout de toile... et un petit bout de parchemin soigneusement plié.

Elle le déplia et lut tout haut :

— Tucker's Ford.

— Autrement dit : Tuxford, traduisit Steinarr.

— Tuxford ! protesta-t-elle. Nous y sommes passés il y a plusieurs jours ! Pourquoi nous faire revenir sur nos pas ?

— N'oublie pas que cette épreuve n'est pas destinée à faciliter la vie de Robin, mais à l'aider à prouver sa valeur.

— Comme si la difficulté des énigmes ne suffisait pas...

Bougonne, elle replia le parchemin et le rangea avec les autres indices dans sa besace.

— Je ne peux pas y caser les deux moitiés du coucou, constata-t-elle. Mais je ne peux pas non plus les laisser là.

— Ce ne serait pas prudent, en effet.

Après avoir ramassé les preuves de leur larcin, Steinarr alla les ranger dans une des sacoches du roussin.

— On ne sait jamais, conclut-il. Comme pour l'indice précédent, il y reste peut-être quelque chose à découvrir.

Quand il se retourna, Marian attendait patiemment au pied de l'étalon qu'il vienne lui faire la courte échelle. Sa mauvaise humeur semblait s'être dissipée. La découvrir si belle, si résignée à supporter les règles que, par la force des choses, il lui imposait lui réchauffa le cœur et lui ouvrit les yeux. C'est elle... songea-t-il. Elle qu'il voulait pour femme, pour compagne, pour amante, pour amie, à jamais. Pas seulement pour le plaisir des sens et les jeux du lit, mais aussi pour les rires au coin du feu, les discussions enragées, la bonne et simple compagnie. Submergé par l'inutilité de telles aspirations, Steinarr ferma les yeux et s'abîma dans une fervente prière intérieure. Odin, je t'en supplie... Fais en sorte que je puisse conquérir son cœur, fût-ce pour une seule journée. Laisse-la s'attacher à moi, au moins autant que je tiens déjà à elle. Donne-moi ce bref moment de répit après toutes ces années de torture. Je t'en supplie, Odin... Je...

— ... passerons-nous ?

Brusquement ramené à la réalité, Steinarr ouvrit les yeux et demanda :

— Tu disais ? Je... j'avais la tête ailleurs.

— Je te demandais par où nous allions passer.

Steinarr se courba et lui offrit ses mains jointes avant de lui répondre.

— Par la route. Je crois que nous pouvons nous y risquer au moins pendant quelques miles.

À sa suite, il se mit en selle et sentit une joie profonde l'envahir quand elle referma les bras autour de sa taille.

— Le moment venu, ajouta-t-il, nous obliquerons vers l'est par la forêt pour éviter Nottingham et Sudwell.

— Comme il vous plaira, mon preux chevalier, dit-elle.

Marian se serra plus étroitement contre lui et posa la joue sur son épaule avant de conclure dans un soupir :

— Je suis entièrement entre vos mains.

Et entièrement dans mon cœur, ajouta-t-il in petto.

Ari fit une autre excursion à Retford, le samedi suivant. Cette fois, Édith et Ivetta n'avaient besoin de rien, et c'était pour ses propres besoins qu'il s'y rendait. Il s'avéra que le tavernier était un homme de parole. Ari passa donc une partie de l'après-midi à boire en racontant ses histoires, et l'autre à s'ébattre avec l'accorte serveuse. La donzelle n'étant quant à elle pas disposée à se contenter de contes pour prix de ses services, quelques piécettes changèrent de main, et il put quitter le grenier à foin où ils avaient trouvé refuge le sourire aux lèvres, avec le sentiment d'en avoir eu pour son argent.

Ce sentiment de bien-être s'envola, cependant, lorsque, de retour au camp, il dut constater que Robin n'y était plus.

— La prieure elle-même est venue le chercher, expliqua Hamo en réponse à ses questions. Elle a dit qu'il était de son devoir de veiller à la guérison du garçon, d'autant plus qu'il s'était blessé sur les terres du prieuré. Robin n'a pas cessé de répéter qu'il préférait rester là, mais elle n'a rien voulu entendre, surtout quand elle a constaté qu'il avait la gorge irritée. Comment s'opposer à une nonne ? Surtout à une mère prieure comme celle-ci !

— Qu'a-t-elle de si spécial ?

— C'est une véritable harpie ! Raide comme un cierge, dure comme la pierre... Elle a débarqué ici avec ses hommes, et le pauvre Robin s'est fait embarquer tel un fétu par le vent. Heureusement que c'est une sainte femme, sans quoi on pourrait s'en faire pour lui.

Ari n'aimait pas du tout cela. Un mauvais pressentiment lui nouait le ventre, mais il lui restait trop peu de temps pour faire autre chose que s'inquiéter et disparaître dans les bois afin de s'y protéger des rapaces nocturnes. Il n'aurait pas le temps non plus d'approcher suffisamment du manoir pour aller voir d'un coup d'ailes si Robin allait bien.

Il accepta avec reconnaissance le bol de potage que lui offrit Édith, avant de faire ses adieux.

— Vous êtes le bienvenu si vous voulez dormir ici.

C'était une habitude, pour Hamo, de l'inviter chaque soir, comme c'en était devenu une pour lui de répondre :

— Merci... Une autre fois, peut-être.

Mais, ce soir-là, il ajouta :

— Avant de revenir ici demain matin, j'irai voir si tout va bien pour Robin. Le régisseur ne s'est pas montré tendre avec lui, l'autre jour. J'espère que cette nonne aura le cœur moins sec.

Ari s'approcha autant que possible de Headon, passa la nuit à éviter les hiboux et se rendit au manoir le lendemain dès qu'il fut habillé. Il arriva au village au moment où tous se pressaient à la messe. Il décida lui aussi d'y assister, au fond de l'église, où il se trouva un poste d'observation.

Il ne distinguait de la prieure, agenouillée au premier rang, qu'un dos raide recouvert de voiles noirs. Durant tout l'office, il ne la quitta pas des yeux, mais ne put voir d'elle autre chose que ses mains. À la fin, lorsque la foule reflua en masse vers la porte, il s'avança dans l'intention de la saluer, mais avant qu'il ait pu la rejoindre, il la vit glisser un mot au prêtre, se remettre à genoux et courber la tête.

— Puis-je vous aider, messire ? demanda le prêtre.

— Je voudrais saluer la mère prieure.

— C'est impossible. Mère Celestria vient de m'informer qu'elle désire passer un long moment en prière. Personne ne doit la déranger tant qu'elle n'a pas fini.

Sachant qu'il ne servait à rien d'insister, Ari se rendit ensuite dans la cour du manoir, où le régisseur donnait ses ordres pour la journée. Il dut attendre son tour, derrière le maître d'écurie et le forgeron, avant de pouvoir lui parler.

— Vous êtes venu voir le garçon, constata le régisseur.

— *Aye*. Je suis surpris que vous l'ayez ramené ici.

— Ordre de la mère prieure.

Le régisseur n'aurait pu indiquer plus clairement que, s'il n'en avait tenu qu'à lui, Robin serait resté où il était.

— Elle l'a installé comme un prince dans la salle haute, expliqua-t-il. Vu toute la bonne nourriture qu'elle lui fait servir, il ne voudra jamais guérir. Allez-y, je suis sûr qu'il sera ravi de vous voir.

À l'étage, Ari trouva Robin en train de déguster une crème renversée. Le jeune homme était si occupé à observer un groupe de servantes, dans un coin de la pièce, qu'il ne remarqua la présence d'Ari que lorsque celui-ci posa le pied sur le châlit.

— Je pense que le régisseur a raison, dit Ari.

Sa remarque sibylline attira l'attention de Robin.

— Sir Ari ! s'exclama-t-il. Bien le bonjour, messire... J'espérais votre visite. La prieure Celestria m'a enlevée si vite que je n'ai pu faire mes adieux.

Saisi d'un doute, il fronça les sourcils et s'enquit :

— Raison à quel propos ?

— Il dit que, vu qu'on te soigne ici comme un coq en pâte, tu ne voudras jamais partir.

Tout en parlant, Ari fit une rapide inspection et s'en trouva satisfait. La paillasse sur laquelle reposait Robin sentait la paille fraîche au lieu de la sueur rance. Sa jambe blessée était maintenue par de nouvelles attelles et entourée de bandages propres.

Peut-être, après tout, ce changement de décor serait-il bénéfique au garçon.

— Comment te sens-tu ? lui demanda-t-il.

— Très bien, messire. Le transport jusqu'ici fut plus plaisant qu'à l'aller.

— Je n'en doute pas. Et la vue est bien meilleure...

D'un air entendu, Ari jeta un coup d'œil aux servantes qui s'attardaient comme à dessein dans la pièce.

Robin se mit à rire.

— Je ne le nierai pas, dit-il. Mais même cela ne pourrait me retenir en ce lieu si ma jambe était guérie.

— N'es-tu pas mieux ici qu'au camp des charbonniers ?

— En vérité... non. Mais je me sens coupable d'être à la charge de Hamo et des siens. Ils sont pauvres. Chaque bouchée que j'avale, je la leur ôte de la bouche.

Ari posa l'index sur ses lèvres et murmura, penché vers lui pour que nul ne puisse l'entendre :

— Tu es aussi pauvre qu'eux, Robin. Ne l'oublie pas.

Après sa conversation avec Steinarr à Retford, Ari avait laissé le jeune homme lui avouer avec soulagement toute la vérité. Il avait dû user de persuasion pour l'empêcher de trahir son secret auprès des charbonniers, et dans ces lieux où le risque était plus grand encore, il s'employa à lui faire comprendre qu'il devait redoubler d'attention.

— Rappelle-toi : tu dois penser d'abord et parler ensuite, conclut-il. Jamais l'inverse !

— Oui, messire.

— Quel est le nom de ta cousine ?

— Marian.

— Toujours, sans exception ! C'est sa sécurité qui est en jeu tout autant que la tienne. Il y a trop de bouches autour de toi pour répéter tes paroles, et deux fois plus d'oreilles indiscrètes ! Tu ne voudrais pas que Gisburne retrouve votre trace à cause d'une de tes étourderies, n'est-ce pas ?

Robin se rembrunit.

— Non, messire. Je serai très prudent.

— Bien ! Je vois un jeu de charret, là-bas. Ça te dirait de faire une partie en attendant que ta prieure se libère ?

— Et comment ! Si plaisante que soit la vue, je commence à trouver le temps long.

— Patience... répondit Ari en allant chercher le plateau de jeu. Plus que quelques jours, et tu seras sur pied.

Ils firent plusieurs parties d'affilée sans que la prieure se décide à se montrer. Ari dut finalement se résoudre à faire ses adieux à Robin, le laissant à son repas. Mais avant de quitter Headon, un détour par l'église lui permit de constater que cette dévote de nonne était toujours en prière devant l'autel, à genoux, à demi prostrée. Dans l'espoir qu'elle finisse par le remarquer, il s'éclaircit bruyamment la voix, mais ne parvint pas à la tirer de sa méditation.

Contrarié, Ari quitta l'église et alla récupérer son cheval. Le mauvais pressentiment qui lui tordait le ventre ne le quittait pas. Il lui fallait découvrir ce que cachait ce malaise, et il n'y avait qu'une méthode pour cela. L'idée de provoquer ses visions le révulsait. Il était déjà pénible d'avoir à les subir, mais le sang qu'il devait verser pour s'attirer la faveur des dieux les rendait plus éprouvantes encore.

— Il vaudrait mieux que ça en vaille la peine, maugréa-t-il, s'adressant aux cieux.

Quittant la route principale, il se dirigea vers un petit plan d'eau qu'il connaissait.

Même pour une femme habituée à passer des heures en prière, l'épreuve avait été longue – si longue que le prêtre lui-même avait renoncé à l'attendre.

Cwen se leva lentement, les genoux endoloris. Chancelante, elle tourna plusieurs fois autour de l'autel en y prenant appui pour se dégourdir les jambes. Le corbeau s'était attardé plus longtemps qu'elle ne s'y était attendue, mais elle avait fini par venir à bout de sa patience. Pour rien au monde elle n'aurait voulu qu'il voie ses traits sans qu'elle ait pu user de magie pour les altérer.

À présent qu'il était parti, l'heure était venue de passer à l'action. De retour au manoir, elle savoura son déjeuner à la table principale, hélant au passage une servante pour mettre en branle la suite des opérations. Son repas achevé, Cwen se dirigea vers la salle haute, une coupe à la main.

Le jeune Robin, repu, sommeillait dans son lit, mais il se redressa en la voyant entrer.

— Le bonjour, mère prieure.

— Comment vas-tu, mon garçon ?

— Bien. Et même beaucoup mieux que ce matin.

— Je ne pense pas, non, rectifia-t-elle, la mine sévère. Écoute-moi cette voix... Tu as mal à la gorge, n'est-ce pas ?

— Juste un peu. Et uniquement parce que j'ai beaucoup parlé avec mon ami, sir Ari, qui est passé me voir.

— Il n'empêche qu'il va te falloir une saignée, dit-elle d'un air songeur, pour purger tes veines du mal qui stagne en toi. Ni ta gorge ni ta jambe ne guériront sans cela.

Le garçon fit la grimace et protesta :

— Je déteste les saignées !

— Personne n'aime beaucoup ça. Tiens, je t'ai apporté quelque chose qui t'aidera à supporter l'épreuve. Bois.

Docile, Robin prit la coupe qu'elle lui tendait et en avala le contenu. Un instant plus tard, la porte s'ouvrit et deux servantes firent leur entrée. L'une portait un bassin couvert d'un linge, la seconde une aiguière d'eau fumante. Toutes deux déposèrent leur charge sur la table voisine du lit. Le linge fut retiré, révélant une lame affûtée et la tige creuse d'une plume destinée à maintenir la veine ouverte.

— Fermez les volets et tirez les tentures autour du lit pour bloquer les courants d'air, ordonna Cwen. Il doit avoir bien chaud pour que le sang coule.

Quand tout fut arrangé comme elle le voulait, elle fit sortir les servantes et verrouilla la porte derrière elles.

— Ce ne sera pas long, dit-elle en posant sur le lit le nécessaire à saignée.

Déjà à moitié endormi, Robin détourna les yeux quand elle tailla dans son avant-bras deux coupures parallèles.

— Aïe ! gémit-il faiblement.

— Tu saignes bien, commenta Cwen en maintenant son bras fermement au-dessus du bassin, où le sang s'accumulait.

Un bon sang si rouge, si sain... Ce garçon était jeune, en pleine santé – et puceau, à en juger par ses rougissements intempestifs à chaque taquinerie des servantes. Mais ce que Cwen recherchait en lui, c'était son lien avec le corbeau et avec sa cousine, disparue on ne savait où avec le lion. En faisant un usage prudent de la magie, elle pourrait se servir du sang de Robin pour accroître ses pouvoirs et découvrir pour quelle raison les dieux l'avaient conduite à Headon.

Elle le saigna jusqu'à ce qu'il défaille, et même un peu plus, afin qu'il reste inconscient le temps qu'elle transfère la plus grosse partie de son sang dans une aiguière. Après avoir bouclé celle-ci à triple tour dans le coffre où elle gardait ses artefacts magiques, elle délaya le reste du sang avec un peu d'eau.

Avant de sortir, Cwen jeta un dernier coup d'œil au jeune homme assoupi. Il avait l'air si pâle, si tranquille qu'on aurait pu le croire mort. Mais pour aujourd'hui, elle se contenterait de son sang. Elle le sacrifierait plus tard, quand le temps serait venu de faire du mal au lion et au corbeau, et au moment où cette offrande honorerait le plus les dieux.

Aux alentours de Tuxford, Steinarr laissa le roussin à la garde d'un fermier. Il préférait ne pas attirer l'attention et pouvoir en cas de besoin fuir sans être ralenti pas un cheval en remorque. À la femme du fermier, il emprunta une guimpe couleur safran qui couvrait entièrement les cheveux de Marian et une bonne partie de son visage, lui donnant en outre un teint maladif et jaunâtre. Avant d'entrer en ville, il lui fit également frotter ses lèvres avec un peu de craie pour en atténuer la couleur.

Pour sa part, il prit soin d'arranger sa coiffe en daim de manière à dissimuler ses cheveux blonds et releva le col de sa cape autour de son cou. Avec sa barbe de presque deux semaines, il paraissait encore plus négligé que d'habitude, et il valait mieux qu'il en soit ainsi. Il était beaucoup moins susceptible d'être reconnu que Matilda Fitzwalter, mais il ne tenait pas à ce que l'on remarque sa présence. Le bruit qu'on l'avait aperçu accompagné d'une jeune fille pouvait revenir aux oreilles de Gisburne ou du shérif.

— Garde la tête baissée et parle à voix basse, glissa-t-il à Marian en entrant dans Tuxford. En anglais, pas en français ! Et n'oublie pas : tu ne sais pas lire.

— *Aye*, messire. Je me tiendrai sur mes gardes.

Elle paraissait inhabituellement docile. Steinarr espéra que c'était parce qu'elle était consciente du danger.

Ce qui aurait dû leur prendre deux jours par la route leur en avait demandé quatre en passant par la forêt. Tout ce temps passé à cheval leur avait au moins permis de faire mieux connaissance et de discuter. Ils ne s'en étaient pas privés, n'abandonnant un sujet qu'après l'avoir parcouru de long en large, passant du sérieux à la fantaisie en se renvoyant les idées les plus hardies. C'était au terme d'une de ces discussions que Marian avait trouvé la solution.

Ils discutaient grain d'orge, bière, barriques et tavernes où poursuivre leur quête quand elle avait déclaré, pensive :

— Je me demande quelle sorte de moulin il y a à Tuxford. À eau ? À vent ? À bœufs ?

— À vent, répondit Steinarr sans hésiter.

Il se rappelait fort bien la première fois où il l'avait vu, une centaine d'années auparavant. En le découvrant de loin en haut de sa colline, il s'était étonné qu'un fou ait déposé là un voilier.

— Et si ces grains d'orge n'évoquaient pas la bière mais la farine ? avait-elle hasardé. Et si les différents indices devaient nous mettre sur la piste du moulin ? Le caillou rond pour la meule, la cheville en bois pour les armatures des ailes...

— ... et la toile pour les voiles, avait complété Steinarr. Je pense que tu as trouvé la solution !

Ils avaient continué à en discuter, sans pouvoir à ce stade avancer autre chose que des conjectures. Au moins disposaient-ils d'un endroit où débuter leurs recherches.

Mais une fois sur place, un problème se posa à eux.

— Comment allons-nous expliquer notre présence ? demanda Steinarr aux abords des premiers cottages.

— Nous sommes des voyageurs de passage, répondit Marian sans hésiter. Nous sommes venus voir le moulin à vent parce que nous n'avons rien de tel dans notre village. D'ailleurs, nous risquons de ne pas croiser grand monde : comme tu peux le constater, c'est jour de marché. Sans doute le meunier et sa femme y seront-ils aussi.

Ils partirent en direction des voiles blanches que l'on apercevait de loin, à l'autre extrémité du village. Même si Marian se montrait confiante, Steinarr préféra éviter de passer par la place du marché. En dépit d'un vent soutenu, ils trouvèrent les ailes du moulin à l'arrêt quand ils y parvinrent. Steinarr poussa les portes et lança d'une voix forte :

— Il y a quelqu'un ?

En l'absence de réponse, Marian alla frapper à la porte du cottage voisin, qui se révéla tout aussi vide.

— Tu vois ? s'exclama-t-elle d'un ton triomphant. Ils sont au marché !

— C'est ce qu'on dirait, convint-il en faisant le tour du moulin. Je vais inspecter l'extérieur, puis nous passerons à l'intérieur si nous ne trouvons pas ce que nous cherchons.

— Ce que nous cherchons n'est pas à l'intérieur.

— Comment le sais-tu ? répliqua-t-il.

— Je le sais parce que ce que nous cherchons est ici.

En toute hâte, Steinarr revint sur ses pas.

— Où ça ?

Du regard, Marian désigna un énorme œuf de calcaire, de la taille d'un homme adulte, dressé sur un petit piédestal entre le cottage et le moulin.

Ils examinèrent avec soin la pierre polie comme de la glace, sans découvrir autre chose qu'une frise décorative à la base et une autre au milieu.

— Il semble être fait d'un seul bloc, constata Steinarr. Ce motif te dit quelque chose ?

— Non, rien, répondit-elle en s'accroupissant devant l'œuf.

Après avoir vérifié d'un coup d'œil que nul ne les épiait, elle s'empara d'un caillou et le fit sonner contre le socle.

— On dirait que c'est creux là-dessous... Tu crois que tu pourrais le soulever ?

Steinarr s'accroupit à son tour, passa les bras autour de l'œuf et fit une première tentative. À peine parvint-il à faire frémir la pierre. Après avoir repris son souffle, il recommença, en y mettant toutes ses forces cette fois. Lentement, l'étrange menhir commença à décoller.

— Plus haut ! lui ordonna Marian en tendant le bras.

— Non !

Elle retira sa main juste au moment où la pierre retombait en place. Steinarr venait de laisser échapper l'œuf.

— J'ai vu ce qu'il y a là-dessous ! s'écria-t-elle, excitée. J'aurais presque pu l'attraper !

— Tu as surtout failli perdre une main !

Steinarr avait le front couvert de sueur, tant sous l'effet de la frayeur qu'il avait eue que de l'effort qu'il venait de fournir.

Une conclusion s'imposait.

— Il nous faut des cales pour le maintenir en place.

En fouillant les alentours, ils découvrirent deux madriers contre un mur du cottage, l'un plus épais que l'autre.

— Quand je soulèverai la pierre, expliqua-t-il en les confiant à Marian, tu introduiras le plus fin entre le piédestal et l'œuf. Au deuxième essai, tu iras glisser le plus gros de l'autre côté. Fais attention de bien les disposer pour qu'ils puissent supporter le poids de l'œuf si je n'y arrive plus. Et garde tes mains à l'écart !

Ce ne fut que lorsqu'elle eut exécuté ses ordres et que les cales furent en place qu'il lui cria :

— Maintenant !

Le visage grimaçant, Steinarr luttait pour ne pas flancher pendant qu'elle tâtonnait sous l'œuf. Le sang battait à ses tempes, mais il entendit quelque chose cogner.

— Ça ne passe pas ! gémit-elle. Un peu plus haut !

Dans un ultime effort, il réussit à soulever un peu plus la pierre. Un instant plus tard, un grincement de métal se fit entendre.

— Je l'ai ! exulta Marian en se reculant vivement.

— Retire les cales ! Vite !

À peine se fut-elle exécutée qu'il lâcha l'œuf. Celui-ci retomba sur son piédestal dans un bruit sourd et oscilla un instant avant de s'immobiliser. Steinarr se laissa tomber de tout son long sur le sol, le dos et les bras en feu.

— Ça va ? s'inquiéta Marian, penchée sur lui.

— Ça va… répondit-il, essoufflé. Qu'est-ce que c'est ?

— Une boîte. Cela ressemble à…

Une voix furieuse vint l'interrompre.

— Vous, là-bas ! Qu'est-ce que vous faites ?

Un homme, aussi roux de poil que rouge de visage, venait de jaillir du cottage, les poings serrés. À en juger par ses habits de travail saupoudrés de farine, il devait s'agir du maître des lieux. D'un bond, Steinarr se dressa sur ses jambes et s'interposa entre lui et Marian.

— Du calme, meunier ! lança-t-il d'une voix pleine d'autorité. Nous ne voulons pas d'ennuis, et tu ne dois pas avoir envie de te battre contre un noble chevalier.

Pour bien se faire comprendre, il posa la main sur la poignée de son épée, ce qui calma l'homme comme par enchantement.

— Faites excuse, messire. Je croyais… Peu importe. Je peux faire quelque chose pour vous aider ?

— Nous admirions votre moulin. Il n'y en a pas là d'où nous venons, et ma… cousine était curieuse d'en voir un.

— Et je ne suis pas déçue ! s'exclama Marian en se montrant à ses côtés. Il est aussi grand qu'un voilier.

— C'est tout à fait ça ! approuva fièrement le meunier. Mais, sauf votre respect… j'aurais juré que vous étiez en train de vous intéresser à cet œuf.

Sans lui répondre, elle s'étonna :

— Un œuf en pierre est une bien étrange enseigne, pour un meunier. Comment se fait-il que vous l'ayez choisi ?

— C'est lui qui m'a choisi, milady. Ou plutôt, on l'a choisi pour moi. Il a été érigé ici sur ordre du roi. Je reçois une livre par an pour le surveiller, mais j'ignore pourquoi. C'est la raison pour laquelle je m'inquiétais que vous puissiez y toucher.

— Je dois l'admettre : nous l'avons fait.

Comme pour se faire pardonner, elle battit des cils à son intention et lui adressa un sourire coupable. Steinarr sentit son cœur s'emballer, d'autant plus quand elle ajouta :

— J'ai mis mon cousin au défi de le soulever. C'était idiot de ma part, je le sais bien, mais heureusement sa force n'est pas aussi grande que sa vantardise… Nous pouvons y aller, à présent, cousin. Ma curiosité est satisfaite.

Même si ce mensonge pouvait paraître plus incroyable encore que la stricte vérité, le meunier parut s'en satisfaire. Avec un bon sourire, il proposa :

— Si vous le souhaitez, je peux vous montrer la machinerie du moulin.

— Inutile, intervint Steinarr. Ma cousine ne comprend rien à la technique, et nous nous sommes déjà mis en retard. Viens donc, Marian…

— Marian ?

L'homme les dévisagea attentivement, s'attarda sur la guimpe et la coiffe en daim, et son sourire s'élargit encore.

La vraie Marian ? insista-t-il.

— De quelle Marian parlez-vous ? s'étonna-t-elle.

— Je comprends, affirma l'autre d'un air de conspirateur. Et soyez sans crainte, milady, je serai muet comme une carpe. Auriez-vous l'utilité d'un sac de farine, messire ? J'en ai bien assez pour vous en offrir un.

Certain que le pauvre homme avait dû respirer trop de poussière de seigle, Steinarr déclina l'offre.

— Je te remercie, mais nous devons voyager vite et ne pouvons nous charger. Une autre fois, peut-être...

— Il sera là pour vous si jamais vous revenez.

Plein de bonne volonté, le meunier s'écarta pour les laisser passer et ajouta avec un sourire radieux :

— Je vous souhaite un excellent voyage à tous deux.

Alors qu'ils se dirigeaient vers l'étalon, Steinarr vit que Marian semblait avoir du mal à le suivre.

— Que se passe-t-il ? s'étonna-t-il. Où est la boîte ?

— Entre mes genoux ! répondit-elle dans un souffle.

— Comment allons-nous faire ?

— Le meunier nous observe toujours ?

Steinarr jeta discrètement un coup d'œil par-dessus son épaule.

— *Aye*. Il ne nous quitte pas des yeux.

— Allons nous placer de l'autre côté du cheval. Quand nous y serons, tu te courberas et me présenteras tes mains. Je soulèverai mes jupes, comme pour monter, et tu n'auras plus qu'à saisir la boîte et à me la passer.

Ainsi fut fait. Dès qu'elle eut la boîte en main, Marian la fit rapidement disparaître entre les plis de sa jupe et se retrouva en selle sans que le meunier ait rien vu.

Steinarr ne s'autorisa à en rire que quand ils furent sortis de Tuxford.

— Entre tes genoux ! s'exclama-t-il. C'est donc un don, chez toi, de chercher les complications ?

— Je n'avais pas le choix ! protesta-t-elle. Mon corset est trop serré, et la boîte était trop grosse pour ma manche ou ma besace. Quand le meunier a surgi, j'ai juste eu le temps de la glisser sous mes jupes.

— Comment savais-tu que tu pourrais marcher ?

— Je ne le savais pas ! Je l'espérais, simplement.

Perdus l'un et l'autre dans leurs pensées, ils gardèrent un instant le silence avant que Marian ne reprenne d'un ton amer :

— Je ne vois pas comment Robin aurait pu se tirer de cette épreuve. C'est à croire que père voulait qu'il échoue.

— Il aurait eu besoin d'aide, c'est certain... C'est peut-être à ça que servait ce test : à jauger son aptitude à rallier des hommes à sa cause. Tu veux ouvrir la boîte ?

— Pas tant que nous ne serons pas dans un endroit sûr. Et pas tant que j'aurai cette affreuse guimpe sur moi.

— Elle te donne l'air d'une malade du foie.

— Elle me donne l'impression d'*être* malade du foie ! Vite, messire, avant que j'attrape vraiment la jaunisse...

Après avoir récupéré le roussin et rendu la guimpe, ils s'enfoncèrent dans les bois, où Marian put ouvrir la boîte en toute sécurité.

— Vide... constata-t-elle avec découragement.

— Le meunier ! tonna Steinarr. Il n'aura pas résisté à la curiosité. Il a dû soulever l'œuf et voler ce qu'il y avait dans le coffret. J'irai demain voir ce que je peux tirer de lui.

— Ce ne sera peut-être pas nécessaire. Père avait bien des défauts, mais ce n'était pas un sot. Il aura prévu que...

Saisie d'une brusque inspiration, Marian passa le bout de ses doigts sur le fond de la boîte. Puis, s'emparant de sa dague, elle en glissa la pointe à l'intérieur, dans la jointure, et souleva délicatement un double fond sous lequel un bout de parchemin plié l'attendait.

— Tu vois ? s'exclama-t-elle. C'était un renard !

— Et il t'a légué une bonne part de sa ruse de goupil. Qu'est-ce que ça dit ?

— C'est en anglais, de nouveau.

En remuant les lèvres, les sourcils froncés, elle s'échina à décrypter le message avant de lire tout haut :

— « Dans le val de Leen, regarde à l'œuvre la dame de Torcard. La voie à suivre sera claire. » N'avons-nous pas traversé à gué la rivière Leen quand nous nous rendions à Gotham ?

— Exact. Torcard... Je ne connais pas ce nom. Et toi ?

— Moi non plus. Il faudra qu'on se renseigne quand on atteindra ce val. Et une fois de plus, on va devoir revenir sur nos pas.

Steinarr la prit dans ses bras et déposa un baiser sur son front.

— En route ! lança-t-il. Nous avons encore quelques bonnes heures de jour devant nous. Nous pourrons peut-être même parvenir à Edwinstowe avant le soir. Un charmant petit village, tu verras. Et si cela peut te consoler, je pense que je pourrai t'y trouver un lit pour la nuit.

15

Deux jours plus tard, le temps était devenu exécrable. Plaquée contre le dos de Steinarr pour se protéger du vent chargé de pluie, Matilda se plaignit :

— Nous ne pourrions pas trouver une de tes grottes ?

— Je n'en connais pas de plus proche que l'endroit où nous allons, répondit-il. Tu pourras tenir le coup ?

— Bien sûr.

La pluie les avait surpris au sud de Mansfield. Des trombes d'eau s'étaient abattues, les trempant tous deux comme des soupes et transformant la route en champ de boue sur lequel les chevaux glissaient. Il leur avait fallu passer par la forêt, où le sol était moins détrempé mais où Steinarr avait dû se frayer un passage à coups de scramasaxe. Ces conditions déplaisantes et épuisantes faisaient regretter à Matilda que son père soit mort. S'il avait été encore de ce monde, elle se serait fait un plaisir de l'étrangler de ses propres mains – un péché de plus à ajouter à la liste déjà longue de ceux qu'il lui faudrait confesser un jour.

— Encore combien de temps ? s'enquit-elle.

— Selon l'intendant, Hokenall se trouve à une lieue de l'abbaye de Newstead.

Une halte dans un petit manoir, non loin de Mansfield, leur avait permis d'apprendre que Torcard n'était pas un nom de lieu mais celui d'une noble famille établie dans un village appelé Hokenall, où ils se rendaient.

— Mais où se trouve Newstead ? demanda-t-elle.

— Par là...

D'un geste vague, Steinarr désigna l'est, puis ménagea à grands coups de lame à travers un buisson un chemin au roussin et à son chargement.

— Veux-tu que je te conduise à l'abbaye ? demanda-t-il. Les moines pourraient t'offrir un lit pour la nuit.

— Je tiendrai le coup jusqu'à Hokenall, assura-t-elle. Je ne suis pas aussi fragile que tu le crois.

— Ça, j'ai pu m'en rendre compte...

Aussi poursuivirent-ils leur route, s'abritant à l'occasion sous le feuillage d'un grand chêne pour souffler un peu. L'après-midi parut s'étirer interminablement, jusqu'à ce que la lumière déjà faible se fasse plus chiche encore. La mort dans l'âme, Matilda se prépara mentalement à passer une autre nuit froide et humide.

Puis, abruptement, à la forêt succéda une vaste étendue de pâtures et de champs derrière laquelle se devinait un village. Même les chevaux reprirent courage et hâtèrent le pas, comme alléchés par la perspective d'un abri.

Steinarr se rendit directement au manoir, solide bâtiment en pierre entouré de douves et d'une palissade en bois. Le garde de faction leur confirma qu'ils étaient bien arrivés à la résidence de Peter Torcard et les laissa entrer.

— Vous trouverez l'intendant à l'intérieur, messire, en train de souper avec lord Peter et sa dame.

Dans le hall qui précédait la grande salle, Steinarr prit le temps de chuchoter à Matilda :

— Reste derrière moi tant que nous ne saurons pas quelle sorte d'homme est ce Peter Torcard. Nous devons aussi nous assurer qu'aucun visiteur ne te connaisse.

Le temps qu'une servante aille prévenir l'intendant, on les fit patienter derrière les tapisseries disposées en cercle autour des convives pour préserver la chaleur.

— Bienvenue à Hokenall, messire ! lança l'intendant en les rejoignant. Vous vouliez me voir ?

— Merci de nous recevoir. Nous nous sommes laissé surprendre par le mauvais temps. Pourriez-vous offrir à ma cousine un gîte pour la nuit ?

— Notre porte est toujours ouverte aux voyageurs.

— J'imagine que d'autres ont déjà cherché refuge ici ?

— Juste un, messire. Un jeune jongleur itinérant qui doit rester deux jours chez nous.

Tandis que Steinarr discutait, Matilda s'avança pour jeter un coup d'œil à l'assemblée entre deux tentures. Un grand feu brûlait dans l'âtre. Une nappe d'un blanc éclatant recouvrait la table chargée d'une abondance de nourritures et de boissons. Sur l'estrade se tenait un jeune homme habillé de vert et de brun – probablement le jongleur annoncé par l'intendant. Avec soulagement, elle constata qu'elle ne le connaissait ni d'Ève ni d'Adam, pas plus que le lord assis à côté de lui. Quant à la maîtresse des lieux, elle ne la voyait que de dos, mais quelque chose dans son maintien et ses gestes lui parut familier.

— Elle dormira donc exclusivement en compagnie de femmes ? entendit-elle Steinarr s'inquiéter dans son dos.

— Naturellement ! répondit l'intendant. Lady Nichola veille à ce que la bienséance règne sous ce toit !

— Nichola ? répéta Matilda, comprenant pourquoi la femme lui semblait familière. Nichola de Markham ?

Celle-ci sursauta, se tourna vers le hall et demanda :

— Ai-je entendu prononcer mon nom ? On me connaît ? Intendant, amenez nos visiteurs jusqu'à moi.

Repoussant les tentures, l'homme les précéda dans la grande salle. En lui emboîtant le pas, Steinarr adressa un regard interrogateur à Matilda.

— Nous étions placées ensemble chez lady Amabel, expliqua-t-elle à mi-voix. Elle a la vue un peu basse, mais les oreilles d'une biche...

— L'un compensant l'autre ! s'exclama lady Nichola avec un sourire joyeux. Inutile de chuchoter, Maud, je t'ai reconnue !

Elle se leva et vint à la rencontre de Matilda au pied de l'estrade pour l'embrasser.

— Je ne parviens pas à y croire ! s'exclama-t-elle. Je pensais ne jamais te revoir, en tout cas pas ici. Peter, laisse-moi te présenter Ma...

Matilda fut prise d'une quinte de toux rauque qui stoppa net son amie.

— Pardonne-moi... s'excusa cette dernière. Tu es trempée de la tête aux pieds ! Les présentations devront attendre. Hodde, un bain chaud et des vêtements secs, vite ! Fais également monter un peu d'hydromel et de quoi souper.

Puis elle ajouta à l'adresse de son mari :

— Mon ami, si tu veux bien nous excuser...

Sans attendre de réponse, elle glissa son bras sous celui de Matilda et l'entraîna vers l'escalier.

— Mais naturellement, répondit lord Peter. Je vais tenir compagnie à sir...

— Steinarr Fitzburger, répondit-il en songeant à Matilda qui l'avait tout naturellement rebaptisé à l'anglaise. Je vous prie de m'excuser, j'ai à faire et ne vais pas pouvoir rester.

— À faire ? Par ce temps ?

— Je ne me suis arrêté que pour trouver à ma cousine un endroit où passer la nuit. J'ignorais qu'elle trouverait une amie ici, mais je m'en réjouis. Si...

La porte de la salle haute se ferma derrière les deux femmes, privant celles-ci de la suite de la conversation. Les servantes de Nichola s'affairèrent autour de Matilda et eurent tôt fait de la dépouiller de ses vêtements mouillés. L'une d'elles la sécha rapidement. Une autre lui passa une couverture sur les épaules. Une troisième mit du bois dans la cheminée et disposa des braises dans un brasero. Une cuve était déjà en place devant l'âtre, à moitié remplie.

— Réchauffe-toi les mains ! conseilla lady Nichola. Tu dois être transie. Cette toux...

— Ce n'est rien, assura Matilda. C'est bon de te revoir !

Après s'être jetée impulsivement dans ses bras, elle s'arrangea pour lui murmurer à l'oreille :

— Mais tu dois m'appeler Marian. S'il te plaît... Je t'expliquerai tout quand nous serons seules.

Lorsque Nichola se recula pour la dévisager, l'inquiétude se lisait sur son beau visage, mais elle hocha la tête et dit :

— Moi aussi, je suis heureuse de te revoir... Marian.

Des servantes allaient et venaient, porteuses de baquets d'eau chaude apportés de la cuisine. Une marmite fut mise à chauffer dans la cheminée pour disposer d'une réserve d'eau de rinçage, et un paravent dressé autour de la cuve afin de conserver la chaleur. Quand tout fut prêt, Matilda se laissa couler dans le bain avec un soupir de bien-être.

— Dieu que c'est bon ! Comment se fait-il que vous ayez pu préparer un bain aussi rapidement ?

— Mon mari avait l'intention d'en prendre un ce soir. Il était déjà en préparation.

— Oh non ! Ne me dis pas que je lui ai volé son bain...

— Trop tard ! répondit Nichola gaiement.

Elle lui tendit une timbale d'hydromel et ordonna :

— Bois ceci, pour être réchauffée de l'intérieur comme de l'extérieur. Peter pourra prendre son bain ensuite, quand nous t'aurons mise au lit.

Tout étant prêt et à portée de main, lady Nichola fit sortir les servantes.

— À présent, tu vas me laisser te laver les cheveux, ajouta-t-elle en se savonnant les mains. Te souviens-tu, quand nous donnions son bain à lady Amabel ?

Matilda laissa son amie lui masser le crâne et soupira.

— *Aye*. Elle avait les cheveux les plus épais qui soient.

— Pas autant que les tiens.

Nichola démêla entre ses doigts les mèches humides de Matilda, puis les empoigna fermement. En feignant la plus extrême sévérité, elle déclara :

— À présent, tu vas me raconter ce qui se passe, Matilda Fitzwalter. Sans quoi, je jure d'arracher jusqu'au dernier de tes cheveux !

Il cessa de pleuvoir au cours de la nuit, et quand Steinarr reprit forme humaine, le ciel s'était éclairci au point de laisser une large place au soleil. Il n'était pas certain que cela suffirait à sécher rapidement ses vêtements et à rendre les routes praticables, mais c'était du domaine du possible.

Arrivé à Hokenall, il laissa l'étalon aux mains du garçon d'écurie à qui il avait confié le roussin la veille.

— Harnache les deux chevaux et charge mes bagages, ordonna-t-il. Nous partirons dès que possible.

L'intendant l'accueillit sur le seuil du manoir.

— Bien le bonjour, messire. Lord Peter vous attend dans la salle haute. On va vous y conduire.

Steinarr acquiesça d'un signe de tête et gravit l'escalier à la suite d'un serviteur. Il était décidé à quitter ce lieu avec Matilda sans tarder. Restait à espérer qu'elle avait mis la nuit à profit pour résoudre l'énigme.

Il trouva la porte de la salle haute grande ouverte. S'immobilisant sur le seuil, il lança :

— Milady, milord, je vous souhaite le bonjour !

Il se tourna ensuite vers Marian, fraîche comme une rose et habillée d'une robe bleue. Assise près du feu, elle laissait deux servantes nouer des rubans à ses nattes.

— Cousine, la salua-t-il poliment. Vous semblez reposée.

— Cessez cette mascarade ! intervint lady Nichola. Matilda n'est pas plus votre cousine que la mienne.

Steinarr tenta de paraître surpris.

— Je vous demande pardon, milady, mais elle...

— Chaque chose en son temps, déclara Peter Torcard.

D'un geste, il fit signe au serviteur qui avait accompagné Steinarr d'approcher.

— J'ai demandé à mon intendant de vous trouver des vêtements, expliqua-t-il. Ils ne sont pas des plus seyants, mais ils feront l'affaire. Aidez-le à se changer, Fulk.

Le serviteur tendit la main vers Steinarr et dit :

— Votre ceinturon et votre épée, messire.

Sur ses gardes, Steinarr consulta Matilda du regard. En lui souriant, elle acquiesça d'un signe de tête.

— Aie confiance. Si tu gardes tes vêtements mouillés, je serai de nouveau trempée au bout d'un mile.

Steinarr enleva ceinturon et épée, qu'il tendit à Fulk, puis se déshabilla, ne gardant sur lui que son bas-de-chausses.

— Donnez-moi d'abord cette chemise.

Pour ménager sa pudeur autant que celle des dames, il enfila le chainse en lin que Fulk lui tendait avant d'ôter son bas-de-chausses. Quelques instants plus tard, il était habillé de pied en cap. Et même si ces vêtements n'étaient pas au goût de sir Peter, lui-même n'en avait pas eu d'aussi bonne qualité depuis très longtemps. C'était un véritable bonheur d'être enfin au sec, et il regrettait de n'avoir pu comme Matilda prendre un bain. De là où il était, il percevait les effluves de parfum et de savon qui émanaient d'elle. Ses cheveux lustrés avaient l'éclat du soleil. Une part de lui aurait désespérément voulu prendre le temps de goûter à toute cette douceur.

Peter Torcard attendit que les domestiques aient achevé leurs tâches et soient sortis avant de reprendre la parole.

— Nous savons tout, dit-il en fixant Steinarr au fond des yeux. Votre dame a tout raconté à ma femme, et elles s'en sont ouvertes à moi alors que j'étais dans mon bain hier soir, espérant sans doute que je le prendrais mieux ainsi.

Les mains croisées dans le dos, lord Peter se mit à faire les cent pas devant l'âtre. Après avoir adressé à Matilda un regard chargé de reproches, il reporta son attention sur Steinarr.

— Je ne peux pas dire que j'approuve la méthode, dit-il. Mais je comprends que vous souhaitiez rétablir son frère dans ses droits. Ce fou de Fitzwalter aurait mieux fait de choisir clairement un héritier de son vivant, au lieu de lancer le jeune Robert dans cette quête hasardeuse. Je le lui ai dit – ainsi qu'à Edward.

— Vous connaissiez lord David ? s'étonna Steinarr.

— Juste un peu, mais le roi et moi chassons souvent ensemble, quand il passe dans les environs. C'est lui qui m'a parlé du plan que Fitzwalter et lui avaient élaboré.

— Vous savez donc quelle est la clé de l'énigme ?

Peter secoua la tête.

— Ils n'ont rien voulu me dire, mais je suppose que cela a un rapport avec la pièce dans laquelle nous nous trouvons. Ils s'y sont enfermés durant toute une journée et sont repartis le lendemain en se dirigeant vers le nord.

Matilda intervint, s'adressant à son amie :

— L'énigme dit : « Regarde à l'œuvre la dame de Torcard. » Cela doit faire référence à toi, Nichola. Où t'installes-tu habituellement pour tes travaux de couture ?

— Près de la fenêtre, naturellement, répondit celle-ci sans hésiter. Sinon, je n'y verrais goutte.

— Montre-moi où.

Nichola tira un tabouret près de la fenêtre et s'y assit en expliquant :

— Peter, qui s'est fatigué de mes points approximatifs, m'a fait installer un dispositif ingénieux pour que je puisse y voir clair en toute saison. Regardez cette merveille...

Elle se leva et repoussa les volets intérieurs. Au premier regard, Steinarr ne comprit pas ce qui la rendait si fière. Il fallut qu'elle tire à elle une trappe dissimulant une rosace en verre pour que tout s'éclaire. Si les carreaux formant la couronne extérieure étaient colorés tels des vitraux, le large rond central était quant à lui parfaitement transparent et laissait entrer la lumière à flots.

— « La voie à suivre sera claire... » murmura Matilda.

— Le roi m'en a fait grand compliment, ajouta Nichola en se rengorgeant. Il m'a dit qu'il devait être agréable de pouvoir travailler dans une telle lumière, même en hiver.

— Est-ce une tour que j'aperçois ? s'enquit Steinarr en pointant le doigt au centre de la rosace. Qu'y a-t-il là-bas ?

— L'abbaye de Newstead, répondit lord Peter. Et c'est dans cette direction que se sont dirigés le roi et lord David.

— C'est là que nous devons aller ! conclut Matilda avec excitation. Mais sans nouvelle énigme, comment savoir où chercher ?

— Demandez au père abbé, suggéra Nichola. Edward ne cessait de répéter son nom ce matin-là. Il en avait fait une sorte de comptine : Abbot Talebot, Abbot Talebot[1]... J'étais à ma fenêtre pour les regarder partir et je les entendais chanter ça à tue-tête. Je me suis dit qu'ils devaient trouver la rime amusante, mais à la réflexion, peut-être cherchaient-ils à me communiquer un indice. Qu'en penses-tu ?

— Je pense que tu as parfaitement raison ! s'exclama Matilda en serrant son amie dans ses bras. Tu as trouvé la solution, avec ta fenêtre en verre et tes oreilles de biche...

Nichola se mit à rire gaiement et l'embrassa sur la joue.

— Je suis si heureuse que tu sois venue nous voir ! dit-elle. Même en te faisant appeler Marian. Cela me manquait de ne plus entendre parler de mes oreilles de biche. Allons manger, à présent, puis vous pourrez reprendre la route.

Bras dessus, bras dessous, les deux femmes sortirent de la pièce. Alors que Steinarr s'apprêtait à les suivre, Peter Torcard l'en empêcha en venant se camper devant lui.

— La prochaine fois que nous nous verrons, dit-il en le fixant droit dans les yeux, j'espère que vous aurez fait ce qui doit être fait en épousant Matilda.

---

1. *Abbot* : « abbé » en anglais. (*N.d.T.*)

Steinarr soutint son regard sans ciller, s'efforçant de ne pas trahir le malaise que suscitaient ces paroles en lui.

— Je suis juste là pour lui servir d'escorte, protesta-t-il. Quand cette quête aura pris fin, je la remettrai à la garde de son frère et mon rôle sera terminé.

— Foutaises ! tonna lord Peter. Vous nourrissez des sentiments pour elle. Cela transparaît dans vos yeux chaque fois que vous la regardez, et dans les siens dès qu'elle vous observe ou parle de vous.

Déstabilisé, Steinarr ne put s'empêcher de demander :

— Dans les siens ?

— *Aye*. Même ma femme, qui est à moitié aveugle, l'a vu, et elle m'a demandé de vous prévenir : si jamais son amie se retrouve enceinte et que vous ne vous conduisez pas en gentleman en l'épousant, je devrai vous *couper* toute envie de recommencer. Et je le ferai, messire, car j'ai un goût prononcé pour l'estime de ma dame et pour ses sourires, tout comme vous-même êtes friand de ceux de Matilda.

Après avoir assené une tape amicale sur l'épaule de Steinarr, il ajouta d'un ton plus enjoué :

— Allons les rejoindre, à présent, avant qu'elles ne décident de se rendre à l'abbaye dans notre dos.

Steinarr le suivit dans la grande salle, où les deux amies déjà attablées discutaient tout en mangeant. Le jongleur, lui, paraissait trop occupé à observer Marian pour faire honneur à son assiette. Steinarr, pour sa part, ne bouda pas la tranche de rôti froid qu'on lui servit. Il n'en avait pas mangé depuis si longtemps que la saveur du bœuf lui fit presque oublier la mise en garde de lord Peter.

Presque, mais pas tout à fait… Une grossesse n'était pas à exclure, il l'avait su dès le début. Avec une certaine honte, il se souvint qu'il avait d'abord envisagé de faire passer son éventuel bâtard pour l'enfant d'un autre. Mais si Matilda tombait enceinte, que pourrait-il faire ? L'épouser, ainsi que Peter Torcard venait de le lui suggérer ? Il était trop conscient de ce qui était du domaine du possible et de ce qui ne l'était pas pour l'envisager. Mais il était vrai également que, quinze jours plus tôt, il n'aurait jamais cru qu'il se laisserait séduire par une femme aussi indépendante et exaspérante que Matilda Fitzwalter.

Quand ils eurent achevé le petit déjeuner, et après avoir assisté à une rapide messe dans la chapelle, vint le temps des adieux. Les effusions émues de Matilda et de Nichola, sous l'œil bienveillant des deux hommes, s'accompagnèrent de promesses de se revoir. Peter les guida ensuite vers un chemin qui reliait Hokenall et l'abbaye, affirmant qu'il serait moins boueux que la route.

Il l'était effectivement, ce qui rendit leur périple plus aisé. Mais, tout à ses pensées, Steinarr ne profita pas de ce qui aurait pu n'être qu'une agréable chevauchée matinale. Ce n'était pas tant la menace à moitié sérieuse de lord Peter qui lui faisait peur que l'impossibilité dans laquelle il serait d'accomplir son devoir envers Marian en cas de grossesse.

Elle le ramena à la réalité en se serrant plus fort contre lui et en lui demandant :

— Qu'est-ce qui te préoccupe ? Tu es bien silencieux.

— Toi, répondit-il sans détour. Et ta douce odeur. J'ai l'impression d'avoir un buisson de roses derrière moi...

— Si tu étais resté, tu aurais pu prendre un bain, hier. Nichola et moi t'aurions frotté le dos, et je t'aurais rasé.

Elle passa les doigts dans sa barbe broussailleuse.

— Ainsi, tu sentirais toi aussi la rose, conclut-elle.

Steinarr émit un grognement sarcastique.

— Merci, mais non. Tu as aidé au bain de lord Peter ?

— Naturellement. Chez lady Amabel, nous avions pour habitude d'aider au bain des visiteurs. C'est un homme bien pourvu par la nature, précisa-t-elle, comme s'il avait envie de le savoir. Nichola ne doit pas s'ennuyer.

Le voyant s'étrangler d'indignation, elle se mit à rire.

— Je n'imaginais pas pouvoir te choquer autant.

— C'est tout à fait révoltant ! Une femme célibataire ne devrait pas voir un étranger nu dans son bain.

— Une femme célibataire ne devrait pas non plus coucher avec un étranger, mais tu ne t'en es pas plaint.

— C'est différent.

En gage de paix, elle se serra affectueusement contre lui.

— Il est tout à fait courant qu'on attende ces services-là des jeunes filles placées dans des familles. C'est un moyen d'honorer les visiteurs... mais aussi de se débarrasser d'un excès de filles à marier. Nos voisins en avaient huit, et je te prie de croire que la cuve était toujours pleine chez eux...

Steinarr se surprit à sourire.

— Un de mes amis en avait six, confia-t-il. Toutes aussi rousses que leur mère. Je doute qu'il les ait jamais laissées donner un bain à qui que ce soit.

— Et moi, je parie le contraire ! Les pères s'imaginent que les filles aux cheveux roux portent malheur.

— Celles-là n'ont jamais apporté que du bonheur à mon ami. Tout comme sa femme, Alaida. Je ne l'ai vue qu'une fois, alors qu'elle était grisonnante et alourdie par les grossesses, mais j'ai tout de suite compris pourquoi Ivar l'adorait.

Jusqu'à ce jour, elle avait été l'idéal féminin qu'avait poursuivi Steinarr. Il avait fini par enfouir cet espoir en lui, pour qu'il cesse de le torturer, mais il venait de resurgir brusquement. Sauf que son idéal était à présent une radieuse beauté blonde aux lèvres écarlates.

Perdus l'un et l'autre dans leur rêverie, ils gardèrent le silence jusqu'à ce que l'étalon commence à montrer des signes de nervosité. Tendant l'oreille, Steinarr se redressa sur sa selle.

— Je pense que nous sommes suivis, dit-il à mi-voix, en décrochant son arc et en tirant une flèche de son carquois. Ne dis rien et reste sur tes gardes.

Il venait d'engager la flèche et calculait en combien de temps ils pouvaient parvenir à l'abbaye quand un bruit de galopade retentit derrière eux. Marian étouffa un cri et se serra plus étroitement contre lui. L'arc brandi, prêt à décocher sa flèche, Steinarr fit faire demi-tour à l'étalon.

Le jeune jongleur rencontré à Hokenall apparut bientôt au détour du chemin, monté sur un cheval louvet des plus hideux. Dès qu'il se vit menacé, il s'arrêta net et cria :

— Par pitié, ne me tuez pas, messire ! Je voudrais juste cheminer en votre compagnie.

— Holà, l'ami ! lança Steinarr en débandant son arc et en rangeant sa flèche. Mieux vaut ne pas fondre ventre à terre sur quiconque dans une forêt infestée de hors-la-loi !

— Il y a des hors-la-loi dans chaque forêt, messire.

— De ce point de vue, Sherwood est la pire de toutes.

— Que fais-tu là, jongleur ? intervint Marian.

— J'aimerais vous suivre, milady. Pour vous protéger.

— Elle a déjà un protecteur, maugréa Steinarr.

— Certes. Mais une dame d'une telle valeur peut avoir besoin de plus d'un homme pour la protéger.

— Certes. D'un guerrier aguerri, pas d'un jongleur.

— Savoir jongler ne m'empêche pas de manier l'épée aussi bien qu'un autre. Laissez-moi faire mes preuves.

— Pourquoi ne pas aller les faire auprès de lord Peter ? Il a sûrement besoin d'hommes de confiance.

— Il m'a offert de rester à son service, mais cela m'est impossible. Je suis un hors-la-loi, comme vous.

— Je ne suis pas un hors-la-loi ! tempêta Steinarr. Et je ne comprends pas pourquoi tout le monde voudrait que j'en sois un. Et toi ? Comment t'appelles-tu et qu'as-tu fait ?

— Je m'appelle William, messire. William Scathelocke. Je viens de Crigglestone et j'ai tué un homme.

— Et c'est censé me donner confiance en toi ?

— La brute que j'ai tuée était un homme du shérif qui tentait de violer une femme de chez nous. Si on me rattrape, je serai pendu.

— Une bonne raison d'éviter le shérif, admit Steinarr. Mais pourquoi vouloir te joindre à nous ?

— Mais… à cause de ce que vous êtes, messire.

— Et qui penses-tu que nous soyons ? s'enquit Marian.

Un franc sourire illumina le visage du jeune homme.

— À Retford, je vous ai vue parler à celui qui chantait vos louanges. Vous êtes la belle Marian, milady. Et votre vaillant protecteur n'est autre que Robin des Bois…

16

— Cette fois, je vais le tuer, gronda Steinarr.

— Will ? s'étonna Marian.

— Non, Ari. Will n'y peut rien s'il est un imbécile. Ari est censé avoir un peu plus de jugeote.

En vain s'étaient-ils efforcés de détromper le jongleur. La conviction que Steinarr était Robin des Bois et que Matilda n'était autre que Marian était si solidement ancrée en lui qu'aucun de leurs arguments n'avait pu l'en extirper. Lui révéler la vérité aurait pu les aider à le convaincre du contraire, mais Steinarr ne lui faisait pas suffisamment confiance pour cela. En vue de l'abbaye, il s'était résigné à laisser Will surveiller leurs arrières – au moins se rendait-il utile ainsi – pendant que Matilda et lui poussaient jusqu'à Newstead.

Aux portes de l'abbaye, un imposant franciscain en robe grise vint les accueillir, un long bâton à la main.

— En quoi puis-je vous aider, messire, milady ?

— Nous voudrions parler à l'abbé Talebot.

— Il est en train de finir ses prières. Laissez-moi vous conduire où vous pourrez l'attendre.

Il leur montra où attacher leurs montures à un anneau, puis les escorta jusqu'à une petite pièce directement adossée à la muraille extérieure.

— La dame ne doit pas aller plus loin, expliqua-t-il. Je vais prévenir le père abbé que vous l'attendez.

Contrairement à Steinarr, qui patientait les bras croisés, Marian ne pouvait réprimer son agitation. Jouant avec nervosité avec tout ce qui lui tombait sous la main – un bout de natte, son voile, sa besace –, elle arpentait la pièce en tous sens. Finalement, n'y tenant plus, il alla prendre ses mains dans les siennes et demanda :

— Qu'est-ce qui te rend si nerveuse ?

— Cela me semble anormal d'être ici sans indice. Et si nous avions raté quelque chose à Hokenall ?

— Alors, nous y retournerions et tu aurais le plaisir de revoir ton amie Nichola. Mais attendons de savoir ce que l'abbé a à nous dire avant de nous ronger les sangs.

— La sagesse du chevalier...

Marian porta les mains de Steinarr à ses lèvres et couvrit de baisers les jointures de ses doigts avant d'ajouter :

— Que ferais-je sans toi ?

Lui-même s'était demandé à l'aube ce qu'il ferait sans elle. Comment allait-il pouvoir se passer d'elle au terme de cette quête ?

Ils se tenaient toujours ainsi l'un près de l'autre, les mains dans les mains, quand la porte s'ouvrit.

— Êtes-vous venus vous marier, mes enfants ? demanda l'abbé Talebot en refermant derrière lui.

Ils se séparèrent vivement, et Matilda s'inclina pour baiser son anneau.

— Non, lord abbé, répondit-elle. Nous voudrions vous poser une question.

Contrairement au moine qui les avait accueillis, le père abbé était habillé de blanc et portait sur les épaules une courte cape de fourrure sombre – signes distinctifs des frères augustins qui occupaient l'abbaye.

— Quelle question, ma fille ?

— Une question à propos de mon père, lord Fitzwalter, et de… quelque chose qu'il aurait pu vous laisser.

— Ah ! Tu dois être Matilda. Et tu es passée à Hokenall. Je te félicite d'être arrivée jusqu'ici, mais où est ton demi-frère, Robert ? Je ne le connais pas beaucoup, mais bien assez pour savoir que ce chevalier ne lui ressemble pas.

— Sir Steinarr, que voici, a bien voulu m'aider à rassembler les énigmes disséminées par mon père.

— C'était à Robert de s'en charger, pas à toi.

— C'est vrai, père abbé. Mais en se lançant dans cette quête, mon frère s'est brisé la jambe. Je me suis proposée pour le remplacer, et ce chevalier pour m'escorter. Savez-vous où se trouve la prochaine énigme ?

Le visage fermé, l'abbé les dévisagea tour à tour.

— Je crains de ne pouvoir répondre à cette question, dit-il enfin. J'ai promis à lord David – et, plus important encore, au roi ! – de ne le révéler qu'à Robert. Ils avaient justement envisagé qu'il puisse se faire remplacer…

— Mais sans cette stupide énigme qui l'a fait tomber d'un arbre, il serait là ! protesta-t-elle.

L'abbé Talebot écarta les mains, manifestant ainsi son impuissance.

— Envoie-le-moi quand sa jambe sera guérie, dit-il. Je me ferai un plaisir de lui remettre la prochaine énigme.

— Elle est donc ici ?

— *Aye*. Assurément.

— Je vous en supplie… insista Marian. Il ne reste plus qu'une quinzaine de jours avant que Robert doive présenter le trésor au roi, et nous ne savons même pas combien il reste d'étapes, ni même où le roi se trouve.

Le visage de l'abbé s'éclaira soudain.

— En cela au moins, je peux t'être utile. Cet indice qui m'a été remis par ton père est le dernier, mon enfant. Quand Robert se présentera à moi, il n'aura plus qu'à s'en servir pour trouver le trésor et se présenter au roi.

— Si vous ne pouvez nous dire où est caché le trésor, insista Matilda, pouvez-vous nous dire en quoi il consiste ?

— Non, répondit-il, les lèvres pincées. Mais je peux te dire que c'est quelque chose que toi et Robert connaissez bien. Amène ton frère ici, et tout sera révélé.

— Fort bien, nous pouvons le faire, assura Steinarr en prenant la main de Marian. Robin doit être en mesure de se mettre en selle, à présent. Je l'amènerai ici, puis auprès du roi en temps et en heure. Je te le promets.

— Ce ne sera pas difficile, messire.

Le père abbé souriait à présent largement.

— J'ai reçu hier un message, poursuivit-il. Le roi se trouve à l'heure qu'il est dans le Leicestershire et…

— Si près ! l'interrompit Marian, ravie. Dans ce cas, nous sommes sûrs de pouvoir le rejoindre à temps.

— Si tu voulais bien me laisser terminer…

Rouge de confusion, Marian baissa les yeux.

— Je vous prie de m'excuser, père abbé.

— Je disais que le roi se trouve dans le Leicestershire, mais le message indique qu'il arrivera à Newstead dans les prochains jours. Nous devons nous préparer à une royale…

L'abbé Talebot n'acheva pas sa phrase, car il n'y avait plus personne devant lui pour entendre la suite. Un moment plus tard, un bruit de galopade sur la route de l'abbaye se fit entendre. Souriant, il retourna à ses occupations. Pour une fois, une visite royale promettait de se révéler utile…

— Je voudrais voir la mère prieure, annonça Ari.

Le serviteur qui l'avait reçu, un vieillard chenu, agita les mains devant lui et marmonna :

— Elle est partie tôt pour Tuxford, messire. Elle m'a dit de vous saluer et de vous dire que le garçon va mieux. Il vous sera possible de le voir à son retour.

Ari leva les yeux vers l'escalier qui menait à la salle haute. Cela faisait à présent cinq jours que cette mystérieuse prieure l'empêchait de voir Robin sous prétexte que son angine avait empiré et qu'il lui fallait se reposer. Chaque jour passé avait vu s'accroître le malaise qu'il ressentait et rendu plus urgente la nécessité d'invoquer une vision. Ce matin-là encore, il avait fait une halte au plan d'eau qu'il connaissait pour implorer les dieux de l'éclairer. Il avait versé tant de sang en leur honneur qu'il en était encore étourdi, mais il l'avait fait en pure perte, une fois de plus.

Ari marmonna un vague remerciement et s'apprêta à partir. Mais alors que sa main touchait la porte, sa vue se troubla. Il s'ouvrit en hâte à la vision qui s'annonçait, mais déjà celle-ci lui échappait, lui laissant un sentiment d'urgence et de danger plus prononcé encore.

— J'en ai juste pour un instant ! lança-t-il par-dessus son épaule au vieil homme, en s'élançant vers l'escalier.

Dans la salle haute, il trouva Robin, pâle et inerte, étendu dans son lit. Le garçon n'était plus que l'ombre de lui-même, et seuls les bandages tachés de sang qu'il portait aux deux avant-bras donnaient à la scène un peu de couleur. Ari verrouilla la porte derrière lui et se précipita à son chevet.

— Robin ! Robin ! appela-t-il en le secouant pour le tirer de sa torpeur. Robin, réveille-toi !

Lentement, les paupières du jeune homme se soulevèrent.

— Messire ? dit-il d'une voix pâteuse. Vous voilà enfin.

— Qu'est-ce qu'elle t'a fait ?

Ari défit rapidement l'un des bandages et découvrit trois profondes entailles parallèles dont l'une suintait encore.

— Elle me saigne, gémit Robin en s'efforçant de redresser la tête. Je lui demande d'arrêter, mais elle dit que mon sang est empoisonné.

— Foutaises ! Tu as une angine, c'est tout. Il faut que je te sorte d'ici avant que cette vieille folle te tue.

Ari ôta la couverture et examina rapidement la jambe de Robin. L'os paraissait s'être parfaitement ressoudé.

— Elle semble en état de te soutenir, constata-t-il. As-tu tenté de remarcher ?

Robin secoua la tête.

— Mais je pense pouvoir, si je retrouve un peu de force.

— Il va le falloir. Viens, laisse-moi t'aider. D'abord, tu vas juste t'asseoir au bord du lit.

Alors qu'il se redressait, on frappa à la porte.

— Hé ! cria un homme de l'autre côté. Qu'est-ce que vous faites, là-dedans ? Ce garçon est malade, laissez-le !

— Avant toute chose, il faut t'habiller, constata Ari.

Après quelques recherches, il trouva les vêtements de Robin dans une malle et l'aida rapidement à les enfiler. Puis, après avoir vérifié l'attelle, il demanda :

— Tu penses pouvoir y arriver ?

Pour toute réponse, Robin prit appui sur l'épaule d'Ari et se dressa sur sa jambe valide. Plus pâle que jamais, il vacilla avant de parvenir à se stabiliser. De l'autre côté de la porte, les coups contre le battant et les vociférations avaient repris.

— Encore un instant ! lança Ari.

Puis, s'adressant à Robin, il ajouta :

— C'est bien. À présent, tu vas poser ton pied par terre et faire un ou deux pas.

La main toujours rivée à l'épaule d'Ari, le jeune homme boitilla en direction de la porte.

— Cela ne fait pas mal, mais je me sens faible et j'ai la tête qui tourne, constata-t-il.

— C'est à cause des saignées. Tu pourras sortir d'ici et marcher jusqu'à mon cheval ?

— Il le faudra, messire. Je dois partir. Simplement... ne vous éloignez pas.

Robin se présenta devant la porte et inspira longuement.

— Ouvrez-la ! ordonna-t-il.

En s'exécutant, Ari fut stupéfait de le voir se dresser de toute sa taille, déterminé à ne trahir aucune faiblesse.

— Un problème ? demanda Robin, hautain, au soldat qui bloquait le passage, accompagné de quelques hommes.

Mal à l'aise, l'autre marmonna :

— Euh... je crois que... vous êtes malade. C'est la prieure Celestria qui l'a dit.

— Manifestement, elle s'est trompée, intervint Ari. Robin est guéri et souhaite s'en aller.

— Mais la prieure a dit de...

— Suis-je prisonnier ? s'enquit sèchement Robin.

— Non, mais...

— Alors, je peux m'en aller.

— Nous sommes très reconnaissants à la prieure de ses bontés, ajouta Ari. Vous l'en remercierez, mais à présent Robin doit partir.

Dans un premier temps, le soldat, la mine déterminée, ne bougea pas d'un pouce. Mais en voyant Ari porter la main à la poignée de son épée, il parut se radoucir.

— Je... je suppose que ce garçon peut partir, si tel est son choix, guéri ou pas. S'il meurt, vous en serez responsable.

— Évidemment. À présent, place !

D'un signe de tête, le soldat ordonna à ses hommes de libérer le passage. Robin sortit sur le palier, Ari à ses côtés, prêt à le rattraper au moindre signe de défaillance, mais ce ne fut pas nécessaire. En haut de l'escalier, le jeune homme jeta un coup d'œil à ceux qui l'observaient en contrebas, redressa les épaules et entama la descente. Raide et digne, il traversa le hall sans trahir autrement sa faiblesse que par sa pâleur et la raideur de son pas. À l'extérieur, Ari s'empressa de faire venir son cheval et d'aider Robin à se mettre en selle.

— Vous êtes blessé, messire, constata-t-il lorsque Ari s'empara des rênes après s'être installé dans son dos.

— Ce n'est rien, maugréa-t-il en jetant un coup d'œil à sa main bandée. Une simple coupure. Allons-y...

Une escouade d'hommes en armes les suivit à distance tandis qu'ils quittaient Headon. Le vent porta aux oreilles d'Ari les murmures qu'ils échangeaient, et dont la plupart semblaient bien plus admiratifs qu'hostiles.

— Bien joué, mon garçon, murmura-t-il à l'oreille de Robin quand ils obliquèrent vers le camp des charbonniers.

— Sont-ils encore derrière nous, messire ?

Ari jeta un coup d'œil par-dessus son épaule et répondit :

— Non, tranquillise-toi.

— Tant mieux... Retenez-moi !

À peine Robin eut-il prononcé ces mots qu'il s'évanouit.

Dissimulée dans l'ombre d'un grand chêne, Cwen vit le corbeau et le garçon disparaître à sa vue. Il lui en coûtait de les laisser filer alors que le jeune Robin avait été si proche de la mort, mais elle avait trouvé plus précieux que son sang : celui du corbeau. Elle le comprenait à présent, c'était dans cette intention que les dieux l'avaient conduite ici.

Elle l'avait surpris la veille, au cours d'une promenade, alors qu'au bord d'un étang il implorait les dieux de lui accorder une vision. Il avait versé son sang dans l'eau en abondance sans obtenir ce qu'il cherchait. En le regardant s'éloigner, elle s'était réjouie de son échec. Elle avait su qu'il reviendrait ce matin, tout comme elle avait compris qu'il se tiendrait à l'écart du point d'eau une fois qu'il aurait récupéré le garçon.

C'était pour cela qu'elle l'avait laissé faire. L'étang était à elle, désormais. Tout se mettait en place. Ce soir, la pleine lune brillerait au-dessus de l'eau dans laquelle le corbeau avait versé son sang, y laissant une partie de ses pouvoirs.

Cwen passa la journée dans les bois alentour à effectuer ses préparatifs. En fin d'après-midi, lorsque la lune entama son ascension dans le ciel qui s'obscurcissait, elle disposa ses artefacts sur la rive et se mit à entonner une incantation. Les heures passèrent, la lune monta, et le chant de Cwen ne cessa pas. Un souffle de puissance magique commença à s'élever autour d'elle, faisant bruire les feuillages et fuir les bêtes sauvages. Un lièvre fou de peur vint directement se jeter dans ses bras. Elle accepta son sacrifice d'un rapide coup de poignard, versa son sang en l'honneur des dieux et but ce qui restait pour se fortifier.

Juste avant que la lune apparaisse au-dessus des arbres, Cwen ôta tous ses vêtements. Se livrant nue à la volonté des dieux, elle pénétra dans l'eau.

— Eau et sang, homme et bête, lumière et ténèbres, terre et ciel ! psalmodia-t-elle, les bras levés. Me voici, ô dieux ! Veuillez faire de moi votre instrument, encore une fois ! Tous connaîtront votre puissance et révéreront vos noms !

La lune, d'un éclat sans pareil au-dessus d'elle, semblait se mirer dans l'étang. Cwen en eut le souffle coupé.

— Tellement belle, mes seigneurs ! Je me donne à elle. Et je me donne à vous.

Elle avança en haletant sous l'effet du froid et de la puissance magique qui tourbillonnait autour de ses jambes. L'eau commença à s'agiter, à luire, à vibrer. Sans hésiter, elle s'enfonça vers le centre, où se reflétait la lune. Elle laissa l'eau consacrée par le sang du voyant la submerger et se refermer au-dessus de sa tête, s'insinuer dans sa bouche. Elle but avidement, s'imprégnant de la magie qui se déversait en elle. Un instant, son corps la trahit et ses poumons en feu se rebellèrent, mais ce ne fut qu'un bref sursaut. Déjà, elle respirait l'eau, et au moment de se noyer, elle embrassa dans son immensité le pouvoir des dieux.

— Prends garde, prévint Steinarr en s'engageant dans le chemin qui menait au camp des charbonniers. Osbert ne va pas tarder à sortir du bois, plein d'espoir, encore une fois.

— Osbert est-il l'un de vos hommes ? s'enquit William.

Il les suivait à distance. Durant tout le voyage, pas une fois Steinarr ne l'avait laissé chevaucher de front avec eux.

— Je n'ai pas d'hommes sous mes ordres ! lui lança-t-il pour la énième fois. Osbert est un charbonnier. Un très gros charbonnier qui courtise Marian et souhaite l'épouser.

— Ne te moque pas de ce pauvre Osbert, protesta-t-elle. Il cherche juste une mère pour ses enfants.

— *Aye*, maugréa Steinarr. Et il n'aurait rien contre l'idée de lui en faire dix de plus. Je plains celle qui acceptera, car sa vie ne sera plus que marmaille et charbon !

— À un moment donné, j'ai envisagé de lui dire oui.

— Tu... quoi ?

Surprise pas sa réaction outrée, Matilda expliqua :

— Je n'ai fait qu'envisager la possibilité, quand j'avais peur que nous n'arrivions pas au bout de notre quête.

— Mais... pourquoi Osbert ?

— Il n'est pas aussi gras que Baldwin, et il est beaucoup plus gentil. J'ai aussi envisagé de prendre le voile.

Cette autre éventualité parut provoquer également la colère de Steinarr, mais pas autant que la première.

— De bien piètres choix pour une si belle dame, déclara Will, rêvant à haute voix. Sacrifier sa vie à un charbonnier trop gras ou se retirer du monde et se faire nonne...

— Au moins, j'ai le choix. Certaines femmes n'ont pas cette liberté – toutes, peut-être.

Du bout des doigts, elle caressa le ceinturon de Steinarr et lui murmura à l'oreille :

— Finalement, une autre idée m'est venue qui s'est révélée être la bonne.

Délibérément, pour une fois, Matilda laissa ses défenses mentales retomber et savoura le désir de Steinarr, qui l'avait assaillie aussitôt. Depuis que Will les avait rejoints, ils n'avaient pu avoir le moindre instant d'intimité, mais la présence du jeune jongleur n'était pas seule en cause. Pour revenir à Headon aussi vite que possible, ils étaient restés en selle de l'aube au crépuscule. Durant tout ce temps, Steinarr s'était efforcé de rester de bonne humeur, mais de noirs nuages annonciateurs d'orage s'étaient amoncelés dans son esprit. Son désir n'avait d'égal que celui de Matilda, et cela la mettait en joie. Il lui tardait de pouvoir, de nouveau, se frotter à cette sauvagerie qui semblait faire partie intégrante de lui.

Comme s'il avait pu lire en elle, Steinarr porta à ses lèvres une de ses mains et déposa un baiser sur chacun de ses doigts, avant de suçoter entre ses lèvres l'extrémité du dernier. Soudain, elle eut l'impression d'être de retour dans la maison de l'elfe. De nouveau, elle mourait d'impatience de sentir sa bouche se refermer sur elle. Si Will n'avait pas été là…

— Cavaliers ! Cavaliers en vue !

Venu des hauteurs, ce cri les fit sursauter tous deux, les ramenant brutalement à la réalité. Un instant plus tard, la voix éraillée de Much lança à la cantonade :

— C'est sir Steinarr et Marian et un étranger !

— On dirait que nous sommes arrivés, constata Steinarr.

Après avoir déposé un dernier baiser sur sa main, il ajouta :

— Sache que je suis heureux que tu aies eu cette idée.

— Moi aussi… murmura-t-elle.

À leur arrivée, des enfants quittèrent les alentours du puits de charbonnage pour venir à leur rencontre. À leurs cris de bienvenue se mêlèrent bientôt ceux des adultes. Goda atteignit la première les chevaux et s'agrippa à la cheville de Marian en s'écriant, rayonnante de joie :

— Je savais que tu rentrerais aujourd'hui !

Moqueur, son frère précisa :

— Elle a dit ça chaque jour depuis ton départ.

Les longues jambes d'Ari lui permirent d'être le premier adulte à les rejoindre. Visiblement soulagé, il s'exclama :

— Bon sang ! Vous ne pouvez pas savoir comme je suis content que vous soyez de retour.

— Tu ne vas pas le rester longtemps, promit Steinarr.

Après avoir mis pied à terre, il aida Matilda à faire de même et ajouta :

— Ari, voici Will. Il va t'expliquer pourquoi il nous suit depuis Hokenall, et ensuite je te dirai ce que je compte faire de toi. Où est Robin ? Il devrait être sur pied.

— Toujours alité, répondit Ari, la mine sombre. Il y a eu un petit problème. Cette saleté de nonne...

Matilda ne prit pas la peine d'écouter la suite et courut retrouver son frère, allongé à l'extérieur de l'une des huttes. En le voyant si pâle, elle se figea sur place.

— Oh, Rob... gémit-elle.

Il l'accueillit par un sourire joyeux mais qui trahissait sa fatigue et lui demanda :

— Ai-je l'air si mal en point ?

— *Aye*, répondit-elle en s'agenouillant à son chevet pour poser la main sur son front. Que s'est-il passé ?

— Eh bien... tout a commencé avec cette angine.

Matilda l'écouta avec une colère grandissante lui raconter ce qui lui était arrivé. Quand il en vint aux saignées, elle défit les bandages et blêmit en découvrant ses plaies.

— Vous deviez le protéger ! s'écria-t-elle, folle de rage, en se retournant pour foudroyer Ari du regard.

— Sir Ari n'est pas à blâmer, intervint Édith. La prieure nous est tombée dessus alors qu'il était à Retford. Elle a enlevé Robin sans nous laisser le temps de réagir.

— Robin ? s'étonna une voix dans les derniers rangs. C'est lui, Robin ? Mais je croyais que...

— La ferme, Will ! rugit Steinarr.

— Marian a raison, reconnut Ari. J'aurais dû ramener Robin ici dès que j'ai su qu'il avait été conduit à

Headon. Mais quand je suis allé le voir, il était satisfait de son sort.

— C'est vrai, confirma l'intéressé. Je lui ai demandé de me laisser là, pour donner un peu de répit à Édith et à Ivetta. Ensuite, la nonne a prétendu que mon angine avait empiré.

— Je ne savais pas qu'elle le saignait, se justifia Ari. Elle m'a tenu à l'écart pendant plusieurs jours.

— Mais il est quand même venu et il m'a sauvé, conclut Robin. C'est tout ce qui compte. Je me sens déjà beaucoup mieux, et grâce aux herbes d'Édith et à la bonne cuisine d'Ivetta, je serai prêt à partir dans un jour ou deux. As-tu…

Avisant les charbonniers qui faisaient cercle autour d'eux, il conclut faiblement :

— … du nouveau, Marian ?

— Nous en parlerons plus tard, intervint Steinarr. Pour l'instant, repose-toi. Ari ? J'ai deux mots à te dire.

Sur ce, il commença à s'éloigner, avant de revenir sur ses pas pour attraper Will par le col.

— À toi aussi, lui dit-il.

Steinarr ne se contenta pas de deux mots, et tous furent proférés si fort que même s'il avait pris soin d'aller dire son fait à Ari à l'autre bout de la clairière, nul n'en perdit grand-chose. Amusés, Hamo et ses hommes observèrent un instant la scène à distance avant de se remettre au travail. Voyant que Steinarr se calmait peu à peu, Matilda alla s'asseoir par terre près de Robin. En lui tenant la main, elle commença à raconter aux femmes et aux enfants qui l'entouraient ce qu'elle pouvait révéler de leur voyage. Finalement, Osbert rappela sur le chantier les garçons les plus âgés, Édith confia diverses tâches aux filles et aux enfants plus jeunes, et Matilda se retrouva seule avec son frère.

Après avoir vérifié que personne ne pouvait l'entendre, il dit :

— Je suppose que tu ne leur as pas tout raconté...

Rapidement, elle lui fit un compte rendu des différentes énigmes et de leurs résolutions. Quand elle en vint à l'œuf en pierre de Tuxford, il secoua la tête d'un air peiné.

— Jamais je n'y serais parvenu, gémit-il.

— Bien sûr que si ! protesta-t-elle. Tu aurais eu besoin d'aide, mais tu y serais arrivé. Et tu as encore à faire...

Matilda lui relata l'épisode de Hokenall et enchaîna sur sa rencontre avec l'abbé à Newstead.

— Résoudre cette énigme était si simple que je crains que l'épreuve finale ne soit plus difficile que toutes les autres, conclut-elle.

— Savons-nous déjà ce qu'il faut chercher ?

— Le père abbé n'a rien voulu me dire, mais je n'ai fait que penser à ça pendant tout le retour. Et j'ai eu une idée. Te souviens-tu de cette boîte où père rangeait ses bijoux ?

— Celle en cuivre, rehaussée de ciselures ?

— *Aye*. Nous l'avons découverte à Sudwell. Il y gardait autre chose que ses bijoux. Tu vois de quoi je parle ?

Robin réfléchit un instant avant de secouer la tête.

— Moi non plus, je ne m'en suis pas souvenue tout de suite, reprit Matilda. Mais quand j'ai vu ceci...

De sa besace de pèlerin, elle tira le morceau de parchemin trouvé à Blidworth et lui montra le fragment d'enluminure qu'elle avait découvert au verso.

— Ça ne te rappelle toujours rien ? insista-t-elle.

De nouveau, Robin secoua la tête. Matilda repartit en exploration et repêcha le cylindre trouvé dans l'arbre de la fontaine Notre-Dame. Après en avoir frotté l'extrémité contre sa manche, elle le lui montra et dit :

— Ceci, également, nous avait échappé.

Les yeux plissés, Robin examina ce qu'elle lui montrait et s'exclama avec enthousiasme :

— Les lions de l'emblème du roi ! Si finement gravés qu'on les remarque à peine...

Il ramassa le bout de parchemin de Blidworth.

— À présent, poursuivit-il en désignant l'enluminure, je sais où j'ai déjà vu ce motif : sur la pièce d'alliance. Celle que père conservait avec ses bijoux dans cette boîte en cuivre.

— *Aye*, approuva Matilda. Et ce même motif figurait également sur l'œuf de Tuxford. Si je ne l'ai pas reconnu tout de suite, c'est parce que je n'ai pas vu cette pièce depuis très longtemps – depuis que père est allé la cacher. Robin... je crois que c'est ça, le trésor !

— Quel trésor ? s'enquit Steinarr derrière elle.

Elle tourna la tête et lui sourit avant de répondre :

— Un lion, messire.

Une drôle d'expression flotta un instant sur le visage de Steinarr.

— Quel lion ? demanda-t-il d'une voix sourde.

— Celui de l'emblème des lords de Huntingdon. Ce doit être le trésor que mon père a caché : une pièce offerte par Richard Cœur de Lion à un de mes ancêtres qui lui avait sauvé la vie en Terre sainte. Peut-être même s'agissait-il de ce lord Robert dont nous avons vu la tombe...

— Celle du cimetière de Sudwell ?

La voix de Steinarr vibrait d'une excitation à peine contenue. Jamais elle ne l'avait vu dans cet état.

— Lord David m'a montré cette tombe quand nous avons fait le pèlerinage de Sudwell, intervint Robin. Il m'a raconté que Richard Cœur de Lion avait fait cadeau de la pièce d'alliance à ce lord Robert en signe de reconnaissance, en lui promettant que la couronne serait aussi attentive aux Huntingdon que lui l'avait été à la personne du roi.

Ari se pencha vers lui, aussi captivé que son ami.

— À quoi ressemble ce lion ? demanda-t-il.

— Matilda l'a vu plus souvent que moi, objecta Robin.

— C'est une grosse pièce d'or, expliqua-t-elle. À peu près aussi grande que ma paume.

Joignant le geste à la parole, elle traça un large cercle dans sa main.

Steinarr se redressa brusquement et tourna les talons, laissant dans son sillage un amer désappointement dont les échos assaillirent l'esprit de Matilda. Après être allé tirer une pinte de bière au tonneau, il la but d'un trait, puis se resservit. Des larmes plein les yeux, qui n'étaient pas totalement les siennes, Matilda le vit se diriger vers la forêt et y disparaître.

Ari, qui avait regardé son ami partir, secoua la tête d'un air désolé et marmonna :

— Il est... Hum ! Je ferais mieux d'aller le trouver.

— Non ! intervint-elle en se relevant. J'y vais.

Robin lui attrapa la main, protestant avec inquiétude :

— Marian...

— Voilà quinze jours que je voyage en sa compagnie, dit-elle fermement. Je suis habituée à ses sautes d'humeur. Ai-je votre accord, messire ? ajouta-t-elle en se tournant vers Ari.

Il donna son assentiment d'un hochement de tête et dit :

— Il ne doit pas être bien loin.

— Je sais comment le trouver, assura-t-elle.

Ayant pris soin de se munir, elle aussi, d'une pinte de bière, elle se lança à la recherche de son preux chevalier.

Steinarr alla se cacher dans l'ombre d'un grand bouleau argenté, le plus loin possible du camp des charbonniers, mais cela ne suffit pas. À peine s'était-il assis, adossé au tronc, qu'il entendit un bruit de pas.

— Il t'en faudra plus pour te soûler si c'est ton intention.

Un profond découragement s'abattit sur lui. Pourquoi fallait-il que ce soit Marian qui l'ait suivi ? Il avait espéré que ce serait Ari. Ainsi aurait-il pu provoquer une bagarre et noyer sa souffrance dans les coups. Tout ce temps passé à chercher, puis cette brusque flambée d'espoir en apprenant qu'un lion figurait sur le trésor de lord David, suivi de l'écroulement tout aussi brutal de ses rêves...

— Va-t'en ! lança-t-il sans aménité. Je ne suis pas de bonne compagnie.

— Je le sais, assura-t-elle tranquillement. Je t'ai quand même apporté ceci.

Marian se baissa pour passer sous les branches basses et lui tendit une pinte de bière. Steinarr, qui n'avait pas fini la sienne, l'ignora totalement. Après avoir hésité un instant, elle en but elle-même une gorgée, avant de demander :

— Ai-je dit quelque chose qui t'a déplu ?

Steinarr ferma les yeux et soupira longuement.

— Non, répondit-il.

— Je ne te crois pas.

— Crois ce que tu veux. J'ai besoin d'être seul, sans Will Scathelocke, sans Ari et sans...

Voyant qu'il hésitait à poursuivre, elle suggéra :

— Et sans moi ?

— Oui.

Steinarr vida le fond de sa pinte, puis la mit de côté. Leurs doigts se frôlèrent quand il saisit celle qu'elle lui tendait, et il ajouta d'un air désolé :

— Non, ce n'est pas vrai...

Marian vint s'agenouiller entre ses jambes et se pencha pour l'embrasser. Steinarr poussa un gémissement de plaisir en sentant sa langue se glisser dans sa bouche. La pinte lui échappa des doigts et alla rouler sur le sol, ce qui la fit rire tout contre ses lèvres. Tout ce qui n'était pas elle, soudain, cessa d'exister pour lui. D'elles-mêmes, ses mains se posèrent sur ses seins, et il sentit sous la toile de sa chemise leurs pointes déjà dressées.

— Mmm... grogna-t-elle. Je commençais à me dire que nous ne trouverions jamais un moment pour nous.

— Ce n'est pas normal que je te désire ainsi, gémit-il.

Sans effort, il la souleva de manière qu'elle se retrouve à califourchon au-dessus de lui.

— Tu ne peux pas me désirer plus que moi, répondit-elle en repoussant sa coiffe. C'est impossible.

Les mains impatientes de Steinarr remontèrent les jupes de Marian, tandis qu'il déclarait d'une voix tendue :

— Tu dois savoir que je n'ai rien à t'offrir. Je cherche désespérément une solution, mais je n'en trouve pas. Je ne peux même pas te donner mes nuits.

— Alors, je me contenterai de tes journées.

En le repoussant contre le tronc, elle acheva de dénuder ses jambes et tira sur le cordon qui retenait ses braies. En un rien de temps, elle le déshabilla à son tour.

— Tu me désires... constata-t-elle, souriante, en serrant entre ses doigts son sexe dressé.

Steinarr posa une main sur les boucles blondes de son bas-ventre, puis ses doigts s'aventurèrent dans les plis moites de son intimité, et il sourit lui aussi. Lui empoignant les hanches, il l'attira à lui et communiqua à son bassin le rythme qu'il voulait adopter.

— Comme pour allumer le feu... murmura-t-elle entre deux baisers, lui indiquant qu'elle avait compris.

Les yeux clos, les lèvres entrouvertes, elle commença à se mouvoir au-dessus de lui, l'utilisant pour son propre plaisir autant que contribuant au sien. Ses mouvements lents et amples, langoureux et voluptueux, les comblaient tous deux. Lentement, très lentement, leur désir s'exacerba. Se livrant tout entière à cet incendie sensuel, Matilda s'arc-bouta et céda à cette délicieuse et irrésistible pression au plus intime d'elle-même.

Et soudain, Steinarr se sentit glisser en elle. Il ignorait comment cela s'était produit, mais pour rien au monde il n'aurait voulu être ailleurs. Immédiatement après, Marian connut l'extase, et chacun de ses spasmes et de ses petits cris fut pour lui un cadeau inappréciable, qu'il regrettait de ne pouvoir lui rendre. Le besoin de se joindre à elle dans le plaisir le tenaillait, mais il le combattit afin de pouvoir se repaître des râles qui faisaient vibrer sa gorge, de la rougeur qui lui empourprait la peau, du voile de sueur qui perlait à son front. Il glissa la main entre eux, là où leurs corps s'unissaient, pour mieux sentir ces vagues de plaisir qui l'emportaient de plus en plus loin, de plus en plus fort, jusqu'à ce que, finalement, dans un ultime sursaut, elle s'abandonne et se laisse glisser contre sa poitrine.

Steinarr la serra dans ses bras et couvrit son visage de baisers tout en lui murmurant des mots doux en norrois, en français, en anglais, parce qu'il ne possédait pas assez de mots dans chacune de ces langues pour lui dire à quel point elle était douce, merveilleuse et unique.

Lentement, Marian reprit ses esprits et se redressa au-dessus de lui. Sans qu'il ait eu besoin de l'y inciter, elle se remit à rouler des hanches, d'abord timidement, puis avec une assurance croissante. De nouveau, elle se pencha et l'embrassa avec passion, sa langue dansant avec la sienne sur le rythme qu'elle imprimait à leur union. Steinarr se sentit s'embraser, brûler, partir en flammes. Au-dessus de lui, elle était lumière et chaleur, plaisir et fusion. Et quand l'extase fondit sur lui et l'anéantit, il sut qu'il ne la laisserait pas partir, qu'elle était sienne et qu'il ferait l'impossible pour qu'elle le reste à jamais.

17

Le lendemain, Steinarr ramena au camp un cuissot du cerf tué pendant la nuit par le lion et le déposa près du feu.

En voyant de quoi il s'agissait, Édith et Ivetta pâlirent.

— Nous ne pouvons pas...

Matilda leva la tête de la robe qu'elle était en train de repriser et protesta :

— À quoi pensiez-vous, messire ? Pour avoir abattu un des cerfs du manoir, tout le monde ici pourrait être fouetté.

— Ce sont les loups qui l'ont tué, assura-t-il. La viande allait se perdre. Je peux montrer la carcasse pour le prouver et j'en assume l'entière responsabilité. Robin doit reprendre des forces. Il a besoin de viande pour cela.

Ivetta examinait le cuissot d'un air dubitatif.

— Je n'ai jamais cuisiné de venaison, dit-elle. Mais il m'est arrivé de rôtir un demi-mouton. Ce doit être pareil.

— Et en utilisant les os dans la soupe, ajouta Matilda, nous pourrons donner la moelle à Robin.

Édith hocha la tête et conclut :

— Ce qui ne pourra que lui faire le plus grand bien.

L'affaire étant entendue, Ivetta et Édith se lancèrent dans la préparation du cuissot, et Matilda reprit sa couture.

Avant de prendre son petit déjeuner, Steinarr s'occupa de son cheval. Il alla ensuite déguster son pain et sa bière à côté de Matilda – suffisamment près pour se sentir étourdi par sa présence, mais pas assez pour éveiller les soupçons de Robin et des autres. Ils discutèrent de tout et de rien, puis, son repas achevé, il se mit au travail avec les charbonniers en compagnie de Will Scathelocke.

Matilda s'était rapidement remise dans le bain du camp. Elle effectua ce matin-là les tâches qu'Édith lui confia et alla dans l'après-midi cueillir des mûres avec Ivetta. Elles s'enfoncèrent dans les bois, et bientôt, la ramure du bouleau sous lequel elle avait rejoint Steinarr la veille attira son regard. Insensiblement, elle dévia de sa route et ne tarda pas à se retrouver sous ses branches, à contempler d'un œil pensif l'endroit où elle s'était donnée sans retenue à lui.

Non seulement elle n'éprouvait aucun remords, mais il lui tardait de pouvoir recommencer. Pourquoi se livrait-elle entre ses bras à la luxure, sans considération de bienséance ni d'avenir, et au mépris de ce que lui avaient inculqué ses parents et l'Église ? Il lui avait pourtant clairement indiqué qu'il n'avait rien à lui offrir. Et elle n'avait pas réussi à passer ne fût-ce qu'une nuit avec lui.

Pourtant, elle ne regrettait rien.

Dans un jour ou deux, ils se rendraient avec Robin à Newstead, et pas plus qu'à l'aller, ils n'auraient d'instant d'intimité. Puis ils trouveraient le trésor, iraient le remettre au roi, et tout serait terminé. Steinarr ne serait plus lié à elle par son serment. Qu'ils aient triomphé ou échoué, elle devrait se marier, et son époux – Baldwin ou un autre – découvrirait ce qu'elle avait fait.

Mais cela ne l'empêchait pas de ne rien regretter.

Son seul regret venait du fait qu'un jour viendrait où elle devrait se résigner à le voir partir, à ne plus pouvoir le toucher, physiquement ou mentalement. À cette idée, elle avait la gorge serrée. Un profond sentiment de solitude l'étreignait – cette solitude qu'elle avait si fortement perçue en lui, et qui désormais serait sienne pour le reste de sa vie.

— C'est un homme bien étrange...

Surprise par la voix d'Ivetta, elle se retourna. Debout dans le soleil, son panier sur la hanche, sa compagne l'observait.

— Pardon ? murmura Matilda.

— Ce sir Steinarr, reprit-elle. Tu avoueras que c'est un homme étrange, ainsi que son ami Ari. Pourquoi disparaître ainsi chaque nuit, pour réapparaître au matin ?

Sans lui répondre, Matilda la rejoignit au soleil, et elles se remirent en route vers le camp.

— Il disparaissait aussi chaque nuit quand vous étiez en voyage ? insista Ivetta au bout d'un moment.

D'un signe de tête, Matilda acquiesça.

— Et il te laissait seule dans les bois ?

— Il me trouvait un bon abri chaque nuit. Et un ami à lui me rejoignait pour me protéger des loups et des brigands.

Avisant un buisson de mûres, Ivetta quitta le chemin et demanda, tout en cueillant les baies :

— Il ne t'a jamais dit pourquoi il s'absentait chaque nuit ?

— Sir Steinarr fait de mauvais rêves, répondit Matilda en la rejoignant pour l'aider. Des cauchemars qui peuvent le rendre violent. Alors, il préfère aller dormir loin du monde pour ne blesser personne.

— Je n'ai jamais entendu une chose pareille...

— Moi non plus. Mais depuis que Robin et moi avons pris la route, j'ai vu tant de choses dont j'ignorais tout...

— Pourtant... tu es sûre que sir Steinarr te dit la vérité ?

— Il n'a aucune raison de me mentir.

— À ta place, j'aimerais bien en avoir le cœur net, répliqua Ivetta. Qui sait ce qu'il peut faire chaque nuit ? Courir la gueuse, peut-être ? Cela ne te laisserait pas indifférente, pas vrai ?

— Je... Cela ne me regarde pas.

— Bien sûr que ça te regarde ! protesta Ivetta d'un air entendu. Il ne te laisse pas indifférente, hein ? Peut-être même as-tu déjà couché avec lui... Ah ah ! Regardez-moi ces joues rouges ! Te voilà femme, maintenant.

Matilda baissa la tête dans le vain espoir de cacher son trouble. Ivetta éclata de rire et poursuivit :

— N'aie pas honte, va. Nombre de filles à marier n'ont plus leur pucelage quand vient la nuit de noces – souvent par la faute du marié lui-même.

Sa bonne humeur contagieuse chassa quelque peu l'embarras de Matilda.

— Espères-tu épouser sir Steinarr ? s'enquit Ivetta.

Posée de manière si abrupte, la question laissa Matilda sans voix. En secouant la tête, elle balbutia :

— Je... Ce n'est... pas possible.

— Allons ! Bien des choses se révèlent possibles avec le temps. Le tout est de savoir si tu le veux. Tu l'aimes ?

Quoi qu'elle ait pu dire à Will, Matilda n'ignorait pas que le choix, en amour, était davantage réservé aux femmes du peuple qu'à celles de la noblesse. Son sort – son devoir – était d'épouser l'homme qu'on lui disait d'épouser, pour sceller des alliances, allier des fortunes et assurer la descendance. Prendre le voile ou épouser Osbert ne constituaient pas des choix de cœur mais des choix par défaut. Quant à choisir l'amour... Elle n'avait pas osé l'envisager. Pas un instant elle n'avait rêvé à un avenir avec Steinarr. Mais à présent qu'Ivetta avait évoqué cette possibilité…

— Oui, répondit-elle. J'en suis venue à l'aimer.

— Et il t'aime aussi ?

Pour trouver la réponse, elle se remémora ce qu'elle avait ressenti, la veille, quand leurs corps s'étaient unis.

— Je le pense, oui.

— Alors, il faut faire quelque chose ! conclut Ivetta.

Son visage affichait une détermination sans faille, et Matilda aperçut au fond de ses yeux un sombre éclat qu'elle n'y avait jamais vu briller auparavant.

— La première chose à faire, reprit-elle, c'est de découvrir ce qu'il fait de ses nuits. Tu dois le suivre dans les bois et l'observer sans qu'il te voie. S'il fait d'horribles cauchemars, tu pourras le rejoindre et lui prouver que la présence d'une bien-aimée peut suffire à les chasser.

D'autant plus, songea Matilda, que celle-ci est capable de capter ses émotions… Mais était-elle sa bien-aimée ?

— Si je fais cela, protesta-t-elle, tout le monde sera au courant, Robin et les autres…

— *Aye*. C'est le prix à payer. À toi de décider s'il en vaut la peine, s'il mérite la honte qu'il va t'occasionner.

Ivetta se pencha sur son panier, en retira quelques tiges et feuilles qui s'étaient mêlées aux fruits et décréta :

— Je crois que nous en avons assez. Il faut rentrer.

Baignées par le chaud soleil de l'après-midi, elles se dirigèrent, suivant l'écho des haches et des scies, vers le chantier où les hommes travaillaient avec ardeur. Parmi eux, torse nu, Steinarr tenait la poignée d'un passe-partout dont Osbert tenait l'autre l'extrémité. Ils refendaient un arbre de taille respectable, et leurs muscles jouaient sous leurs peaux luisantes de sueur. Le charbonnier aperçut Matilda et lui sourit, ce qui attira l'attention de Steinarr. Souriant lui aussi, il se tourna vers elle, les cheveux plaqués sur son front, le torse éclaboussé de sciure. Même dans cet état, il lui coupait le souffle.

— *Aye*… murmura Ivetta. Pas facile de choisir !

Mais Matilda savait que déjà son choix était fait. Cette nuit, quelle que puisse être cette vérité qu'il lui cachait, elle saurait tout de lui. Et elle était décidée à faire en sorte que lui également n'ignore plus rien à son sujet.

Quand vint la fin de l'après-midi et que le soleil déclina lentement sur l'horizon, Matilda guetta le retour de Steinarr tout en s'affairant. Les charbonniers rentraient par petits groupes, et la plupart étaient déjà revenus au camp lorsqu'elle vit enfin Steinarr s'avancer dans la clairière.

Alors qu'il passait près des plus jeunes enfants en train de jouer, Goda courut vers lui et lui adressa quelques mots. Stupéfaite, Matilda vit Steinarr s'accroupir, jucher l'enfant sur ses épaules et se remettre en route vers elle en imitant le galop d'un cheval.

— Le bonsoir à toi, belle Marian ! lança-t-il en la rejoignant.

Son visage était de marbre, à l'exception de ses yeux, qui brillaient de malice.

— Le bonsoir, messire, répondit-elle.

Puis, après une courte révérence à l'adresse de Goda, il ajouta :

— Le bonsoir à vous également, dame Godiva[1]. Avez-vous fait bon voyage ? Je constate que vous préférez chevaucher habillée, aujourd'hui.

---

1. Au XIe siècle, dame de haut rang qui aurait parcouru, entièrement nue, la ville de Coventry à cheval afin d'obliger son mari à baisser les impôts locaux. (*N.d.T.*)

Radieuse, Goda pouffa de rire sous sa main et protesta :

— Les dames ne chevauchent pas nues ! Encore un tour, sir Cheval ! Et plus vite, cette fois !

Steinarr fit le tour des huttes au galop, puis déposa Goda près d'Ivetta, qui envoya la fillette chercher deux bols.

— Et dépêche-toi ! lança-t-elle à l'enfant qui détalait. Sir Steinarr et sir Ari vont devoir partir bientôt.

Le regard entendu qu'elle adressa à Matilda passa inaperçu de Steinarr.

— Comment va notre jeune Robin ? s'enquit-il.

— Bien mieux, messire ! répondit l'intéressé. Je suis resté assis une bonne partie de la journée et j'ai fait tout le tour de la clairière.

— Avec ou sans attelle ? demanda Ari qui venait de les rejoindre, suivi de Will.

— Avec. Mais je suis allé aux lieux d'aisance sans.

Précautionneusement, il leva sa jambe et la fit jouer une ou deux fois avant d'ajouter avec une certaine fierté :

— Vous voyez ? Elle est de moins en moins raide. Nous pourrons partir demain.

— Ta jambe est remise, admit Steinarr, mais auras-tu la force de tenir en selle ? C'est une chose de rester assis sur un tabouret, c'en est une autre de monter à cheval.

— Robin est bon cavalier, fit valoir Marian.

— Là n'est pas la question. Il a perdu énormément de sang… Tiendra-t-il le coup, toute une journée ?

— Je tiendrai le coup ! promit Robin. Et je ne vous ralentirai pas. Surtout si Marian monte derrière vous.

— Marian ne vient pas avec nous.

— Quoi ? protesta-t-elle, éberluée.

Steinarr secoua la tête, l'air inflexible, et expliqua :

— Ce serait trop dangereux. Désormais, Gisburne doit avoir compris que je ne te ramènerai pas à lui.

Peut-être même suspecte-t-il un retournement d'alliance.

— À sa place, intervint Ari, je ferais tout pour empêcher Robin de rejoindre le roi.

— Il doit avoir placé des hommes à lui sur les routes, reprit Steinarr. Il n'est pas exclu non plus que Baldwin ait joint ses forces aux siennes.

— Je viens avec vous ! s'entêta Matilda.

— Et si j'ai besoin d'elle pour résoudre une énigme ? demanda Robin. Je lis très mal le français et l'anglais, et mon latin ne vaut guère mieux.

— Ari lit très bien ces langues.

— Pas le latin, précisa l'intéressé.

— Vous voyez ? s'écria Robin. J'ai besoin d'elle.

Steinarr le foudroya du regard et gronda :

— Tu la mettrais en danger parce que ça t'arrange ?

— Bien sûr que non, mais…

— Je serai bien plus en danger s'il échoue, l'interrompit Matilda, et tu le sais très bien ! À moins que tu ne veuilles me voir finir dans le lit de Baldwin ? Je dois vous suivre.

— Pas question ! riposta Steinarr. Nous allons nous débrouiller sans toi.

— Et moi, comment vais-je me débrouiller sans vous ? Quand vous serez tous partis, personne n'empêchera Guy ou Baldwin de trouver ce camp et de m'enlever.

— Will Scathelocke te protégera.

— Un seul homme, et que nous connaissons à peine ?

— Ces dernières semaines, il n'y avait près de toi qu'un homme seul, et que tu ne connaissais pas non plus.

— Mais il s'agissait de toi, pas de lui ! protesta-t-elle.

— Hé ! protesta Will, offensé. Je me suis battu pour le roi Edward au pays de Galles…

— Mille pardons, Will, mais je ne t'ai pas vu te battre. Je veux une épée que je connais pour me défendre. Qui plus est, si je vous suis, vous serez tous là pour me protéger.

Les bras croisés, Steinarr demeurait inébranlable.

— Et il faudrait bien tous nos bras pour te défendre, dit-il, car tu te retrouverais plongée au cœur de l'action. Tu es en sécurité ici, et ici tu resteras.

— Sir Ari ! implora Matilda. Dites-lui...

— Steinarr a raison, l'interrompit-il. Mieux vaut que tu restes.

— Je vous protégerai au péril de ma vie ! jura Will. Du shérif lui-même, s'il le faut.

Se drapant dans sa dignité, Matilda préféra ne pas répondre et aller bouder près du feu, où Ivetta remplissait deux bols pour Steinarr et Ari. Elle y ajouta deux épaisses tranches de venaison et les confia à Goda afin qu'elle les leur apporte, en lui recommandant de faire attention.

— Vous aviez l'air en grande discussion, dit-elle à Matilda, en regardant la petite fille s'acquitter de sa tâche. Un problème ?

— Steinarr veut emmener Robin et me laisser seule ici, répondit-elle d'un ton maussade. Pour me protéger, paraît-il.

— C'est la preuve qu'il tient à toi ! se réjouit Ivetta. Tu pourras peut-être le faire changer d'avis cette nuit, quand tu iras le rejoindre.

Du coin de l'œil, Matilda vit les chevaliers s'asseoir et prendre rapidement leur repas, pressés de partir.

— Je n'irai pas, maugréa-t-elle.

Ivetta laissa bruyamment retomber un couvercle sur la marmite et protesta :

— Mais... tu dois le faire ! S'ils s'en vont demain, tu perdrais ta dernière chance.

— Je vais y réfléchir, répondit-elle, bougonne.

— Alors, réfléchis vite, ma petite, parce qu'ils ne vont pas tarder à s'en aller.

D'un rapide coup d'œil, Matilda constata en effet que les deux hommes se levaient et tendaient leurs bols vides à Goda. Ari siffla le frère de la fillette, Much, pour qu'il leur amène leurs chevaux. Un instant plus tard, après de rapides adieux, ils étaient partis.

Prenant sa décision en une fraction de seconde, Matilda bondit vers l'enclos, attrapa une bride au passage et l'ajusta rapidement sur la jument.

— Aide-moi à monter ! ordonna-t-elle à Much.

Impressionné par son ton autoritaire, le garçon s'exécuta en se gardant bien de poser des questions. Robin, lui, cria de loin :

— Maud ! Où vas-tu ?

— Demande à Ivetta ! lança-t-elle sans se retourner.

Le visage assombri par l'inquiétude et la colère, Robin se tourna vers la femme de James et demanda :

— Ivetta ? Sais-tu où elle va ?

Sans se dérober, celle-ci répondit :

— Elle veut savoir ce que fait sir Steinarr chaque nuit.

— Pourquoi ?

— Parce qu'elle le doit. C'est moi qui le lui ai conseillé.

— Toi ? Mais...

— Du calme, mon garçon, l'interrompit-elle. Tu ne peux plus rien y changer, à présent. Au matin, tout sera réglé et tu sauras également.

— Je saurai ? s'étonna-t-il. Qu'est-ce que je saurai ?

— Pourquoi il s'en va, répondit Ivetta en lui souriant. As-tu faim ? Naturellement, quelle question !

À la cantonade, elle ajouta :

— Quelqu'un peut-il donner à ce garçon une tranche de viande et un bol de soupe ? J'ai besoin de m'absenter.

Comme s'il lui fallait se rendre aux lieux d'aisances, elle se dirigea vers l'orée de la clairière. Mais dès qu'elle fut hors de vue, elle s'enfonça profondément dans les bois.

Elle retrouva son corps exactement où elle l'avait laissé, dans les ronciers près desquels elle avait surpris Marian et la femme du charbonnier en début d'après-midi. Comme il avait été facile de quitter son enveloppe corporelle et d'emprunter celle d'Ivetta ! La bien-aimée du lion s'était laissé berner sans difficulté, n'y voyant que du feu.

Pourtant, aux yeux de Cwen, la différence était énorme. Ce corps d'emprunt était plein de vie, de force et de santé, comme le sien ne l'était plus depuis bien longtemps. Elle avait été tentée de s'y attarder et de passer la nuit dans le lit du charbonnier, afin de connaître encore une fois l'étreinte d'un homme. Mais elle avait à faire cette nuit, et elle ignorait combien de temps il lui était possible de rester hors de son corps. Elle ne voulait pas prendre le risque de se retrouver piégée dans celui d'une autre.

Tel était le don que les déités obscures lui avaient offert au fond de l'étang. Elle l'avait compris en se réveillant sur la rive, rejetée par ces eaux qui l'avaient transformée et lui avaient permis de continuer à vivre. À peine avait-elle aperçu une petite grenouille verte bondissant près d'elle qu'elle s'était retrouvée *en elle*, observant à travers ses yeux ronds son propre corps, inerte et immense au milieu des roseaux. La frayeur qu'elle en avait conçue avait mis fin au phénomène. Le batracien s'était éloigné, indemne.

Il lui avait fallu faire appel à tout son courage pour renouveler l'expérience – dans la peau d'un oiseau, cette fois. S'envoler à tire-d'aile avait constitué une expérience étrange, mais pas autant que de contempler son propre corps évanoui du haut du ciel.

Cwen avait repris forme humaine après un vol assez bref et s'était entraînée ensuite avec d'autres créatures, se glissant chaque fois avec plus de facilité en elles. Il ne lui avait pas été possible pour autant de récupérer les pouvoirs qu'elle avait eus autrefois. Les dieux ne lui avaient pas rendu celui de faire naître de ses mains des boules de feu, de se transformer en brume ou de discerner l'avenir. Mais ce nouveau don lui était utile et la satisfaisait pleinement. Dès qu'elle en aurait l'occasion, il lui faudrait offrir un sacrifice aux dieux pour les en remercier.

Après avoir tiré hors de sa cachette son corps inerte, elle allongea près de lui celui d'Ivetta et n'eut qu'à formuler le souhait de regagner son enveloppe corporelle pour que ce soit fait. Elle s'empressa ensuite de se lever, afin d'être prête à rassurer la femme du charbonnier.

— Quoi ? s'exclama celle-ci en se redressant vivement. Qui êtes-vous ?

— La prieure Celestria, répondit Cwen. Nous étions en train de discuter, et tu t'es évanouie.

— Évanouie, moi ? Mais... pourquoi fait-il si noir ?

— Il est tard. Presque l'heure du dîner.

— Impossible ! J'étais en train de cueillir des mûres avec Marian, en plein après-midi...

— Ton évanouissement a dû t'embrouiller l'esprit, mon enfant. Tu viens à peine de quitter le campement pour te rendre aux lieux d'aisances, mais tu t'es égarée jusqu'ici. Laisse-moi t'aider à te relever.

La jeune femme secoua la tête pour se reprendre et se remit difficilement sur pied avec l'aide de Cwen.

— Je... Merci beaucoup, mère prieure. Je crois que... je ferais mieux de rentrer.

— *Aye*. Il est plus que temps, en effet. Mais inutile de parler aux autres de ce qui vient de se passer. Ce n'était rien. Tu ne ferais qu'inquiéter ton mari inutilement.

— Oui, vous avez raison. James n'a pas besoin de savoir. Merci, mère prieure. Merci…

Ivetta décampa sans demander son reste. Cwen l'aurait bien suivie jusqu'au camp, pour écouter ce qu'elle racontait aux autres et découvrir à quel point elle se souvenait de son aventure, mais il lui fallait trouver l'endroit idéal pour voir l'aube du lendemain se lever. Pour rien au monde elle n'aurait voulu manquer le désespoir de Steinarr lorsqu'il découvrirait au matin ce que le lion avait fait à la femme qu'il aimait.

Il fut plus difficile que Matilda ne l'avait imaginé de ne pas perdre la trace des deux hommes. Elle devait rester loin d'eux pour ne pas attirer leur attention, ce qui s'avéra facile tant qu'ils restèrent sur la route, mais plus compliqué quand ils s'enfoncèrent dans les bois. En se guidant aux traces qu'ils laissaient derrière eux, pourtant, elle parvint à les suivre. Ils venaient juste de réapparaître à sa vue quand Steinarr descendit de cheval et poursuivit à pied, laissant son ami s'engager dans la direction opposée avec leurs deux montures. Lorsque Ari fut assez loin, elle se remit en route sur les pas de Steinarr, s'éloignant toujours plus de la sécurité du camp des charbonniers.

Même en se déplaçant à pied, il ne traînait pas. Elle dut presser autant que possible sa jument pour ne pas se laisser distancer. Avec la crainte de se perdre, la peur de se retrouver seule en forêt en pleine nuit revint la hanter. Où Steinarr était-il passé ? Soudain, elle perçut avec soulagement, à la lisière de sa conscience, un écho de cette sauvagerie qui sommeillait en lui. Comprenant qu'elle pouvait s'en servir pour le suivre, elle s'ouvrit mentalement à lui et reprit sa traque. Quels pouvaient donc être ses rêves pour le pousser à se réfugier si loin de tout et de tous ?

La conscience de sa présence ne cessant de se renforcer en elle, Matilda comprit qu'il s'était immobilisé.

Sans faire de bruit, elle descendit de cheval et poursuivit à pied après avoir attaché sa jument à un sorbier. Elle redoubla de prudence, afin de ne pas faire craquer sous ses pas une branche sèche et trahir ainsi son approche. Elle ne tenait pas à ce qu'il la surprenne, du moins tant qu'elle ne saurait pas à quoi s'en tenir. Elle parvint à l'orée d'une clairière dans laquelle il s'était arrêté. Tandis qu'une pie jacassait sur une branche au-dessus d'elle, elle se tapit derrière un buisson et entreprit d'épier Steinarr entre les feuilles.

Seul dans la nuit qui tombait, il paraissait triste et abattu. Au bout d'un moment, elle le vit avec surprise commencer à se dévêtir. Il ôta tous ses vêtements et en fit un balluchon qu'il alla cacher sous une souche, avant de revenir se placer au centre de la clairière. La tête levée, nu comme au premier jour, il observait le ciel. Les derniers rayons du soleil qui filtraient à travers la ramure caressaient son corps, allumant un incendie sur sa peau. Matilda, qui gardait un souvenir précis de la douceur de celle-ci sous ses doigts, sentit le désir s'éveiller en elle, tout comme elle l'avait senti flamber en lui lorsqu'il l'avait surprise en train de se caresser dans le ruisseau.

Comme s'il n'en avait pas fallu davantage pour qu'il perçoive sa présence, Steinarr tourna brusquement la tête. Ses yeux écarquillés se posèrent sur le buisson derrière lequel elle se cachait, et il s'écria :

— Marian ! Non... Tu ne dois pas rester là. Va-t'en !

Elle se leva pour lui faire face et répondit bravement :

— Je n'ai pas peur d'un simple rêve, même s'il est très violent. Je sais que tu ne me feras pas de mal.

— Odin, non ! lança-t-il d'un ton suppliant. Ce n'est pas un rêve ! Marian, cours ! Ne reste pas près de moi !

Son avertissement s'acheva dans un grondement rauque, qui se transforma en cri. Steinarr se retourna et se mit à courir mais s'effondra bientôt, comme terrassé par la douleur. Le cri affreux monta de nouveau de sa gorge, se fit bestial.

L'horreur figea Matilda sur place quand elle vit le corps nu de l'homme qu'elle aimait se transformer horriblement sous ses yeux. Une gueule béante hérissée de crocs apparut sur son visage. Une épaisse crinière jaillit sur sa nuque et ses épaules, et une longue queue poussa au bas de ses reins. Ses mains et ses pieds devinrent des pattes griffues, tandis que son corps se couvrait d'une fourrure couleur fauve. Et durant tout ce processus, la créature qu'il était devenu ne cessa de rugir. À travers l'engourdissement qui s'était emparé d'elle, Matilda percevait sa souffrance comme si c'était la sienne. Ses cris se mêlèrent aux rugissements de la bête et aux jacassements hystériques de la pie dans les hauteurs.

Puis, d'un coup, la douleur disparut. Un grand silence tomba dans la clairière. Le lion se dressa sur ses pattes, puis bâilla et s'étira comme s'il s'éveillait d'un long sommeil. Enfin, le museau dressé, il huma l'air nocturne. Matilda vit la tête couronnée de son imposante crinière se tourner vers elle et les yeux jaunes la regarder fixement.

C'est en voyant le fauve se tapir sur le sol, prêt à bondir, qu'elle comprit qu'il lui fallait fuir. Mais il était déjà trop tard. Le lion s'était mis en chasse.

18

Le besoin de se mettre à courir emplit l'esprit de Matilda, secouant la peur panique qui l'habitait. Tremblant de tous ses membres, elle se figea, une seconde seulement avant de s'élancer. Elle en était certaine à présent : c'était la volonté du lion qui s'imposait ainsi à elle, pas la sienne. Avant de la mettre à mort, le fauve voulait s'amuser un peu…

— Pas question ! cria-t-elle, s'adressant à lui autant qu'à elle-même. Je ne m'enfuirai pas !

Ramassé sur lui-même, l'animal demeurait tapi sur le sol, tout son corps parcouru de frémissements de plaisir anticipé – le plaisir de tuer. Matilda dut résister à l'instinct puissant qui lui commandait de fuir. Elle ne céda pas et demeura sur place, son pouls battant si fort à ses tempes qu'elle était certaine que le lion l'entendait.

Non, pas le lion : Steinarr…

Désespérément, elle s'accrocha à cette certitude : c'était Steinarr qui se trouvait devant elle, et c'était uniquement pour cette raison qu'elle était toujours vivante. Il demeurait présent dans cette créature, tout comme la sauvagerie de celle-ci – elle le comprenait désormais – demeurait en lui dans la journée. C'était cette part de lui-même, la part civilisée, qu'elle devait atteindre. Si elle y parvenait…

Matilda s'élança mentalement vers lui. Le lion se mit à rugir dès que le contact fut établi. La pure férocité qui émanait de lui faillit la renverser et la faire renoncer. Elle dut mobiliser toute sa volonté et son courage pour rester debout face à lui, pour ne pas céder à l'instinct de survie qui lui ordonnait de fuir. Pour Steinarr, qui restait vivant dans cette bête, elle devait résister.

Elle s'ouvrit de nouveau mentalement à lui, de manière plus progressive cette fois, laissant peu à peu la sauvagerie de l'animal saturer ses sens. Un maelström d'instincts puissants s'imposa à elle – ceux du chasseur, du tueur, du reproducteur –, avivés par une série de besoins vitaux : la faim, la possession, le plaisir. Matilda gémit sous le poids de ce fardeau, et le lion s'apprêta à bondir sur sa proie.

Steinarr, où es-tu ? Elle s'enfonça plus profondément dans l'esprit de la bête, cherchant à y trouver un élément familier, fût-il des plus ténus.

Tuer… posséder… courir. Puis, plus faiblement : seul.

Oui ! Cela – cette solitude –, c'était bien lui. Elle faisait écho à sa propre humanité, et elle s'y accrocha fermement.

— Ça va aller, murmura-t-elle. Je suis là…

Le grand fauve s'agita nerveusement, puis se coucha sur le sol, la tête rejetée vers l'arrière, sa langue enroulée sur elle-même sortant de sa gueule ouverte. En le voyant se mettre à haleter doucement, Matilda songea qu'elle avait déjà vu des chats faire la même chose. Sans doute exerçait-il ainsi ses sens olfactifs, réalisa-t-elle. Le lion cherchait à reconnaître son odeur. Ce que celle-ci lui inspirait ne tarda pas à lui revenir en écho. Nourriture… Mienne… Femelle…

Matilda se focalisa sur cela – Oui ! Tienne ! Femelle ! –, puis elle plongea le regard dans les yeux dorés du lion.

Toi ! La sensation d'être reconnue pour ce qu'elle était la submergea. Leurs esprits se fondirent l'un dans l'autre. Des bribes de souvenirs l'assaillirent – les siens comme ceux de Steinarr et du lion. Le soulagement partagé de leur première étreinte... Des visions d'elle endormie... Le contact de sa barbe sur sa joue... Son corps nu, offert, étendu devant lui... La rage du lion envers l'homme qui la gardait la nuit... La honte de Steinarr de s'en être pris à son ami... La saveur intime de Matilda sur sa langue... La sensation de son sexe dressé s'insinuant en elle... Des murmures... Une terrible faim, de nourriture et de sexe, titillée par la même affolante odeur... La solitude, amère et toujours présente... Tout cela mélangé. Tout cela en même temps.

La dernière lueur du jour s'éteignit, et avec elle disparut le lien qui s'était établi entre eux à travers les yeux du lion. Un grondement rauque ramena Matilda à la réalité. De nouveau, l'animal l'examinait tel un fauve affamé – elle était la proie, il était le chasseur, et la nuit ne l'empêchait pas d'y voir comme en plein jour.

— Tu ne veux pas cela ! lança-t-elle dans le noir.

Cela ressemblait davantage à une conjuration qu'à une certitude... Le lion avait déjà failli tuer Torvald, et maintenant, il allait la dévorer. La terrible faim qui le tenaillait, ce besoin de bondir qui l'habitait, elle les percevait clairement, et cela suffisait à la paralyser de terreur. Désespérément, elle fit une nouvelle tentative pour entrer en contact mental avec lui. Tienne... À toi... Un écho lui répondit : Marian ?

Cette fois, la réponse avait semblé moins lointaine, plus ferme. Steinarr luttait contre l'implacable emprise du lion. Matilda s'efforça d'accueillir cette présence, tout comme elle avait accueilli son corps dans le sien ces dernières semaines. Au lieu de se nourrir de la force qu'il lui offrait, elle lui communiqua la sienne. Lentement, la lune s'éleva au-dessus des arbres, révélant la silhouette du lion toujours tapi au même endroit dans la pénombre. L'éclat argenté de l'astre nocturne se reflétait dans ses yeux d'or, allumant des flammes couleur bronze dans la nuit. Matilda prit le risque de se confronter à leur étrange beauté, laissant une fois encore le contact s'établir. L'esprit du lion s'ouvrit au sien. Elle le découvrit aux aguets, sur la défensive, un peu inquiet, dans l'attente de ce qui allait suivre. Et, plus en profondeur, elle put entrer en contact direct avec Steinarr.

Leurs souvenirs, de nouveau, se mêlèrent, distincts cette fois de ceux du lion. La plupart témoignaient du puissant désir qu'ils éprouvaient l'un pour l'autre. En réponse à cet afflux de sensualité débridée, Matilda sentit son corps s'alanguir. Sachant que c'était par ce biais que leur relation s'était établie, elle ne fit rien pour y remédier. Elle demeura ainsi au plus près de Steinarr, lui offrant un pôle de stabilité humaine au milieu du chaos qu'était l'esprit du lion.

Dans le ciel nocturne, les astres suivaient leur course. La lune continuait son ascension. De temps à autre, Matilda percevait en périphérie de sa conscience l'effroi d'un animal nocturne, tombant en arrêt devant eux et détalant au plus vite. Avec une lenteur éprouvante, les heures s'ajoutèrent aux heures. De manière imperceptible, tout d'abord, puis de plus en plus flagrante, le ciel pâlit, passant d'un noir d'encre à un bleu marine, puis au gris plombé de l'aube. Enfin, les premières éclaboussures de rose et d'écarlate apparurent à l'horizon. Dans les frondaisons des arbres, tirés de leur engourdissement nocturne, les oiseaux se mirent à pépier. L'éclat fantomatique qu'avait allumé la lune dans les yeux du lion s'estompa avant de disparaître tout à fait.

Avec le lever progressif du jour, l'état d'esprit du fauve évolua lui aussi. Le besoin de s'accoupler s'affirma, aussi puissant que celui de tuer pour se nourrir. Bientôt, Matilda réalisa que ce désir émanait de Steinarr tout autant – sinon plus – que de l'animal. À moi ! Besoin. Envie... Maintenant ! Toi... nue... à moi. Seulement toi !

La puissance de son désir exacerba celui qui, depuis des heures, lui mordait les tripes. Comme dans un rêve, ses mains se portèrent aux lacets qui fermaient sa tunique. Alors qu'une bande de ciel plus claire apparaissait derrière les arbres, elle se déshabilla. Et à chaque vêtement qui tombait, elle sentait le désir de Steinarr monter d'un cran.

Le lion, agité, s'était dressé sur ses pattes et faisait les cent pas devant elle. Régulièrement, il rugissait en agitant sa crinière, mais elle n'avait plus peur de lui. Elle percevait très distinctement la présence de Steinarr, désormais. Dans les yeux jaunes du fauve, c'était le regard brûlant de désir de l'homme qui transparaissait. Comprenant quel était son besoin, Matilda fit glisser son chainse sur ses épaules et se retrouva nue.

Le lion redressa la tête et flaira délicatement son odeur, désormais plus perceptible, et plus irrésistible encore. À cet instant, le premier rayon de soleil éclaira le ciel, après avoir percé telle une épée de lumière un banc de nuages à l'est. Le lion se mit à rugir de douleur. Matilda reçut de plein fouet son atroce souffrance, mêlée à celle de Steinarr. Tandis que s'amorçait la métamorphose, elle vacilla sous le choc et se retrouva accroupie sur le sol. Incapable de supporter une seconde de plus ce cataclysme de douleur, elle rompit le contact. De nouveau seule face au lion, elle se retrouva en proie à une terreur viscérale, accentuée encore par la scène atroce qui se déroulait sous ses yeux.

Mi-homme, mi-bête, la fabuleuse créature se tourna vers elle et s'apprêta à bondir. Un rugissement à demi humain, empreint de rage et de douleur, monta du fond de sa gorge. Paniquée, Matilda céda au réflexe qui la poussait à lui tourner le dos et à s'enfuir à quatre pattes. Hélas, il était trop tard. Elle le sentit s'abattre sur elle, et ses dents lui enserrèrent la nuque, la plaquant au sol. Confusément, elle comprit qu'il ne s'agissait plus du lion, mais pas tout à fait encore de Steinarr. Toujours sous l'emprise de la bête, il la couvrait sans ménagement, engagé corps et âme dans cette étreinte. Matilda s'arc-bouta et s'ouvrit à lui, guidée par la force de son désir autant que par un écho de l'instinct félin qu'elle percevait dans son esprit. Et soudain, mû par le pur besoin animal de posséder, il fut en elle.

— Mienne... l'entendit-elle gronder tout contre son oreille. Tu es à moi... toute à moi !

Steinarr agrippa ses hanches et l'attira à lui, cherchant le meilleur angle, la meilleure position pour se ruer en elle. Mais, progressivement, ses assauts se firent moins violents. Le vent de folie qui avait soufflé sur eux s'apaisa. Elle le sentit s'immobiliser, puis se retirer et l'inciter à se retourner sur le dos. Agenouillé entre ses jambes, il la contempla comme s'il la voyait pour la première fois. Et dans ses yeux où brûlait encore un désir animal, elle vit passer une lueur de désespoir à l'instant précis où il la reconnut.

— Marian... gémit-il. Je...

— Chut... fit-elle doucement. Je sais.

Elle l'attira dans ses bras et le serra très fort, soupirant de bonheur quand elle le sentit se perdre en elle.

— Prenez-moi, seigneur lion... susurra-t-elle au creux de son oreille. Je sais, et je suis toute à vous.

Perchée sur une branche, Cwen contemplait, accablée, le spectacle qui s'offrait à elle à travers les yeux de la pie. Les voir s'unir avec tendresse décupla sa fureur. Si elle avait pu faire appel aux pouvoirs qu'elle possédait autrefois... Mais il y avait longtemps qu'ils s'étaient enfuis, et sans son corps qui reposait bien loin de là, elle n'aurait pu de toute façon s'en servir.

Pourquoi me montrer cela ? demanda-t-elle in petto aux dieux. Pourquoi m'avoir permis d'organiser cette rencontre si ce n'était pas pour la voir périr entre les griffes du lion, ni pour pouvoir m'abreuver à la douceur de la souffrance et des remords de la bête ? Me narguez-vous pour me prouver la vanité de mes efforts, ou y a-t-il autre chose que j'ignore ?

Déployant les ailes de la pie, Cwen s'envola, refusant d'assister au bonheur des amants à l'acmé de leur plaisir. En regagnant l'étang sacré près duquel, sous un buisson, l'attendait son véritable corps, elle pria pour que les dieux anciens, dans leur sagesse, lui offrent une seconde chance.

À la voix de Steinarr racontant son histoire répondait celle de Matilda lui narrant la sienne.

— Notre *jarl* nous a envoyés conquérir un village. Il avait entendu dire qu'un grand trésor s'y trouvait.

— Je pensais que tout le monde pouvait faire ça, jusqu'à ce que mon père me batte comme plâtre pour m'en guérir.

— Nous avons tué son fils, et elle nous a maudits.

— J'ai appris à cacher ce don. J'ai convaincu père que ce n'était qu'un jeu et que j'avais grandi. Il n'y avait pas d'autre moyen pour retenir sa main.

— Nous étions neuf. L'un d'entre nous a réussi à briser le charme et a retrouvé sa condition humaine. C'est ainsi que nous avons appris que c'était possible.

— Je n'arrivais pas à comprendre pourquoi tu m'attirais tant... et pourquoi tu me faisais si peur.

— Brand. Ari. Torvald…

— Torvald ? Ainsi, c'est lui l'étalon !

Dans les bras l'un de l'autre, ils partageaient ces vérités qui se mêlaient pour former un tout cohérent. Des réponses furent apportées aux questions posées. Des baisers, des caresses et des sourires furent échangés. C'était important, c'était merveilleux, mais au fond une seule chose importait aux yeux de Steinarr : bien que sachant qui il était, Marian ne s'était pas enfuie en courant.

Ils discutaient encore, bras et jambes mêlés, quand un bruit de sabots percutant le sol se fit entendre. Steinarr se redressa à contrecœur, tendit l'oreille et émit un sifflement codé, auquel il fut répondu correctement.

— C'est Ari, expliqua-t-il en allant ramasser les habits de Marian disséminés sur le sol.

Avant de céder à la tentation d'embrasser une dernière fois ses seins, il les lui tendit et alla récupérer ses propres vêtements. Il finissait de s'habiller lorsqu'il se porta à la rencontre de son ami à l'orée de la clairière.

— Tu es en retard, dit celui-ci. Ça fait un moment que je t'attends et…

Ari se tut. Ses yeux s'arrondirent quand il vit Marian, rougissante, qui achevait de s'habiller.

— Comment a-t-elle fait pour être si vite là ? s'étonna-t-il.

— Elle est là depuis hier, maugréa Steinarr. Tu devrais rentrer au camp et prévenir les autres que nous arrivons.

— Depuis hier ! s'exclama Ari.

Les sourcils froncés, il s'efforçait d'éclaircir ce mystère.

— Elle est restée avec toi toute la nuit, résuma-t-il. Et elle est toujours vivante. Le lion ne l'a pas…

Réalisant ce que cela signifiait, il glissa à bas de son cheval et agrippa son ami par les épaules.

— Elle sait ? demanda-t-il.

— Elle sait.

— Et vous venez de… Elle sait, et elle t'aime encore ?

Le sourire d'Ari, bien que radieux, aurait difficilement pu éclipser celui de Steinarr.

— Elle m'accepte tel que je suis, corrigea-t-il, un ton plus bas. Pour l'instant, cela me suffit.

— Mais tu as besoin d'elle pour…

— C'est à moi d'en décider, pas à toi ! Pour l'instant, retourne vite au camp. Robin doit s'inquiéter. Dis-lui que Marian m'a rejoint pour me convaincre de l'emmener.

— Elle vient avec nous ?

— Non !

— Bien sûr que si ! lança Matilda dans la clairière.

— Bien sûr que non, s'entêta Steinarr. Vas-y, Ari. Je rentrerai avec Marian sur la jument. Emmène l'étalon et fais en sorte qu'il soit prêt pour le départ à notre retour, ainsi que Robin.

Lorsqu'ils sortirent du sous-bois pour rejoindre la route principale, la tendresse de leurs effusions matinales avait cédé la place à une dispute passionnée qui les occupa durant tout le trajet de retour au camp. Marian fulminait et se montrait plus obstinée et vindicative que jamais. Le pire était qu'à ses arguments qui ne manquaient pas de valeur, Steinarr n'avait à opposer que celui de sa sécurité.

— Ce n'est pas prudent, insista-t-il. Ce Gisburne est un homme dangereux.

— Tu crois que je l'ignore ? répliqua-t-elle. J'ai dû me garder de lui toute ma vie ! Père a commencé à se méfier de lui quand il a découvert qu'il se montrait… entreprenant avec moi et que rien ne semblait pouvoir l'arrêter.

— Mais… vous êtes cousins !

— *Aye*. Mais cela ne l'a pas empêché d'essayer de faire de moi sa maîtresse. Et je suppose que mon mariage avec Baldwin ne l'en aurait pas dissuadé davantage…

Steinarr émit un grognement dégoûté et conclut :

— Une raison supplémentaire de le tuer.

— Une raison supplémentaire pour moi d'aider Robin ! rectifia-t-elle. Pour réussir, il a besoin de mon aide.

— Et moi, j'ai besoin de te savoir à l'abri de Gisburne.

— Alors, garde-moi près de toi ! Où serai-je plus à l'abri que dans tes bras ?

Pour donner plus de poids à ses propos, elle laissa ses mains s'égarer sous la chemise de Steinarr.

— Et c'est moi que tu traites de démon ? protesta-t-il d'une voix grondante. Cela ne change rien : tu restes ici.

Ils s'engagèrent dans la forêt, et aux abords de la clairière, les enfants vinrent à leur rencontre en courant.

— Est-ce que vous vous disputez ? s'enquit Goda, aussi bavarde que de coutume. Sir Ari dit que vous vous disputez. Tu as l'air en colère, Marian.

— C'est parce que je le suis !

Comme pour le prouver, elle décocha un coup de poing dans le dos de Steinarr et descendit de cheval sans son aide.

Robin se précipita vers elle aussi vite que sa jambe boiteuse le lui permettait, le visage tordu par la fureur.

— Tu es restée seule avec lui toute la nuit ! s'écria-t-il.

— La paix, Robin ! répliqua-t-elle. Je suis restée seule avec lui pendant des semaines. Une nuit de plus ou de moins, qu'est-ce que ça peut faire ?

— Je n'aurais pas dû vous laisser partir ensemble. S'il t'a déshonorée…

Sans achever sa phrase, il foudroya Steinarr du regard.

— Au moins, s'exclama-t-elle, cela me permettrait peut-être d'échapper à Baldwin !

Sur ce, elle se précipita vers le feu, et lorsque Steinarr l'y rejoignit, après s'être occupé de la jument, elle lui tendit un bol de soupe et une tranche de venaison froide.

— Mange, maugréa-t-elle. Tu es affamé.

Il se rendit compte qu'elle disait vrai et songea à tous ces matins où elle l'avait accueilli en se préoccupant avant toute chose de le rassasier.

En acceptant le bol, il laissa ses doigts caresser les siens et murmura tout bas :

— Merci, belle Marian.

Haussant les sourcils, elle le dévisagea longuement. Peut-être y avait-il l'esquisse d'un pardon dans son regard vert, mais dans ce cas, ses lèvres pincées se chargeaient d'y apporter un démenti… Pourtant, un instant plus tard, alors qu'il engloutissait son repas, il l'entendit murmurer à Ivetta :

— Tu avais raison. Je ne regrette pas d'être allée le retrouver.

— Pardon ? répondit Ivetta, interloquée.

— Tu as bien fait d'insister. J'avais besoin de savoir, et maintenant je sais. Alors, je te remercie du conseil.

— De quoi est-ce que tu parles ? fit Ivetta avec agacement, un ton plus haut. Je ne t'ai jamais rien dit de tel !

— Mais si ! intervint Édith. Je t'ai entendue moi-même conseiller à Marian de le rejoindre quand il s'apprêtait à partir. Et tu as dit à Robin que c'était toi qui le lui avais conseillé.

— Impossible ! décréta Ivetta. Je n'étais même pas là.

— Tu perds la mémoire, femme, intervint James. Je t'ai vue, de mes yeux vue, à mon retour du chantier.

— Impossible ! riposta-t-elle en croisant les bras. À ce moment-là, j'étais dans les bois. Je ne me suis pas sentie bien et j'ai dû m'allonger. La prieure était près de moi quand je me suis réveillée. Nous étions près des ronciers.

Intrigué, Ari vint se joindre à la conversation.

— La prieure Celestria ? demanda-t-il. Du manoir ?

— *Aye*. De quelle autre prieure pourrait-il s'agir ? Elle est restée près de moi jusqu'à ce que je me sente mieux. Elle m'a dit que je n'étais pas restée longtemps évanouie, mais je me souvenais du grand jour... alors qu'il faisait presque nuit.

— Pourtant, après la cueillette des mûres, tu es bien rentrée au camp avec moi, expliqua Marian.

— Et tout le monde ici peut en témoigner, ajouta Robin. Tu m'as expliqué que tu avais conseillé à Marian de suivre sir Steinarr, puis tu t'es éloignée vers les lieux d'aisances.

Seule contre tous, Ivetta commençait à s'énerver.

— Je te dis que j'étais près des ronciers, évanouie !

Ari alla rejoindre Steinarr et se lamenta en norrois, en prenant les cieux à témoin :

— Pourquoi m'avoir offert ce don, s'il ne me sert à rien ?

— Qu'est-ce qui te prend ? s'étonna Steinarr.

Ari s'accroupit à côté de lui et lui expliqua tout bas, toujours en norrois :

— Pendant que Robin était au manoir, j'ai eu comme... Je ne sais pas. Pas une vision – j'ai été incapable d'en provoquer une –, mais une sorte de noir pressentiment.

Un frisson de mauvais augure secoua Steinarr.

— À quoi ressemble cette prieure ? demanda-t-il.

— Je ne l'ai jamais vue. Elle était toujours partie ou plongée dans ses prières.

— Et tu n'as pas trouvé ça bizarre ?

— C'est une nonne ! Qu'est-ce que je sais des nonnes et de leurs habitudes ?

Steinarr héla Robin pour lui demander, en anglais cette fois :

— À quoi ressemblait la prieure qui t'a soigné ?

— Des yeux noirs, répondit-il. Des cheveux noirs, j'imagine, même s'ils étaient cachés par sa guimpe. Presque aussi grande que moi. Fine comme une anguille.

Plongé dans ses souvenirs, Robin caressa son bouc, avant de poser le doigt sur le coin droit de sa bouche et d'ajouter :

— Elle avait aussi un grain de beauté, juste ici.

— Cwen ! glissa Ari dans un souffle.

Puis, revenant à sa langue natale, il ajouta :

— Elle a dû emprunter l'apparence d'Ivetta, tout comme elle avait pris celle de cette nourrice, à Alnwick…

— … afin d'entrer en contact avec Marian et de l'envoyer sur mes traces dans les bois, enchaîna Steinarr.

Savoir ce que le lion aurait pu lui faire – lui aurait fait, si elle n'était pas parvenue à le contacter mentalement – lui remuait les tripes.

— Elle voulait que tu la tues, conclut Ari. Et que l'aube te trouve désespéré de l'avoir fait.

Marian, qui avait remarqué leur aparté, vint les rejoindre et demanda :

— Il y a un problème, messires ?

Steinarr reporta son attention sur Ivetta. Plus troublée que jamais, elle échangeait de vives paroles avec son mari. Soudain, Guy de Gisburne et ses hommes d'armes lui parurent un moindre mal en comparaison du danger que Cwen représentait.

— J'ai changé d'avis, dit-il à Marian. Tu viens avec nous. Prépare-toi et préviens Will Scathelocke de faire de même.

Ensuite, il n'eut plus qu'à se lever pour aller mettre en garde Hamo contre le démon qui résidait à Headon Manor.

19

— Tout paraît calme à l'abbaye, mais la route semble avoir été beaucoup utilisée depuis la dernière pluie. Si le roi y est passé, on dirait qu'il est reparti.

Ils avaient fait halte dans les bois, non loin de Newstead, après avoir réussi à effectuer le trajet en deux jours et demi, malgré la nécessité d'avoir à éviter les grandes routes. De retour de la mission de reconnaissance que Steinarr lui avait confiée, Ari faisait son rapport.

En apprenant la nouvelle, Robin se décomposa.

— Nous arrivons trop tard, gémit-il. Par ma faute, nous avons perdu trop de temps.

— Allons, tu t'es très bien débrouillé, assura Steinarr.

Ce n'était pas un vain compliment. À la fin du premier jour de chevauchée, Robin avait paru plus mort que vif, mais il s'était réveillé le lendemain ragaillardi et prêt à affronter une nouvelle journée. Et tout le reste du voyage, il s'était accroché à la crinière de sa jument en serrant les dents et en faisant preuve d'autant d'obstination que sa sœur. Pas si mal, pour un homme qui venait de frôler la mort... En fin de compte, il ne ferait peut-être pas un si mauvais lord.

— Le roi n'a pas dû aller bien loin, reprit Steinarr. Nous allons le trouver.

— Un convoi de cette importance ne parcourt pas plus de quelques lieues en un jour, renchérit Ari. Nous l'aurions sûrement croisé si nous avions pris la route, mais cela ne nous aurait pas servi à grand-chose.

— C'est mieux ainsi, approuva Steinarr. Aucun signe de Gisburne ou de ses hommes ?

— Je n'ai rien remarqué, répondit Ari. Peut-être Gisburne s'est-il joint au convoi royal. C'est ce que je ferais, si j'étais lui, en plus de poster des guetteurs le long des routes.

— Nous verrons ça plus tard. Pour l'instant, tenons-nous-en à notre plan. En route ! Nous avons le temps d'aller voir l'abbé aujourd'hui.

Ils gagnèrent l'abbaye en passant par la forêt à laquelle elle s'adossait et ne contournèrent la muraille pour franchir le portail que lorsqu'ils ne purent faire autrement. Le même moine qu'à leur première visite les y accueillit.

— Le père abbé m'a prévenu que vous reviendriez, dit-il en reconnaissant Steinarr et Marian. Et je vois que vous avez amené le garçon…

— Je ne suis pas un garçon ! s'insurgea Robin.

Le moine le toisa de pied en cap et lâcha sèchement :

— Mais pas vraiment un homme non plus.

— Suffisamment, en tout cas, pour mériter que mon épée défende sa cause, gronda Steinarr. Et pour corriger un moine insolent !

Le portier le foudroya du regard, mais ne releva pas et ouvrit le portail en annonçant :

— Je vais prévenir l'abbé Talebot.

Après son départ, Steinarr se tourna vers Will.

— Tu restes ici pour surveiller la route, lui ordonna-t-il. Je ne voudrais pas être pris par surprise. Ari, tu nous suis.

Ils se retrouvèrent bientôt à attendre le père abbé dans la même petite salle que précédemment, mais celui-ci ne tarda pas, cette fois. L'un après l'autre, ils s'agenouillèrent pour baiser son anneau.

— Pas toi, mon fils, dit-il en élevant la main pour que Robert n'ait pas à se mettre à genoux. Ainsi, tu t'es réellement cassé la jambe…

— Oui, père abbé. Je suis tombé d'un arbre, et c'est sir Ari qui a remis ma jambe en place et l'a soignée.

— Je me disais que c'était peut-être une ruse de ta sœur pour me soutirer l'indice laissé par votre père.

Tout en parlant, il tournait autour de lui, comme pour le jauger. Au bout d'un moment, il reprit d'un air songeur :

— Te souviens-tu de moi, Robert ?

— *Aye*, père abbé. Nous nous sommes vus à Sudwell, quand nous y sommes allés en pèlerinage, mon père et moi. Je me souviens que vous avez bu du bon vin avec nous.

L'abbé se mit à rire.

— Effectivement, reconnut-il. Pourquoi se donner la peine de devenir père abbé si ce n'est pour pouvoir boire du bon vin ? C'était il y a bien longtemps. Je suis surpris que tu t'en souviennes encore.

— C'était du très bon vin, père abbé…

Le religieux se mit à rire de plus belle et demanda :

— Te rappelles-tu autre chose, mon fils ? Te souviens-tu du cadeau que ton père m'a fait ?

Les yeux plissés, Robert se plongea dans ses souvenirs.

— Oui, répondit-il enfin. C'était un livre pieux, avec une reliure à l'aumônière*.

D'un signe de tête, il désigna le petit ouvrage que l'abbé portait à sa ceinture, pendu à une longue lanière en cuir.

— D'ailleurs, ne serait-ce pas celui-ci ?

Souriant, l'abbé entreprit de détacher l'ouvrage de sa ceinture tout en expliquant :

— C'est bien lui. Un très beau Livre des proverbes qui est venu remplacer mon habituel bréviaire.

Après avoir entouré la lanière autour de l'ouvrage, il le tendit à Robin et ajouta :

— Ton père ne pensait pas que tu t'en souviendrais, et moi non plus, à vrai dire. Tu sculptais quelque chose, quand nous en parlions... Qu'était-ce, déjà ? Ah oui ! Un petit cheval en bois, qui semblait monopoliser ton attention.

— Il m'a corrigé ensuite pour m'être montré impoli envers vous, raconta Robin. Il n'a jamais compris que je suis plus attentif quand mes mains sont occupées.

— C'est la raison pour laquelle j'utilise ceci...

L'abbé caressa le chapelet pendu à sa ceinture et ajouta :

— Il va se sentir bien seul, sans ce Livre des proverbes. Enfin... lord David m'avait prévenu que ce n'était qu'un prêt, et j'en ai bien profité pendant quelques années. Mon bréviaire va reprendre du service.

— Si je réussis dans mon entreprise, je vous le rendrai, promit Robin. J'en ferai même fabriquer un semblable pour chacun de vos moines.

— Cela constituerait une offrande pieuse et charitable à notre abbaye, reconnut l'abbé. Mais de simples bréviaires leur seraient sans doute plus utiles.

Après être allé leur ouvrir la porte, signifiant ainsi la fin de l'entretien, il se frotta les mains et conclut :

— Voilà une affaire rondement menée ! Cela s'est avéré plus simple que vous ne le pensiez, non ? À présent, mettez-vous en route, car le temps vous est compté. Le roi avait l'intention de se rendre à Rufford et de là à Clipstone. Si vous résolvez rapidement votre énigme, vous l'y trouverez encore. Sinon, il faudra le rattraper. Que la bénédiction du Seigneur t'accompagne dans ta quête, Robert.

La porte s'était à peine refermée derrière eux que Marian, folle d'impatience, se précipita vers son frère.

— Montre-le-moi ! ordonna-t-elle, la main tendue.

— Pas ici, intervint Steinarr. Allons nous mettre en sécurité dans les bois avant de manquer de lumière.

— J'ai une idée, dit Ari.

D'un bon pas, il se dirigea vers un petit autel aménagé dans un coin de la muraille et y préleva deux cierges.

— S'il faut lire ce livre cette nuit, précisa-t-il, mieux vaut avoir de quoi s'éclairer.

— Reposez ces cierges, messire ! ordonna sèchement Marian. Vous ne pouvez flouer ainsi une abbaye.

Sans s'émouvoir, Ari glissa les bougies dans sa chemise et tira de sa bourse un penny qu'il déposa sur l'autel.

— Voilà de quoi les payer deux fois.

— Il aurait été préférable de demander !

— Mieux vaut s'excuser après coup qu'essuyer un refus en demandant d'abord, fit valoir Ari en riant. Je suis surpris que Steinarr ne t'ait pas encore appris la leçon.

En allant récupérer leurs chevaux, ils trouvèrent Will en grande conversation avec le moine portier, qui dévisagea Robin avec attention et demanda :

— Êtes-vous vraiment Robin des Bois, messire ?

— Will !

— Je n'ai rien fait ! affirma ce dernier en réponse à la protestation indignée de Robin. C'est lui qui m'a interrogé quand il a constaté qu'on vous appelait Robin.

— Et comment un moine a-t-il pu entendre parler de Robin des Bois ? s'enquit Steinarr.

— Je ne suis pas un moine, messire. Et je ne suis pas augustin non plus. Je suis la règle de saint François.

— Augustin ou franciscain, intervint Marian, où avez-vous entendu parler de Robin des Bois ?

L'homme, d'une carrure respectable, empoigna à deux mains son imposant bâton avant de lui répondre.

— Depuis votre dernière visite, je suis allé à Nottingham pour le compte du père abbé. Il y avait ces saltimbanques, sur la place du marché... Après avoir joué leur mystère, ils se sont mis à raconter à la taverne les aventures de Robin des Bois, de la belle Marian et de Petit Jean.

Le regard qu'il coula en direction de Steinarr indiquait clairement qu'il pensait avoir deviné sa véritable identité.

— Je pensais qu'il s'agissait d'un conte, mais en vous entendant ce matin... un doute m'est venu. Pour en avoir le cœur net, j'ai interrogé Will, qui m'a confirmé la chose.

— Will est un âne ! s'emporta Steinarr. Et il sera bientôt un âne châtré si j'entends encore une fois cette fable !

— Et je pourrais aider à l'opération, renchérit Marian.

Rouge brique, le jeune jongleur bredouilla :

— Tout... tout ce que j'ai dit, c'est que votre nom est véritablement Marian, milady... et que Robin est bien Robin. Enfin... j'en ai peut-être dit un peu plus, mais il connaissait déjà toutes les histoires.

— Frère franciscain, je dois te réclamer la plus grande discrétion, maugréa Steinarr avec lassitude. Personne ne doit savoir que nous sommes ici.

— Surtout pas le shérif, hein ! renchérit le portier en lui faisant un clin d'œil. Je comprends parfaitement, messire, et je serai plus muet qu'une tombe. Cela dit, vous pouvez vous assurer de mon silence en m'emmenant avec vous.

— Quoi ?

— Faites de moi un de vos hommes. Je ne suis pas attaché à Newstead. Je voyage d'abbaye en abbaye.

— Nous n'avons pas besoin d'un moine.

— Mais vous avez besoin d'un prêtre. J'ai rarement vu un groupe de hors-la-loi qui en ait autant besoin que vous.

— Je ne suis pas un hors-la-loi ! gronda Steinarr.

— Et tu n'as pas de cheval, franciscain, nota Ari.

— Le cheval louvet de Will nous portera tous deux.

— Il a beau être le plus laid canasson de ce coin-ci des Midlands, il peut porter deux hommes au galop sur plus de dix miles, prétendit celui-ci.

— Pas question ! trancha Steinarr. Venez, nous partons.

Marian et Robin sur ses talons, il se dirigea vers les chevaux. Ari le rattrapa et lui dit à mi-voix :

— Il pourrait nous être utile. Un homme de plus entre Robin et Gisburne...

— Un moine ?

— Un moine qui sait manier le bâton, précisa Ari. Tu as vu ses bras ? Aussi gros que ceux de Gunnar, et comme lui, il doit avoir la force d'un taureau...

Perplexe, Steinarr jeta un coup d'œil en biais à Robin. Peut-être le moment était-il venu de le faire participer aux décisions.

— Cette quête est la tienne, Robin. À toi de choisir : que devons-nous faire de lui ?

Le jeune homme n'hésita pas plus d'une seconde.

— Emmenons-le et voyons comment il s'intègre à notre groupe. J'ai besoin d'hommes, j'en suis conscient, et je n'ai pas confiance en ceux qui ont servi mon père. Je veux pouvoir compter sur des individus qui me soient loyaux.

— Nous pourrons le renvoyer s'il est une charge, ajouta Marian. Ou le déposer à la prochaine abbaye.

L'affaire étant entendue, Steinarr cria à Will par-dessus son épaule :

— Si vous restez à la traîne, on vous abandonne ! Tous les deux !

— Je comprends, messire.

— Moi de même, ajouta le franciscain, tout sourire.

— Alors, préparez-vous à partir.

— Telles sont mes seules possessions en ce bas monde, répondit le franciscain en montrant son bâton et la croix à sa ceinture. Laissez-moi simplement prévenir le père abbé.

Il détala avec une rapidité confondante pour un homme de sa corpulence. À son retour, tout le monde était en selle. Tout essoufflé, le franciscain lança à Robin :

— Le père abbé m'a dit de vous dire qu'il attend, en plus des livres promis, un nouveau frère pour garder sa porte. Même si j'ignore ce qu'il entend par là.

Steinarr, radouci depuis que les bras de Marian lui enserraient la taille, répondit en souriant :

— Il veut dire que te voilà intégré à notre compagnie.

— Quel est ton nom, franciscain ? s'enquit Robin.

— Turumbertus, répondit-il. Mais c'est si horrible que tout le monde m'appelle Tuck.

— Je ne me rappelle pas avoir vu ce livre dans les mains de père, dit Matilda à Robin, en feuilletant avec lui le Livre des proverbes de l'abbé Talebot. C'est une vraie splendeur.

Même dans la chiche lumière des cierges volés, les enluminures brillaient comme autant de trésors. Des images sacrées ou profanes se mêlaient au texte. Tête contre tête, ils scrutaient chaque page, à la recherche d'un indice que leur père aurait pu y laisser.

— J'espère que ce n'est pas dans le texte, reprit Matilda. Il va me falloir des jours pour déchiffrer tout ce latin.

— Nous avons frère Tuck, à présent.

— Oui, c'est vrai. Oh ! Regarde... Un moulin à vent semblable à celui de Tuxford. Je me demande si...

S'emparant de sa besace, elle la retourna pour en vider le contenu dans l'herbe à ses pieds.

— Je me demande s'il ne faudrait pas se servir de ces indices, reprit-elle en les classant dans l'ordre où elle les avait trouvés. Ils sont peut-être cachés dans les enluminures.

Robin, en se redressant soudain, le sourire aux lèvres, attira son attention.

— Qu'est-ce qu'il y a ? s'enquit-elle.

L'index posé au sommet d'une page, il lut tout haut :

— *Benedictio Domini...*

— Je ne connais pas le latin, mais je sais ce que ça veut dire, intervint Will. La bénédiction du Seigneur...

— « Que la bénédiction du Seigneur t'accompagne dans ta quête », cita Robin. C'est ce que m'a dit l'abbé.

— *Benedictio Domini divites facit nec sociabitur ei adflictio*, lut Matilda, penchée sur le livre. Quelque chose à propos d'un enrichissement. Tuck ? Vous nous traduisez ?

— C'est la bénédiction du Seigneur qui enrichit. Et il ne la fait suivre d'aucun chagrin.

Matilda et Robin se dévisagèrent, chacun espérant que l'autre reconnaîtrait quelque chose dans ces mots, mais ils durent déchanter.

— Peut-être l'enluminure ? suggéra-t-il.

Le visage de Matilda s'illumina à son tour d'un grand sourire quand elle reconnut le sujet.

— David et Bethsabée, murmura-t-elle. Lord David...

— Le sage roi Salomon, qui a écrit les proverbes, était le fils de David et de Bethsabée, leur rappela Tuck.

— Regarde cette frise entre les deux colonnes de texte ! fit remarquer Robin, tout excité.

Matilda s'empara du fragment de parchemin trouvé à Blidworth et le posa à côté.

— C'est le même motif ! s'exclama-t-elle.

Robin cligna des paupières et précisa :

— Pas tout à fait. Il y a quelque chose…

Après avoir retourné le livre à l'envers, il suivit du bout du doigt l'enluminure centrale.

— Il y a des lettres parmi les volutes. Écris-les, Maud !

Du bout d'une branche calcinée ramassée dans le feu, Matilda traça sur le sol les lettres qu'il lui dictait.

— « Regarde-moi au soleil de midi », lut-elle quand il se tut. « Moi », ce ne peut être que David. Quant au soleil…

Dans l'amas hétéroclite d'objets alignés à ses pieds, elle prit le bout de verroterie rouge et s'en servit pour observer l'enluminure.

— Nous avons trouvé ça « au soleil de midi », expliqua-t-elle en regardant à travers la pierre. Je discerne quelque chose dans le rouge de la robe… Ah ! C'est la pièce d'alliance du roi Richard. Il y a quelque chose d'écrit dessous, mais j'ai besoin de plus de lumière.

Torvald alla chercher un tison dans le feu, Tuck fit de même, Robin approcha les deux bougies, mais même ainsi, aucun d'eux ne put distinguer plus que quelques lettres. Matilda, cependant, ne manqua pas de remarquer le trouble manifesté par Torvald quand il observa le dessin.

— Il n'y a pas assez de lumière, décréta Robin. Nous devrons attendre demain.

— Mais je n'ai pas envie d'attendre ! protesta Matilda.

— Il le faudra bien, pourtant, intervint Torvald.

D'un signe de tête, il lui fit signe de le suivre un peu à l'écart des autres.

— Vous avez vu quelque chose, dit-elle tout à trac.

— *Aye*, reconnut-il à mi-voix. Tu dois montrer cette pièce d'alliance à Steinarr. Mais montre-la à Ari, d'abord.

— Pourquoi ?

— Juste pour qu'ils la voient.

Il leva ensuite les yeux vers le ciel, et Matilda comprit qu'il devinait l'heure à la position des étoiles, tout comme Steinarr le faisait grâce à celle du soleil.

— Il ne reste plus beaucoup d'heures de nuit, constata-t-il. Va te reposer. Demain sera une longue journée. Pour chacun de nous...

— Qu'est-ce que tu fais là ? s'étonna Steinarr.

Il venait de découvrir Marian assise sur un arbre abattu au bord du chemin, lézardant aux premiers rayons du soleil.

— Je suis venue t'accueillir, bien sûr, répondit-elle en le regardant glisser à bas de l'étalon. Et pour annoncer à sir Ari que Robin désire lui parler.

— Ah oui ? fit l'intéressé en haussant les sourcils. À chaque jour qui passe, notre Robin se comporte un peu plus en lord.

— Ce en quoi il a parfaitement raison, estima Steinarr. Va le distraire un peu, que je puisse voler quelques instants avec sa sœur.

Ari prit la direction du camp et lança en riant :

— Soyez sages, vous deux ! Nous n'avons pas beaucoup de temps.

— Comptez sur nous, messire ! répliqua Marian.

Pourtant, dès qu'il eut disparu à leur vue, elle courut se blottir dans les bras de Steinarr, lâchant dans un soupir :

— Enfin ! Je n'aime pas voyager avec tant de monde. Trop d'yeux autour de moi... C'était mieux quand nous étions seuls tous les deux, même si nous n'avions pas toujours le temps de faire l'amour.

Steinarr s'efforça d'ignorer le désir qui se manifestait avec éloquence à son entrejambe. Cela n'avait rien d'évident alors qu'elle prenait un malin plaisir à se frotter contre cette partie très sensible de son anatomie.

— Cesse de te trémousser, protesta-t-il. Ces yeux sont là pour assurer votre sécurité, à toi et à Robin. Lui est probablement ravi d'avoir tous ces chaperons.

Matilda haussa les épaules.

— Je crois qu'il s'est convaincu que je suis toujours vierge. Il sera déçu quand il devra se rendre à l'évidence.

— Gardons-nous de le détromper, conseilla Steinarr. Du moins tant qu'il n'a pas achevé sa quête. C'est l'affaire d'un jour ou deux.

— Oui, je suppose que tu as raison. Et ensuite ?

Steinarr savait ce qu'il voulait, mais il n'avait pas encore trouvé le moyen de le faire advenir.

— Je ne sais pas, avoua-t-il.

À leur retour au camp, ils trouvèrent Ari accroupi à côté de Robin, occupé à observer une page du livre de l'abbé à travers le verre rouge trouvé à Blidworth. Lorsque Steinarr eut confié son étalon à Will, Ari se redressa, le visage soucieux. Après avoir emprunté le livre et le bout de verre à Robin, il rejoignit son ami.

— Viens, lui dit-il en l'entraînant à l'extérieur du camp. Nous devons parler.

Ses airs mystérieux suffirent à alerter Steinarr, qui sentit ses cheveux se dresser sur sa nuque.

— Qu'est-ce qui se passe ? s'enquit-il. Où allons-nous ?

— Loin des autres.

Ari ne voulut rien ajouter tant qu'ils ne furent pas loin du camp, puis il trouva un coin ensoleillé où s'arrêter et tendit le livre ouvert à Steinarr.

— Un roi et sa reine, constata celui-ci en y jetant un coup d'œil. Et alors ?

— Retourne le livre, expliqua Ari. Et regarde l'image à travers ce bout de verre que vous avez trouvé à Blidworth.

Perplexe, Steinarr s'exécuta et vit la robe rouge du roi s'estomper, révélant une image fantomatique : un cercle au pourtour orné de motifs entrelacés, et au milieu…

— Ma *fylgja* !

Il crut que le sol se dérobait sous ses pieds, puis une grisante sensation d'allégresse le submergea quand il comprit ce que cette découverte impliquait. Marian… Ma liberté…

— Il y a un problème, maugréa Ari. C'est le trésor.

— Mais non ! Marian disait qu'il était en or.

— Le pourtour, uniquement… Robin me l'a confirmé. Le centre de la pièce est une très ancienne médaille en argent. Richard Cœur de Lion en avait fait son porte-bonheur. Et lorsqu'il a voulu l'offrir en gage royal de reconnaissance, il l'a fait enchâsser dans une grosse pièce d'or.

— Mais…

— Il s'agit bien du trésor que leur père a caché, assura Ari. Le trésor que Robin doit présenter au roi pour devenir lord.

— Non ! Non… Ce n'est pas possible.

Steinarr avait l'impression que l'espoir lui filait entre les doigts comme du sable.

— Quatre cents ans d'attente, pour que les dieux me la reprennent une deuxième fois ! rugit-il. Qu'ai-je fait pour les offenser ? Pourquoi me torturer ainsi ?

Les poings serrés, il ferma les yeux.

— Où se trouve-t-elle ? s'enquit-il.

— À Edwinstowe. Le texte figurant sous la médaille livre la clé de l'énigme.

Ari posa la main sur l'épaule de son ami.

— Steinarr... reprit-il d'un ton pressant. Emmène Marian avec toi et va chercher ta *fylgja*. Sauve-toi !

La tentation était forte. Ils pouvaient être à Edwinstowe le jour même... et dans les bras l'un de l'autre dès cette nuit-là. Il pourrait l'épouser, l'aimer, vieillir avec elle.

— J'ai promis de faire de Robin le prochain lord de Huntingdon, dit-il d'une voix blanche. Je l'ai juré sur mon épée – c'était un serment sur l'honneur, Ari !

— Brise-le ! Je m'occuperai de Robin. Je l'établirai sur le domaine d'Alnwick, il y sera bien. Saisis ta chance !

Steinarr secoua lentement la tête.

— Ce n'est pas une chance, rectifia-t-il. Si je vole cette pièce, Marian me haïra et je la perdrai. Pour conserver son amour, je dois renoncer à la possibilité de vivre avec elle...

Un flot de bile lui monta dans la gorge.

— Va dire aux autres de se tenir prêts, conclut-il.

Ari paraissait aussi éprouvé que lui.

— Que vas-tu faire ? demanda-t-il, inquiet.

— Je n'en sais rien. Odin me vienne en aide, je n'en sais fichtrement rien ! Mais ce que je sais, c'est que je dois aller à Edwinstowe pour le faire.

20

Steinarr mena leur troupe à un train d'enfer, si bien que même en évitant les routes principales et en contournant Clipstone par l'ouest, none sonnait à peine aux cloches de l'église d'Edwinstowe quand ils y parvinrent. Une rapide reconnaissance menée par Ari et Will leur apprit que le village était dépourvu de visiteurs, royaux ou non.

— C'est parfaitement désert, rapporta Will. Peut-être les habitants ont-ils été réquisitionnés pour aider à la chasse du roi.

— Nous pourrons ainsi récupérer le trésor en toute discrétion, commenta Ari.

Le regard entendu qu'il adressa à Steinarr n'échappa pas à Matilda, pas plus que la mine lugubre de ce dernier. Il était dans cet état depuis qu'Ari lui avait montré le Livre des proverbes, et elle ne comprenait pas pourquoi. Si grand était son malaise qu'elle avait dû dresser entre eux un solide rempart mental durant tout le trajet pour ne pas se laisser submerger. À présent qu'ils étaient arrivés à destination, il observait la flèche de l'église avec tant d'appréhension qu'elle suggéra :

— Rien ne presse. Nous n'avons peut-être pas besoin d'y aller maintenant.

Il se tourna vers elle, cachant derrière un visage de marbre son tumulte intérieur.

— Non, répondit-il fermement. Inutile de remettre à plus tard. Will ? Te souviens-tu de ce que je t'ai dit ?

— Si les choses se gâtent, j'emmène Marian à Hokenall pour la placer sous la protection de lord Peter.

— Et ?

La main sur le cœur, le jeune jongleur ajouta fièrement :

— Je la protège au péril de ma vie, sur l'honneur !

Steinarr acquiesça d'un air satisfait.

— Bien, dit-il. Ari ?

— Je veillerai sur Robin. Quoi qu'il arrive.

Intriguée, Matilda remarqua le nouveau regard lourd de sous-entendus qu'il adressait à Steinarr.

— Non ! intervint Robin, attirant sur lui l'attention générale. Vous devez tous protéger Marian. Toi aussi, frère Tuck. Mon premier devoir, que je devienne lord ou non, est de veiller sur ma sœur.

— Elle sera protégée, assura Steinarr. Mais tu le seras également... lord ou pas. Allons-y, maintenant. Nous devons avoir quitté Edwinstowe avant la nuit.

Il prit la tête du convoi et fit avec prudence le tour du village avant de s'engager dans la rue principale. Sur la place du marché, il demanda à Matilda de répéter l'énigme.

— « Saint Edwin y demeure et veille, récita-t-elle. Ce que tu cherches est dans le séjour céleste de Dieu. »

— Robin ? interrogea Steinarr.

— Un détour par l'église me semble s'imposer.

Un instant plus tard, ils contemplaient avec abattement le plafond de la nef, noirci par un récent incendie.

— Dieu n'est plus dans les cieux, constata Matilda, déçue.

— Blasphème ! s'écria une voix outrée. Blasphème !

Tous se retournèrent et virent un prêtre au visage émacié fondre sur eux.

— Vous vous méprenez, mon père, argumenta-t-elle d'une voix tremblante. Je ne voulais pas…

Accablée par la somme de pénitences qu'il allait lui falloir accomplir, elle se jeta à genoux devant lui et lui prit les mains pour les embrasser tout en expliquant :

— Je voulais juste signifier... que le plafond de votre église a brûlé... Pardonnez-moi, mes paroles ont trahi ma pensée.

Radouci, le curé répondit :

— Ce n'est pas à moi de te pardonner. Tu demanderas pardon au Seigneur dans tes prières ce soir. Et tu réciteras dix Notre Père.

— Oui, mon père.

Matilda n'osait se rappeler depuis combien de temps elle n'avait pas prié.

— De quand date l'incendie ? demanda-t-elle, préférant ne pas s'appesantir sur le sujet.

— De ce printemps. Nous avons eu la chance que les flammes soient éteintes rapidement. Les dégâts sont surtout dus à la fumée, et grâce à Dieu, ils seront bientôt réparés. Le roi nous a accordé l'autorisation d'abattre dix grands chênes pour payer les travaux.

— À quoi cela ressemblait-il avant l'incendie ? s'enquit Robin. Était-ce un plafond peint ? lambrissé ?

— Non. Juste une voûte en pierre, mais de toute beauté.

— Peut-être au manoir, dans ce cas… reprit Robin, songeur. On nous a parlé d'une représentation du séjour céleste à voir à Edwinstowe – c'était à cela que ma cousine faisait référence –, et puisque nous passions dans les environs… Je présumais qu'elle se trouvait ici, mais je me trompais.

— On vous a parlé de la salle haute de lord Ulmar, précisa spontanément le prêtre. Sa dame a fait peindre au plafond les cieux, la lune et les étoiles. Il y a même une comète, que le roi a fait ajouter à sa dernière visite.

Matilda eut du mal à contenir son enthousiasme.

— Le roi ! s'exclama-t-elle vivement. Et que…

— Ce doit être ça, l'interrompit Robin, plus maître de lui-même. Pensez-vous que la châtelaine nous recevrait ?

— Elle le ferait… si elle était ici. Elle s'est rendue à Rufford, pour y tenir compagnie à la reine Eleanor pendant que lord Ulmar chasse avec le roi. Mais le régisseur vous fera sans problème visiter les lieux. Lady Joanna est très fière de sa voûte céleste – peut-être trop, pour le bien de son âme… Elle adore la montrer.

Dans la cour du manoir, Steinarr donna ses instructions.

— Will, je veux que tu restes ici avec les chevaux pour surveiller nos arrières. Au moindre problème, siffle une fois. En cas de gros problème, siffle deux fois et viens chercher Marian pour la mettre à l'abri.

Il fut décidé que les autres joueraient tous le rôle de serviteurs des deux chevaliers en visite.

Le régisseur les introduisit volontiers dans la salle haute, comme le prêtre l'avait présumé.

— Et voilà, messires ! s'exclama-t-il en ouvrant en un grand geste théâtral la double porte devant eux. Avez-vous déjà vu pareille merveille ?

Matilda ne put retenir un cri de ravissement. Toute la surface du plafond resplendissait du bleu le plus vibrant, dans lequel brillaient les représentations argentées de la lune et des étoiles. Mais ce qui attira aussitôt son attention, ce fut la comète et son long panache dorés à la feuille. Son éclat dans la lumière du soleil était tel qu'il lui fallut plisser les yeux pour distinguer la pièce d'or de la taille d'une paume incrustée dans la tête de l'astre. Il s'agissait bien de la pièce d'alliance, même s'il lui était impossible à cette distance de distinguer le lion d'argent. Elle dut se mordre la langue pour ne pas trahir sa joie.

Le problème était que cette représentation du ciel se trouvait tout à fait hors de portée, à plus d'une hauteur d'homme au-dessus d'épaisses poutres de charpente qui traversaient la pièce d'un mur à l'autre. Du coin de l'œil, elle vit Robin blêmir. D'un regard, elle attira l'attention de Tuck et lui désigna la comète. Le religieux hocha la tête.

— Eh bien, voilà... conclut le régisseur, manifestement prêt à les raccompagner.

— Cette œuvre témoigne de la grandeur de Dieu, dit le franciscain. Permettez-vous, monsieur, que nous nous accordions un instant de prière sous cette voûte glorieuse ?

— Excellente idée, frère Tuck, commenta Steinarr, avant d'ajouter à l'intention du régisseur : Votre maîtresse y trouverait-elle à redire ?

— Non. Bien sûr que non... Elle sera ravie d'apprendre que son plafond inspire tant de piété. Prenez votre temps.

À peine la porte se fut-elle refermée derrière le régisseur que tous se rassemblèrent sous la comète.

— Hissez-moi vers cette poutre, demanda Ari. En me dressant dessus, j'y arriverai.

— Non, protesta Robin. C'est moi qui vais y aller.

Chacun se tourna vers lui, et la réprobation fut unanime.

— Ne fais pas l'idiot !

— Il n'y a rien pour se tenir.

— Ta jambe...

— Cette quête m'était destinée, insista-t-il, inébranlable. Et je n'ai encore rien fait.

— Ce n'est pas ta faute, Rob, intervint Matilda. Père n'aurait pas dû t'envoyer sur cet arbre à moitié mort.

— Peut-être, mais c'est une poutre solide qui m'attend ici. Il voulait me mettre au défi d'affronter mes peurs. Et si je n'en suis pas capable, je ne mérite pas d'être lord.

S'adressant à Steinarr, il conclut :

— Je vais avoir besoin de votre aide, messire.

Steinarr sentit le sang se retirer de son visage. Son aide ? Il réclamait son aide afin de s'approprier ce dont il avait lui-même si désespérément besoin ? Incapable de lui répondre de vive voix, il acquiesça d'un signe de tête.

Ari vint le rejoindre, lui apportant un peu de réconfort par sa présence.

— Tuck, surveille la porte ! ordonna-t-il.

Après un instant de réflexion, il suggéra :

— Il serait plus prudent de te hisser le long du mur. De cette façon, tu auras un appui pour reprendre ton équilibre sur la poutre, une fois que tu y seras. Nous allons te hisser.

Ainsi fut fait, à la force des bras des deux amis, et Robin se retrouva bien vite projeté dans les hauteurs. Dès que la poutre fut à sa portée, il l'entoura de ses bras et s'y suspendit, avant de projeter sa jambe valide par-dessus. Il resta accroché ainsi durant ce qui leur sembla durer une éternité, pantelant de l'effort fourni pour se maintenir.

Abandonne ! implorait Steinarr dans le secret de ses pensées. Laisse-moi faire… Je prendrai la pièce moi-même et elle sera légitimement mienne, ainsi que ta sœur.

— Robin ? s'inquiéta Marian.

— Ça va aller, assura-t-il.

Lentement, à force de volonté, il se hissa sur la poutre. Il y demeura quelques instants assis, le dos au mur, pour reprendre son souffle.

— Je vais y arriver ! lança-t-il d'une voix forte, comme pour s'en convaincre.

Après avoir rassemblé ses forces et son courage, le dos en appui contre le mur, il se dressa précautionneusement sur ses jambes. Une fois debout, il leva les bras au plafond.

— Ce n'est pas aussi haut qu'il y paraît ! s'exclama-t-il. Je peux l'atteindre facilement.

— Tout ce bleu doit accentuer l'impression de hauteur, suggéra Ari. À présent, dirige-toi vers la comète en gardant une main au plafond.

Pas après pas, Robin s'avança sur la poutre. Steinarr observait sa progression avec tant d'attention que tout le reste de la pièce s'était effacé à ses yeux. Il n'existait plus pour lui que Robin, et Marian, qui regardait son frère défier le vide, les yeux agrandis par l'effroi.

Enfin parvenu à l'aplomb de la comète, Robin l'explora du bout des doigts et constata :

— Je sens parfaitement le rebord de la pièce.

D'un geste un peu trop vif, il chercha son couteau, ce qui eut pour effet de le déséquilibrer.

— Rob ! s'écria Marian en le voyant vaciller.

Alerté par son cri, Steinarr se précipita sous la poutre, les bras tendus, prêt à rattraper Robin.

Mais en se figeant, les deux mains posées au plafond, ce dernier parvint à retrouver un équilibre précaire. Tremblant de tous ses membres, le visage blême, il demeura ainsi un long moment avant de faire une nouvelle tentative. Plus prudemment cette fois, il dégaina son couteau et en glissa la pointe sous le rebord de la pièce. Des débris de plâtre teintés de bleu éclaboussèrent Steinarr et Ari, comme si le ciel leur tombait sur la tête.

Et soudain, la pièce se descella. Dès que Robin l'eut au creux de la paume, il rengaina son couteau et baissa les bras en se laissant progressivement glisser sur la poutre. Bientôt, il s'y retrouva allongé de tout son long, soulagé mais plus tremblant que jamais et à bout de souffle.

— Je... je ne vais pas pouvoir tenir la pièce et descendre de là, gémit-il. Sir Steinarr, attrapez-la !

Avant d'avoir eu le temps de réaliser ce qui lui arrivait, Steinarr se retrouva avec sa *fylgja* entre les mains. Il n'eut même pas besoin de retourner la pièce. Le lion qu'il n'avait plus vu depuis que Cwen l'avait arraché à son cou le fixait de son œil féroce. Ceinte d'un pourtour en or ciselé, c'était bien l'antique pièce d'argent terni qu'il avait cherchée pendant des siècles. Un sentiment de triomphe monta en lui. Mienne, enfin ! Son cœur battait à tout rompre. En relevant les yeux, il vit Marian qui lui souriait. Miennes ! songea-t-il de plus belle. Elles sont toutes deux miennes, et je suis libre !

Le regard qu'Ari lui adressa était éloquent. Prends-la ! lui intimait-il. Emmène Marian. Et va-t'en...

Au désespoir, Steinarr s'abîma dans une fervente prière intérieure. Odin ! Que dois-je faire ?

— Messires ? appela Robin d'une voix tremblante. Vous pouvez m'aider ?

— Tu vas te redresser et continuer tout droit jusqu'à l'autre mur, suggéra Ari. Mais dépêche-toi, avant que le régisseur revienne...

— Will vient de siffler, intervint Tuck depuis la porte. Nous allons avoir de la compagnie.

Sans perdre de temps, Ari changea ses plans.

— Laisse-toi pendre à cette poutre, ordonna-t-il à Robin. Nous allons te rattraper.

Steinarr glissa la pièce dans sa bourse et vint se placer à côté d'Ari. Lorsque Robin se laissa pendre à bout de bras, ils lui attrapèrent les jambes et le posèrent au sol.

Marian se précipita vers lui et le serra contre elle.

— Je savais que tu y arriverais !

— Vite ! lança Tuck depuis le seuil.

Ils dévalèrent l'escalier quatre à quatre, passant en trombe devant le régisseur estomaqué. Dans la cour, ils constatèrent avec soulagement que Will était seul.

— Dépêchez-vous ! lança-t-il. Des cavaliers approchent !

Ils se précipitèrent vers les chevaux. Ari hissa Robin sur la jument et Steinarr jucha Marian sur l'étalon, mais il était trop tard. Un groupe de cavaliers faisait irruption dans la cour, commandé par Guy de Gisburne.

— Attrapez le garçon ! hurla-t-il. Tuez-le !

Le cavalier le plus proche de Robin se rua vers lui. Steinarr se jeta sur son chemin, effrayant sa monture, qui recula. Saisissant l'homme par une jambe, il le désarçonna et le projeta contre un mur, au bas duquel il glissa, inerte. Pendant ce temps, Ari faisait subir le même traitement à un autre de leurs adversaires. Tuck, impressionnant de force et d'assurance, se débarrassa d'un troisième d'un mortel coup de bâton à la tête.

Le reste de la troupe mit pied à terre et se précipita sur eux, l'arme au poing. Steinarr et Ari engagèrent le combat, chacun avec deux adversaires, dans un concert d'épées entrechoquées. Will, lui, s'interposa entre Marian et un homme portant les couleurs de Baldwin.

Steinarr se débarrassa rapidement de son premier adversaire en lui portant un coup d'épée à la jambe. Dans un cri de douleur, celui-ci s'effondra, et son sang alla rougir la terre battue de la cour. L'autre redoubla d'ardeur en rugissant de rage. Steinarr parvint à parer une de ses bottes, puis une autre encore, mais au troisième assaut, il glissa dans une flaque de sang et perdit l'équilibre. Le voyant au sol, l'autre brandit son épée, triomphant, afin de lui donner le coup de grâce. Mais, vif comme l'éclair, Steinarr plongea sous son bras pour parer, entaillant celui-ci au passage de l'épaule au poignet. L'épée de l'homme, que sa main aux tendons sectionnés ne pouvait plus tenir, alla rebondir sur le sol. Il s'effondra en gémissant non loin des adversaires d'Ari, qui n'avaient pas rencontré plus de succès. Le soldat de Baldwin, touché à l'épaule par l'épée de Will, hurla de douleur. Non loin de lui, le bâton de Tuck fracassa un autre crâne avec un bruit écœurant.

Steinarr régla son compte à un troisième assaillant en l'envoyant valser tête la première dans la fontaine.

— Will ! cria-t-il. Sors-la d'ici ! Vite !

— *Aye*, messire ! répondit-il en courant vers son cheval.

Steinarr pivota sur ses talons, cherchant Gisburne dans la mêlée. Hélas, celui-ci avait réussi à se faufiler jusqu'à l'étalon. Et avant que Steinarr ait pu le rejoindre, il avait saisi les rênes et tirait Marian à bas de sa selle. Elle alla atterrir lourdement sur le sol. Son cousin, après l'avoir redressée sans ménagement, lui ceintura la taille d'un bras, l'utilisant comme bouclier devant lui.

L'épée brandie, Steinarr se figea en plein élan.

— Tout le monde recule ! lança Gisburne, menaçant.

Marian se débattait en l'invectivant.

— Lâche-moi, fils de catin !

Lançant la tête en arrière, elle parvint à le frapper au menton. Avec un gémissement de douleur, Gisburne pointa son épée contre le cou de Marian et grogna avec mépris :

— Allez, ouvre-toi la gorge !

La pointe de l'arme déjà enfoncée dans sa chair, Marian cessa de lutter.

— Voilà qui est mieux, fit Guy. Il va falloir que j'apprenne à cette jolie bouche à mieux me respecter...

Steinarr s'avança d'un pas, l'épée toujours brandie.

— Tu ne vivras pas assez longtemps ! gronda-t-il.

— Oh ! Je pense que si... Le shérif est en route. Quand on m'a appris que tu te dirigeais vers Edwinstowe, j'ai envoyé un messager le prévenir. Il chasse non loin d'ici, et il n'aime pas plus les traîtres que moi, La Roche.

— Aime-t-il les menteurs ?

Gisburne rougit. Ses yeux prirent un éclat fiévreux.

— Il n'y a pas de mensonge ! rétorqua-t-il. Le Chape est un bâtard ! Il n'est même pas digne de devenir lord d'un chenil, sans parler de Huntingdon !

— Alors, que toi tu l'es ? railla Marian.

— La ferme !

De nouveau, elle se figea. La pointe de l'épée tremblait contre son cou, faisant couler un filet de sang.

Soudain, jailli de nulle part sur sa jument, Robin se propulsa en l'air et bondit sur Guy de Gisburne. Dès qu'il eut réussi à détourner son bras armé, Marian se libéra, et Steinarr la mit à l'abri dans ses bras. Avec un gémissement sourd, Robin alla rebondir au sol sur sa mauvaise jambe, mais parvint aussitôt à se redresser. Écumant de rage, Guy se jeta sur lui. Il s'ensuivit une lutte confuse, au terme de laquelle se fit entendre le bruit d'une lame perçant la chair et celui d'un gargouillement d'agonie.

— Robin !

Steinarr empêcha Marian de se précipiter vers son frère. Ari le rejoignit, et tous deux s'avancèrent en direction des combattants, l'épée prête à servir. Mais, le bref combat terminé, Guy de Gisburne titubait, les yeux exorbités et les doigts ensanglantés serrés sur ses côtes, d'où sortait la dague de Robin enfoncée jusqu'à la garde. Celui-ci, le visage tordu par la fureur, le poursuivait en criant :

— Tu ne la toucheras plus jamais !

Gisburne s'effondra comme une masse à ses pieds. Tuck vint rapidement s'accroupir près de lui et tira de sa robe un flacon d'huile consacrée. Après avoir humecté son pouce, il traça le signe de croix sur le front de l'agonisant.

— *Per istam sanctam unctionem*...

Pas un instant, durant tout le rite funèbre, les yeux de Gisburne ne se détournèrent de ceux de Robin.

— Bâtard ! lança-t-il d'une voix à peine audible, tandis que Tuck oignait ses paupières, ses lèvres, ses oreilles, ses paumes. Tu ne... seras jamais... lord.

Robert se pencha au-dessus de lui alors qu'il poussait son dernier souffle.

— Je serai lord de Huntingdon ! lança-t-il en soutenant son regard, dans lequel s'éteignait l'étincelle de vie. Tu peux emporter cette certitude en enfer !

Il se redressa, et Marian bouscula Steinarr et Ari pour se jeter à son cou.

— J'ai cru que tu étais mort ! cria-t-elle dans un sanglot.

— Je l'ai cru aussi.

Il la serra fougueusement dans ses bras. Quand ils se séparèrent, les derniers lambeaux de l'enfance s'étaient détachés de lui, et c'était un homme qui se tenait devant elle.

— Il faut partir ! décréta-t-il. Je dois rejoindre le roi avant que lui parvienne la nouvelle de ce qui s'est passé ici.

— Cavaliers en vue ! hurla Will depuis le portail.

— Le shérif... constata Steinarr.

— Va, le pressa Ari. Je m'occupe de lui.

Steinarr posa les yeux sur Marian, puis sur Robin, qui venait de mériter deux fois de suite le titre qui lui revenait. Alors, sa décision prise, il récupéra dans sa bourse la pièce d'alliance et la lui donna.

— Votre certificat de vaillance, lord Robert. Allez le donner à Edward, et soyez bon pour vos gens et votre sœur.

Sans s'attarder davantage, il embrassa brièvement Marian, siffla l'étalon et se jeta en selle.

— Que fais-tu ? s'inquiéta-t-elle, s'agrippant à sa jambe.

— Je vous donne le temps dont vous avez besoin, ton frère et toi, pour atteindre le roi.

Puis, se tournant vers Robin, il ajouta :

— Tu vas crier haro sur moi, comme si j'étais l'assassin de Gisburne. Le shérif me donnera la chasse, et tu pourras rejoindre Clipstone et le roi.

— Mais vous... protesta Robin.

Il n'eut pas le temps d'en dire davantage.

— Ils arrivent ! cria Will, qui guettait au portail. Vite !

— Prends soin d'eux, Ari ! lança Steinarr.

Sur ce, il sortit du manoir au galop et entendit des cris retentir derrière lui :

— Au meurtre ! À l'assassin ! Arrêtez le meurtrier !

Steinarr se dirigea vers le nord et s'assura qu'il était bien pris en chasse. Ensuite, éperonnant l'étalon, il détala aussi vite que possible, cherchant à prendre de vitesse tout autant le shérif et ses hommes que le soleil déjà bas sur l'horizon.

En songeant à ce à quoi il avait renoncé, il conclut qu'il venait de se conduire en imbécile. Mais un imbécile qui n'avait pas perdu son honneur et que Marian pourrait peut-être continuer à aimer.

— ... que je n'obéirai jamais qu'à mon seigneur et roi, ainsi qu'à ses descendants, contre tout...

Debout dans l'église d'Edwinstowe, Marian écoutait son frère réciter les vœux de fidélité à la couronne. La présence des plus grands barons d'Angleterre – ceux qui participaient à la chasse royale – à la cérémonie garantissait que nul ne viendrait contester les droits au titre du nouveau lord de Huntingdon. Robert pouvait aussi compter sur le soutien de deux de ses hommes. Will, qui avait pris le nom de Scarlet pour éviter l'arrestation, lui servait à présent de bras droit, et frère Tuck, qui avait accepté d'être le nouveau chapelain de Huntingdon, de conseiller spirituel.

Mais le visage que Marian aurait par-dessus tout voulu découvrir dans l'assemblée demeurait absent. Trois jours s'étaient écoulés, mais ni Ari, qui était parti après les avoir escortés jusqu'à Clipstone, ni Steinarr n'avaient reparu.

Robert, après avoir achevé de prononcer ses vœux et reçu la reconnaissance royale, se redressa pour faire face à ceux qui étaient désormais ses pairs. Marian alla se placer en retrait, entre Will et Tuck, laissant son frère faire connaissance avec tous ces hommes puissants qui le saluaient.

C'est alors qu'elle ressentit cette tension familière, à la lisière de sa conscience, qu'elle guettait depuis des jours. Le cœur battant, elle laissa ses yeux courir sur l'assemblée et découvrit deux moines encapuchonnés qui se glissaient au fond de l'église. Elle s'efforça de rester calme, mais ne put réprimer un sourire radieux. Un soulagement intense l'envahissait, de même qu'un puissant désir dont elle savait ne pas être la seule responsable. L'un des moines redressa légèrement la tête, et sous la capuche, le regard étincelant de Steinarr se riva au sien.

Soudain, un projectile de plumes blanches et noires, fonçant à travers le portail ouvert de l'église, vint se jeter à la tête de Steinarr en jacassant bruyamment. Sa capuche tomba à l'instant même où tous, alertés par le bruit, tournaient la tête vers lui.

— Toi ! s'exclama Gervase de Clifton. Gardes ! Fermez les portes et arrêtez cet homme !

Steinarr et Ari se débarrassèrent de leurs robes de moines et portèrent la main à leur épée, mais l'oiseau déchaîné ne leur laissa pas de répit. Après s'être une nouvelle fois jeté à la tête de Steinarr, il s'en prit au visage d'Ari. En un geste réflexe, ce dernier leva la main devant lui, juste à temps pour éviter le pire. À coups de bec et de griffes, la pie se déchaîna sur sa paume, comme possédée par un démon. Avec un cri de rage, Ari parvint enfin à s'en débarrasser et l'expédia violemment dans les airs.

Profitant de la situation, les hommes du shérif avaient fermé le portail et encerclé les deux hommes. L'oiseau volait en rond au-dessus d'eux, plus bruyant et excité qu'un démon de l'enfer.

— Attendez ! hurla Edward pour se faire entendre en dépit du tumulte ambiant. Qu'est-ce qui vous prend, de Clifton ? Vous osez interrompre une cérémonie royale dans une sainte église ? Expliquez-vous !

— Faites excuse, Votre Grâce, répondit l'intéressé. Il se trouve que l'un de ces hommes a tué Guy de Gisburne.

Le shérif rejoignit l'avant de l'église, donnant quelques ordres à ses hommes au passage. Pendant que la pie allait se percher dans les hauteurs, quatre gardes vigoureux empoignèrent Steinarr et Ari et les menèrent jusqu'au roi, devant lequel ils les forcèrent à s'agenouiller. Voyant Matilda s'apprêter à se précipiter vers eux, Robert la retint d'un regard comminatoire.

Le shérif empoigna violemment les cheveux de Steinarr et lui rejeta la tête en arrière.

— Voici l'homme connu sous le nom de La Roche, dit-il. Après avoir tué sir Guy d'un coup de poignard, il nous a échappé en fuyant à travers bois.

— C'est faux, Votre Grâce ! s'écria Steinarr. J'ai bien entraîné le shérif et ses hommes sur une fausse piste, mais ce n'est pas moi qui ai tué Gisburne, même si j'en ai rêvé.

— Rêver de meurtre est sans doute un péché, mais ce n'est pas un crime, répondit le roi. Pas plus que vouloir se marier n'équivaut à baiser sa femme...

Le prêtre qui venait d'officier s'empourpra violemment, mais frère Tuck s'esclaffa, de même qu'une bonne partie de l'assemblée. Edward, ménageant ses effets, attendit que le silence revienne avant d'ajouter :

— Il se trouve que je connais l'identité de celui qui a tué Gisburne. Il s'en est déjà ouvert à moi.

Gervase de Clifton se renfrogna et demanda :

— Et de qui s'agit-il, Votre Grâce ?

— De moi ! lança Robin d'une voix haute et claire.

— Alors, emparez-vous de lui ! ordonna le shérif.

Mais le roi leva la main devant lui pour empêcher ses hommes d'exécuter cet ordre et conseilla :

— Écoutez d'abord ce qu'il a à dire.

Avec un boitement prononcé mais la tête haute, Robert s'avança et raconta :

— Mon cousin, Guy de Gisburne, voulait par tous les moyens m'empêcher de poursuivre la quête que mon père et Votre Majesté m'aviez assignée. Il nous a attaqués, et voyant que mes compagnons surpassaient ses hommes, il a pris ma sœur en otage. Je me suis précipité pour la défendre, et au cours du combat, je l'ai tué.

— Mais vous avez pourtant crié haro sur La Roche ! s'insurgea Clifton.

— Pour vous éloigner, afin que je puisse rejoindre le roi.

— C'est moi qui lui ai suggéré de le faire, intervint Steinarr. Puisque c'est vous, Gervase, qui m'aviez mis en contact avec sir Guy, qui voulait que je tue… lord Robert, je craignais que vous ne fassiez également tout pour l'empêcher d'aller se présenter devant le roi.

Les sourcils froncés, Edward reporta son attention sur le shérif, qui pâlit brusquement.

— Tiens, tiens… dit-il. Il faudra que vous m'expliquiez ça, Clifton. Et vous aurez intérêt à vous montrer convaincant si vous voulez rester shérif. Y a-t-il ici un homme qui puisse attester de la bonne foi de lord Robert ?

— Moi, Votre Grâce !

Le régisseur de lord Ulmar sortit de la foule et ajouta :

— J'ai vu Guy de Gisburne lancer l'attaque et se servir de la dame comme bouclier en se voyant perdu. Le garçon... je veux dire, lord Robert s'est jeté sur lui pour la défendre, et c'est dans ce loyal combat que son adversaire a péri. Mais je dois porter à la connaissance de Votre Grâce que ces chevaliers ont occasionné des dégâts au manoir de mes maîtres, ici même à Edwinstowe. Ils ont endommagé la comète dorée que vous aviez offerte à ma maîtresse, et il me paraît juste d'exiger une indemnisation.

— Hum !

Tout roi qu'il était, Edward s'empourpra légèrement.

— Les réparations seront effectuées à mes frais, dit-il. Je crains d'être en partie responsable des dégâts. Où en étions-nous ?

Il se frotta les mains, savourant l'instant, puis ajouta :

— Sir Robert, je vous pardonne la mort de sir Guy, due à sa couardise et à sa félonie. Sir Stee...

— Steinarr, Votre Grâce.

— Sir Steinarr... rectifia le roi.

Fronçant les sourcils, il s'étonna :

— Comptez-vous au nombre de nos chevaliers ?

— Non, Votre Grâce. Je suis chevalier, mais pas encore au service de la couronne d'Angleterre.

— Cela vous plairait-il ?

— Ce serait un honneur !

— Bien ! Dans ce cas, vous êtes également pardonné, même si j'ignore encore ce qu'on peut vous reprocher. Relâchez-le, Clifton !

— Oui, Votre Grâce.

Le shérif foudroya Steinarr du regard, mais lui lâcha les cheveux.

— Et vous ? demanda le roi à Ari. Qui êtes-vous ?

— Sir Ari, Votre Grâce.

Libéré à son tour, il enroula sa main ensanglantée dans l'ourlet de son chainse.

— Et qu'avez-vous fait ? reprit Edward.

— J'ai aidé mon ami Steinarr à lancer le shérif sur une fausse piste et ensuite à lui échapper.

— Pardonné ! Quelqu'un prend-il note de tout cela ?

— Oui, Votre Grâce, répondit un clerc qui s'escrimait sur ses tablettes en cire. Les documents nécessaires seront prêts à recevoir votre sceau d'ici peu.

— Tant mieux ! Je me sens d'humeur généreuse, ce matin. Y a-t-il autre chose ?

Matilda, qui avait assisté à la scène avec un mélange d'inquiétude et d'ahurissement, décida de saisir sa chance. Prenant une profonde inspiration, elle s'avança et lança :

— J'ai une faveur à vous demander, Votre Grâce.

Souriant, Edward se tourna vers elle et s'enquit :

— De quoi s'agit-il, dame Matilda de Huntingdon ?

— Je voudrais que vous ordonniez à ce chevalier…

Elle s'interrompit pour désigner Steinarr du regard.

— … de m'épouser.

— Marian, non ! cria Steinarr en se relevant d'un bond.

Elle l'ignora totalement et poursuivit, s'adressant au roi :

— Il m'a séduite et entraînée dans sa couche en me berçant de fausses promesses, puis il s'est enfui. Je suis déshonorée et je demande justice.

— Autant que moi, son frère ! renchérit Robert.

Steinarr les dévisagea tous deux, affolés. Elle avait réussi à entraîner son frère dans cette folie, alors que celui-ci ignorait tout de la malédiction qui le frappait !

— Marian, non ! supplia-t-il. Tu sais que je ne peux pas.

— Qui est cette Marian ? s'étonna le roi.

— Il me donnait ce nom quand nous couchions ensemble, Votre Grâce. Cela... l'excitait et augmentait son plaisir.

Des rires gras résonnèrent sous les voûtes de l'église. Les cancans allaient la poursuivre longtemps, mais Matilda s'en moquait. Rien d'autre ne lui importait que d'épouser celui qu'elle aimait.

— Est-ce vrai, messire ? s'enquit le roi.

Lentement, Steinarr hocha la tête.

— *Aye,* reconnut-il tout bas. Je n'aimerais rien tant que l'épouser, Votre Grâce, mais je ne peux pas.

— Pourquoi cela ? Êtes-vous déjà marié ?

— Non, Votre Grâce. Mais je...

— Lui êtes-vous apparenté ?

— Non, Votre Grâce.

— Alors, je ne vois pas d'empêchement. Vous allez prononcer vos vœux maintenant, devant nous tous. Telle est ma volonté royale.

Enfin, Marian put rejoindre Steinarr.

— Ça va aller, assura-t-elle en lui souriant tendrement. Tout va bien, je t'assure...

Ainsi Steinarr se retrouva-t-il obligé de prendre pour épouse Matilda Fitzwalter devant le roi d'Angleterre. Pour lui, c'était tout à la fois un rêve, un cauchemar et une prière. Il n'osait la quitter des yeux, de peur que toute cette scène ne disparaisse en fumée. Après le traditionnel échange de vœux, le prêtre s'éclaircit la voix et demanda :

— Une alliance, messire ?

Ravi de la tournure qu'avaient prise les événements, le roi se mit à rire gaiement et ôta un anneau d'or de son auriculaire.

— Cela fera l'affaire, dit-il en le tendant à Steinarr. Mon cadeau de mariage. Et j'espère y gagner un chevalier fidèle à la couronne.

— Oui, Votre Grâce.

Sans quitter Marian des yeux, Steinarr lui prit la main et glissa à son annulaire le lourd jonc d'or.

— Par cet anneau, je t'épouse et te fais mienne.

Mienne ! Maintenant ! Marian sentit le lion s'agiter au tréfonds de l'esprit de Steinarr et écarquilla les yeux.

— Voilà une affaire rondement menée ! se félicita le roi. Lord Robert, je compte sur vous pour assurer à ce chevalier une situation qui lui permettra d'entretenir votre charmante sœur.

— Bien sûr, Votre Grâce. J'ai en tête quelques terres.

— Moi de même. Gisburne n'a pas d'héritier, et ses domaines ont besoin d'un nouveau seigneur. Mais nous verrons cela plus tard. Pour l'instant, en chasse ! J'ai entendu parler d'une bête sauvage, une sorte de gros chat qui aurait été aperçu dans le nord. J'aimerais aller voir ça.

Steinarr dut se mordre la langue pour ne pas éclater de rire. Marian, à côté de lui, pinça les lèvres et serra sa main.

Le roi gagna la sortie dans le brouhaha, entouré de ses barons.

— Vous nous accompagnez, lord Robert ? demanda-t-il, parvenu à la porte.

— Non, Votre Grâce. J'aimerais avoir une conversation en privé avec sir Steinarr.

— Comme il vous plaira.

En quelques instants, l'église se vida. Tuck et Will, sans doute sur l'ordre de Robert, furent les derniers à sortir et fermèrent soigneusement la porte derrière eux.

— Tu es folle ! lança Steinarr en dévisageant Marian. Tu sais pourtant ce que je suis…

— Oui, je le sais. Et Robert le sait également.

— C'est moi qui le lui ai dit, expliqua Ari. Il avait besoin de savoir.

Le frère de Marian s'approcha de Steinarr et constata :

— Pour moi, vous étiez prêt à renoncer à votre seule chance d'échapper à cette malédiction…

Steinarr regarda, entre ses doigts, ceux de Marian et l'anneau d'un roi qui, sur l'un d'eux, la faisait sienne.

— Ce trésor était à toi, dit-il. Il te revenait.

— Non. Je n'ai fait que l'emprunter.

D'une bourse pendue à sa ceinture, Robert tira la pièce d'alliance et ajouta :

— En fait, messire, ce trésor est à vous.

Un jacassement furieux, dans les hauteurs, leur fit lever la tête. Après avoir une dernière fois foncé sur eux, la pie s'éleva et disparut par l'une des ouïes du clocher.

— Ce fichu oiseau est décidément dérangé ! constata Robert.

Incapable d'empêcher ce qui allait se produire et peu désireuse d'y assister, Cwen émergea en pleine lumière et prit la direction de la grotte où son corps l'attendait. Une fois encore, un autre de ceux qui avaient tué son fils allait lui échapper, et elle se reprochait de n'avoir rien pu faire.

Pourtant, en survolant la forêt, elle se sentit étrangement bien, plus forte qu'elle ne l'avait été depuis des années. Ce n'est qu'en se glissant de nouveau dans son corps qu'elle comprit l'origine du phénomène.

Dans sa rage, l'oiseau avait dû déchirer la main du voyant, et un peu de son sang, riche et chargé de puissance magique, s'était déposé sur sa poitrine, à l'endroit même où se situait sa propre blessure.

— Tu m'as apporté un cadeau, la pie...

Elle tendit le bras et, sans se faire prier, l'oiseau vint se percher sur son doigt. Cwen caressa délicatement sa poitrine, récupérant autant de sang qu'elle le pouvait.

— Tous mes remerciements, petite...

Laissant l'oiseau s'envoler, elle ouvrit sa chemise et étala le sang du voyant sur sa blessure. Une chaleur bienfaisante commença à se répandre en elle à partir de cet endroit qui était resté glacé durant tant d'années. Cwen emplit lentement ses poumons d'air et relâcha son souffle dans un râle de plaisir.

Oui ! De nouveau, la puissance coulait en elle, douce et enivrante. Elle sentit sa vieille plaie guérir enfin. Le corbeau n'avait aucune idée du pouvoir qu'il aurait pu posséder s'il avait eu le courage de le demander aux dieux. Et s'il était trop pleutre pour cela, elle n'était quant à elle pas de cet acabit. Elle n'avait pas peur. Elle était Cwen... S'il n'osait utiliser sa puissance, elle le ferait pour lui.

Elle se consola en songeant qu'il restait encore, après tout, sept autres d'entre eux. Et à présent qu'elle partageait ce lien du sang avec le corbeau, elle pourrait l'utiliser.

Un sourire aux lèvres, elle se tourna vers la pie, qui s'était juchée sur une pierre. L'oiseau plongea ses yeux sombres dans les siens. Cwen se tapota l'épaule, et il vint sans hésiter y prendre sa place de familier.

— Viens, dit-elle en sortant de la grotte pour se gorger de lumière et d'air frais. Nous devons nous trouver un nouveau foyer. Je suis fatiguée de la vie de nonne.

Steinarr regardait fixement sa *fylgja* posée sur la paume de Robert, sans oser comprendre ce qu'il lui proposait.

— Tu devais la donner au roi, murmura-t-il.

— Je devais la lui présenter, pas la lui donner. Je croyais également qu'il la conserverait, mais il m'a dit qu'elle appartenait aux Huntingdon. Maintenant, elle est à vous.

Après avoir déposé la pièce dans la main de Steinarr, il posa dessus celle de Marian et ajouta :

— De même que le cœur de ma sœur.

Odin, par pitié…

— C'est vrai ? demanda Steinarr. Même en sachant ce que je suis, tu m'offres ton cœur ?

— Même en sachant ce que tu es, je t'aime.

Marian prit la *fylgja*, la déposa au creux de sa main et la pressa contre le sternum de Steinarr. Une douleur atroce explosa en lui, semblable à celle de la métamorphose, mais mille fois plus forte.

— Fuyez ! cria-t-il, affolé.

Mais aucun d'eux ne s'enfuit, pas plus Ari que Robert ou Marian. Et il eut beau s'arc-bouter, tituber, tomber à genoux, elle demeura près de lui, la main posée sur sa poitrine. La fureur, la faim permanente, le besoin de tuer, de s'accoupler, de chasser : il fut purgé de tout cela en une sarabande de fumerolles noires qui s'enroulèrent autour de son corps, l'étranglèrent, lui comprimèrent les poumons.

— Je t'aime, répéta Marian d'une voix émue.

De sa gorge monta un cri mi-humain, mi-animal, qui se changea bientôt en rugissement de fauve.

Et soudain, tout fut terminé : le silence revint, et la paix dans son esprit. De nouveau, il était seul dans son corps, et seul maître de son âme. Plus épuisé qu'il ne l'avait jamais été, il s'effondra sur le sol. De terribles tremblements le secouaient, le faisant claquer des dents. Marian s'allongea près de lui et le prit dans ses bras, ces bras merveilleux qu'il allait apprendre à apprécier nuit après nuit.

— Ça va aller, murmura-t-elle, longtemps après que les tremblements eurent cessé. Ça va aller…

Et, grâces en soient rendues aux dieux, Steinarr sut que, cette fois, il pouvait y croire sans craindre d'être déçu.

Épilogue

— Ainsi, Robin des Bois prit la main de dame Marian et lui demanda de devenir sa femme. Et avec la bénédiction du roi, ils furent mariés ce jour-là en l'église Sainte-Marie à Edwinstowe, devant Will Scarlet et frère Tuck. Enfin, ils vécurent heureux en tant que mari et femme dans la forêt de Greenwood avec leurs joyeux compagnons.

— Je trouve toujours bizarre que tu utilises le nom de mon oncle au lieu de celui de père, protesta Ranulf.

— Steinarr des Bois ne sonne pas aussi bien, se justifia Ari en refermant le livre de contes.

Il y travaillait depuis des années, et en quittant le Sussex, où il s'était de nouveau mis en quête de Cwen avec Brand, il n'avait pas manqué de l'emporter.

— Moi, j'aime cette histoire, déclara la petite Susanna, qui se leva pour poser une couronne de marguerites dans les boucles blondes d'Ari. J'aime toutes tes histoires !

— Tu es une jeune fille avisée.

— Mais cela paraît tellement... bizarre ! s'entêta Ranulf en grimaçant. En vrai, Robin et Marian sont frère et sœur !

— Nous seuls le savons, répliqua Ari. Pour le commun des mortels, Robin et Marian ne sont que des noms.

Avec une certaine fierté, il ajouta :

— Des noms à présent vénérés par beaucoup.

Et destinés à connaître une gloire plus grande encore, de son point de vue. D'ici un siècle ou deux – voire plus.

— Père ne les aime pas, constata Emma.

Elle avait huit ans, et dans la fratrie, c'était elle qui avait un don pour savoir ce que leur père aimait ou non.

— Il dit que c'est mal d'utiliser de vrais noms pour raconter de fausses histoires, reprit-elle. Cela met les gens dans l'embarras. Il dit que tu lui as attiré un tas d'ennuis en utilisant son nom dans tes contes…

— C'est un peu vrai, admit Ari. Mais après coup nous en avons toujours bien ri !

Avec un soupir d'impatience, Susanna demanda :

— Tu crois qu'ils auront fini leur sieste un jour ?

Ari jeta un coup d'œil à la clairière dans laquelle se dressait la maison de l'elfe, à quelques centaines de pas.

— Bientôt, répondit-il. Mais nous ne devons pas les déranger. Venez, allons nous promener.

Il se leva, en veillant à ne pas faire tomber la couronne de fleurs trop petite pour sa tête. Lorsque Emma vint lui prendre la main, il tressaillit légèrement. Sa paume n'avait jamais tout à fait guéri, en dépit des années qui s'étaient écoulées depuis que la pie l'avait blessé. Mais ce n'était pas à cause de cela qu'il portait de fins gants de peau quand il était appelé à voir du monde – c'était à cause des cicatrices. Elles avaient pris un drôle d'aspect, comme si les griffes de l'oiseau, en s'enfonçant dans sa chair, y avaient gravé des runes, dont il n'aimait pas le sens : c w e n.

Cwen…

Elle était là, quelque part, attendant de pouvoir ruiner les espoirs du prochain des leurs qui tenterait d'échapper à sa malédiction. Ils en étaient tous conscients, mais ils n'avaient pas besoin d'apprendre qu'elle l'avait marqué. Il portait seul ce fardeau – Brand lui-même n'en savait rien.

— Où nous emmènes-tu, sir Ari ? demanda Emma, le ramenant au présent.

— Je connais un ruisseau dont l'eau est si transparente qu'elle semble ne pas être là.

— Comment de l'eau peut-elle être là sans y être ?

Ranulf, le pragmatique de la bande, ne s'en laissait pas facilement conter.

— Si elle n'est pas là, ce n'est pas de l'eau, ajouta-t-il. C'est de l'air.

— Dans ce cas, nous allons aller admirer le ruisseau plein d'air, et tu m'expliqueras pourquoi tu es mouillé quand je t'aurai poussé dedans.

— Tu ne pourras pas, répliqua le garçon en haussant les épaules. Je suis presque aussi grand que toi.

— Je parie qu'il pourra ! s'exclama Emma.

— Et moi, je parie le contraire ! renchérit Susanna.

Alexander, âgé d'à peine un an, exprima son avis.

— Gah, bah !

Ari se pencha et lui caressa le menton.

— Bien parlé, fiston !

S'adressant à celle qui venait de les rejoindre, il ajouta :

— Viens avec nous, Goda. Alex a besoin de tes bras.

La fille de charbonnier avait grandi. À présent femme et mariée elle aussi, elle faisait office de nourrice.

D'un signe de la main, Ari héla le cuisinier et les deux domestiques qui s'activaient près de la charrette.

— Venez, vous aussi ! Donnons à leurs parents un peu plus d'intimité. Ils dormiront peut-être plus profondément ainsi et termineront leur sieste plus tôt…

Goda prit le bébé dans ses bras et plaisanta :

— Les siestes à deux en plein midi, j'aime ça, moi aussi.

— Midi ou minuit, ils semblent les aimer à toute heure du jour et de la nuit ! lança Ari en haussant le ton pour être sûr d'être entendu de ses amis.

Pour lui-même, il ajouta tout bas :

— Et ce n'est pas moi qui les en blâmerai.

Dans les profondeurs de la maison de l'elfe, Steinarr et Marian – Matilda avait fini par renoncer à se faire appeler autrement – étaient allongés l'un près de l'autre sur un lit de fourrures. Sur un coup de tête, alors qu'ils étaient en route pour rendre visite à Robert, ils avaient décidé de faire un détour et d'amener toute la famille dans cet endroit chargé de plaisants souvenirs. Tous les enfants, cette nuit-là, seraient autorisés à dormir avec eux dans l'arbre magique. Seuls Alexander et Goda s'installeraient dans la tente familiale montée près de celle des serviteurs, à l'autre bout de la clairière.

— Je suis heureuse que tu aies eu l'idée de venir ici, murmura Marian. Et plus heureuse encore que les enfants nous accompagnent, même s'il est plus difficile de – hum ! – se détendre en les entendant discuter dehors avec Ari.

— Ils sont partis pour le ruisseau, maintenant, constata Steinarr. Et je vois que tu es quand même parvenue à te détendre parfaitement...

Lentement, il laissa ses mains remonter le long des côtes de sa femme, jusqu'à ses seins épanouis par la naissance de quatre enfants. En faisant rouler sous ses doigts les pointes brunes, il ajouta négligemment :

— Quoi qu'il en soit, si tu voulais te détendre encore un peu, ce n'est pas moi qui y trouverais à y redire.

Arc-boutée sur les fourrures, Marian gémit de plaisir.

— Démon tentateur ! protesta-t-elle en repoussant ses mains. Nous devrions nous rhabiller. Je les ai entendus s'étonner de la longueur de notre sieste.

— Laisse-les s'étonner. Pourquoi ne te garderais-je pas ici toute une année pour moi seul, nue comme ces oiseaux qui pépient au-dessus de nos têtes ?

— Ils ne sont pas nus. Ils ont leur plumage pour vêtement. Je ne peux pas rester nue si tout le clan dort ici cette nuit.

— Je n'aurais jamais dû laisser Emma me convaincre que j'avais envie de les avoir tous ici avec nous…

— Nous avons eu deux nuits de magie pour nous seuls. Il est temps de partager un peu.

— Je ne suis pas certain qu'ils apprécieront la magie.

— Moi, j'en suis sûre, répliqua-t-elle. La magie des elfes n'est pas que la magie du plaisir, c'est la magie de l'amour. Sais-tu que c'est ici que j'ai commencé à t'aimer ?

— Je l'ignorais. Mais je sais que c'est ici, pour ma part, que j'ai commencé à vraiment aimer ça…

Il se pencha pour cueillir un mamelon entre ses lèvres.

— … et ça…

Glissant le long du ventre de Marian, il déposa un baiser dans les boucles de son pubis.

— … et ça !

Lui relevant les jambes, il sombra en elle.

— Démon… murmura-t-elle en soupirant de plaisir.

— Mais plus que tout encore, conclut-il en se mettant à rouler des hanches, c'est toi que j'ai commencé à aimer.

Ensuite, plus rien ne se fit entendre, dans la maison de l'elfe, que leurs murmures, leurs soupirs et leurs baisers.

Glossaire

Asgard : séjour des dieux dans la mythologie scandinave.

Aye : oui.

Bas-de-chausses : vêtement qui couvrait les jambes jusqu'aux genoux.

Braies : pantalon ample, en usage chez les Gaulois et les peuples germaniques.

Chainse : à l'époque médiévale, sous-vêtement à manches longues en coton.

Fylgja (pluriel : *fylgjur*) : pour les peuples de la Scandinavie ancienne, figure tutélaire, esprit, double, qui suit un homme ou même un clan.

Freyja : déesse scandinave de la fécondité.

Geste : au Moyen Âge, ensemble de poèmes épiques relatant les exploits d'un même héros.

Hrosshvalr : morse, en norrois (*hross* : cheval, *hvalr* : baleine).

Jarl : équivalent d'un comte (ou d'un duc) dans la société scandinave ancienne.

Jeu de charret : jeu de société traditionnel populaire en Europe au Moyen Âge.

Mystère : au Moyen Âge, genre théâtral qui mettait en scène des sujets religieux.

None : dans la liturgie catholique, petite heure de l'office qui se récite après sexte (vers 15 heures).

Reliure à l'aumônière : reliure ancienne se terminant par de longues bandes pouvant se nouer, permettant ainsi le port du livre à la ceinture.

Scramasaxe : arme de guerre des Francs, long couteau ou sabre à un tranchant.

Sexte : dans la liturgie catholique, petite heure de l'office qui se récite après tierce (vers 12 heures).

Shérif : en Angleterre autrefois, magistrat responsable de l'application de la loi dans un comté.

Skald : mot d'origine scandinave désignant un poète, un musicien ou un conteur, souvent nomade, au temps des Vikings.

Tierce : dans la liturgie catholique, petite heure de l'office qui se récite après prime (vers 9 heures).

Remerciements

L'histoire de Robin des Bois et ses nombreuses variantes ont constitué pour moi une constante source de joie depuis que Richard Greene[1] m'a donné envie de devenir dame Marian. Il était inévitable que j'écrive moi-même un jour une histoire de Robin des Bois dans laquelle la romance, si cruellement absente de ces feuilletons en noir et blanc, puisse retrouver la place qu'elle méritait. Imaginez ma surprise quand j'ai découvert que le rôle de Marian était encore plus réduit dans les contes à l'origine de ce mythe que dans ces feuilletons ! Les hommes... des idiots.

Vous en apprendrez davantage sur ces contes, ces films récents et anciens, ces feuilletons, et sur la vraie vie de Robin des Bois en consultant mon site préféré sur le sujet : « Robin Hood, Bold Outlaw of Barnsdale and Sherwood », *http://boldoutlaw.com.*

Merci à ma propre bande de joyeux et joyeuses compagnes et compagnons, qui m'ont aidée à faire de ce livre une réalité : mon mari et mes deux enfants ; mon éditrice, Kate Seaver ; mon agent, Helen

1. Acteur anglais connu pour avoir interprété Robin des Bois, dans les années cinquante et soixante, dans une série télévisée éponyme. (*N.d.T.*)

Breitwieser ; mon aiguillon, l'inimitable R. Scott Shanks Jr., qui a, depuis la dernière fois que j'ai chanté ses louanges, vendu deux autres de mes histoires (encore ! encore !) ; ma grande amie Sheila Roberts, qui me donne le bon exemple et qui me botte les fesses juste assez souvent pour que je reste honnête.

Enfin, ma reconnaissance (et non mes remerciements) va aux plombiers qui m'ont fourni une convaincante motivation financière. Pour citer le jeune Alexander : « Gah, bah ! »

Découvrez les prochaines nouveautés des différentes collections J'ai lu pour elle

AVENTURES & PASSIONS

Le 22 août

Inédit

Le clan Campbell - 2 - Le proscrit

Monica McCarty

Patrick McGregor a été chassé de ses terres et les membres de son clan, tels des hors-la-loi, doivent vivre cachés. Aucun doute sur l'identité des coupables, ce sont les Campbell, ses ennemis jurés ! Pour assouvir sa vengeance, Patrick est prêt à épouser Elizabeth Campbell, la fille de son rival. Mais encore faut-il gagner la confiance de la belle et l'attirer dans un piège… Or, tel est pris qui croyait prendre : désarmé face à la sublime Elizabeth, Patrick aspire à bien plus qu'une revanche…

Inédit

Les archanges du diable - 4 - Rien que la passion **Anne Gracie**

Brillant diplomate, Nash Renfrew rentre en Angleterre pour prendre possession de Whitethorne Manor, dont il a hérité. Victime d'un accident, il est recueilli par Maddy Woodford, une jeune fille démunie, qui vit entourée de ses frères et sœurs. Avec dévouement, elle le soigne. Mais Nash, conscient de l'avoir compromise, lui propose le mariage. Par sens du devoir, car Maddy est loin d'être l'épouse à laquelle rêve un homme de son rang…

Plaisirs interdits **Eloisa James**

Ah, les plaisirs de l'amour ! Quentin Dewland doit s'y résoudre, ce ne sera plus que de lointains souvenirs. Depuis un accident, il ne peut plus effectuer d'effort physique, sur ordre de son médecin. Dépité, Quentin se condamne au célibat. Pourtant, quand il rencontre Gabrielle, il est déterminé à la conquérir. Tant pis pour ses migraines, il la mettra dans son lit !

Le 29 août

Inédit *Les secrets - 2 - Une nuit, encore* ☙

Anne Mallory

Tout ce qu'il désire, lord Roman Merrick l'obtient. Depuis plusieurs jours, il y a justement une chose qu'il brûle de posséder : Charlotte Chatsworth. D'une beauté à couper le souffle, elle a aussitôt retenu son attention. À tel point que Roman est prêt à tout pour l'avoir dans ses bras. Jusqu'à s'engager dans une partie de cartes contre le père de Charlotte, dont l'enjeu est la jeune femme...

Inédit *Les amants de Londres - 1 - L'affront* ☙

Lorraine Heath

Morgan Lyons, le comte de Westcliffe, ne peut pardonner le moindre affront qui lui est fait. Quand il découvre Claire, sa jeune épouse, dans les bras de son frère, ivre de rage, il l'envoie vivre à la campagne. Mais trois ans plus tard, Claire revient à Londres. Fort troublé, Morgan a face à lui une femme déterminée à le reconquérir...

Cœur de rubis ☙ **Candice Hern**

De retour en Angleterre, Richard Mallory découvre le domaine familial au bord de la ruine et son grand-père à l'agonie. Seule solution pour sauver sa famille : récupérer un bijou familial, volé il y a cinquante ans. Et ce, avant la mort du patriarche ! À Londres, il se rend dans l'un des bals les plus prisés et découvre le cœur de rubis... porté par la ravissante lady Weymouth.

Le 22 août

Passion intense

Des romans légers et coquins

Inédit **_Protections rapprochées - 1 - Magnétisme fatal_** ☙ **Lisa Marie Rice**

Nicole Pearce n'a pas une minute à elle entre un père malade et la création de sa société. C'est à peine si elle a pu faire connaissance avec son nouveau voisin. Et c'est bien dommage car Sam Reston est un pur canon ! Néanmoins, la situation va vite évoluer quand Nicole devient la cible d'une sombre conspiration dont seul Sam et sa garde (très) rapprochée peuvent la protéger.

Inédit **_Carrément hot_** ☙ **Erin McCarthy**

Les rituels de séduction des pilotes de stock-car, le parfait sujet pour une thèse de socio ! Imogen Wilson va devoir côtoyer de (très) près le monde des courses automobiles si elle veut rendre un travail disons… authentique. Justement, Ty McCordle, ce type qui lui tourne autour, travaille dans le milieu. Trente-trois ans, pilote professionnel, sexy à souhait... Quoi de mieux qu'allier théorie et pratique ?

Le 22 août

PROMESSES

Inédit

Les chroniques de Virgin River - 4 - Nouveau départ **Robyn Carr**

À Virgin River, la vie suit son cours. Dans cette charmante communauté se nouent de fortes amitiés, comme celle de Paul Haggerty et Matt Rutledge, par exemple. Avant que Matt ne décède, Paul lui avait juré qu'il prendrait soin de sa femme, Molly, et de l'enfant qu'elle portait. Aujourd'hui, plus présent que jamais au côté de la jeune veuve, Paul est fidèle à sa promesse. Fidèle également à l'amour secret qu'il lui voue depuis toujours…

Le 22 août

CRÉPUSCULE

Les Highlanders - 7 - La vengeance de McKeltar
Karen Marie Moning

Pour rendre service, Jessi Saint-James accepte de récupérer un colis en pleine nuit, à l'université d'archéologie. À première vue, il s'agit d'un miroir ancien. Dans un déluge de magie, en surgit un immense guerrier celte à la beauté féline. Durant onze siècles, Cian McKeltar est resté prisonnier du miroir et n'aspire plus qu'à se venger de son bourreau, qui pourrait anéantir l'univers. Jessi est la première menacée. Cian lui offre alors sa protection en échange de vingt nuits de plaisir…

9726

Composition
FACOMPO

Achevé d'imprimer en Slovaquie
par NOVOPRINT SK
le 4 juin 2012.

Dépôt légal : juin 2012.
EAN 9782290030523
L21EPSN000701N001

ÉDITIONS J'AI LU
87, quai Panhard-et-Levassor, 75013 Paris

Diffusion France et étranger : Flammarion